존재는
눈물을
흘린다 공지영 소설

창비

존재는 눈물을 흘린다

초판 1쇄 발행/1999년 7월 1일
초판 40쇄 발행/2023년 8월 29일

지은이/공지영
펴낸이/강일우
펴낸곳/(주)창비
등록/1986년 8월 5일 제85호
주소/10881 경기도 파주시 회동길 184
전화/031-955-3333
팩시밀리/영업 031-955-3399 · 편집 031-955-3400
홈페이지/www.changbi.com
전자우편/lit@changbi.com

ⓒ 공지영 1999
ISBN 978-89-364-3654-4 03810

존재는
눈물을
흘린다

차례

광기의 역사

만일 누가 내게 한 십년이나 이십년쯤 젊어지고 싶지 않으냐고 묻는다면,
그것처럼 솔깃한 말은 없겠지만 아마도 나는 고개를 저을 것이다.
왜냐하면 그 젊은 나이에 나는 또 학교를 다녀야 하기 때문이다.
학교라면 내 청춘 열 번을 다시 돌려준다 해도 싫었다.

광기의 역사

1

　나무의자가 줄을 맞춰 늘어서 있는 강당은 몹시 크고 깜깜했다. 해가 지면 세상에 펼쳐지는 밤말고 그렇게 큰 어둠은 내게 처음이었다. 더구나 학부형들의 떠드는 소리, 그들을 따라온 애기들의 울음소리가 높은 천장에 부딪쳐 웅웅거리는 바람에 귀가 먹먹했다. 나는 엄마 뱃속을 떠나 세상에 던져졌을 때만큼이나 당혹스러웠다. 이렇게 많은 사람들이 이렇게 같은 시간에 모두 여기 모여들어 일제히 떠들어대다니, 그곳은 커다란 혼돈의 도가니 같았다.
　환한 봄 햇살을 받으며 걸어온 탓인지 나의 눈은 그 어둠에 쉽게 적응하지 못해 가물거렸다. 잠시 눈을 비비다가 보니 입학식이라는 글씨가 멀리 보였다. 강당은 크리스마스 때 빵을 얻으러 가본 적이 있는 교회와 비슷했다. 다만 연단 한복판에 예수님이 매달려 있는 게 아니라 박정희 대통령의 사진이 걸려 있는 것이 좀 다를 뿐이었다.

"바보같이 쭈뼛거리면 안된다. 저기 일학년 일반이라고 씌어 있지? 거기 가서 앉아 얼른…… 엄만 여기 있을게."

학부형들 틈에 끼여든 엄마가 내 손을 놓으며 말했다. 다섯번째 아이를 입학시키는 것인데도 엄마는 긴장된 것 같아 보였다. 학교에서 이곳까지 오면서 바보같이 굴지 말라는 말을 자꾸 하는 것부터가 그랬다. 엄마는 학교라는 곳에서 내가 정말 바보라도 될까봐 겁이 잔뜩 난 것처럼 보였으니 말이다. 새로 맞춘 교복에 김윤희라는 이름표를 달고 새로 산 신발주머니를 든 나는 몇 발자국 걷다가 뒤돌아보았다. 다른 학부형들 틈에 낀 채 발을 돋아 나를 잘 보려고 애쓰면서도 엄마는 눈이 마주친 내게 어서 가라고 손을 저었다. 내 곁에 있던 아이들도 하나둘 나처럼 엄마 손을 놓고 머뭇머뭇 제 반을 찾아가고 있었다. 물론 엄마 치맛자락에 매달려 우는 아이도 보였다. 다섯 남매의 막내로서 어머니보다는 언니들과 오빠들의 손에서 더 많이 길러진 나는 다른 아이들처럼 오래오래 망설이지는 않았다. 이미 이곳에 오기 전 엄마는 내게 여러번 다짐을 받아두었던 것이다.

──울어도 안되고 쭈뼛거려도 안되는 거야. 선생님이 시키는 대로만 하면 돼, 시키는 대로만. 알았지?

나는 학교라는 곳에 와서도 절대로 바보 같은 건 되지 않는다는 걸 엄마에게 보여주기 위해 다시는 돌아보지 않았다. 하지만 어떻게 해야 하는지는 도무지 알 수가 없어서 긴 나무의자를 붙들고 멍하니

서 있었다. 연단 위에는 사람들이 분주하게 왔다갔다하고 있었고, 마이크를 설치하는 아저씨가 마이크를 만질 때마다 끼익끼익 쇠가 부딪는 듯한 소음이 퍼져갔다. 일학년 일반이라는 글씨가 보였지만 선뜻 앞으로 가기는 어쩐지 쑥스러워서 머뭇거리고 있는데 길다란 세로 액자 속에 이상한 말이 씌어 있는 것이 보였다.

"걷는 자만이 앞으로 갈 수 있다."

나중에야 그것이 이 학교의 교훈이라는 것을 알았지만 그 당시에는 너무나 우스워서 키득키득 웃음이 나왔다. 그림책이나 동화책은 이미 많이 읽은 터였지만 이렇게 쉬운 말이 써 있는 일은 없었다. 그러고 보니 학교라는 것도 별것 아닌 것만 같았다. 이렇게 쉬운 말을 저렇게 큰 글씨로 써서 액자에 걸어놓는 어수룩한 곳이 학교라고 생각하자 내가 막연히 가지고 있던 두려움은 좀 사라져버렸다. 나는 등대를 발견한 표류자처럼 천천히 앞으로 나아갔다. 걷는 자만이 앞으로 갈 수 있으니 누구보다도 빨리 걸어서 맨 앞으로 가고 싶었던 것이다. 나는 일학년 일반이라는 팻말이 있는 그 맨 앞자리에 덜컥 앉았다. 그런데 곧 아이들이 모여들자 뚱뚱한 여자 선생님이 의자 옆 통로에 우리들을 세우고 키 순대로 아이들을 정렬시켰다. 걷는 자는 앞으로 갈 수 있다는 말만 믿고 앞으로 간 키가 껑충했던 나는 다시 그 반의 맨 끝으로 밀려났다. 앉아서 바라보니 베레모를 쓴 아이들의 까만 뒤통수만 눈앞에 바글바글했다. 선생님들은 높은 연단 뒤쪽에 나란히 앉아 있었다. 멀리, 걷는 자만이 앞으로 갈 수 있다는 액자 속의 글씨가 아직도 거기 있었지만 나는 이제 더이상은 앞으로 갈 수 없었다.

2

　나는 집안의 형제들에게서 그랬던 것처럼 꽤 많은 선생님들에게서 사랑을 받았다. 학교 가는 일이 꿈만 같이 좋아서 왜 엄마는 나를 진작 학교에 입학시키지 않았을까 생각하기도 했다. 어떤 날은 학교에 너무 일찍 도착해서 교무실에서 일하던 급사 언니가 학교 현관을 열쇠로 딸 때까지 한 시간 남짓을 혼자 어스름한 새벽의 운동장에서 논 기억도 있다.

　성적표의 생활발달 사항란에는 언제나 밝고 명랑하며 발표력이 뛰어난 아이라는 견해가 적혀 있곤 했다. 성적도 좋아서, 자모회 때 학부형들이 모이는 날이면 엄마는 미장원에 다녀오고 새옷을 입고 그리고 은행에 가서 바꾼 빳빳한 지폐를 봉투에 넣고는 의기양양하게 학교로 오곤 했다. 그 봉투가 선생님에게 전달되리라는 걸 모르는 아이는 없었고 나 또한 그랬지만 그것 때문에 내가 선생님들의 사랑을 받는다고는 생각해본 일은 없었다. 똑같이 봉투를 만들어 엄마가 전달했지만 작은오빠는 복도에서 자주 벌을 서다가 내게 들키기도 했으니까 말이다.

　선생님들은 가끔 내게 책에 나오는 동화를 이야기처럼 꾸며서 아이들 앞에서 발표하게 했는데, 나는 선생님들에게 잘 보이고 싶어서 더 많은 동화를 읽어 더 많은 이야기를 보탠 후 재미있게 발표해내곤 했다. 이 세상에서 선생님께 칭찬을 듣는 일보다 좋은 일은 없었다. 그건 엄마나 아버지나 혹은 언니 오빠 들이 해주는 칭찬하고는 뭐랄까, 차원이 다른 것이었다.

가끔씩 선생님은 방과후에 나와 몇몇 아이들을 남으라고 해서는 아이들이 그린 그림 뒷면에 스카치테이프를 붙이는 일이나 교실 게시판에 아이들이 쓴 글을 붙이는 일을 시켰다. 일이 끝나고 나면 선생님은 교무실에 나를 앉혀놓고 말을 붙이기도 했다. 아마 사학년 때라고 기억되는데, 나는 우리가 왜 유신헌법 개정 투표에서 찬성표를 던져야만 하는지에 대한 견해를 선생님께 말씀드렸다. 나는 텔레비전에서 본 구봉서와 배삼룡의 선전 프로그램을 요약해서 조리있게 말을 할 줄 알았던 것이다.

——한국 사람은 한복을 입어야 하듯이, 민주주의도 한국 사람다운 걸 해야 하잖아요? 서양 사람들이 만든 민주주의를 그대로 따라 한다는 것은 마치 갓 쓰고 자전거를 타는 것처럼 우스운 일이지요. 더구나 우리는 지금 북괴의 침략위협에 시달리고 있잖아요? 그들은 우리가 한국식 민주주의로 나라의 기반을 다져가는 것을 싫어하고 있어요. 그건 거꾸로 말하면 한국식 민주주의인 유신이 그들에게는 두려운 일이라는 거죠.

다른 반 선생님들이 교안을 쓰다가 나를 보며 웃었다.

——조그만 게 어쩌면 이렇게 이야기를 재미있게 하니, 응? 교감 선생님, 윤희를 이번 조회 때 특별히 발표하게 하죠. 유신투표 때문에 뒤숭숭한데…… 같은 학생이 이야기하면 아이들도 훨씬 더 잘 알아들을 것 같고 말예요.

즉흥적인 그의 제안은 받아들여져서 나는 다음 조회 때 아이들 앞에서 연설을 했다. 올라가보니 연단은 생각보다 꽤 높았다. 아이들이 아주 조그맣게 보이는 것이었다. 선생님들은 늘 이렇게 조그만 우리들을 내려다보시는구나 하는 생각도 들었다. 하지만 몹시 떨려서 말이 잘 나오지 않았기 때문에 입술만 연신 앙다물었다 말았다 하는데 담임선생님과 눈이 마주쳤다. 담임선생님은 대견한 표정으로 날 바라보고 계셨다. 나는 그제서야 숨을 한번 크게 몰아쉬고 나서 입을 열었다.

——한국적 민주주의라는 것이 얼마나 중요한지에 대해 여러분에게 말씀드리는 것을 영광스럽게 생각하는 바입니다……

그후로 교감선생님은 내가 인사를 드리면 뒷짐을 지고 서서 날 바라보시다가 물으시곤 했다.

——니가 김윤희지? 니 담임선생님이 교무실에서 니 자랑에 침이 마르신다.

특별한 애정과 특별한 보살핌들은 수업시간에도 이어졌다. 선생님은 깜빡 잊어버리고 온 출석부나 지휘봉을 가져오라는 심부름을 시켜야 할 때, 내가 선생님의 눈을 그윽히 바라보며 얌전히 앉아 있으면 오십명의 아이들을 휘이 한번 둘러보다가 나를 지명했다. 일어서서 교실문을 열고 복도로 나설 때, 복도에 고여 있다가 특별히 나에게만 달려드는 그 상쾌한 고요…… 다른 반 수업에 지장을 줄세라 조용조용 발끝으로 나는 교무실로 가곤 했다. 선생님이 내게 무언가 할 일을 주셨다는 것만 생각해도 행복했다. 거룩한 사람을 도와주는 것은 거룩한 일이 아니던가. 다시 교실로 돌아와 출석부나 지휘봉을 선생님께 전해드릴 때면 아아, 선생님은 나를 이토록 믿으시는구나 하는 생각에 몸이 부르르 떨려오곤 했다. 그러므로 생활기록부에 장래의 희망이라는 것을 적을 때 내가 서슴없이 선생님이라는 글자를 써넣었던 건 어쩌면 너무나 당연한 일이었다. 나는 감히, 선생님이 되고 싶었던 것이다.

3

그렇지만 나는 이제 열두살의 그 겨울을 설명해야 할 것 같다. 그
겨울을 어떻게 설명할 수 있을까. 아버지는 한달째 집에 들어오시지
않고 어머니는 날마다 누워서 울고만 계셨다. 석유파동 때문이 아니
라도 집안의 보일러에는 채울 기름이 없어서 우리는 아버지가 없는
안방에 전기담요를 하나 펴놓고 거기 몰켜서 잠을 잤다. 아침에 일
어나 책가방을 싸려고 내 방으로 가면 밤새 얼어붙은 쇠책상에 손이
철썩철썩 들러붙었다. 어느날 큰오빠가 마루에 연탄난로를 달았다.
그 따뜻함이 너무 좋아서 내가 그 곁을 떠나지 않자, 큰오빠가 나를
물끄러미 바라보았는데, 그때 나를 바라보던 큰오빠의 눈빛에서 나
는 처음으로 가난이라는 것의 기미가 슬픈 눈빛으로 우리집을 덮치
고 있다는 것을 깨달았다. 알아차려야 할 일이 그것뿐이면 얼마나
좋았을까. 어느날 친구네 집에서 만화책을 읽다가 돌아와보니 내 방
책상 위에 빨간 딱지가 붙어 있었다. 놀라 뛰어나온 나를 큰언니가
붙들어 앉혔다.

"놀라지 마라…… 아무 일도 아니야."

아무 일도 아닌 것이 아니라는 걸 나는 알고 있었다. 붉은 딱지가
붙은 텔레비전은 검은 얼굴로 시무룩이 그 자리에 놓여 있었고 대학
에 다니던 큰오빠가 아르바이트로 번 돈을 모아 사놓은 마란쯔 전축
은 침묵하고 있었다. 피아노를 열려고 했을 때 큰오빠가 나를 보며
조용히 고개를 저었다. 내가 느낀 가난의 처음은 금기로 시작되었
다. 가난하다는 것은 하지 말아야 할 일이 너무 많다는 것이었다. 그

해 겨울이 채 끝나기도 전에 우리는 아버지가 손수 지은 그 이층집을 버리고 작은 한옥으로 이사했다.

이사하자마자 처음 제기된 문제는 나의 학교에 대한 것이었다. 어머니는 큰오빠의 손을 붙들고 막내를 집 근처의 공립학교로 전학시켜야겠다고 말했다. 나는 곧 육학년이 될 참이었고 마지막 일년을 공립학교 아이들과 섞여 지내고 싶지 않아서 훌쩍거리며 울기만 했다. 울던 나를 바라보던 큰오빠가 어머니에게 말했다.

"휴학을 하고 입주 아르바이트를 하겠어요. 육학년인데 막내 등록금은 어떻게 해보죠."

그래서 나는 겨우 전학을 하지 않고 육학년이 되었다.

선생님은 육학년만 전문으로 가르치는 사람이었다. 눈이 부리부리하고 강마른 얼굴을 한 그는 첫시간에 반으로 들어오자마자 우리 모두를 기립시켰다. 그는 교실 앞에 붙어 있는 국민교육헌장을 두툼한 곤봉으로 가리키며 말했다.

——지금부터 모두 이것을 공책에 써라. 내일 아침 수업을 시작하기 전에 이것을 외우는데, 만일 외우지 못하면……

선생님은 우리들을 쭉 둘러보더니 국민교육헌장을 가리켰던 곤봉으로 교탁을 쾅, 하고 내리쳤다. 내리치는 것의 의미가 무엇인지 모르는 바보는 없었다. 우리들은 이미 학교를 오년이나 다닌 터였다. 선생님들은 우리를 오년 동안이나 교육시켜서, 그러니까 말하자면 곤봉으로 책상을 탁, 하고 내리치면 이건 바로 시키는 대로 하지 않으면 몹시 맞을 줄 알아라, 라는 뜻임을 가르쳐주었던 것이다.

나는 큰오빠가 가정교사 입주를 하기 위해 떠나버린 집에 돌아와 국민교육헌장을 외웠다. 아직도 파산의 상처에서 벗어나지 못해 날마다 누워만 있던 어머니가 끄응 신음소리를 내며 돌아누웠다. 나는 대학 진학을 포기하고 작은 회사에 취직한 큰언니에게 내가 베껴온 국민교육헌장을 맡겨놓고 내가 얼마나 잘 외우는지를 보여주었다. 나는 기를 쓰고 외웠다. 외우는 거라면 자신이 없어서 구구단조차도 큰오빠가 '이삼은 육'이라는 건 이를 세 번 더한다는 뜻이야,라는 설명이 없었으면 외우지 못했던 내가, 무슨 뜻인지도 모르는 문구들을 다 외우는 건 무척 힘든 일이었다. 예를 들어, 밖으로 자주독립의 자세를 확립하고 안으로 인류공영에 이바지할 때다, 조상의 빛난 얼을 오늘에 되살려, 같은 문구는 발음하는 입술을 얼마나 불편하게 만들었던가. 첫 직장생활에 피곤한 큰언니는 꾸벅꾸벅 졸면서도 그날 밤 늦도록 국민교육헌장을 외우도록 나를 도와주었다. 하지만 그날 밤 내내 나는 선생님 앞에서 내가 한 글자도 외우지 못하는 꿈을 꾸다 깨어나곤 했다. 다음날 새벽 깨어난 나는 급하게 노트를 찾아들고 중얼거리기 시작했다.

——우리는 민족중흥의 역사적 사명을 띠고 이 땅에 태어났다. 조상의 빛난 얼을 오늘에 되살려…… 1968년 12월 5일 대통령 박정희.

선생님은 우리들 중 하나를 지목해 한 글자라도 틀리게 외우지 않는가를 귀기울여 들었다. 만일 틀린 경우엔 틀린 글자의 수만큼 손바닥을 맞아야 했다. 나는 아직 지목되지는 않았지만, 다른 아이가 손바닥을 맞는 동안 마치 간절한 기도문처럼, 우리는 민족중흥의 역사적 사명을 띠고 이 땅에 태어났다, 조상의 빛난 얼을 오늘에 되살려, 오,늘,에, 되,살,려……라고 낮은 소리로 중얼거렸다. 아이들의 손바닥이 부르터갈 무렵 우리들은 모두 다 한 자도 틀리지 않고 국민교육헌장을 외워냈다. 단 한 사람, 언제나 교복 속에 나비 넥타이를 매고 머리에 기름을 발라 올백으로 넘긴, 얼굴만 희뿌옇던 바보, 그 아이만 빼고 말이다. 말을 더듬고, 육학년이 되도록 책을 읽지도 못하는 그 아이가, 하기는 그것을 외우리라고는 선생님도 생각지 않으셨으리라. 우리들은 모두 그렇게 알고 있었다. 그러던 어느날 선생님은 턱짓으로 그 아이에게 국민교육헌장을 외울 것을 명령했다. 매를 한대라도 덜 맞기 위해서 간절한 기도문처럼, 우리는 민족중흥의 역사적 사명을 띠고 어쩌구 중얼거리던 아이들이 중얼거림을 멈추고 일제히 고개를 들었다. 개중에 용감한 치들이 있어서 낄낄거리며 수군거렸다. 그 아이는 바본데요, 집에 가정교사가 셋이나 있어도 한글도 못 읽는 바본데요. 그래도 사대 독자래요, 누나들이 여섯이나 붙어서 그애 책가방을 챙겨준대요.

그 아이는 사학년 때도 나와 한반이었다. 나는 그 아이를 잘 기억하고 있었다. 대변검사 때문이었다. 기생충 검사 말이다. 종이봉투와 얇은 비닐봉지를 학교에서 나누어주면 우리 모두 변소 한구석에 신문지를 펴고 앉아, 나오지도 않는 똥을 기를 쓰고 누어서는 소독저로 그것을 한점 집어서 비닐봉지에 넣고 학교에 가져왔던 그 일 말이다. 언제나 무겁고 빽빽했던 책가방 때문에, 교실에 도착해서 그걸 꺼내보면 밤톨처럼 싱싱하던 똥이 비닐봉지 속에서 납작한 빈대떡처럼 돼 있곤 하던 대변. 그런데 그 아이의 변에서 무수히 많은 기생충이 나왔던 것이다. 회충 요충 십이지장충은 말할 것도 없고 폐디스토마 간디스토마 선충 촌충까지 나왔다. 검사결과표를 가지고 반으로 들어선 사학년 담임선생님은 얼굴이 하얗게 질려서 그 아이를 붙잡았다.

—큰일났구나, 이건 보통일이 아니다. 어서 엄마에게 병원에 가

야 한다고 말씀드려라.

아이는 그래도 히죽히죽 웃었다. 바보니까, 저렇게 기생충이 많구나…… 쟤가 곧 죽는 것은 아닐까, 혹시…… 우리들은 무심히 그렇게 생각하기도 했다. 그런데 그 아이는 쭈뼛거렸다.

—선생님…… 저어…… 그거 개똥인데요.

아이들이 배를 잡고 웃기 시작했다. 사학년 때 담임선생님은 웃어야 할지 벌컥 화를 내야 할지 모르는 표정으로 서 있다가 중얼거리듯 내뱉었다.

—젠장, 육성회장 아들만 아니면…… 참, 그래도 달린 게 머리라고 쓰기는 쓰는구나.

그런데 이제 육학년이 되어서 그 아이는 이 무서운 담임선생님의 호출을 받은 것이다. 아이는 인상을 잔뜩 찌푸리고 그대로 서 있었다. 선생님은 잠깐 생각에 잠기더니 곤봉으로 제 손을 탁탁 두들기며 다시 말했다.

—나는 좀 다른 사람이다. 나는 니가 육성회장님의 아들이라고 해서 특별히 봐주는 사람이 아니다. 그럴수록 너는 새마을 정신과 유신 정신에 투철해야 하는 거다. 알았나? 자, 그러니 따라 해라, 우리는 민족중흥의 역사적 사명을 띠고 이 땅에 태어났다.

—우디는 민조둥후……

—우리는 민족중흥의 역사적 사명을 띠고!

—우디는 민조둥후의……

선생님은 킥킥대는 아이들을 무서운 눈으로 휘익 둘러보다가 결심을 한 듯 색다른 말을 꺼냈다.

—다시 따라 해라, 나는 바보입니다.

18

아이들이 놀란 눈으로 선생님을 바라보았다. 그것은 금기였다. 우리가 본 어떤 선생도 그 금기를 무너뜨리지는 못했다. 그런데 이 선생님은 지금 감히 그 금기에 도전하려는 모양이었다. 두근거림과 경외감과 그보다 더한 그 선생님에 대한 놀라움이 우리들을 사로잡아서 교실 안은 쥐 죽은 듯 고요했다. 바보 같은 그 아이는 고개만 푹 수그리고 대답하지 않았다. 아무리 바보라도 자기가 바보라는 말을 따라 할 정도의 바보가 어디 있겠는가. 선생님의 손바닥에서 가볍게 톡톡 튀기던 곤봉이 그 아이의 턱을 치켜올렸다.

——자 따라 해, 나는 바보입니다.

——나……는 바보……입니다.

그 아이는 울먹이고 있었다. 나는 이제까지와는 다르게 그 선생님을 바라보았다. 이런 멋진 개혁은 없었다. 숙제를 안해오거나 시험을 빵점 맞아도 그애는 언제나 매맞는 일에서 혼자서만 제외되지 않았는가 말이다. 아아, 저 무서운 선생님은 그래도 공평하시구나.

바보는 그날 내내 시무룩하게 고개만 숙이고 앉아 있었다. 선생님이 육성회장의 아들이라고 해서 그애를 두둔하지 않는다는 것을 예민하게 감지한 아이들은 더욱 극성스레 그애를 놀렸다.

——나는 바보입니다.

——나는 민조등후입니다.

다음날 아침 그 아이의 자리는 비어 있었다. 그런데 이교시가 시작되자마자 운동장 안으로 하늘색 물방개 자동차가 들어서더니 이윽고 그 아이와 금테 썬글라스를 낀 그 아이의 엄마가 교실문을 벌컥 열고 들어섰다. 바보의 엄마는 쭈뼛거리는 아이를 잡아끌더니 선생님 앞에 우뚝 섰다. 강마른 선생님과 뚱뚱한 그 아이의 어머니. 우리들은 갑자기 닥친 이 사태에 대해, 솔직히 말하면 신이 나 있었다. 저 무서운 선생님과 저 바보 어머니의 대결이 이제 한판 벌어지려는 것이다. 그러고 나면 승리는 우리들의 것이 되리라. 숙제를 해오지 않아도 늘 혼나지 않던 아이와 개학식이나 학교행사 때 늘 거만하게 앉아 있던 저 바보 엄마의 코가 납작해지는 이 역사적인 순간을 우리는 드디어 보게 되는구나.

　——선생님, 이 아이에게 나는 바보입니다,라는 말을 하게 했다는 게 사실인가요? 세상에 애한테 이러실 수가, 이러실 수가……

　아이의 엄마는 텔레비전에 나온 백금녀가 기절할 때 같은 표정을 지으며, 이러실 수가,만 되풀이했다.

　——어떻게 이러실 수가, 어떻게 이러실 수가, 내가 방금 교장선생님하고 육성회에 연락을 하고 오는 길이에요. 아아, 이러실 수가, 이러실 수가, 우리 애가 어떤 앤데……

　바보는 소맷자락으로 눈가를 닦아대며 울기 시작했다. 생각할수록 서럽고 기가 막히다는 그런 표정이었다. 그런 그애의 모습이 고소해서 아이들은 입가에 빙그레 미소까지 띠고 있었다.

　——아니, 그러잖아도 오늘 결석을 했길래 제가 얼마나 걱정을 하고 있었는데요. 무슨 말을 들으셨는지 모르지만……

　선생님은 한치의 표정도 흐트러뜨리지 않고 말했다.

　——아니, 아이에게 나는 바보입니다,라는 말을 시키셨다면서요?

　여자는 더이상 휘청거리지 않았지만 선생님의 태연한 표정에 조금은 위축된 표정으로, 그러나 이왕 벌어진 일이니 꼬투리만 잡히면 가만두지 않겠다는 표정을 다시 지으며 말했다.

　——그런 일 없습니다. 교육자가 어떻게 아이에게 그런 말을……

선생님은 태연하게 대꾸하며 우리들을 쭈욱 둘러보았다. 증인을 둘러보듯이 말이다. 희미하게 웃기까지 하던 아이들의 눈빛이 이내 당혹스러워지기 시작했고 휘익 둘러보는 그와 눈이 마주칠 때마다 벼이삭에 바람이 불어가는 것처럼 아이들의 고개가 차례로 숙여졌다.

——만일 제가 그런 말을 했다면 이 아이들이 들었을 거 아닙니까? 어떻게 그렇게 섭섭한 말씀을……

——아니, 저도 물론 선생님을 믿고 있지만 얘가 웬만하면 그러지 않는 앤데……

여자는 한껏 풀이 죽어 있었다. 선생님은 이제 어깨를 죽 펴고 말했다.

——정 그러시면 아이들에게 물어보십시오. 자, 얘들아 내가 어제 그런 말을 했니?

아무도 고개를 들지 않았다. 내 가슴이 방망이질치기 시작했다. 나는 몰랐다. 내가 거짓말을 하거나, 내가 엄마의 월남치마 주머니에서 십원을 훔쳐내어 하드 사먹은 걸 엄마가 눈치챈 것 같을 때만 가슴이 뛰는 줄 알았던 것이다. 그런데 내 가슴은 뛰고 있었다. 지금 거짓말을 하고 있는 건 내가 아니지만 시선을 어디다 두어야 할시 일 수 없었고 얼굴까지 화끈거렸다.

——참, 얘들이 왜 이렇게 조용해? 제가 마침 아이들을 혼내고 있던 참이라 풀들이 좀 죽었나봅니다. 자, 모두 고개 들어, 어서!

아이들이 고개를 천천히 들었다.

——내가 그 말을 했다고 생각하면 네,라고 대답하고 안했다고 생각하면 큰 소리로 아니요, 해라. 만일 거짓말을 하는 사람이 있으

면…… 알지?

그는 곤봉을 우리에게 보여주며 말했다.

—자, 내가 그 말을 했나?

—아, 니……

—애들 좀 봐라. 내가 그 말을 했나?

—아니요.

아이들의 목소리는 힘이 없었다.

—다시 크게!

—아니요!

우리들은 발악하듯 크게 대답했다. 그러니 결판은 깨끗이 난 것이었다. 하지만 나는 기억한다. 바보가 우리들을 바라보던 눈빛을, 당황하는 제 엄마에게 끌려 교실 밖으로 나가면서 우리들을 돌아보던 그 눈빛을…… 하지만 그렇다 해도 그날, 상처를 입은 것은 아마 그 혼자만은 아니었으리라.

4

그래도 말이다, 그때까지도 나는 환경조사서의 장래희망 사항란에 '선생님'이라는 단어를 꼬박꼬박 써넣고 있었다. 선생님은 이제 내게 심부름을 시키지는 않았지만 말이다. 가령 선생님이 깜박 잊고 가져오지 않은 수첩이나 출석부를 가지러 가는 일에는 다른 아이가 지목되었지만 말이다. 이제 내게는 선생님의 신뢰를 받는 그 아이가 혼자서 문을 열고 복도로 나갈 때마다, 저애도 그 복도의 상쾌한 고요를 느낄까, 하고 생각해보는 일만 남았지만 말이다.

선생님은 왜 어머니가 학교에 와서 자신과 상담을 하지 않느냐고 물으셨다. 나는 집안 형편이 어려워서요,라고 대답하지 못하고 곧 오실 텐데요, 하고 말했다. 그후로 선생님은 내게 한번도 심부름을 시키지 않았다. 수업시간에 손을 들어도 나는 거의 발표할 기회를 얻지 못했다. 나는 내가 무얼 잘못했을까 하고 날마다 반성하고 날마다 더 착하게 굴려고 애썼다. 지난 오년간 내가 선생님들의 사랑을 받고 심부름도 하고 방과후에 교무실 의자에 앉아 선생님들께 재미있는 이야기를 해드릴 수 있었던 이유가 어머니의 잦은 학교방문 때문이라고 생각할 수는 없었다. 그래도 선생님은 선생님이었다. 나는 일기장에 그런 생각들을 꼬박꼬박 써넣었다. 아무리 열심히 손을 들어도 한번도 날 지목하시지 않는 선생님 이야기뿐 아니라 갑자기 닥쳐온 가난과 그로부터 시작된 아버지의 술주정, 그리고 그 무렵 내게서 막 싹트기 시작한 김민철이란 아이에 대한 어설픈 연정까지도 말이다. 사실 나는 국민학교 오학년 때까지 일기를 잘 쓴다는 칭찬을 여러번 받았다. 상으로 아주 두껍고 근사한 노트를 받은 일도 있었다. 그래서 선생님이 일기장을 걷는다고 했을 때, 일기장에 너무 많은 것을 기록했다는 사실 때문에 좀 망설이기도 했으나, 선생님이니까 날 다 알아도 상관없다고 생각했다. 내가 얼마나 남 몰래 느끼고 생각하고 또한 웃는 일이 많은지에 대해서 말이다. 솔직한 그날그날의 느낌을 기록해놓은 것을 보면 선생님도 날 더이상 그렇게 미워하시지 않을지도 모른다는 기대도 있었다.

그런데 다음날 아침 여느 날처럼 학교에 들어서자 교문에서 마주친 우리반 아이들이 키득거리며 웃기 시작했다. 왜 그러냐고 물어보았지만 아이들은 대답하지 않았다. 상황은 교실에 들어가자 더 나빠져 있었다. 칠판에 씌어진 커다란 낙서가 보였다. 내 일기의 한 구절이었다.

──이상하다, 왜 민철이는 다르게 보이는 걸까. 나는 그애와 마주칠 때마다 언제나 얼굴이 붉어질까봐 겁이 난다. 어젯밤에는 꿈에서까지 얼굴이 붉어져버렸다.

순간 내 눈이 교탁으로 옮겨갔다. 거기엔 일기장들이 널브러져 있었다. 달려가 내 일기장을 찾았지만 내 것은 거기 없었다. 뒷자리 쪽에서 남자아이 하나가 내 일기장을 흔들었다. 여자아이 하나가 어제 방과후에 선생님이 일기장을 가져다놓으며, 내 얘기를 했다는 이야기를 귀띔해주었다. 나는 뒷자리로 가서 나를 놀리는 남학생의 발을 걷어찬 다음 내 일기장을 가지고 자리로 돌아왔다. 일기장 끝에는 둥그런 도장이 세 개나 찍혀 있었다. 참 잘했어요, 참 잘했어요, 참 잘했어요…… 누군가 노래를 부르기 시작했다.

──꿈속에서 만나던 아름다운 민철이가 윤희에게 전해준 사랑의 진실……

민철이란 아이가, 오학년 때 내 짝이기도 했던 민철이가, 가끔 내게 로봇 만화를 그려 보이며 나를 웃게 하던 민철이가, 내게 보낸 편지에서 덕수궁 석조전 앞에서 둘이서만 만나고 싶다고 했던 민철이가 벌게진 얼굴로 나를 노려보더니 벌떡 일어나서 밖으로 나가버렸다. 나는 일기장을 책가방 속에 처넣어버렸다. 갑자기 찾아온 우리의 가난과 아버지의 술주정이, 어머니의 슬픔이, 아직 싹트지도 못한 내 첫사랑이 고스란히 들어 있는 그 일기장을 발기발기 찢어버리고 싶었지만 그렇게 하는 것조차 자존심이 상해서 얼굴만 붉어진 채로 앉아 있었다. 앞자리에 있던 여자아이가 나를 돌아보며 말했다.

——넌 아직도 일기장에 솔직한 말을 쓰니? 난 일기장이 두 개야, 하나는 선생님 보여드리는 거, 하나는 비밀스러운 거.

나는 그후로 생활환경조사서에 있는 장래희망 사항란에 더이상 선생님이란 단어를 써넣지 않았다.

5

우리들은 자주 운동장에서 엎드려뻗쳐 기합을 받았다. 체육시간은 거의 기합시간이라 해도 좋았다. 아이들은 먼지가 풀풀 이는 운동장에서 온 세상이 하얗게 변할 때까지 엎드려뻗쳐 자세로 참고 있다가 풀썩풀썩 쓰러지기도 했다. 그럴 때마다 우리들에게 찾아오는 것은 선생님들의 발길질이었다.

——한마디로, 너희들은 기가 빠졌어.

기합이 끝나면 우리들은 호주머니를 뒤지며 매점으로 몰려갔다. 보름달빵과 소보루빵 같은 것을 사서 와구와구 먹었다. 얼마나 먹어 댔던지 수재민돕기 물품모집에 내려고 사가지고 온 라면을 뽀개서 그 위에 분말스프를 뿌려서는 수업시간에 몰래 먹기도 했다. 학교가 파하면 분식집으로 몰려가 떡볶이와 쫄면과 만두와 오뎅을 시켜놓고 또 그것을 먹었다. 용돈이 떨어지면 친구에게 돈을 꾸었고 그것마저 여의치 않으면 곰보분식 아줌마에게 외상을 달았다. 그래도 열다섯살의 식욕은 채워지지 않았다. 그것은 늪 같았다. 우리들은 키가 부쩍부쩍 자라고 있었고, 이제 벌써 옆으로 몸이 불어나는 아이들도 있었다. 나도 하루가 다르게 살이 찌고 있었다. 입학할 때 맞춘 교복은 턱없이 작아 있었지만 월사금을 제때 대지 못해 늘 내게 미안해하는 어머니에게 새 교복을 맞추어달라고 하지 않을 만큼의 철은 들어 있었다. 나는 허리가 맞지 않아 치마 호크를 길다란 옷핀 두 개로 대충 꿰어서 입고 다녔다. 그렇게 해도 치마의 지퍼가 다 올라가지는 않았지만 교복 윗도리로 덮으면 그런대로 눈속임을 할 만은 했다. 키도 부쩍 커버려서 스커트가 무릎 위로 껑충 올라왔지만 단을 세 번이나 낸 터였으므로 이제 더 어쩔 수 없었다.

등교길의 교문 앞에는 늘 플라스틱 자를 든 훈육주임과 예절반 아이들이 서 있었다. 훈육주임은 아이들을 불러서 혹시나 치마가 무릎 위로 올라가지 않았는지, 단발머리가 귀에서 1센티미터 이상 내려오지는 않았는지 그도 아니면 멋을 내기 위해 단발머리를 조금이라도 둥글게 자르지는 않았는지를 플라스틱 자로 일일이 검사했다. 검사를 통과한 아이들은 조용히 좌측으로 발끝을 들고 걸어서 운동장을 한바퀴 돌아 교실로 들어가야 했다. 스피커에서는 날마다 새벽종이 울렸네,가 퍼져나오고 있었다. 하도 들은 음악이라 우리들 중 누구도 그것이 음악이라고는 생각하지 않던 그 음악 말이다. 그래도 스피커는 울렸다. 새아침이 밝았네……

──대체 저 선생들은 왜 저렇게 외모에 신경을 쓰는 거지? 화장실의 똥이나 제때에 치워주지 않고서……

누군가 투덜거렸지만 아무도 대답하지 않고 우리들은 그렇게 날마다 같은 아침을 맞았다.

그러던 어느날 아침, 나는 드디어 그 훈육주임에게 걸려버렸다. 그는 교문 한가운데 버티고 서서 나를 손가락으로 부르더니 플라스틱 자로 내 치마의 길이를 쟀다. 특별 단속기간이라고 그는 말했다. 이번에는 한놈도 놓치지 않을 거라고 덧붙이기도 했다. 그러니 더이상 빠져나갈 수 없을 것 같았다.

——맙소사 무릎 위로 일점칠 센티나 올라갔구나!

조금만 일찍 올걸, 하는 생각이 들었다. 그도 아니면 아주 늦어버릴걸 하는 생각도 들었다. 언젠가 치마 검사를 한다는 이야기를 듣고 나는 아예 삼교시가 시작한 후에 등교하기도 했다. 조금 늦는 것으로는 해결이 안되니, 아예 늦어버리면 그다지 혼도 나지 않았다. 혼이 나는 쪽은 언제나 십분 그도 아니면 일이분 늦어서 애처롭게 숨을 헐떡이며 뛰어오는 아이들이었다. 나는 교문 옆에서 가방을 머리 위로 든 채 섰다. 내 곁에 그렇게 재수없는 아이들이 서서, 역시 재수없는 다른 아이들과 서로 눈을 마주치며 찡긋 웃어 보였다. 스피커의 새벽종이 사그라들고 나자 수업시간을 알리는 본종이 울렸다. 운동장이 고요해질 때까지 책가방을 들고 서 있던 우리들은 훈육실로 불려갔다.

——넌 왜 이래?

훈육주임이 내게 말했다. 고개를 숙이고 있느라 내 눈에는 그의 튀어나온 배만 보였다. 하얀 운동복에 가려진 그 배는 규칙적으로 오르락내리락했다.

——죄송합니다.

조금도 죄송하지 않았지만 나는 그렇게 말했다. 언제나 그렇게 말하는 게 상책이었기 때문이었다.

——너 혹시 일부러 유행 따라갈려고 그러는 거 아니겠지? 넌 공부도 제법 하는 애잖아?

공부를 제법 하기는 했다. 시험보기 전날 밤을 꼬박 새워 외우면 네 개의 보기 중에서 한 개를 찍어내는 것은 어려운 일이 아니었으니 제법이야 되었던 것이다. 그러나 중학교에 들어온 이후 키가 일년에 8센티씩 자라는 건 어쩔 수 없었다. 그 키를 감당 못하고 치마가 자꾸 올라가는 것은 내 힘으로는 어쩔 수 없는 일이었다.

——다음에 나한테 한번만 더 걸리면 없어, 알았어? 치맛자락 원래대로 내려!

그는 곤봉으로 내 허리를 두어 번 찌르며 말했다. 그래도 내가 대답을 하지 않자 그는 곤봉 끝으로 내 교복 윗도리를 걷어올렸다. 일부러 당시 유행하던 미니를 닮으려고 허리를 두어번 접어올리고 다니는 애들은 아닌가, 아마도 그는 그것을 확인하고 싶었을 것이다. 하지만 그가 곤봉으로 걷어올린 내 허리춤에서는 두 개의 옷핀으로 이어놓은 호크가 보였다. 그 사이로, 하도 삶아빨아서 구멍이 듬성듬성 난 누런 속옷과 그 구멍을 뚫고 미어져나온 내 열다섯살 비만의 살덩이, 그런 것들도 보였으리라.

사정이 그쯤 되면 그도 내가 얼마나 가난한 집의 계집아이인지 알았을 것이다. 그는 큰기침을 잠시 하더니 내게 그만 돌아가라고 했다. 다른 아이들에게 하듯 반성문을 쓰라고 하지는 않고 말이다. 나는 그가 걷어올렸던 교복 윗도리를——이미 그건 제자리로 돌아와 있었지만——자꾸 내렸다. 그와 나의 눈이 마주쳤다. 내 눈길이 하도 서슬 파래서였는지 그는 조금 당황하는 듯했다. 어쩌면 미안하다고 말하고 싶은 것 같기도 했다. 하지만 그는 미안하다고 말하지는 않았다. 대신, 그는 다른 아이들에게 큰 소리로 말했다.

——빨리빨리들 반성문 써! 니들은 이번 기회에 단단히 혼이 나야

돼!

열다섯살 내 눈에 비친 선생들은 그런 사람이었다. 그들은 절대로 미안하다고 말하지 않았다. 가끔 선심쓰듯 고맙다고 말하기는 했지만 말이다.

교실로 돌아오자 벌써 조례가 끝나 있었다. 조례가 끝나고 일교시가 시작되기 전 아이들은 모두 도시락을 꺼내놓고 밥을 먹었다. 아침을 거르고 만원버스에 시달리고 교문 앞에서 벌을 서고 하느라 나도 배가 고팠다. 하지만 습관처럼 도시락을 꺼내 밥알들을 입속에 퍼넣으려다가 나는 도시락 뚜껑을 덮어버렸다. 목이 따끔거렸기 때문이었다. 그 아픔이 무엇을 예고하는지 나는 알고 있었다. 편도선염. 국민학교 육학년 이후로 가끔씩 나를 덮치는, 열다섯살짜리에게도 그런 게 있다고 말하는 것이 허용된다면, 말하자면 지병이었다. 편도선이 붓고 입안에 허옇게 농이 앉으면서 나는 죽도록 앓아댔다. 입을 열어도 말이 나오지 않았고 당연히 며칠씩 학교도 가지 못했다. 목이 따끔거리는 징조에 대해서 나는 거의 본능적인 공포까지 느끼던 차였다. 하지만 나는 그 편도선이 부어터지는 기미를 이제 더이상 두려워하지 않기로 했다. 앓고 나면 언제나 허리가 한줌씩 들어가곤 했던 것이다.

그러면 설사 다른 선생이 곤봉으로 내 교복 윗도리를 걷어올린다 해도 옷핀으로 얼기설기 이어놓은 내 치마의 허리와 미어터진 살과 오래 입어서 군데군데가 닳아 구멍이 난 누런 속옷과 그런 것들을 보이지 않아도 되는 것이다. 내 열다섯살의 희망이 그런 것이었을 때 나는 한 아이를 알게 되었다.

6

처음에 나는 그 아이에게 도통 관심이 없었다. 그 아이는 키가 작아서 늘 교탁 앞에 붙은 것처럼——내게는 그렇게 여겨졌다. 벌써 가슴이 불룩하고 말처럼 커버린 내게는 말이다——보였다. 키가 너무도 작아서 국민학교 때부터 늘 일번이었다는 소리를 들은 것 같기도 했다. 시작은 도서관이었다. 나는 그때 학교에 있는 작은 도서관에 가서 늦도록 책을 보거나 하면서 그 도서관의 사서로 일하는 언니와 친해져 있었는데 그녀가 그 아이에게 무언가를 전해주라고 했다. 포장지로 싸여 있었지만 그것은 책인 것 같았고 말하자면 특별한 선물인 것 같았다. 내가 그 아이에게 책을 전해준 지 일주일쯤 지났을 무렵 그 아이가 쪽지를 보내왔다. 방과후에 학교 뒤에 있는 오솔길의 벤치에서 만나자는 것이었다. 가끔 그렇게 쪽지를 보내오는 아이들이 있어서 나랑 함께 하교하기도 했던 터였다. 나는 별 생각 없이 벤치로 나갔다. 아침 보충수업 한 시간, 저녁 보충수업 두 시간까지 합쳐서 도합 열 시간의 수업 때문에 몸은 지쳐 있었지만 뒷산의 아카시아가 지는 모습이 참 좋았다. 나는 그 아이가 떨어지는 아카시아 속을 걸어오는 걸 보고 일어섰다. 하지만 그 아이가 가까이 왔을 때 갑자기 내 키가 그애보다 너무 큰 게 좀 머쓱해져서 도로 앉아버렸다. 그 아이는 내 옆에 앉더니 말했다.

——십년 후 오늘 말이야, 너랑 여기서 만날 수 있다면 좋겠구나.

십년 후라니, 나는 십년 후 같은 것은 한번도 생각해본 일이 없었다. 어서 대학생이 되었으면 좋겠다, 그래서 멋진 남자랑 데이트도

하고 시집도 가고, 언제나 내 생각은 거기서 끝이었다. 그런데 십년 후라면 우리는 스물다섯살이나 된다. 그건 너무 멀었다.

—십년 후라면…… 그러니까…… 천구백팔십칠년 오월?

그애는 고개를 끄덕였다.

—그땐 넌 뭐하고 있을 것 같니?

—난……

—난 말이야, 선생님이 되어 있을 거 같애. 이 학교였으면 좋겠어.

나는 사실은 좀 흥분했다. 아직도 선생님이 되고 싶다는 아이가, 그런 말을 이렇게 진지하게 하는 아이가 남아 있다는 게 이상했다. 중학생이 된 이후 우리들은 선생님에게서 '님'자를 빼는 건 고사하고 아예 친구처럼 그들을 종기, 석재 이렇게 이름으로 호칭하고 있었던 것이다. 물론 그들 앞에서는 꼬박꼬박 존댓말을 썼지만 말이다.

—넌…… 넌 이, 학,교, 선생님이 되고 싶다는 말이니?

그 아이는 뭐가 이상하냐는 듯 나를 빤히 바라보았다. 그때 처음으로 그녀의 눈을 바라보았는데 눈빛이 아주 진지했다. 나는 갑자기 좀 당혹스러웠다. 공부를 잘하는 축들, 예를 들어서 다른 과목은 만점인데 가사시험에서 한 개를 틀렸다고 울고불고하는 밥맛 없는 우등생 축들이야 그저 그러려니 하지만 공부도 잘 못하는 이애가 선생님이 되고 싶다며, 아주 얌전한 모범생처럼 구는 게 사실은 좀 아니꼽기도 했던 것이다.

—나무도 많고 산도 있고 새들이 사는 우리 학교에 좋은 선생님들이 많으면 참 좋지 않겠니? 난 선생님이 되어서 아이들에게 좋은

책들을 많이 읽어주고 싶어. 아름다운 시들도 가르쳐주고.

——그거야 그렇지만⋯⋯

나는 그애와 서둘러 이야기를 끝내고 집으로 왔다. 만일 그녀가 헤어지던 길에 하얀 봉투에 넣은 편지를 내게 건네주지 않았다면 나는 그애와 영영 그렇게 헤어지고 말았을 것이다. 그런데 집으로 돌아와보니 그애가 전해준 편지봉투 속에는 정성스레 베껴쓴 듯한 시가 한편 들어 있었다.

열등생

J. 프레베르

그는 머리로는 아니라고 말한다
그러나 가슴으로는 그렇다고 말한다
그는 그가 사랑하는 것에게는 그렇다고 하고
선생에게는 아니라고 말한다
그는 자리에서 일어서고
선생이 질문을 한다
별의별 질문을 다 한다
문득 그는 폭소를 터뜨린다
그는 모두를 지워버린다
숫자도 단어도
날짜도 이름도
문장도 함정도

교사의 위협에도 아랑곳없이
우등생 아이들의 야유도 모른다는 듯
모든 색깔의 분필을 들고
불행의 흑판에
행복의 얼굴을 그린다.

                    ——느낌이 있는 한 소녀 윤희에게, 혜자가

　나는 단박 혜자라는 그 아이가 좋아졌다. 프레베르가 뭐하는 사람
인지 알 수 없었지만 이런 것도 시가 될 수 있다니, 분분한 낙화라든
가 미지의 흰 새라든가 눈물처럼 내리는 봄비 같은 게 아니라 이렇
게 후련한 것도 시가 될 수 있다니, 이런 시를 좋아하는 아이라면,
그것을 처음 만난 나에게 편지로 보낼 수 있는 아이라면 틀림없이
좋은 선생님이 될 수 있으리라 믿고 싶었다. 불행한 우리들의 흑판
에 행복을 그리는 그런 선생님.
　그후로 우리는 날마다 붙어다녔다. 한번은 우리가 늦도록 어둑어
둑한 뒷산에 앉아 있는데 숙직을 돌던 선생님 하나가 우리에게 물었
다.
　——너희들 동성애하냐?
　여자끼리의 동성애가 무엇인지는 잘 모르지만 그건 음탕한 말 같
았다. 나는 혜자와 만나면서 이런 게 우정이구나 하는 생각에 몹시
가슴이 설레던 참이었다. 내 첫사랑의 감정이, 일기장을 아무렇게나
방치해버린 그 선생 때문에 여지없이 짓밟혔던 것처럼 내가 느낀 첫
번째 우정이 다른 선생으로 인해 음탕한 것으로 변할까봐 나는 지레

겁에 질려버렸다. 내가 얼굴이 붉어진 채 아무 말도 하지 못하고 있자 혜자가 나를 잡아끌었다.

　──내버려둬. 저럴 땐 속으로 그를 경멸하면 되는 거야.

　──마음속으로 경멸을?

　──응. 나는 언제나 그러는걸.

　그렇구나, 속으로 그를 경멸하면 되는 거구나. 난 어떻게든 그걸 표현해야 된다고 생각했는데…… 내 얼굴도 정상으로 돌아왔다. 생각해보니 그건 아주 쉬운 일 같았다. 혜자는 이제까지 나쁜 선생들을 속으로 가만히 경멸하면서 이담에, 십년쯤 후에 좋은 선생님이 되겠다고 생각해왔구나. 별것도 아닌 그 말이 그토록 마음에 들었다. 마음속으로만 간직하는 아주 멋들어진 방법 같았다. 그건 마음속으로만 하는 것이니 매를 맞을 염려도 없을 것 아닌가.

　어쨌든 혜자와 나는 도서관이니 서점을 돌아다니며 가지가지 좋은 책을 섭렵하기 시작했다. 고작 이광수의 『무정』과 황순원의 『나무들 비탈에 서다』 정도, 『제인 에어』와 『폭풍의 언덕』 정도의 독서량을 가지고 있던 나는 혜자가 권하는 책들을 읽기 시작했다. 내 평생 읽은 명작의 90퍼센트를 나는 그 시절에 해치웠고 그것은 거의 다 그녀의 덕택이었다.

　그녀는 어느날인가는 어둑어둑한 학교 뒷숲에 앉아서 내게 자신의 이야기를 꺼냈다. 새엄마와 그녀가 낳은 아이들…… 그 사이에서 늘 바쁘신 아빠…… 이층 제 방 창가에서 날마다 따로 빈한한 식사를 해야 하는 그녀의 처지가 안쓰러워서 나도 눈물을 찔끔거렸다. 그녀가 이렇게 키가 작은 것은 아마도 그 때문인 것 같았다.

　한번 서로 눈물이 찔끔거리는 경험을 하고 나자 우리들은 마치 피를 섞어 맹세라도 한 의형제 같았다. 서로 못할 말이 없었던 것이다. 만일 서로에 대해 감추는 것이 하나라도 있으면 그것이 우리들의 우정을 방해할 커다란 장애라도 될 것처럼 서로의 과거사를——과거라야 고작 십여년이지만——서로에게 알리기 위해 기를 썼다. 혜자는 특히 돌아가신 그녀의 어머니 이야기를 많이 했다.

——우리 친엄마는 늘 집에서 자주 고름을 단 고운 옥색 한복을 입고 계셨지. 가끔 친구들이 놀러 와서 이야기를 하고 있으면 예쁘게 깎은 과일 옆에 정원의 라일락꽃을 곁들여 내오시곤 했어. 그러면 친구와 나는 그 라일락을 머리에 꽂고 과일을 먹으며 이야기를 나누었단다. 또 가끔은 오븐에 과자를 구워주시기도 했는데 반은 초콜릿을 입히고 반은 흰 밀가루 빛인 그런 토끼과자 말이야. 나는 그게 너무 예뻐서 밤에 침대까지 그 과자를 들고 갔어. 그러면 엄마는 조용히 오셔서 내 손에서 그것을 살며시 빼내곤 하셨어. 다음날 보면 토끼과자는 부스러기를 남긴 채 내 인형침대에서 잠들어 있곤 했지. 엄마만 살아 계셨으면 널 집에 데리고 가서 밤새워 실컷 이야기를 나눌 수 있을 텐데…… 새엄만 친구들을 데리고 오지 못하게 해서.

그러면 나는 그애의 손을 꼭 잡고 우리가 잘살던 시절의 이야기를 그애에게 해주었다.

——이층집에서 살던 시절 마당엔 늘 작고 하얀 스피츠가 다섯 마리나 놀고 있었고 연못엔 빨간 금붕어가 놀고 있었어. 정원엔 하얀 의자가 놓여 있었고 아버지는 연못가에 작은 분수를 달았지. 우리는 거기서 어머니가 만들어주신 아이스크림을 먹곤 했어.

사실은, 사실은 마당에 늙어빠진 스피츠가 딱 한마리 있었다는 거 빼고는 다 거짓말이었지만 그애는 조금도 날 의심하지 않는 눈빛으로 이렇게 말하는 것이었다.

　——넌 그때 탁자 밑에서 작은오빠의 친구가 몰래 보낸 연애편지를 쥐고 있었지?

　——어, 어떻게 그걸 알았니?

　——나도 그런 때가 있었거든. 교회에 다니는 오빠가 날마다 편지를 보내왔어. 이젠 새엄마 때문에 그걸 받아보지도 못하지만……

　혜자는 눈물이 글썽거리는 눈을 들어 먼산을 바라보았다. 어쩌면 꿈을 꾸고 있는 것 같기도 했다. 거짓말을 해서 창피는 면했지만 나는 내 보잘것없는 과거가 부끄러웠다. 엄마가 죽어도 좋으니 깎은 과일 옆에 라일락꽃을 곁들이는 그런 엄마였으면 하고 생각하기도 했다. 게다가 작은오빠 친구들은 내게 편지를 보내기는커녕 집에 와서는 알량한 라면만 축내며 여드름을 짜고들 있지 않은가 말이다.

　그렇게 봄과 여름이 가고 가을이 깊어갈 때쯤, 달마다 찾아오는 민방위 훈련날이 되었다. 우리반은 화생방훈련의 시범반으로 지정되어 있었다. 그러니 책상 밑으로 숨어들어 커다란 비닐을 뒤집어쓰고 귀를 막고 있는 것이 아니라, 적기의 공습으로 인해 불이 났다고 치고 탈출을 해야 하는 것이었다. 스피커에서는 다급한 목소리의 성우가, 서울에 적기의 공습이 벌어지고 있습니다. 시민 여러분들은 어서 대피를 하십시오 어쩌고 하는 녹음이 흘러나왔다. 나는 부상자역을 맡아서 들것에 실려나갔다. 나를 들것에 들고 가야 하는 역을 맡은 아이가 이게 혜자라면 얼마나 가벼웠을까 하고 투덜거리기도 했지만 두둥실 실려나가는 기분은 괜찮았다. 선생님들이야 어떻든, 스피커의 성우가 뭐라고 하든 우리들은 이미 전쟁 같은 것의 공포에 떨지 않았다. 긴급조치라는 것이 9호까지 발동되었지만 설령 그것이

99호까지 선포된다 하더라도 보충수업만 중단된다면, 춥거나 더운 날 운동장 조회에서 끝도 없는 교장의 잔소리만 듣지 않게 된다면, 모의고사 점수를 등수대로 복도에 붙여놓지만 않는다면, 어쩌면 우리들에겐 전쟁조차도 두렵지 않을 것 같았다. 어쨌든 아이들은 모두 소란스레 교실을 비웠다. 감기 기운이 있다고 양호실에 갔다 온 혜자만 교실을 지키고 앉아 있었던 그날, 반장이 거두어놓은 우윳값이 몽땅 사라졌다.

나는 혜자의 가방을 끼고 어둑어둑한 교실에 혼자 앉아 교무실에 불려간 그애를 기다렸다. 혜자는 교실 안이 완전히 깜깜해진 다음에야 돌아왔다. 그애가 해쓱한 얼굴로 들어섰을 때 나는 거의 울 뻔했다. 도둑이라니…… 선생님은 교무실로 그애를 불러 닦달을 했을 것이다. 하지만 혜자의 알리바이가 너무 없는 게 오히려 이상하다는 걸 머리가 있는 사람이면 누구나 알 것이었다. 이런 생각을 했던 건 아마도 게걸스레 읽어치운 명작 속에 간간이 흥미있는 추리소설을 끼워넣은 덕택이었을 것이다.

어두운 교정을 둘이 걸어나와 우리는 여느 날처럼 분식집으로 들어갔다. 주머니에는 가련하게 딸랑거리는 동전뿐이었다. 그런데 라면을 시키려 하는 나를 조용히 저지하고 혜자는 뜻밖에도 떡볶이에 돈까스까지 시켰다. 그 고약한 새엄마 때문에 용돈을 거의 타지 못했던 그녀여서 내가 용돈을 쪼개어 라면을 사주기도 했는데 그날은 그애가 덧붙여 만두 이인분까지 내는 것이었다. 먹으면서 사실은 기분이 께름칙했다. 내 눈초리를 의식했는지 만두를 집어들다 말고 혜자가 힘없이 물었다.

—너도 날 의심하니?

　떡볶이를 베어물다 말고 가슴이 덜컥했다. 하지만 나는 곧 아니라고 고개를 저었다. 내 마음속에 불쑥 일었던 의구심을 무마하려고 더욱더 힘차게 말이다.

　　—너한테 너무 알리바이가 없는 게 이상해. 머리가 있으면 선생님도 그걸 생각해야 해. 민방위훈련 하느라 북새통이었는데 그걸 누가 아니?

　나는 교무실에 불려간 혜자를 기다리는 동안 생각해두었던 말을 자신있게 뱉었다. 혜자는 날 물끄러미 바라보다가 고개를 떨구었다.

　　—그래도 선생님은 내 말을 믿어주시질 않아. 나도 그렇게 말씀을 드리기는 했지만 공부도 못하는 애를 누가 믿어주겠니?

　그건 그랬다. 공부만 잘한다면, 설사 그애가 선생님 앞에서 우윳값을 훔치려다 들켰다고 해도 아마 선생님은 말하실 것이다. 넌 참 유머도 있구나.

　나는 할말이 없어서 만두만 연거푸 간장에 적시고 있었다.

　　—오늘 너한테 맛있는 거 사주고 싶어서 그동안 새엄마 몰래 모은 돈을 가지고 왔거든. 그래서 선생님은 날 의심하셨지…… 오늘은 너한테 맛있는 거 사주고 싶었어. 오늘이 내 생일이거든.

　목이 콱 메어왔다. 나는, 그래 사실은 널 의심했어, 난 나빠 난 나빠, 하고 과장되게 잘못을 빌고 싶기까지도 했다. 우리 담임은 알리바이도 모르는 바보야,라고 말하고 싶기도 했다. 생일날 도둑으로 몰린 불쌍한 혜자는 그날 내게 책을 한권 선물하기도 했다. 처음 혜자의 귀한 돈으로 선물을 받은 나는, 쑥스럽게도 그애에게 오백원짜리 한장을 꾸어서 생일선물로 노란 소국을 한다발 사서 건넸다.

그런데 혜자는 다음날부터 결석을 하기 시작했다. 일주일이 지나도록 무단 결석이었다. 담임선생이 날 부르더니 반장과 함께 혜자의 집에 좀 찾아가보라는 말을 했다. 반에서 집을 아는 사람이 없다고 했다. 나조차도 그애 집에 가본 일은 없었으니까 말이다. 담임은 피곤한 듯 담배를 물더니 내게 말했다.

——걘 지금 안 그래도 등록금을 못 내서 퇴학당할 판이야. 무단 결석까지 하니…… 속 상해서 정말……

새엄마가 등록금도 주지 않았구나. 잘 알지도 못하고 그런 가슴 아픈 사연을 그렇게 쉽게 말해버리는 담임에게 화가 치밀었다. 내가 혜자를 더 감싸주어야지 하는 생각도 들었다. 반 아이들 앞에서 혜자의 어려운 처지를 설명하고 모금을 해서 그애의 등록금을 모으는 일도 생각해보았다. 그런 미담을 나는 많이 읽어보았다. 어쨌든 그것조차 혜자가 학교에 나와야 될 일이었다.

반장과 나는 그애의 주소만 달랑 들고 마포구 도화동 일대를 헤맸다. 복덕방에 들어가서 물어보자는 반장의 영특한 제안이 없었다면 우리는 아마 저물도록 그 아이의 집을 찾지 못했으리라. 복덕방 주인의 설명을 듣고 나서 나는 이상한 기분에 사로잡히기 시작했다. 그 아이의 집은 너무 높았고 너무 찾기가 어려웠다. 부자 동네에서도 가난한 동네에서도 살아본 경험이 있는 나로서는, 사실 주소가 길다는 것부터가 의심스럽긴 했다. 부자들의 집주소는 대개가 간단한 법이었다. 한참을 헤매었을 때 우리는 거의 서울 시내가 다 내려다보이는 도화동 언덕빼기에 올라서 있었다. 멀리 한강까지 보이는 아주 높은 언덕이었다.

우리는 혹시나 하는 바람으로 아무 집의 문이나 두드렸다. 글쎄 그것을 집이라고 할 수 있을까. 길가에서 바로 방으로 연결되는, 루핑 처마가 거의 내 얼굴에 맞닿아 있어서 혜자의 그 작은 키가 아니라면 허리를 반쯤은 구부리고 들어가야 할 집. 이 집에 주소가 있다는 사실이 오히려 신기해 보였다. 움막도 아니고 집도 아닌 그 안에서 핼쑥한 얼굴의 혜자가 나왔다. 너의 새엄마는 바로 가난이었구나, 하고 생각한 건 그로부터 많은 시간이 지나서였다. 혜자가 나온 방안에서 낮은 신음소리가 들렸다. 어둠속으로 고개를 디밀고 들여다보지 않아도 그 안에 누군가가 누워서 아주 나쁜 냄새를 풍기며 앓고 있는 게 느껴졌다. 드디어 혜자의 눈과 내 눈이 마주쳤다. 나는 뒤로 한 발자국 물러서면서 그저 눈길을 돌려버리고 모든 걸 반장에게 미루는 몸짓을 해댔다. 머쓱해진 우리 둘을 둘러보다가 반장이 겨우, 선생님이 너 내일은 꼭 학교에 나오래, 하고 말했다. 나는 어떻게든 혜자를 보지 않으려고 애를 쓰면서 얼른 반장을 따라 돌아섰다.

──윤희야, 잠깐만.

혜자가 돌아서는 나를 불러세웠다. 나는 그애의 얼굴을 될 수 있으면 보지 않으려고 전깃줄이 어지러이 이어진 하늘만 쳐다보았다. 산동네의 지붕마다 국수가락처럼 엮여 있는 텔레비전 안테나 끝이 바람에 후들후들 떨고 있었다. 언젠가 남북회담 때 북쪽 대표들이 서울을 구경하고는 이렇게 많은 텔레비전 안테나가 있다는 걸 보고 놀랐다는 이야기를 선생님에게서 들은 적이 있다. 우리가 북한보다 잘살아서 그쪽 대표들의 야코가 죽었다는 말에 우리들은 얼마나 신나했던가. 그런데 지금 그런 게 다 무슨 상관이란 말인가. 대체 혜자의 이층집은, 라일락이 핀 그 이층집은 어디 있는가 말이다. 나는 고개를 숙여버렸다. 떨어진 감색 운동화를 찌그려 신은 혜자의 발이 보였다. 혜자는 담담하게 말했다.

——우윳값은 내가 훔쳤어…… 한번쯤은 나도 무언가를 주고 싶었어…… 너에게만은 이 말을 해야 한다고 생각했어……

그날 밤 집에 돌아와서 나는 몹시 울었다. 지금은 없어진 일기장에 아마도 죽을 때까지 그애를 용서하지 않을 거라고 썼던 것 같다. 내 청춘이 모욕당하고 훼손당하고 있다고 썼던 것도 같다. 처음 느껴본 우정이 동성애보다 더 음탕해진 느낌, 나도 거짓말을 했지만, 귀엽고 작은 스피츠가 다섯 마리나 있다는 둥, 작은오빠의 친구가 편지를 보냈다는 둥, 말도 안되는 거짓말을 여러번 해댔지만…… 그래도, 그래도 나는 있는 사실에서 그저 조금을 보탰을 뿐, 이토록 허황한 거짓말을 하지는 않았다. 그런데 혜자는 아니었다. 그녀는 전혀 없는 사실을 있는 것처럼 꾸며댔던 것이다. 그리고 결정적으로, 그토록 그녀를 믿고 있는, 그 믿음에 행여 불순물이라도 낄까봐 무조건 믿기만 한 내 마음을 능멸했던 것이다. 눈 하나 깜짝하지 않고 말이다. 그런데 나는 그녀를 믿고 국민학교 동창 민철이랑 중학교에 들어와서 빵집에서 한번 만난, 그 커다란 비밀까지도 말해버린 것이다. 이층집이 없어도 좋고 새엄마가 없어도 좋지만 내가 여태까지 믿어왔던 혜자는 어디에 있는가 말이다.

다음날 혜자는 학교에 나왔지만, 나오자마자 서무실로 불려갔다. 등록금을 제때 내지 못한 다른 아이들도 대여섯 명 불려갔다. 그리고 다른 아이들은 돌아왔지만 혜자는 돌아오지 않았다. 돌아온 아이들의 엄지손가락에는 빨간 인주가 묻어 있었다. 그 아이들은 그달 말까지 밀린 등록금을 내겠다는 각서에 지장을 찍었지만 혜자는 그러지 않은 모양이었다. 나는 화장실에 가는 척하고 서무실 앞으로 가보았다. 혜자가 서무실 앞 복도에서 고개를 숙이고 서 있었다. 담임선생이 출석부를 든 채로 그애에게 무언가 말을 건네고 있었다. 눈물을 훔쳐내며 그애는 선생님에게 애원을 하고 있는 듯이 보였다. 하지만 담임은 연신 고개를 젓고 있었다. 그날 청소시간에 혜자가 유리창을 닦고 있는 나에게 다가와서 말했다.

　──……날…… 용서해주겠니?

　나는 사실 혜자가 이제 더이상 학교를 다닐 수 없으리란 걸 알고 있었다. 이제 이것이 그애와 마지막 대면이 될 거라는 것도 알고 있었다. 그애는 아마 강 건너 해태공장에 들어갈지도 모른다. 선생님들은 자주 그렇게 말하곤 했다.

　──니들 그렇게 공부 안하려면 아예 강을 건너가라. 강 건너 양평동으로 가면 해태공장 롯데공장 있으니까, 가서 하루종일 사탕이나 싸라고, 이 바보 같은 것들아!

　나는 유리창만 닦고 있었다. 닦으면서 사실은 이렇게 말하려고 했다.

　──그래도 용서 못해. 니가 해태공장에 간대도 용서 못해…… 죽을 때까지 못해!

　대답 대신 나는 교복 주머니에서 오백원짜리 지폐를 꺼내 그애에게 내밀었다. 혜자가 우윳값을 훔친 그날, 그 훔친 돈으로 내게 빌려준, 그래서 내가 그애의 생일선물로 노란 소국을 한다발 사준 그 돈이었다. 혜자의 고개가 푹 수그러졌다. 나는 입가에 미소까지 지어 말하려고 애썼지만 말도 잘 나오지 않았다.

　──나, 난 마음속으로 너를 겨,경멸하고 있어…… 돈 받아……

말은 더듬고 있었지만 내 표정이 얼마나 야멸쳤을까. 혜자는 입술을 깨물면서 내 얼굴을 바라보았다. 그녀의 눈동자는 이제 더이상 꿈을 꾸고 있는 것 같지는 않았다.

——그래도 윤희야, 난 너를 잊지 못할……

나는 이어지는 말을 막으며 그애의 교복 호주머니에 오백원짜리 지폐를 찔러넣었다. 지폐를 다시 꺼내들며 혜자가 반쯤은 경악이 어리고 또 반쯤은 노여운 눈길로 나를 바라보았다. 나도 못지않게 노여운 눈으로 그애를 바라보려 했지만 그럴 수가 없었다. 마음속으로만 경멸을 하는 일은 힘들었다. 그건, 말하자면 아무 쓸데도 없는 일이었다. 나는 눈길을 돌려버렸다. 혜자는 그렇게 우리를 떠났다. 유리창 너머로 바라보니 혜자가 교문까지의 긴 길을 혼자 걸어 내려가고 있었다.

후에 고등학생이 된 후 나는 버스에서 혜자를 보았다. 그애는 우스꽝스러운 자주색 모자를 쓴 시내버스 안내양이 되어 있었다. 나는 그애에게 고등학생이라는 글씨가 찍힌 버스표를 내밀었고 그애는 그걸 받아서 다른 버스표들과 함께 옷핀에 가지런히 꿰어서 자주색 가운 속에 푹 찔러넣었다. 그애는 여전히 키가 작았다. 조금도 크지 않은 것 같았다. 나는, 고등학교 교복을 입은 나는, 창밖만 바라보며 서 있다가 집 앞에서 내렸다. 내리면서, 사실은 한번 뒤돌아보고 싶었지만, 길쭉하게 뚫린 버스의 창문으로 내 뒷모습을 보고 있을 그애의 눈을 바라보아야 한다는 것이 왠지 끔찍해서 그대로 앞만 보고 걸었다. 그리고 나는 다시는 그애를 보지 못했다. 그리고 1987년 5월 어느날 나는 문득 혜자와의 약속을 생각했다. 그때 나는 대학을 졸업하고 양평동과 구로동을 헤매며 다니고 있었다. 지금은 아파트가 되어버린 양평동의 해태나 롯데 공장에, 소위 말하는 위장취업자로 취직하기 위해서였다. 다섯시나 여섯시쯤 삼교대를 마치고 퇴근하는 여성노동자들 속에서 나는 어느덧 혜자를 찾고 있었다. 혜자는 1987년 5월에 무엇을 하고 있었을까?

커서 어른이 된 요즈음, 나는 지역신문을 읽다가 '사람을 찾습니다'라는 난을 발견하곤 한다. 국민학교 때 헤어진 친구 점순이를 찾습니다, 서울로 전학간 후 소식이 끊겼습니다,라든가 왕십리에서 옆집에 살던 미자 엄마를 찾습니다,라든가 하는 난 말이다. 만일 그 신문에서 전화를 걸어온다면 나는 말할 수 있을 것 같다.

국민학교 동기생인 그 바보와 중학교 때 헤어진 혜자를 찾습니다.

어쨌든 나는 마포의 그 중학교를 떠나 신촌 부근의 고등학교에 진학했다. 중학교 삼학년 마지막 내 성적표 중 행동발달 사항란에는 이런 글귀가 적혀 있었다.

——지나치게 소극적이고 자기 표현이 없음. 말더듬 교정이 필요함.

7

——오늘이 십삼일이니까 십삼번 읽어봐!

고등학교에 들어와서 첫 음악시간. 음악선생은 미간을 잔뜩 찌푸리며 십삼번에게 말했다. 음악실 칠판에는 오선지 악보가 그려져 있었고 그 밑에는 알 수 없는 나라의 알파벳이 적혀 있었다. 십삼번은 일어서서 고개만 숙이고 있었다.

——이 바보 같은 것들, 그러면 이십삼번 !

이십삼번도 고개만 숙이고 있었다.

——저건 독어 같애.

누군가가 뒤에서 수군거렸다. 불어를 택한 우리반 아이들이 그걸 알 턱이 없었다. 하긴 그것이 불어라고 해도 읽어낼 수가 있었을까 의심스럽지만 말이다.

——반장 일어나!

반장이 일어섰다. 하지만 그녀 역시 일어서기도 전에 고개부터 수그린 채였다. 음악선생은 경멸스러운 표정으로 우리들을 쭉 훑어보았다.

——독어도 모르는 것들이 음악시간엘 들어와? 니들 무슨 반이야?

——불어반요.

선생님이 묻기만 하면 그것이 무슨 질문이든 꼭 대답해야 한다고 생각하는 치들이 낮게 대답했다. 음악선생의 입가로 고소가 지나갔다.

——니들은 벌써 정신상태가 글러먹은 거야. 독일어반 아이들은 이러지 않아. 그 아이들은 정신상태가 양호하다.

어리둥절한 느낌이었지만 우리들은 모두 쥐 죽은 듯 그의 말에 귀를 기울였다.

——바보 같은 것들, 무슨 말인 줄 몰라? 독어는 불어하고는 달라서 써놓은 알파벳을 낭비하는 일이 없이 모두 발음한다. 불어를 봐라! 불어는 써놓고도 읽지 않는 글씨가 주렁주렁 달려 있는 쓸데없는 언어이다. 바로 그 국민성을 대표하는 거지. 독일 국민은 합리적

이고 부지런하지만 불란서 사람들은 퇴폐적이고 감정적이다. 그런 불어를 배운답시고 앉아 있는 니들의 정신상태라니…… 삼십분 후에 돌아올 테니 다 외워놔! 알았지?

이상한 궤변에 대해 생각해볼 시간도 없이 우리들은 북새통이 되었다. 반장이 앞에 나가서 말했다.

——독어는 알파벳을 그대로 읽으면 된다는 것 같아. e하고 i가 붙어 있을 때만 아이라고 읽고…… 그러니 내가 불러줄 테니까 지금부터 빨리 받아적어.

우리들은 볼펜을 곧추세우고 반장의 말에 귀를 기울였다.

——두 홀데 쿤스트 인 비필 그라우엔 슈툰덴……

그 낯선 독어 가사를 한글로 받아적으면서도 내가 오십삼번이라는 게 마음에 자꾸 걸렸다. 하필이면 오늘이 십삼일이니 말이다. 십삼번과 이십삼번은 한차례 혼이 났으니 그 다음은 삼십삼번 사십삼번 오십삼번, 그리고 육십삼번의 차례인 건 불을 보듯 뻔했다. 삼십분 후 선생이 들어섰다. 그는 우리들을 향해 야릇한 미소를 짓더니 피아노 앞에 앉으며 말했다.

——삼십삼번 노래 시작.

삼십삼번은 더듬거리며 일어나 노래를 시작했다.

——두 홀데 쿤스트 인 비필 그라우엔…… 슈툰덴…… 보……

삼십삼번은 거기서 노래를 멈추었다. 음악선생은 짜증이 나서 못 견디겠다는 듯이 피아노를 쾅하고 내려치더니 달려와 삼십삼번의 머리를 그대로 후려쳤다. 헝클어진 머리를 매만지며 삼십삼번이 고개를 숙여버렸다. 그는 다시 피아노 앞으로 가서 앉으며 말했다.

——다음 사십삼번 준비하고 있겠지? 그러니까 오십삼번 일어서!

그는 텔레비전의 퀴즈프로에서 대단히 재치있는 말을 한 사회자처럼 웃어가며 말했다. 사십삼번이 앉은 자리 쪽에서 후유…… 하는 소리가 커다랗게 들려왔고, 오십삼번인 나는 엉거주춤 일어섰다.

피아노 전주가 울렸다. 나는 기를 쓰고 그것을 반쯤은 외웠다. 운이 좋으면 끝까지 갈 수도 있으리라 생각했다. 적어도 삼십삼번처럼 첫소절에서 막히지 않을 자신은 있었던 것이다. 그러나 결정적으로 나는, 내가 심한 말더듬이가 되어 있었던 걸 깜빡 잊었다. 아아, 미치고 환장하게도 말이 나오지 않았던 것이다. 전주가 끝나고 이제 여기서 노래가 시작되는 건 알겠는데, 말이, 말이 나와주지 않는 것이었다.

음악선생은 시선은 나를 향해 있으면서 피아노를 몇번 두드리다가 말했다.

──앞으로 나와!

나는 이미 많은 걸 각오했다. 매를 맞거나 수모를 당하거나 하는 따위들…… 하지만 다리가 후들후들 떨려와서 걷기가 힘들었다. 나는 교탁 앞에 서서 고개를 숙이고 스커트 자락만 움켜쥐었다 놓았다 했다. 음악선생은 윗도리를 벗고 우왕좌왕했다. 있어야 할 매가 보이지 않는 모양이었다. 멜빵을 한 그의 와이셔츠가 가까이 다가왔다 멀어졌다 할 때마다 나는 제발이지 이쯤에서 내가 기절하기를 바랐다. 더 늦기 전에 제발 이쯤에서…… 오오, 하느님…… 선생은 끝내 매를 찾지 못했는지 출석부를 들고 내게 다가왔다. 사태는 내가 생각했던 것보다 훨씬 양호하게 전개되어가는 듯했다. 출석부가 때리는 도구라면 그걸로는 그저 머리 몇대만 맞는 걸 감수하면 되는 터였다. 그는 출석부의 얇은 면을 위로 세우고 내게 다가왔다.

—너 어느 중학교 출신이야?

—서, 서……

온몸의 피가 얼굴로 몰려들었다.

—이 자식이!

그는 내 머리를 출석부로 후려쳤다. 내 머리카락이 얼굴 위로 흩어져내렸지만 나는 그것을 거두지 않았다. 이미 맞아버렸으니 기절에 대한 소망도 버리는 편이 현명할 것 같아 나는 기도도 그친 채로 묵묵히 서 있었다.

—너 우리말 못해?

나는 입술을 앙다물었다. 더듬거리는 꼴을 새로 만난 아이들에게 보여주고 싶지 않았다. 그러자 마음이 좀 편해졌다. 그저 견디고 있으면, 만사가 해결될 것이다. 아프면 좀 울고, 조금 창피하고 그러면 다시 아무 일도 없어질 거야. 그 시간만 견디면 되겠지, 언제나처럼…… 그런 생각들을 했던 것이다.

—어쭈, 이게……

그는 내가 대답을 안하는 것이 심각한 도전이라도 되는 줄 안 모양이었다. 그의 왼손이 갑자기 내 뒤통수를 받쳐들었다. 분명, 잡아채는 게 아니고 마치 지탱해주듯이 손바닥을 넓게 펴서 받쳐든 것이다. 그가 무엇을 하려는지 나는 알 수 없었다. 무기라고는 고작 출석부밖에 없는데……라고 생각하는 순간, 그는 출석부의 얇은 면을 사용하여 내 코밑, 인중의 맨 위쪽을 콧구멍하고 수직이 되게 강타했다. 처음에는 그저 놀라고 아파서 아무 생각도 할 수 없었다. 하지만 그는 여전히 한 손으로 내 뒤통수를 받쳐든 채 출석부로 그 자리를 규칙적으로 때렸다. 곁에 선 그의 숨소리가 거칠게 들려왔고 그의 손의 뜨거운 열기가 내 뒤통수로 전해져왔을 때서야 눈앞의 모든 사물이 하나둘씩 희미하게 멀어지면서 나의 뇌수가 출렁이기 시작했다. 출렁이면서 아려오기 시작했다. 그 아림이 코밑에서부터 시작된 것인지, 아니면 그의 숨소리가 들리는 귀에서부터인지, 그도 아니면 내 뒤통수를 잡은 그의 손길에서부터인지 알 수 없었지만 온몸의 세포들이 모두 일어서서 아리다고 아우성을 치고 있었다. 아우성치는 열기 때문에 실내화 속에 달구어진 철판이라도 들어 있는 것처럼 발바닥이 뜨끈거렸다. 잠시 후 그가 내 뒤통수를 받쳐들고 있던 손으로 나를 밀었다.

──들어가.

자리로 돌아오는데 뜨끈한 실내화 위로 붉은 것이 점점이 떨어져 내렸다. 앞자리에 앉아 있던 아이가 입술을 앙다물며 내게 손수건을 내밀었다. 코피를 닦으면서 고개를 드니 음악선생이 출석부에 묻은 내 코피를 휴지로 닦고 그것을 쓰레기통에 던지는 게 보였다. 수업을 마치는 종소리가 울린 지는 오래였다. 손수건으로 코를 쥐어틀고 음악실을 나오면서 나는 이상한 쾌감을 느꼈다. 푸릇푸릇한 독기운이 내 온몸으로 퍼져가는 것만 같은 느낌이라고나 할까. 눈물 같은 건 나오지도 않았다. 다만 이제 발뿐이 아니라 온몸이 철판에라도 덴 듯이 뜨끈거렸다. 나는 조용히 마음을 다잡고 그 뜨끈거림을 견뎠다. 교실로 올라가는 계단에서는 언뜻언뜻 웃음이 나오기도 했다.

──우리 언니도 이 학교 출신인데, 음악선생님 부인이 작년에 도망갔대. 그래서 그 다음부터 저렇게 됐대…… 니가 이해해라.

내게 손수건을 빌려주었던 아이가 내 곁으로 다가오면서 말했다.

──미,미, 미안해.

　　──뭐가?

　　──소,소, 손수건 마, 말이야…… 내가 나, 나중에 빨아줄게.

　　──괜찮아. 우리 언니가 그러는데 이 학교 정말 끔찍한 데래……
우린 앞으로 어떻게 하니? 난 이 학교만 걸리지 않게 해달라고 빌었
는데……

　　아이는 시무룩하게 말했다. 하기는 우리 스스로가 우리의 것을 선
택해본 일은 없었다. 국민학교는 주민등록이 기재된 거주지 주소에
의해 결정되었고, 그리고 중학교와 고등학교는 컴퓨터의 처분만 바
랄 뿐이었다. 말하자면 우리는 뺑뺑이 세대였던 것이다.

　　──가만, 코피가 좀 그친 것 같다. 많이 아팠지?

　　아이는 내 손을 잡으며 따뜻하게 말했다. 한 손으로 코를 막은 채
한 손으로 그애의 작은 손을 느꼈을 때, 갑자기 눈물이 핑 돌았다.
내 몸을 기분 좋게 휘저으며 치밀어오르던 푸릇푸릇한 독기가 순간
풀어져내리는 것 같았다. 나는 그 아이의 손을 뿌리치며 온몸에 힘
을 주었다. 독기를, 푸릇푸릇 내 핏속을 돌고 있는 그 푸른 독기를
놓쳐버려서는 안되었다. 만일 그것을 풀어버리고 만다면 나는 주저
앉을 것이고 어린아이처럼 하루종일 엎드려 울 것이었다. 그건 맞는
일만큼 끔찍한 것이었다.

　　먼 훗날 대학에 들어와 교육학과 친구와 이야기를 나누다가 이 이
야기를 한 적이 있었다. 지방의 명문고를 나온 그는 내 말이 몹시 이
상했는지 내게 물었다.

　　──그런 불합리한 일이 어딨어? 나 같으면 가만히 안 있었을 거
야. 근데 왜 어머니한테 이르지 않았니?

50

왜 이르지 않았을까, 그제서야 나도 그게 신기했다. 일러봤자 어차피 소용없다는 걸 알기는 했지만 그래도 하소연쯤은 할 수 있었는데, 왜 그랬을까…… 말더듬병에서 해방된 나는 그에게 대답했다.

— 난, 난 말야, 학교란 게 워낙, 그냥…… 그런 것인 줄 알았어……

8

— 빨리빨리! 큰일났어. 국어선생님 벌써 들어오셨단 말이야. 어떡해?

반장이 다급한 손짓으로 아이들을 부르고 있었다. 아이들이 우르르 몰려가기 시작했다.

— 우린 뭐 화장실도 못 가니?

용감한 아이가 대꾸했지만 그녀 역시 태연한 얼굴은 아니었다.

얼굴이 누렇게 뜬 국어선생은 교탁 앞에서 왔다갔다하면서 우리를 기다리고 있었다. 우리들은 노트를 폈다. 거기에는 같은 글씨체로 된 똑같은 낱말들이 적혀 있었다. 그 선생은 자신의 글씨체를 그대로 따라야 한다며 우리에게 첫시간부터 겁을 주었다. 모음이 크고 길며 받침자가 맨 밑에 겨우 달라붙어 있는 이상한 그의 글씨체를 말이다. 그래서 다른 과목의 노트에는 모두 제 나름의 다른 글씨체로 씌어 있었지만 국어노트만은 모두가 같은 글씨체였다.

— 반장.

선생은 예의 그 낮은 목소리로 말했다. 선생님의 지명에 의해 반장이 된 아이가 겁에 질린 얼굴로 일어섰다.

——어찌 된 일이냐?

그의 말소리는 여전히 조용했지만 그럴수록 우리들의 공포는 더욱 더해갈 뿐이었다. 그는 결코 말소리를 높인 적이 없었고, 말소리가 낮고 속삭이는 소리가 되어갈수록 더욱 가혹한 형벌을 내리는 사람이었다.

——으, 음악시간이 늦게 끝나서……

선생은 다가와 조용히 반장의 손을 길다란 막대기로 건드렸다. 반장은 알겠다는 듯 손을 위로 올렸고 선생은 입술을 욱신거리며 반장의 손바닥을 내리쳤다. 열 대쯤이나 맞았을까, 반장이 두 손을 모아 허리춤으로 아픔을 감추며 몸을 휘청거리자 그는 교탁 앞으로 갔다.

——다음번에 또 이런 일이 벌어지면 그땐 모두 다 이렇게 될 줄 알아라. 음악? 음악이 대학 가는 데 무슨 소용이냐, 이것들아! 십삼번, 읽어!

그날이 십삼일이었던 까닭에 다시 십삼번이 일어서서 교과서에 실린 한용운의 시를 읽기 시작했고 우리의 그날은 거기서 마감되었다. 하지만 그날로 모든 것이 마감되었더라면 얼마나 좋았을까, 더럽게 재수가 없었을 뿐이라고 생각하면 그만이었을 테니까.

고등학교에 입학한 이후로 나는 거의 신경쇠약증에 걸리다시피 했다. 밤마다 악몽을 꾸었고 낮이면 만성 소화불량에 시달렸다. 명치 부분이 늘 뻐근했지만 그래도 이상하게 살은 빠지지 않았다. 자주 화장실에 가서 음식을 게워내면서도 나는 새로 나온 삼립 꽃다발빵과 서울우유와 라면과 그런 것들을 쉬지 않고 뱃속에 밀어넣었다. 그렇게 매점에서 허겁지겁 빵을 밀어넣다가 나는 친구들 세 명과 함께 가사선생에게 걸리고 말았다. 우리들은 한참 동안이나 가사선생

흥을 보고 있던 참이었다. 어느날인가 그녀는 우리반에 들어와서 말했다. 나른한 오후시간이었다고 기억하는데 얼굴을 찌푸리며 들어선 그 여선생은 우리들에게 말했다.

——난 왠지 이학년 사반만 들어오면 수업하기가 싫다!

그녀는 친구에게 하소연하는 듯한 말투로 말했다.

——너희들도 그러니?

물론이었다. 오후의 나른한 잠에 취해 몽롱하던 우리들은 잠에서 깨어나서 눈빛까지 반짝이며 일제히 대답했다.

——네!

그녀는 우리들의 힘찬 대답을 듣자마자 출석부를 교탁에 던져버리고는 교실 밖으로 뛰쳐나갔다. 곧 담임선생이 반으로 뛰어들어왔다.

——너희들 가사선생님한테 배우기 싫다고 한 게 사실이냐?

우리들은 우물거렸다. 그럴 때마다 늘 불려나가기 십상인 반장이 선생님에게 지명을 받고 일어섰다.

——그런 게 아니구요…… 저기, 선생님이 먼저……

——사실인지 아닌지 그것만 말해! 그런 말 했어, 안했어?

——했습니다.

우리들은 그날 방과후 단체로 운동장을 열 바퀴 돌고는 덧붙여 반성문까지 썼다. 선생님은 우리에게 왜 그렇게 말했느냐고는 묻지 않았다. 그것은 '왜'자가 들어간 말이었기 때문이다. 대학에 가기 위해 사지선다형의 문제를 잘 맞혀야 하는 마당에 '왜'자가 무슨 소용일까. 우리가 왜 대학에 가야 하는지는 가르쳐주지도 않는 그들이 아닌가. 그것 또한 '왜'자가 들어간 말이니까 말이다. 그래도 아이들은 반성문을 제출했다. 다시는 이런 일을 하지 않겠다는 둥, 선생님께 무어라 사과를 드려야 할지 모르겠다는 둥, 한번만 용서해주시면 다시는 이런 일이 없을 거라는 둥…… 우리들은 그 일에 대해 흥을 보고 있던 참이었다.

──참 지랄도 모듬으로 떨어!

우리들은 너무나 우스워서 마시던 우유를 입가로 허옇게 흘리며 웃었다. 웃음소리가 너무 커서 그때 그녀가 매점 옆 교사휴게실로 들어가려다 우리를 보고 멈춰선 기척도 못 알아차렸다.

그녀가 파란 얼굴로 우리들을 바라보고 있었다. 도망치기에는 이미 너무 늦은 시간이었고, 그런 말을 하지 않은 척하기에도 이미 어색해져버렸다. 입에 든 빵을 억지로 삼키고 남은 빵봉지를 부스럭거리며 챙겨들고 우리 셋은 곧 상담실로 불려갔다.

우리는 반성문을 쓰고 또 썼다. 그녀는 상담실의 한쪽 구석에 앉아서 한 다리를 꼬고 슬리퍼를 까딱까딱하며 앉아 있었다.

──니들 이거 반성문이라고 냈니?

한참 후 우리의 반성문을 읽어본 그녀가 말했다.

──죄송합니다.

우리는 어찌 되었든 일을 그저 원만히 해결하고 싶어서 똑같이 대답했다.

──전혀 죄송하다는 말투가 아닌데?

그건 사실이었다. 죄송하기는커녕 그저 지겹고 지겨울 뿐이었다. 하지만 어쩌란 말인가. 만일 선생에게 그런 기미를 들켰다가는 일만 더 꼬일 뿐이었다. 하지만 반발심이 전혀 없었던 것도 아니라, 그녀를 좀 곯려주고 싶은 생각도 있었다.

——죄,죄, 죄송하다고 마, 말씀 드렸잖아요…… 그, 그럼 어,어, 어떡해요?

뜻밖에도 나는 빙긋이 웃기까지 했다. 비겁하게도 나는 그녀가 그래도 폭력을 행사하지는 않을 것이다는 계산을 했다. 폭력이 아니라면, 지능적인 싸움이라면 어떻게든 맞서고 싶은 전의까지 솟았다.

——뭐가 어쩌구 어째?

——아,아, 안 보이는 데서는 나라님 휴, 흉도 본다는데…… 나, 나쁜 뜻은 아니었어요. 그저 노,노, 농담이었다구요.

다른 선생들 흉은 더 적나라하게 보는데요, 하는 말도 덧붙이고 싶었지만 나를 억제시켰다. 그렇게까지 일을 확대할 필요는 없지 않을까 싶었다. 아이들이 고개를 숙인 채로 서 있다가 킬킬 웃었다. 아마도 내 더듬거리는 말투 때문이었을 것이다. 내 뺨으로 그녀의 손이 날아들었다. 순식간에 일어난 일이라 그녀가 나의 뺨을 정확하게 조준할 수 없어서 손이 좀 빗나가긴 했지만 말이다. 그녀 역시 빗나간 것을 느꼈는지 다시 한번 나를 때렸다. 내 고개가 획 돌아갔지만 남자 선생들의 손길보다는 참을 만했다. 킬킬거리던 아이들이 웃음을 멈추고 조용히 서 있었다.

——이 천하에 나쁜 것 같으니라구. 니들은 가!

그래서 대꾸를 하지 않은 친구들 두 명은 가고 그녀와 나만이 남았다. 그녀는 나에게 한 시간도 넘게 장광설을 늘어놓았다. 말은 꿀벌 소리처럼 귓가에서 윙윙윙윙 했다. 잠시 후, 상담실을 뛰쳐나간 그녀가 담임과 함께 상담실로 들어섰다. 담임은 들어서자마자 급하게 다가와 내 뺨을 후려쳤다. 역시 담임은 체육선생답게 힘이 세었다. 그제서야 두 뺨이 화끈거렸다.

——너 끝까지 잘못했다고 하지 않는다면서?…… 대들기까지 했다면서…… 너 왜 그렇게 속을 썩이니, 응? 왜 그래 도대체……

담임이 내 멱살을 잡고 흔들며 말했다. 교복 단추가 후두둑거리는 소리가 들렸다. 나는 단추가 떨어져나갔나 앞가슴을 더듬어보았다. 단추 하나가 풀렸을 뿐 떨어진 단추는 없었다. 나는 알고 있었다. 가사선생이 내게 원하는 것이 무엇인지를…… 치사하게 우리 담임까지 불러오면서까지 그녀가 진실로 원하는 것은…… 그것은 내가 굴복하는 일이었다. 이런 상황 속에서 쩔쩔매며 어쩔 줄 몰라하기를, 진심으로 자신을 두려워하기를…… 그렇게 경멸한다는 표정을 짓지 말기를…… 설사 마음속으로는 그녀를 경멸한다 해도 말이다.

——어서 잘못했다고 빌어!

담임이 다시 말했다. 뜻밖에도 그 역시 애처로운 눈빛으로 나를 바라보고 있었다. 그 눈빛은 이렇게 말하고 있는 것 같았다.

'이쯤에서 끝내자…… 제발 말이야…… 가사선생 성질 이상한 건 온 학교가 다 아는 일이니. 이런 상황에서는 나도 곤란하잖니.'

덩치가 큰 사람이 가사선생과 내 앞에서 그런 눈빛으로 날 바라보는 게 사실은 좀 우습기도 했고 안쓰럽기도 했다.

——어서 말해라! 윤희야, 김윤희! 잘못했다고 해!

담임이 다시 나를 다그쳤다. 하지만 이제 와서, 맞을 매도 다 맞은 지금 와서 새삼 잘못했다고 말하기는 싫었다.

——최선생님, 얘 보통이 아니에요. 절 바라보는 저 눈빛 좀 보세요. 세상에…… 세상에 얜 독종이라구요…… 안되겠어요! 이런 아이는 본때를 좀 보여줘야 해요!

가사선생이 소리를 질렀고 담임이 담배에 불을 붙여 물었다.

나는 울기로 했다. 사실 아까부터 그럴까 하고 여러번 생각하고 있던 참이었다. 그건 항복의 징표니까 말이다. 그러면 가사선생은 표정을 바꾸지는 않겠지만 이렇게 생각할 것이다. 그래도 얘는 마음 속으로 내가 무서운 거야…… 물론 나는 우는 일이라면 남에게 뒤지지 않을 만큼 자신있었다. 하지만 나는 계속 싸우고 있는 자신을 발견했다. 내 속에서 누군가가, 이제 한번쯤은 싸울 때도 되지 않았느냐고 나를 유혹하고 있었다. 끝까지 버텨보라고 말이다. 넌 지금 이겨가고 있는 중이야,라는 소리…… 그건 나로서도 당황스러운 감정이었다. 싸워봤자 결과는 뻔한 것이었다. 백번 양보해서 가사선생 따위와 승강이를 해서 이긴다 한들 아무 소용도 없을 거라는 것도 알고 있었다. 그래서 나는 그냥 울기로 했다. 우선은 이 상황에서 빨리 벗어나는 게 상책 같았다. 내 속에서 잠시 고개를 들던 반역은 사그라들었다. 그러자 마음이 편해졌고 나는 그 편함에 나를 맡겼다. 고개를 숙이고 정말 잘못을 느낀다는 듯이, 반성을 하지만 부끄러워서 잘못했다는 말을 꺼내지 못한다는 듯이 고개를 숙이고 코를 훌쩍이기 시작한 다음 눈물을 흘리면 되는 것이었다. 눈물이 한방울 흘러내렸다. 담임이 이제는 좀 봐주라는 듯 피곤한 눈길로 가사선생을 바라보았고 가사선생은 외면해버렸다.

——얼른 교실로 가! 다시는 그러지 말고!

담임이 다행이라는 듯 얼른 내 등을 밀었다. 나는 상담실을 나왔다. 나오면서, 내가 퉁겼던 나와 타인에 대한 주판알에 대해 찬사를 보내려고 마음을 먹었다. 전략적으로 운 건 잘한 일이야, 그건 현명한 일이었어. 시간 끌 거 뭐 있어…… 그러나 한번 솟아난 눈물은 쉬지 않고 흘러내렸다. 나는 아이들이 돌아간 캄캄한 교실로 돌아와 책가방을 챙겼다. 책갈피 속에서 그 무렵 내가 경전처럼 끼고 다니던 얇은 우화책이 툭, 하고 떨어져내렸다. 학교라곤 전혀 다녀보지 못했던 어린 왕자가 그려진 표지였다. 그 어린 왕자와 같은 별에 사는 장미는 화가 날 때마다 어깨를 으쓱하며 가시를 네 개 내보인다고 했다. 그러면 어린 왕자는 생각한다고 했다.

'불쌍하게도 장미는 그 가시 네 개가 무서운 줄 아나보다.'

나는 가방을 챙기다 말고 책상에 엎드려버렸다.

9

그리고 우리들은 고3이 되었다. 세상은 1980년이었다. 반역의 기미는 교문 밖에서 날마다 터지던 그해 봄날의 최루탄으로부터 우리의 철옹성 같은 교정 안으로 서서히 스며들기 시작했다. 대통령이 죽고 80년의 봄이 온 것이 대체 우리랑 무슨 상관이 있는지 우리들은 전혀 알 수 없었지만 어쨌든 우리들은 깃발을 들었다. 그것은 교문 밖이나 서울역에서 이루어지던 함성보다 보잘것없는 것이었지만 그것보다 훨씬 더 본능적이고 훨씬 더 치열했다. 데모는, 쓰러지는 여학생들과 선생들의 발길질과 욕설이 난무하던 조회가 끝나고 우리들이 해산을 거부했을 때 시작되었다. 주동을 하던 용감한 그 여학생이 구호를 외치기 시작했다.

——폭력교사 물러가라!

그러자 아이들도 외쳤다.

——폭력교사 물러가라!

——두발자유화 보장하라!

——두발자유화 보장하라!

　　——우리도 인간이다!

　　——우리도 인간이다!

　그해 오월이 다 가기 전에, 아카시아꽃들이 아직 피기 전에 우리들은 그렇게 잠시의 반역을 이루어냈다. 구호를 따라 외치면서 나는 문득 아이들의 구호소리가 비명소리 같다고 생각했다. 거의 비명에 가까운 소리를 내면서 그러나 아이들은 웃고 있었다. 나도 그랬다. 이제 나는 더이상 싸우고 싶다는 유혹을, 코피가 터질 때 터지더라도 싸우고 싶다는 유혹을 견디지 않아도 되는 것이다. 네 개뿐인 가시를 내보이며, 그것이 혹시 상대방을 겁주지 않을까 착각하면서, 결국에는 바보같이 나 자신을 상처입히지 않아도 되는 것이었다. 이젠 마음놓고 싸우면 되니까 말이다. 그래서 그렇게 싸운 우리들은 이긴 듯이 보였다. 폭력과 조회와 단체기합이 사라지기 시작했으니까 말이다.

　하지만 곧 확대계엄령이 내려졌다. 광주에서 사람들이 죽어간다는 음흉한 소식들이 번지기 시작했고, 통금이 앞당겨졌고, 우리들은 보충수업도 없이 집에 일찍 돌아가야 했다. 꿈에도 그리던 보충수업의 취소가 이루어졌지만 그건 생각보다 재미없었다. 마이크를 들고 우리들의 열띤 환호를 받던 여학생은 데모가 일어난 지 한달여 만에 뒤늦게 퇴학당했다. 그녀가 경찰서에 끌려가 감옥에 있다는 소문도 들려왔다. 거꾸로 매달린 채 물고문을 당했다는 무서운 이야기도 있었다. 우리들 사이로 눈에 띄게 주눅든 분위기가 번져나갔다.

　　——니들 호랑이띠 계집애들만 보면 치가 떨린다! 남학생도 아니고 여학생들이 말이야…… 대체 니들한테는 여자다운 구석이라고

는 조금도 없어!

　교장은 데모 이후 한동안 중단된 운동장 조회를 다시 시작하며 입을 열었다. 순진하게 꼬임을 당한 일학년과 이학년은 들어가고 천하에 버르장머리없이, 여자답지도 못하게 데모를 주동한 호랑이떼 삼학년들만 남아 있었다.

　——이 저주받을 것들, 악마의 자식들. 너희들 졸업하고 시집을 가더라도 절대로 아이는 낳지 말아라! 악마의 씨가 나올 테니까……

　교장이 말을 하고 들어가버린 후 체육선생과 교련선생 그리고 학생주임이 나섰다. 먼저 각 반별로 우리는 토끼뜀을 하며 운동장을 돌았다. 토끼뜀이 끝나면 다시 일반부터 원산폭격이 시작될 것이다. 백색의 햇볕이 작열하는 운동장에 하얀 먼지가 풀썩풀썩 이는데 아이들의 신음소리가 간간이 들렸다. 선생들이 군데군데 서서 처지는 아이들을 발길질로 걷어차고 있었다. 하지만 아이들은 이제 비명은 지르지 않았다. 이제 비명조차도 아무 소용이 없다는 걸 우리들은 알게 되었던 것이다. 처음부터 있어온 굴욕감과, 한번의 승리가 있은 후의 굴욕감은 분명 다른 것이었다. 그건 더 선명했고, 그건 더, 그러니까 말하자면 살 속으로 파고드는 종류의 것이었다. 나도 교련선생의 발길질에 푹 고꾸라졌다가 그대로 일어서서 머리를 박고 뒷짐을 졌다. 운동장 조회시간 전에 급하게 매점에서 사먹은 우유가, 흙덩이 위에 거꾸로 머리를 박은 내 목을 타고 아주 시큼하게 목구멍으로 넘어왔지만 나는 그것을 별 동요없이 그대로 다시 삼켜버렸다.

　그해 오월은 몹시도 무더웠다. 너무 무더워서 원산폭격을 하고 있는 우리들 입에서는 금세 단내가 났다. 오월의 뜨뜻한 공기가 운동장에 고여서 천천히 썩어가고 있는 것만 같았다. 내 옆자리의 땅에 머리를 박은 아이들의 겨드랑이에서, 내 눈앞에 거꾸로 보이는 내 가랑이에서 풍기는 땀내 역시 그랬다. 무언가가 심하게 썩어가는 것 같은 냄새. 먼저 들어간 일학년 이학년 아이들이 창가에 쭈르르 붙어서서 운동장에 있는 우리들을 구경하고 있었다. 그들은 배우게 될 것이다, 섣부른 반역의 끝을.

　　오전 수업을 모두 빼먹으면서 벌을 받은 우리들은 교실로 들어와 책상 앞에 픽픽 쓰러졌다. 교실 안에는 담임선생님이 들어와 있었다. 그는 교실 앞 창문을 열어놓고 담배만 피우고 있었다. 닳아빠져서 반질반질 윤이 나는 그의 단벌 밤색 양복을 보며 문득 그가 우리가 당하는 꼴을 다 지켜보았구나 하는 생각이 들었지만, 그러니까 다른 선생들처럼 그 시간에 교사휴게실에서 바둑을 두거나 커피를 마시거나 하지 않고 이 교실 창가에 서 있었구나 하는 생각이 들었지만, 나는 그때의 그조차도 증오의 눈빛으로 바라보았을 것이다. 요는, 당신이 얼마나 괴로울지 모르지만, 그렇지만 당신 역시 방관자야,라는 생각이 들었던 것이다.

　　그때 갑자기 한 아이가 교실로 들어서면서 울기 시작했다. 아까 나는 그녀가 재수없이 체육선생의 발길질에 앞으로 고꾸라지는 것을 보았다. 그녀의 얼굴은 온통 피투성이였다. 코피를 흘린 탓인 모양이지만, 아무도 그녀에게 신경쓰지 않았다. 서로를 돌보기엔 우리들은 너무나 지쳐 있었다. 아이는 계속 흘러내리는 코피 때문에 얼굴을 교실 천장으로 들고 말했다.

　　──누구 나 휴지 좀 갖다줘.

지쳐 있던 아이들 몇이 고개를 들었지만 아무도 움직이지 않았다.

──나 죽을 것만 같애!

담임선생이 느린 걸음으로 그애 곁으로 다가왔다. 그가 바지 호주머니에서 구깃구깃한 손수건을 꺼내 아이의 코피를 닦아주었다. 담임의 손길을 느낀 아이는 고개를 그렇게 천장으로 젖힌 채 더욱 큰 소리로 울기 시작했다. 지금 생각해보면 그녀의 포즈는 꽤 과장되어 있었지만, 그 과장된 포즈 때문에 다른 아이들에게도 눈물이 금방 번져나갔다. 아이들은 박정희 대통령이 죽은 날보다 더 섧게 흐느끼고 있었다. 옆반에서도, 그 옆반에서도 흐느낌 소리가 열어놓은 복도의 창으로 밀려왔다. 복도로 옆반 담임선생이 어깨를 늘어뜨리며 우리반을 지나가고 있었다. 그는 아마도 삼학년 열두 반이 늘어서 있는 복도를 다 빠져나가기 전에는 이 울음소리를 외면할 수 없을 것이었다. 하지만 우리의 담임선생은 대책없이 흐느껴 우는 우리들을 놔두고 교실에서 빠져나가지도 못하고, 얼굴만 잔뜩 찌푸린 채 멍하니 서 있었다.

──칠반!

잠시 후, 담임이 교탁 앞으로 가서 아이들을 불렀다. 아이들은 여전히 울고 있었다. 아무도 고개를 들지 않았다.

──삼학년 칠반 고개 좀 들어봐, 응?

그의 목소리는 애원하는 듯했다. 아이들이 하나둘씩 고개를 들었다. 담임선생님의 얼굴은 일그러져 있어서 그의 눈가에 잡힌 주름이 아주 선명해 보였다.

──아인슈타인이라는 사람이 있었다.

그는 난데없는 말을 꺼냈다. 고개를 든 아이들의 코방귀 뀌는 소리가 들렸다. 사실 그가 마음씨 좋은 우리의 담임이 아니었다면 그 코방귀 소리조차 그렇게 크지 못했으리라. 우리들은 어느덧, 그중 착한 사람 앞에서만 대항하는 법을 체득하고 있었다. 누가 그중 만만한지 구별하는 법을 배워버린 것이다. 하지만 그렇다 해도 난데없이 아인슈타인이라니…… 그러자 그가 화학선생이라는 생각이 났다. 그는 우리의 담임이었지만 새로 바뀐 입시제도 때문에 그에게 수업을 받는 아이는 적었다. 나 역시 생물과목을 선택한 터라 그에게 수업을 받지 않고 있었다.

　—너희들도 아는 아인슈타인이라는 사람은 집하고 연구실 오가는 길 외에는 다른 어떤 길도 몰랐단다…… 다른 건 아무것도 생각 안했단다…… 오직 연구에만 몰두한 거지. 그 천재도 말이야…… 이제 이 여름만 지나면 곧 예비고사다…… 대학 가는 일만…… 우선은…… 생각해라…… 그러면…… 너희들은 졸업을 하게 되니까……

　담임은 더듬거리던 말을 멈추고는 교탁을 물끄러미 바라보다가 다시 말했다.

　—다음 수업 뭐지? 어서 준비해라. 또 혼나지 말고……

　난데없이 아인슈타인이라니, 설사 아인슈타인을 열여덟살로 되돌려서 이 학교에 입학시켜놓는다 해도 아인슈타인 자신이 저 말에 동의를 할까, 그런 생각도 들었다. 하지만 나는 그후로 그의 그 말을 오래오래 생각했다. 그리고 아주 오랜 시간이 지난 후, 나는 깨달았다. 그는, 자신의 처지로서는 최선을 다해서, 하지만 그럼에도 불구하고 어쩔 줄을 도무지 모르면서, 사실은 우리들을, 사랑한 교사였다는 걸…… 맙소사, 그는 졸업조차 할 수 없는 사람이 아닌가 말이다.

그리고 우리들은 졸업을 했다. 내가 겪은 모든 졸업식과 마찬가지로 나는 조금도 울지 않았다. 아니 사실은 좋아서 죽을 지경이었다. 나는 교실로 들어갔다. 쑥쑥 자라는 내 등을 굽게 만든 딱딱하고 낮은 의자와 책상들이 줄을 맞추어 거기 있었다. 너무 미지근했던 난로 때문에 겨울이면 동상으로 부어터진 내 발이 꼼지락거렸던 감색 실내화. 나는 고등학생이라는 딱지가 붙은 버스표와 체육복과 그런 것들을 마지막으로 챙겼다. 그리고 다음에 이 자리에 앉아 일년이라는 세월을 더 견디어야 할 우리의 후배들도 생각했다. 그들 역시 졸업을 하기 전에 여러 선생에게 따귀도 맞고 벌도 서겠지만 남아 있는 시간이 줄어들고 있다는 생각만 하라고 말해주고 싶었다. 그런 생각을 하면 그럭저럭 버틸 수 있을 거라고, 그 시간들만 인내한다면 적어도 우리들은 더이상 그들의 것은 아닐 거라고 말이다.

담임선생님과 마지막으로 인사를 하고 형제들이 기다리고 있는 운동장으로 나오는 길에 나는 음악선생과 마주쳐버렸다. 습관처럼 인사를 하려다 말고 나는 고개를 돌려버렸다. 나는 이제 그를 외면해도 되는 것이다. 그래도 매를 맞거나 복도에서 벌을 서지 않을 것이다. 그러자 갑자기 졸업이라는 말이 실감이 났다. 나는 이제 경멸하고 싶은 선생들을 마음속으로만이 아니라, 내 몸과 마음을 다해서 경멸해도 되는 것이다. 일기장을 두 개 가지지 않아도 되는 것이다. 하지만 문득 그의 뒷모습을 바라보면서 내 혀는, 파블로프의 개처럼 어이없게도 그 독일어 노랫말들을 작게 발음하고 있었다. 두 홀데 쿤스트 인 비필 그라우엔 슈툰덴…… 하스트 미히 인 아이네 베쓰레 벨트 엔트뤽트…… 가엾은 슈베르트가 영혼을 바쳐 만든 아름다운 음악을 악몽으로 기억하게 한 그. 이제 십이년간의 교육과정을 수료한 나에게 누군가가 와서 묻는다면, 네가 처음부터 끝까지 알고 있는 게 뭐니, 하고 묻는다면 나는 무어라 대답할까. 윤선도의 「어부사시사」나, 훈민정음이나, 형용사형으로 쓰이는 부정대명사나, 사인 코사인 미분 적분 같은 건, 그 당시 예비고사라고 불린 학력고사를 본 다음날 책과 참고서와 문제집들과 함께 우리집 쓰레기통에 처박은 지 오랬다. 그러므로 내가 처음부터 끝까지 다 알고 있는 것은 국민교육헌장과 '두 홀데 쿤스트'로 시작되는 독일 노래였다. 하지만 하나는 그것을 지은 대통령이 죽어버린 지 일년이나 지났으니 아무 짝에도 쓸모가 없는 것이었고, 다른 하나는 결국 뜻도 모르는 이국어였을 뿐이었다.

10

"엄마 몇시야?"

소파에 앉아 다리를 흔들고 있던 딸아이가 불쑥 물었다.

"시계 볼 줄 알잖아…… 여덟시 삼십분…… 조금 더 있다가 가도 늦지 않아."

딸아이는 입학 기념으로 새로 산 감색 투피스를 이른 아침부터 입고 앉아 있었다. 참치 샌드위치를 썰다 말고 슬쩍 엿본 아이의 모습은 당당하다 못해 오만해 보였다. 머리에는 빨갛고 까만 꽃핀이 주렁주렁했고 숱 많은 검은 머리는 어깨까지 자라 있었다. 나는 빵과 우유를 아이에게 가져다주고 아이 옆에 나란히 앉았다. 아이는 시선을 텔레비전에 고정시킨 채 샌드위치를 씹었다.

"우리 아름이는 이담에 뭐가 되고 싶어?"

나는 우유컵을 건네주면서 딸에게 물었다. 딸아이는 이제 그만 물으라는 듯한 표정으로 나를 바라보더니 대답했다.

"알잖아."

"그래도 한번 더 말해줘."

"선생님."

나는 그릇을 대충 치워놓고 아이와 함께 집을 나섰다. 학부형이 된다는 것은 생각보다 그렇게 설레는 일은 아니었다. 아이 역시 그래 보였다. 아이는 이미 삼년이라는 유치원 과정을 마친 터였다. 하지만 나는 일곱살 적 나의 입학식을 떠올렸고 그러자 갑자기 딸아이가 말할 수 없이 가련하게 생각되었다. 만일 누가 내게 한 십년이나 이십년쯤 젊어지고 싶지 않으냐고 묻는다면, 그것처럼 솔깃한 말은 없겠지만 아마도 나는 고개를 저을 것이다. 왜냐하면 그 젊은 나이에 나는 또 학교를 다녀야 하기 때문이다. 학교라면 내 청춘 열 번을 다시 돌려준다 해도 싫었다.

운동장에는 많은 사람들이 벅적거리고 있었다. 신도시의 학교는 깨끗하고 아담했다. 게다가 이제 국민학교는 초등학교로 변해 있었다. 그러니 이 모든 염려들은 모두 기우일 뿐이기를 나는 바랐다. 딸아이는 일학년 육반이었다. 이제 나는 그 팻말 앞으로 아이를 보내야 했다. 하지만 아이의 손끝이 멀어져간다고 생각했을 때 나는 서둘러 아이의 손을 다시 잡았다. 아이가 아직 어린데 한 일년쯤 더 유치원을 다니게 해도 되지 않을까 하는 뚱딴지 같은 생각이 났던 것이다.

"왜 그래 엄마. 나 앞으로 갈게. 저기 우리 유치원 다녔던 애들 있다! 수빈이도 왔네."

　아이는 나의 손을 놓으며 앞으로 몸을 끌었다. 내가 왜 이러지 하
는 생각에 아이의 손끝을 마지못해 놓아주면서 나 역시 나의 어머니
가 그랬던 것처럼 두 발을 돋우고, 마치 나의 시선이 그 아이를 놓쳐
버린다면 미친 바람이 그애를 휩쓸어가기라도 할 것처럼 아프도록
두 눈을 부릅뜨고 서 있었다. 아이는 흐린 삼월의 하늘 아래로 폴짝
거리며 뛰어가서는 곧 다른 아이들 틈에 묻혀버렸다.

〔한국문학 1994년 9·10월 합병호〕

고독

아이들을 재워놓고 거실의 불이 꺼졌을 때, 창밖에서 들어오는 빛에 의지해
겨우 사물들의 윤곽만 희미한 그 시간에 그 여자는 무언가에 들린 것처럼
긴 머리 풀어헤치고 맨발로 뛰쳐나가고 싶은 충동을 느끼곤 했다.
세상에 이렇게 이쁜 애들 놔두고 내가, 싶어서 그녀는 문득 자신이
두려웠지만, 두려움만큼이나 그녀를 압도하는 감정이 있었다.

고독

거실 탁자 위에 낯선 책이 놓여 있는 걸 발견한 것은 막 집안 청소를 시작하려던 때였다. 『어두운 상점들의 거리』. 뒤표지를 살펴보니 공꾸르상에 빛나는 모디아노 최대의 걸작! 바스러지는 과거, 지워버린 생의 흔적들, 잃어버린 시간을 찾아 기억의 어두운 거리를 헤매는 고독한 영혼의 발걸음!이라는 글씨에 커피 얼룩이 묻어 있었다. 그제서야 그 여자는 그것이 어제 집에 들렀던 동생이 두고 간 책이라는 사실을 깨달았다. 동생은 팔의 선이 환하게 드러나는 철 이른 흰색 민소매 티셔츠를 입은 채, 갈색 고양이처럼 두 발을 모으고 앉아, 언니 그런데 나 사실은, 사실은 말이야, 정말 이혼이 하고 싶은가봐, 했었다. 그런 그 아이의 얼굴은, 그런데 언니, 나 봄옷을 새로 사야 할까봐 하고 말하는 것처럼 심드렁해서 그 여자는 동생이 그 집을 떠날 때, 뭐 두고 가는 거 없는지 살펴봐,라는 말을 하지도 못했다.

동생은 어릴 때부터 무언가 잃어버리기를 잘했다. 언젠가 한번은 여행을 다녀오던 그애가 시무룩하게 집으로 들어온 적이 있었다. 왜 그러니, 그녀가 묻자 그애는 배낭을 두고 왔어, 언니 그렇게 경악하는 얼굴 하지 말아, 그럴 수도 있는 거잖아, 그 버스 회사에 연락했더니 찾으러 오래, 내일 찾으러 갈 거야, 하고 말했다. 거기가 어딘데? 남원. 그리고 그 아이는 그 다음날 정말 다시 남원으로 떠났다. 며칠 후 잃어버렸던 배낭을 들고 다시 돌아왔지만 그애는 여전히 시무룩한 얼굴이었다. 왜 또? 배낭 속에서 언 놈이 카메라만 훔쳐갔어. 거기 우리 일주일 동안의 지리산 산행이 모두 담겨 있는데. 카메라는 가져가도 좋아. 하지만 필름은 빼놓고 가야 하는 게 도둑이 지켜야 할 최소한의 예의 아니야? 친구들 얼굴 어떻게 보지? 어떻게 하니? 그녀가 물으면 동생은 곧 얼굴을 펴며 대답했다. 괜찮아, 다 지나가버린 일인데 후회하면 뭘 해? 내 속만 상하지. 그 여자는 걸레를 꺼내 책표지의 얼룩을 문질렀다. 라미네이팅이 된 표지의 갈색 얼룩이 지워지면서 '고독한 영혼'이라는 커다란 활자가 반듯해졌다. 그 여자는 책을 탁자에 놓아두고 청소기를 코드에 꽂았다. 위이이잉 하는 소리가 여학교 때의 보건체조 음악처럼 활기차게 들렸다. 거실의 낡은 가죽소파 위에는 이제 초등학교 오학년이 된 큰아이가 어젯밤 벗어둔 돌돌 말린 양말 한짝과 작은아이의 로봇 조각들이 여기저기 널려 있었다. 큰아이는 제 아빠를 닮아서 이렇게 양말을 아무데나 벗어놓는 습관이 있었다. 그래서 그 아이의 서랍엔 늘 짝이 맞지 않는 양말들로 가득했다. 그 여자는 허리를 한껏 구부린 채 청소기 주입구를 소파 밑으로 넣어보았다. 넓적한 청소기 봉 끝으로 돌돌 말린 양말 한짝이 따라나왔다. 양말을 빨래통에 넣고 작은아이의 로봇 조각들은 장난감 바구니 속에 넣어둔 후, 그 여자는 베란다로 나가 수도꼭지를 틀었다. 꽃이 져버린 서양란과 베고니아 화분. 서양란은 벌써 세번째나 꽃을 피웠다 진 것이었고 베고니아 화분은 오년째 그녀의 집에서 자라는 것이었다. 가을이면 꽃잎이 지고 이파리가 말라가던 꽃들은 영양제를 몇대 꽂아주고 물을 뿌려주면 신통하게 다시 피어나곤 했다. 그 여자는 몸을 구부려 베고니아 화분에서 말라비틀어진 이파리들을 떼어내다 말고 물뿌리개에서 부드럽게 흘러내리는 물에 제 손가락을 가져다댔다. 손에 닿는 물이 차지 않은 걸 보니 봄이었다.

거실 베란다 밖으로 보이는 산은 벌써 연둣빛이었다. 푸른 기운이 돈다,라고 생각한 것이 엊그제 같은데 벌써 숲은 돋아나는 이파리들로 가득 차버렸다. 그래, 봄이었다. 봄이니까, 그래서 어쩌자는 것인지 알 수 없지만 그 여자는 플라스틱 물뿌리개를 든 채로 창밖을 바라보며 잠시 멍해졌다. 여학교에 처음 입학했을 때 교실 창밖에 피어 있던 산목련의 흐드러진 흰빛은 눈이 부셨다. 작고 하얀 손수건 수백장을 나무에 매달아놓은 듯 나부끼던 꽃이파리. 스물 몇살 시절 봄이 와서 잎들이 피고 꽃이 질 때마다 그 여자는 엘리엇의 시구를 떠올렸다. 사월은 잔인한 달이었다. 사람의 손가락은, 그 여자가 아무리 물뿌리개로 물을 뿌려준다 해도 다시는 돋아나지 않는데 그렇게 제 청춘이 가고 있어서, 지금 돌아보니 바로 그때가 청춘이었는데도, 그 여자는 봄이 오면 슬펐던 것 같았다. 언젠가 읽은 책의 한 구절이 떠올랐다. 인간에게 늙음이 맨 마지막에 온다는 것은 얼마나 저주인가, 그 저자는 말했다. 신은 실수를 했다. 기어다니는 벌레였다가 스스로 자기를 가두어두는 번데기였다가 드디어 천상으로 날아오르는 나비처럼 인간의 절정도 생의 맨 마지막에 와야 한다고. 인간은 푸르른 청춘을 너무 일찍 겪어버린다고.

그 여자는 눈에 힘을 주고, 이제 창밖에서 꽃처럼 곱게 피어나는 연둣빛 이파리들을 바라보면서 그때 자신이 느꼈던 그 가슴 아렸던 감격을 느껴보려고 애썼다. 하지만 머릿속이 멍멍해질 뿐, 작은 파문 하나 일지 않았다. 작년에 돌아가신 친정어머니 생각이 났다. 나이가 드니까 꽃이 그렇게 좋구나. 내가 이 봄을 몇번이나 더 맞을 수 있을지, 그런 생각이 드니까 꽃빛이 더 고와. 생각나니? 너 대학 들어가고 내가 처음 니네 학교 앞으로 갔던 거. 그때 니가 벚꽃 핀 나무 아래서 나를 보고 손을 흔들면서 뛰어오는데 여대생이 된 내 딸내미가 왜 그렇게 자랑스럽던지. 나이가 드니까 말이다, 꽃향기도 다 기억으로 맡는다.

젊은 어머니는 가정이 있는 남자를 사랑했다고 했다. 그 아버지가 사진 한장 남기지 않고 사라져버린 후, 생겨난 것이 그녀였다. 그래서 나중에 어머니가 다섯살 된 그녀를 데리고 지금 동생의 아버지와 재혼할 때까지 그 여자는 어머니와 단둘이 살았다. 그리고 동생이 태어났다. 동생의 아버지이자 그 여자의 새아버지는 자상한 사람이었다. 어린 그 여자를 귀여워했고, 계절이 바뀔 때마다 남대문시장에 가서 미국에서 수입한 구제품 원피스를 사다가 입혀주었다. 동생이 아장아장 걸을 무렵 아버지는 자전거를 타고 장을 보러 가 다시는 돌아오지 않았다. 그날은 아마 어머니의 서른세번째 생일인가 그랬을 것이다. 어머니가 좋아하는 민어를 생선가게 아저씨한테 부탁해놓았다고, 냄비에다 물 올려놔, 아버지는 그렇게 말하고 집을 나섰다. 그런데 민어 매운탕을 하기 위해 냄비에 올려놓은 물이 다 끓기도 전에 누군가가 달려왔다. 집 앞에 사고 났어. 자전거하고 삼륜차하고 부딪쳤는데, 쓰러져 있는 자전거가 아마 이 집 것이지 싶어서. 어머니는 아직 어린 동생을 둘러업고 그 여자의 손을 잡고 달려나갔다. 하지만 아버지는 이미 거기 없었고 자전거만 쓰러져 있었다. 하나는 성이 김이고 하나는 성이 최인 자매는 그래서 각각 결혼할 때까지 성이 박인 어머니와 셋이서 살았다. 이상하게도 어린 시절 생각은 하나도 나지 않았다. 동생이 태어나던 날, 대문 앞에 쳐진 금줄에 매달린 숯조각들, 아버지가 돌아가시던 날 어머니와 함께 시장 어귀로 뛰어갔을 때 널브러져 있던 아버지의 검고 투박한 자전거, 명륜동 집 아랫방 툇마루에 놓여 있던 커다란 철쭉 화분, 기억은 빛바랜 사진처럼 몇 컷으로만 정지되어 있을 뿐, 그렇다고 그 여자가 그 삶들을 다 기억하지 못해서 힘겨워한 적은 없었다. 아니, 삶은 기억 때문이 아니라 올지 오지 않을지 모르는 미래 때문에 힘겨웠다. 복잡한 집안의 내력 때문에 시댁에서 결혼을 허락할지 어떨지, 태어날 아이가 발가락과 손가락이 모두 다섯 개일지 어떨지, 이 어려운 시기에 남편이 해고당하지 않고 살아남을 수 있을지 어떨지, 삼년 동안 부어온 주공아파트 청약통장으로 스물일곱 평짜리 아파트를 무사히 장만할 수 있을지 어떨지.

그 여자는 동생이 두고 간 책을 집어들었다. 맨날 TV만 켜놓고 있지 말고 당신 책 좀 읽지. 당신은 퍼져 있으면서 애들한테만 책 봐라, 책 봐라 하면 애들이 책을 보겠어? 경멸스러운 표정을 감추지 못하며 남편이 이야기를 꺼낸 것은 몇달 전이었다. 재작년인가 재재작년인가까지는 이렇게 책을 집어들 때마다 사실 그 여자는 떨었다.

명색이 국문학과 출신이었고, 시를 쓰고 싶다는 그녀를 남편은 사랑했으며 실제로 시댁의 반대에 못 이겨 그녀가 헤어짐을 결심했을 때, 남편은 깊은 밤 찾아와 시 한편을 건네고 간 일도 있었다. 촌스러운 것이었지만 그가 시를 썼다는 게, 그녀를 위해 경영학을 전공한 그가 시를 썼다는 게 감격스러워서 그 모든 역경을 딛고 결혼을 결심할 만큼의 로맨틱함을 그도 그녀도 가지고 있었던 무렵이었다. 그러나 남편이 지적한 대로 그 여자는 이제 책을 읽지 않는다. 글을 써보고 싶다는 생각도 버린 지 오랬다. 어떤 때는 며칠씩 신문도 읽지 않았다. 봄이 오는지 가을이 가는지, 비가 오면 고추장 단지를 덮고, 가을이 되면 김장배추를 사들일 생각만으로 일년을 채우며 살았다. 다만, 남편이 일찍 돌아오지 않는 밤, 아이들을 재워놓고 거실의 불이 꺼졌을 때, 창밖에서 들어오는 빛에 의지해 겨우 사물들의 윤곽만 희미한 그 시간에 그 여자는 무언가에 들린 것처럼 긴 머리 풀어헤치고 맨발로 뛰쳐나가고 싶은 충동을 느끼곤 했다. 세상에 이렇게 이쁜 애들 놔두고 내가, 싶어서 그녀는 문득 자신이 두려웠지만, 두려움만큼이나 그녀를 압도하는 감정이 있었다. 그것은 뜻밖에도 짜릿한 전율이었다. 그러면 그녀는 문득 생각하곤 했다. 내가 아직 살아 있구나, 다 굳어져버린 것은 아니구나. 아직 살아 있구나 느끼는 것하고 맨발로 거리로 뛰쳐나가는 것하고 무슨 관계가 있는지는 알 수 없었다. 하지만 이후로도 가끔씩 아이들이 잠들고 난 후, 남편이 취해 돌아올 아파트 광장을 내려다보고 있노라면 검은 스커트 자락 휘날리며 저 광장으로 달려나가는 자신의 환영이 보이곤 했다. 그럴 때 아파트 광장을 빙 둘러 서 있는 나트륨등의 오렌지빛은 그 여자가 이 집을 나서기만 하면, 그리하여 저 광장에 흰 맨발을 딛는 순간이 오기만 한다면 곧 축포라도 터뜨려줄 것처럼 부풀어올랐다. 그럴 때마다 그 여자는 서둘러 베란다 문을 닫고 들어와 부엌 싱크대 속의 양주잔이며 물잔이며를 모두 꺼내 거품을 많이 낸 수세미로 괜히 설거지를 시작하곤 했고, 아직 물기를 머금고 엎어져 있는 유리잔들이 부엌 불빛에 말갛게 빛나는 것을 보고 나서야 잠이 들었다. 그랬다.

나는 아무것도 아니다. 그날 저녁 어느 까페의 테라스에서 나는 한낱 환한 실루엣에 지나지 않았다.

책표지를 열자 첫문장이 나타났다. 이상한 일이었다. 아까 베란다에 서서 연둣빛 싱그러운 이파리를 보며 애썼지만 아무 변화도 없던, 그런 가슴에 작은 파문 하나가 퍼져나갔다. 나는 아무것도 아니다. 그 여자는 다시 한번 그 구절을 읽어보았다. 그날 저녁 어느 까페 테라스…… 그러자 '까페 테라스'라는 이국적인 단어 속에서 환한 실루엣으로 앉은 자신의 모습이 보였다. 테라스 한켠에는 노란 조명들이 환할 것이고 왕벚나무꽃의 분홍빛이 솜사탕처럼 터져나올 것이었다. 까페 테라스에 앉은 사람들은 활기차고 부드러운 미소를 띠고 있지만 아무도 그녀를 주시하지 않을 것이다. 그 여자는 그 한구석 일인용 원형탁자에 맨발인 채 앉아 차르르차르르 가슴팍까지 떨어져내리는 윤기나는 긴 머리카락 매만지며 날씬한 글라스에 담긴 찬 맥주를 마실 것이다. 그러면 그 여자는 스스로 아무것도 아니라도 좋았다. 아니, 만일 그런 일이 일어나기만 한다면, 이룰 수만 있다면, 아무것도 아니어야 좋을 것이었다. 그때 전화벨이 울렸다. 얼마 전 대형 할인점에서 사온 최신형 전화기 속의 여자는 전화왔습니다, 전화 받으세요, 전화왔습니다, 전화받으세요, 했다. 그 여자는 전화기 속의 여자가 하라는 대로 전화를 받았다. 받으면서 그것이 동생일 것이라고 짐작했다. 어제도 그제도 그끄제도 동생은 이 시간이면 전화를 했다. 언니 난데 놀라지 말아, 우리 남편 여자 생겼대. 어젯밤에 술 먹고 들어왔길래 내가 물으니까 순순히 대답하더라구. 요 몇달째 이상하게 잠도 못 자고 자꾸 베란다로 나가 담배만 피운다 싶더니, 그런 고민을 하고 있었던 거야. 바야흐로 사랑에 빠진 거지. 우습지 않아?…… 언니 난데 놀라지 말아, 그 여자가 누군지 알아냈어. 바로 같은 직장의 아가씨래. 이제 겨우 스물여섯이래…… 언니 난데 놀라지 말아, 사실은 나, 나 왜 이렇게 기분이 좋은지 모르겠어. 사실은 나 그 사람하고 결혼하고 난 직후부터, 아이를 낳고 나서는 더욱, 사실은 이혼이 하고 싶었던 거야. 그 끔찍한 사실을 내가 이제야 알아차린 거야…… 언니 난데 놀라지 말아, 나 남편한테 용서할 수 없다고 했어. 사실은 용서할 수도 있는데, 마치 가슴에 칼이라도 꽂힌 것처럼 길길이 뛰었어. 머릿속으로는 저 남자가 잘못해서 이혼하는 거니까 이 집이랑 아이랑 다 내 거구나, 이 풍경 속에서 귀찮은 저 남자만 빠지고 이제 난 자유구나, 손에 피 하나 안 묻히고 이혼하다니, 좋아서 길길이 뛸 것 같았으면서…… 언니 난데 놀라지 말아, 그 여자랑 만나기로 했어. 내가 전화를 했다니까.

전화기 저쪽의 목소리는 뜻밖에도 남자였다. 누구세요? 물었지만 그건 그저 이쪽에서 그를 뚜렷하게 기억하고 있다는 걸 들키지 않기 위해 그랬을 뿐이었고 그 여자는 목소리의 주인공이 누구인지, 그쪽에서 여보세요, 거기 김진영씨 댁이지요, 말했을 때 이미 알고 있었다. 책방집 아들이라고 불리던 옛 명륜동의 소꿉친구 경식이었다. 예, 제가 김진영인데요. 나 경식이야. 웬일이야? 그 여자는 물으면서 사실은 웬일이냐고 물을 필요가 없다는 걸 알고 있었다. 우연히 동생과 전철에서 마주쳐 전화번호를 알아냈다며 처음 전화를 했던 그와 그 여자는 한달 전쯤 집 근처에서 점심식사를 했다. 그는 그녀가 살고 있는 분당의 거래처에 들른 길이라고 했다. 그와 그녀는 점심을 먹고 까페에서 차를 마시며 오후를 보냈다. 남편이 아닌 남자와, 아니 남편까지 합쳐서 남자와 함께 이토록 오랜 시간을 까페에 앉아 있어본 지가 얼마나 되었는지, 그날 돌아오는 길에 그녀는 그것부터 생각해보았다. 아니, 제 또래의, 아직 삼십대 중반의, 저렇게 빳빳한 와이셔츠 깃을 올리고 넥타이 맨 남자와 얼굴을 맞댄 지가 얼마 만인가. 슈퍼 아저씨나 세탁소 아저씨말고, 아마도 예수 믿고 구원을 받으라고 하는 젊은 전도사 빼고는 그가 처음이었다. 그래서였을 것이다. 그 여자는 그때 그가 잠시 화장실에 간 사이, 옆집 아롱 엄마에게 유치원에서 돌아올 작은아이를 부탁한다고, 급한 일이 생겼다고 전화해놓고 다시 돌아와 느긋한 포즈로 앉았다. 그녀는 남자들이 왜 집 밖에 나가면 젊은 여자를 보고 좋아하는지 이해할 수 있는 기분이었다. 이대로 더 담소를 나누다가 경식이 저녁을 먹자고 하면 한번 더 아롱 엄마에게 전화를 걸어 염치 불고하고 이번에는 학교에서 돌아올 큰애까지 맡아달라고 해볼 심산이 아주 없던 것도 아니었다. 그래서 애들 있는데 들어가봐야 하는 거 아니야, 그가 물었을 때는 으음, 우리 아이 오늘 유치원에서 늦게 돌아올 거야, 마침 오늘이 견학이라나 뭐라나, 묻지도 않은 말까지 하며 둘러대었던 그녀였다. 그쪽이야말로 이제 그만 회사 들어가봐야 하는 거 아냐. 혹시 너무 들떠 있는 게 그쪽에 들키는 것은 아닐까, 그녀는 문득 당황스러워져서 그에게 되물었다. 그는 빙그레 웃었다. 사실은 나 해고당했어. 명예퇴직 그런 거 알아? 난 괜찮은데 마누라가 하도 심란해해서 아침이면 씩씩하게 넥타이 매고 어디로든 나온다. 실은 여기 토지공사에 있는 친구놈이랑 새로 구상하는 것도 하나 있긴 하고.

날씨가 좋은데 점심이나 같이 할까 하고, 그가 머뭇거리며 말하자 그 여자는 시계를 올려다보았다. 시누이 남편이 맹장수술을 한 병원에 오늘은 꼭 가보려고 생각하고 있었기 때문이었다. 내일이면 퇴원이라니 가보지 않을 수도 없었다. 바쁜가보지, 그가 물었다. 아니야, 오늘은 내가 점심 살게. 그 여자는 지금 실직중이라던 그를 생각하며 말했다. 그가 웃었다. 누가 사면 어때, 날씨도 좋은데 여기 공원으로 오지 않을래? 꽃들이 많이 피었더라. 벌써 분당에 와 있는 거야? 난 준비하려면 시간이 좀 걸릴 텐데. 그래 천천히 와. 난 시간 많잖아. 그의 웃음소리가 왠지 쓸쓸하게 들렸다. 그 여자는 전화를 끊고 화장대까지 5미터도 되지 않는 거리를 잰걸음으로 걸어갔다. 짧은 머리를 드라이하고 옷장을 뒤져 작년 겨울 백화점 사계절 의류 대처분 때 삼만원을 주고 산 아이보리 원피스를 꺼내들었다. 한번도 입지 않았지만 원피스는 구겨져 있었다. 서둘러 다림질판을 펴고 스프레이로 물을 뿌리면서 그 여자는 문득 생각했다. 가만, 이게 뭐지, 내가 왜 이러는 거지, 이래도 되는 건가, 하고. 원피스를 차려입은 그 여자는 옆집 아롱 엄마에게 열쇠를 맡겨놓으며 둘째가 돌아오는 시간에 문을 좀 열어달라고 부탁하고는 버스정류장으로 달려가, 마침 그곳에 서 있는 택시를 잡아탔다.

공원 한켠의 분식집에서 메밀국수를 먹고 그 여자는 옛 소꿉친구와 함께 캔커피를 손에 든 채 천천히 공원을 걸었다. 공원에는 풍성해진 햇볕과 꽃들이 만발해 있었다. 유모차를 밀고 가는 젊은 엄마들의 웃음소리들까지 꽃으로 피어나나, 착각할 만큼 공원은 화사했다. 저 여자들은 우리 둘을 어떤 사이라고 생각할까, 그 여자는 젊은 엄마들을 옆눈으로 훔쳐보았다. 그 여자는, 모르는 그 엄마들에게는 바람이라도 난 신선한 삼십대처럼 보이기를 바랐지만, 한편으로는 또 주위를 살피면서 혹여 아는 사람이라도 만날까봐 두려웠다. 지난번 그와 함께 오후를 보내고 나서 그 여자는 남편에게 그 말을 하지 않았다. 다만 그 이후 며칠 동안 잠깐씩 멍해지곤 했다. 한번도 꿈꾸어보지 않았던 어떤 세계에 한 발을 들여놓아본 것만 같은 그런 느낌이 설거지를 하는 그 여자의 손을 자주 멈추게 해버렸던 것이다. 뭐랄까, 그날 오후 잠깐의 시간이었지만 그 여자는 등에 짊어진 것을 놓아버릴 수도 있는 가능성을 본 것 같았다. 그것이 배낭이든 아이든 혹은 가정이든 아니면 이제는 감히 꿈꾸지도 못하게 된 글을 쓰고 싶다는 욕망이든. 그 여자에게 그것은 맨발로 아파트 광장을 달려나가는 것 같은 파격이었다. 삼십대 중반을 넘기고 사십을 바라보면서 남편 아닌 남자와 바람이 나는 것처럼 쉽고 짜릿한 도피처가 또 있을까.

　똑같이 날씨가 좋은데 왜 봄에만 아기들하고 병아리하고 그런 게 더 잘 보이는지 모르겠어. 가을엔 그런 거 잘 안 보이잖아. 그녀가 말하자 그는 감색 양복 상의를 어깨에 걸치고 걷다가 그러네, 하며 웃었다. 그와 그 여자는 호숫가를 돌아 벤치에 앉았다. 하늘에는 분홍빛 왕벚나무들, 땅에는 진홍빛 철쭉. 쏟아져내리는 노란 봄볕과 그 진홍빛의 꽃들 때문에 아찔한 현기증이 머리를 스쳐 지나갔다. 참 좋다. 그가 담배를 피워물며 말했다. 그런데 말이야, 왜 봄에 피는 꽃들은 이토록 분홍빛이지? 그 여자는 첫미팅을 나온 내숭기 많은 여학생처럼 물었다. 춘정에 겨워서 그런가보지. 경식은 담배를 내뿜으며 말하고는 그 여자를 흘끗 바라보았다. 분명 부끄럽다는 생각을 하지 않았는데도 불구하고 그 여자의 뺨이 붉어졌다. 그 여자는 상기된 표정이 들킬까봐 그의 옆모습을 올려다보면서 그가 눈웃음을 친다는 사실을 처음 깨달았다. 어린 시절 골목에서 딱지치기도 하고 삼각형이란 구슬놀이도 하던 그를 떠올려보았지만 한번도 그의 이런 눈웃음을 본 기억은 없었다. 이 남자가 바라는 게 뭐지, 하는 생각이 그 여자의 머리를 스치고 지나갔다. 토지공사에 아는 친구가 있어서,라고는 하지만 그가 사는 강북에서 분당까지 와서 그가 바라는 것이 대체 무엇일까. 그리고 오기만 하면 나를 불러내어 점심을 먹고 오후시간을 보내려는 의도는 무엇일까.

회사를 그만두기 전까지 내게는 꿈이 하나 있었어. 회사 때려치우고 말야, 시골 어느 저수지 가에 까페를 하나 짓는 거야. 손님이 와도 좋고 오지 않아도 좋을 곳에. 나는 주말이면 그 까페 무대에 서서 트럼펫을 부는 거지. 주중에는 자전거 뒤에다 낚시도구를 신고 집 근처 저수지에 앉아 낚시나 하고. 개는 삽사리나 그런 걸로 한 다섯 마리쯤 키우고. 그런데 막상 회사를 그만두고 나니까 마누라가 여보 당신 정 그렇게 힘들면 우리 시골로 가요, 하더라. 나는 웃으면서 아직은 그럴 때가 아니라고 했지. 마누라가 다시 묻더군. 당신 예전부터 시골 가서 낚시나 하면서 한적하게 살고 싶다고 했잖아요, 그렇게 해요, 우린 아직 젊고 무엇이든 할 수 있어요, 그러는 거야. 이상한데.

나는 화를 내고 말았고 결국 마누라랑 싸움까지 해버렸어…… 먼곳에 시선을 던지고 있던 그가 힘없이 웃었다. 결국 안되니까 나는 그걸 꿈꾸었던 모양이야…… 절대로 이루어지지 않을 걸 알았기 때문에 꿈은 더 절실했던 거야. 막상 그렇게도 살 수 있게 되니까, 난 겁이 난 거야…… 이런 말 남한테 해보는 거 니가 처음이다. 그는 웃었다. 그래, 그렇구나. 그 여자는 침을 꿀꺽 삼켰다. 니가 처음이야,라는 말을 들은 건 그 여자가 제 또래의 넥타이 맨 남자와 마주앉아 있던 것보다 더 오래된 일이었다. 그 여자도 그도 말없이 호수만 바라보았다.

여긴 집값이 어때? 그가 어색하게 물었다. 모르겠어. 강남보단 싸구 강북보단 비싸구 그런가봐. 그는 다 피운 담배꽁초를 와이셔츠 주머니에 넣었다. 왜 거기다 넣어? 응 이따 쓰레기통 있으면 버리려구. 그는 사람 좋게 웃었다. 아직도 모범생이구나. 그 여자는 한 손으로 입을 가리고 웃었다. 내가? 아직도 모범생이라면 내가 예전에도 모범생이었다는 말처럼 들리는데? 그가 되물었다. 그러지 않았나? 그 여자는 별말도 아닌 말에 과민하게 반응하는 그가 당혹스러워 자신 없이 대꾸했다. 하기는 그가 모범생이었는지 아닌지 기억도 나지 않았다. 어린 시절 골목에서 술래잡기도 했지만 그에 대한 뚜렷한 기억은 하나도 떠오르지 않았다. 그의 부모가 책방을 그만둔 뒤에도 그는 그저 책방집 아들이었다. 그 여자와 그는 한번도 연인인 적이 없었고, 그녀가 기억하는 한 멀리서 가슴 아파하며 서로를 그려본 적도 없었다. 스무살 때였던가, 한번 버스 안에서 그와 마주친 적이 있긴 했다. 그는 술에 좀 취한 듯했다. 정류장에서 내려 집으로 가는 같은 골목길을 오르며 그 여자가 물었다. 차 한잔 할래? 정확한 기억은 없지만 그 여자는 그날 집에 들어가기 몹시 싫었을 것이다. 그는, 오늘은 안되겠다, 술 먹고 많이 토했거든, 했다. 그리고 그것이 끝이었다. 서울에서는 드물게 그도 그 여자도 이십 몇년을 명륜동 한동네에 살면서도 마주앉아 차 한잔 마신 일이 없었던 것이다. 그런데 오늘 그와 그 여자는 서른을 넘어 마흔으로 달려가는 이 나이에 만나 꽃핀 공원을 산책하고 호숫가에 앉아 잃어버린 꿈을 이야기하고 있는 것이다. 분당 지나다니면서 신도시라는 건 결국 시멘트의 폭력이구나 생각했는데 막상 공원에 와서 앉아 있으니까 참 좋다. 그가 말을 돌렸다. 혹시라도 너 예전의 나를 다 기억할 수 있니,라고 그가 물을까봐 겁이 난 그 여자는 재빨리 대꾸했다. 그래? 우리집 뒤 불곡산 능선 등산해두 괜찮아. 언제 우리 한번 불곡산에 올라가볼까? 둘이? 그 여자는 겁먹은 얼굴로 물었다. 왜 어째서? 그가 웃었다. 신문에 맨날 나잖아. 양복 입고 구두 신고 북한산 오르는 남자들. 난 북한산 대신 불곡산으로 하지 뭐. 텔레비전에 찍히기라도 하면 우리 마누라 또 바가지 긁을 테지만…… 그 여자는 애매하게 웃으면서 다시 침을 삼키고 핸드백 잡은 손을 쥐었다 폈다 했다. 서둘러 다림질을 하고 시누이 남편이 입원해 있는 병원에 전화를 걸어 작은애가 아프다고, 아파서 오늘은 갈 수가 없을 거라고 거짓말을 해놓고 이리로 뛰어나오면서 내내 생각한 말을 꺼냈다. 저어기, 저어기 말이야, 우리 이렇게 만나는 거 별로……인 것 같아. 난 아이들을 사랑하고 있고, 남편은, 남편은 말이야, 보수적인 사람이야. 그냥 보통 한국 남자 있잖아…… 내 말 이해하겠니? 그러니까, 그렇다고 해서 그가 이상하다는 이야기가 아니라, 그 사람 좋은 사람이긴 하지만.

진지하게 귀를 기울이고 있던 그가 의아한 표정을 짓더니 갑자기 큰 소리로 웃었다. 분명 꾸며낸 웃음은 아니었다. 그의 말대로 진홍빛 춘정에 겨운 웃음도 아니었고 뭘 어떻게 하고 싶은 마음을 감추는 그런 웃음도 아니었다. 그리하여 그가 웃는 몇초의 긴 시간 동안 그 여자는 알아버렸다. 자신이 얼마나 바보 같은 말을, 그것도 더듬거리며 그토록이나 심각하게 했는가를. 야 임마, 소꿉친구랑 밥 두 번 먹었는데 무슨 남편하고 아이들 이야기야? 니가 그렇게 불편하다면 전화 다시 안할게. 난 그냥, 저번에 봤을 때 니가 답답해하면서 사는구나 싶어서, 그래서 이리 나오는 김에 가끔 얼굴이나 보려고 했지. 한국 남자이고 보수적이기로 치면 나도 못지않아. 그는 다시 웃었다. 그와 벤치에 나란히 앉아 있었던 것은 정말 다행이었다. 만일 마주앉아 있었더라면 자신이 어떤 표정을 짓고 있을까 생각하느라 우스꽝스러워졌을 것이다. 작은아이가 두시면 집에 돌아온다는 사실이 이토록 고마운 날은 일찍이 없었다. 그 여자는 그의 말에 대꾸도 못한 채 애매하게 웃고 있다가 자리에서 일어났고, 시계를 보며 자신이 몹시 좋은 엄마이며 그래서 원래 아이의 귀가시간을 놓치지 않는다는 표정을 해 보였다. 공원 입구에서 헤어지면서 그가 악수를 청했다. 왜 그런 바보 같은 말을 했던가, 이 봄날에, 꽃피는 봄날에. 이야기를 해놓고 보니 우스워진 내 말은 그런데 정말 내 진심이긴 한 것일까. 그 여자는 내미는 그의 손을 힘없이 잡았다. 잘살아. 그는 마주잡은 손을 몇번 흔들고 돌아섰다. 그의 손의 투박한 감촉이 아직 거두어들이지 않은 그 여자의 손에 남아 있었다. 그 여자는 돌아서려다 말고 그의 뒷모습을 바라보았다. 엷은 감색 양복을 입은 그의 어깨 위로 화사한 봄볕이 쏟아지고 있었다. 그 여자는 그를 불러세우고 미안해, 내가 너무 촌스러웠지, 말하고 싶은 충동을 억제하느라 돌아서서 버스정류장을 향해 빠르게 걸었다.

희성유치원, 수영교실이라고 씌어진 노란색 버스는 정확히 한시 오십칠분에 아파트 입구에 도착했다. 그 여자는 부엌 뒷베란다에 서서 버스에서 내리는 둘째를 찾고 있었다. 또래 아이들보다 키가 작고 뚱뚱한 둘째는 맨 꼴찌로 버스에서 내려 걸어오고 있었다. 노란 유치원 가방을 메지 않고 손에 든 채로 아이는 뒤뚱뒤뚱 걸었다. 며칠 전 아이는 처음으로 혼자서 유치원 버스를 타러 갔다. 지난 초봄 아이가 유치원 2학년이 되었을 때 그 여자는 아이를 붙들고 이야기했다. 둘째야, 이제 너는 귀여운반이 아니구 멋진반의 어린이야. 귀여운반 동생들말구 멋진반 형님은 혼자 버스를 타러 가야 하는 거야. 아이는 그때까지 혼자서 집 밖에 나가본 적이 없었다. 어릴 때부터 몸이 약했고 그래서 세살 땐가 네살 때까지 그 여자의 등에서 떨어져보지 않은 아이였다. 엄마가 다섯 번만 데려다주면 혼자 갈게. 그래서 그 이후부터 아이의 손을 잡고 유치원 버스를 태워주면서 그 여자는 숫자를 거꾸로 세기 시작했다. 이제 세 번 남았어, 이제 두 번 남은 거야. 하지만 마지막 날이 되자 오히려 그 여자가 불안해지기 시작했다. 겨우 아파트 두어 동을 지나가야 하는 몇십 미터의 거리였지만 아이 혼자 그곳에 도달할 수 있을까. 내가 너무 서두르는 것은 아닐까. 드디어 혼자서 등원을 하기로 한 날 아침 아이는 오히려 그 여자보다 담담한 표정이었다. 정말 혼자 갈 수 있어? 해볼게 엄마. 그 여자는 부엌 뒷베란다 창을 열고 서서 아파트 광장으로 걸어나가는 아이를 바라보았다. 아이는 천천히 아파트 정문 쪽으로 걸어가고 있었다. 그 여자는 베란다에 서서 아이를 불렀다. 왜? 천천히 걷던 아이가 그 여자를 올려다보았다. 아이의 얼굴에는 엄마, 내려와주면 안될까, 와서 내 손을 잡고 날 저기까지 좀 데려다주면 안될까 하는 표정이 어려 있었다. 어서 가라구, 엄마가 여기서 지켜보고 있다구. 그 여자는 손 나팔을 하여 말하고는 자신의 조바심이 아이의 두려움과 결탁해 이 모든 것을 그르칠까봐 팔까지 휘저었다. 아이는 시무룩한 표정으로 돌아섰다. 그리고 한 걸음 두 걸음 걷다가 뛰기 시작했다. 두려움이 사람을 얼마나 서두르게 하는지 그 여자는 알고 있었다. 아마도 그날 처음 혼자 가야 했던 그 길이 둘째의 인생에서는 군대에 가는 일보다 힘에 겨운 길이었으리라.

엄마 변신했구나. 오랜만에 얼굴에 한 화장에 아직 아이보리색 원피스를 벗지 않은 그 여자를 보고 아이는 대뜸 내뱉었다. 지난 일년 동안 아이의 입에서는 변신과 합체라는 로봇 만화영화 용어가 떠나지 않았다. 엄마가 옷을 갈아입는 것도, 제가 옷을 갈아입는 것도, 과학도감의 배추애벌레가 번데기가 되는 것도 역시 변신이었다. 마치 엄마와 제가 껴안는 것과, 개구리 두 마리가 교미하는 것이 모두 똑같이 합체이듯이. 그 여자는 두 팔을 벌려 아이와 합체를 한 다음 물었다. 우리 둘째 오늘 유치원에서 무얼 했지? 오늘 바깥놀이 시간에 평균대라는 걸 했어. 왜 있잖아, 기다란 막대기 위에서 걸어가는 거. 그래 어땠는데? 선생님이 잡아줄 땐 안 무서웠는데 혼자 하려니까 겁났어. 그래서 울었니? 엄마 나 놀이터 가서 놀게. 아이는 대답 대신 유치원 가방을 던져놓고 뛰어나갔다. 그 여자는 아이가 내팽개친 유치원 가방을 세워놓고 옷을 갈아입었다. 부엌으로 가서 물을 마시려다가 그 여자는 버릇처럼 가스레인지에 올려져 있는 냄비를 열어보았다. 냄비에는 아침에 먹다 만 김칫국이 남아 있었다. 그 여자는 보온밥통을 열어 밥을 한그릇 퍼서 식탁에 앉았다. 데우지도 않은 김 칫국을 가져다놓고 냉장고에서 먹다 만 김치그릇을 꺼내놓은 후, 그 여자는 밥을 먹었다. 메밀국수라는 게 원래 칼로리가 낮아. 누가 무 어라고 하는 것도 아닌데 그 여자는 혼잣말로 중얼거렸다. 문득 경식 이 이 광경을 본다면 무어라 할까, 싶은 생각이 들었다. 남편이라면 무심한 눈으로 바라보았을 이 광경을 경식이 바라보았다면, 그러자 그 여자는 괜히 용기가 솟았다. 촌스럽기는 했지만, 자신이 한 말이 꼭 틀리지는 않았다는 자신감이 생긴 것이다. 다시 전화벨이 울렸다. 전화왔습니다, 전화받으세요. 벨만 울리게 해놓아도 될 것을 남편은 고집을 피우며 이런 소리로 설정해놓았다. 재미있잖아? 남편이 말했 다. 하지만 재미있어서 이렇게 설정해놓은 건 그인데 이 소리를 매번 들어야 하는 것은 자신이라는 사실에 그 여자는 전화를 받을 때마다 짜증이 치밀곤 했다. 어차피 그저 벨만 울린다 해도 그건 전화를 받 으라는 말이 아닌가. 전화기 속의 여자 목소리가 듣기 싫어서 그 여 자는 몇번 설명서를 들여다보며 전화벨 소리를 다르게 설정하려고 시도했다. 하지만 그 여자는 기계에 대해서는 일종의 경외감과 두려 움을 함께 가지고 있어서 매번 설명서만 만지작거리다가 포기하고 말았다. 남편은 말했다. 기계가 무섭다구? 기계처럼 정직한 건 없어. 이상하면 반드시 어디가 잘못된 거야. 그리고 그건 대개 사람의 실수 이고. 기계보다 사람이 피곤하지. 이쪽의 실수가 아니더라도 저쪽이 고장날 확률은 얼마든지 있으니까. 꼭 당신처럼 말이야.

　전화를 건 것은 동생이었다. 어디 갔다 왔어? 계속 전화했는데. 으 응, 요 앞에 좀. 뭐 먹어? 밥. 밥을 입속에 넣은 채 우물우물하는 그 여자의 얼버무림을 감지할 여유도 없이 동생은 말을 이었다. 언니 놀라지 말아, 나 그 계집애 만나고 돌아오는 길이야. 그 여자는 입속에 들어 있는 밥을 꿀꺽 삼켰다. 뭐? 그애 말이야, 우리 남편하고 사랑에 빠졌다는…… 지금이 칠십년대도 아니고 너 꼭 그렇게까지 해야 했니? 가만 놔두면 남자는 다 돌아와. 그 여자는 소리 높여 말했다. 언니 엄마처럼 이야기하네. 그래, 그게 언니 말이든 엄마 말이든 남자는 돌아오겠지. 아주 가도 할 수 없는 거고. 그런데 왜 언니는 꼭 남자가 돌아오는 것이 옳다고 생각하는 사람처럼 말해? 언니는 정말 그렇게 생각하는 거야? 그게 합당하고 지당한 일이라구? 갑작스레 동생은 질문을 퍼부어댔다. 그 여자는 할말이 없었다. 어쨌든 내가 그랬지, 내가 이혼해줄 테니까, 아이도 내가 키울 테니까 결혼하라고. 우리 남편하고 결혼하라고 그랬어. 동생은 깔깔거리며 웃었다. 정말이니? 그랬다니까. 거기까진 좋았지. 그 계집애도 상당히 놀라는 눈치였구. 그래서 내가 또 말했어. 내가 살아보니까 진짜 사랑이라는 거 그렇게 자주 오는 게 아니다, 난 사실 우리 남편하고 열렬히 사랑해서 결혼한 것도 아니고 사이도 그렇게 좋은 편도 아니었다—— 생각해봐. 시댁에서 그렇게 우리 엄마 이야기를 들먹이며 반대하지 않았다면 나는 그렇게까지 우겨가면서 결혼하지는 않았을 거야. 반항한다는 건 결국 의지하는 거니까. 적어도 대상이 있는 거니까—— 어쨌든 당신이 우리 남편하고 결혼한다면 내가 방해를 하지 않음은 물론, 원한다면 축복을 해줄 수도 있다, 사람이 어떻게 살아도 한평생인데 좋게 사는 게 좋은 거다, 짐짓 폼까지 잡아가면서 딴에는 인생 선배로서 충고 좀 하는 식으로 말이야. 그랬더니 그 계집애가 뭐라는 줄 알아? 자기도 결혼에 대해 생각해보지 않은 건 아니지만 솔직히 차과장님 애인감으로는 좋은 사람이지만 남편감으로는 별로일 것 같아요, 그리고 전 결혼 같은 거 당분간은 생각 없어요, 결혼이라는 거 명백하게 여자에게만 불리하게 되어 있는 제도 아니던가요? 이러는 거 있지. 동생은 다시 깔깔 웃었다. 그 여자는 무선전화기를 든 채로 다시 식탁으로 와서 물을 한모금 마셨다. 기가 막혀. 오는 길에 어떻게 화가 나는지. 아니, 처자식 있는 남자랑 사랑이라는 걸 했으면 책임을 져야 하는 거 아니야? 요즘 애들 무섭다더니 다 그런가? 아무튼 문제는 돌아오는 길에 내가 무지무지 화가 났다는 거였어. 화가 나잖아, 스물 몇살밖에 안된 게 살아보지도 않고 결혼이라는 게 어떤지, 우리 남편이 어떤 사람인지 그런 걸 어떻게 알았을까. 언니, 나 질투가 났어. 나는 결혼하고 애 낳고 이제서야 깨달은 것을 그 계집애는 똑똑하게 벌써 알아버리다니, 내가 어떻게 화가 안 나겠어? 언니 듣고 있는 거야? 뭐라고 말 좀 해봐…… 갑자기 동생이 이국어로 말을 하는 먼 타인처럼 느껴졌다. 너 책 두고 갔더라. 그 여자는 말을 돌렸다. 책? 무슨 책? 몰라, 어두운 상점들의 거린가 뭔가…… 으응, 그거 언니 읽어. 난 다 읽었어. 거기 첫문장 봤어? 나 그 문장 때문에 그 책 샀구 그래서 다 읽었어. 나는 아무것도 아니다,로 시작하는 문장 말이야. 본 거야? 응. 그래 언니는 어떻게 생각해? 모범적으로 살고 있는 언니 생각을 알고 싶어. 그래 아무것도 아니야, 지나고 보면 모두 아무것도 아니야. 그 여자는 밥맛이 달아나는 것을 느끼고는 무선전화기를 목과 어깨 사이에 낀 채 밥그릇과 국그릇을 개수대로 옮기며 말했다. 그래? 그런 걸 언니는 벌써 알고 있었다는 거야? 모든 게 아무것도 아니라는 걸? 난 몰랐어, 언니. 사랑하구 결혼하구 애낳구, 가계부 쓰구, 집 늘리구 그러는 거 나는 그런 게 목숨이라도 걸어야 하는 일인 줄 알았던 거야. 그래서 결혼할 때 시댁에서 반대한다고 우리 남편이랑 도망까지 쳤던 거야. 아이 낳을 때 열 시간이나 진통하면서 죽었으면 좋겠다, 이렇게 아플 바에야 차라리 누가 날 좀 죽여줬으면 좋겠다, 생각하면서 그래도 이를 악물고 참은 건 거기에 어떤 의미가 있다고 믿어서 그랬던 거였는데, 그런데 아무 것도 아니라니…… 언니, 나는 산다는 게 싸워서 무언가를 얻어내야만 하는 건지 알았어. 이를 악물고 참아서 무언가, 고난 끝에 무언가, 설사 행복이 아니더라도 무언가가 오는 것이라고, 그리고 아마도 그것은 기쁘고 즐겁지만은 않아도 그래도 소중한 것일 거라고. 그런데, 그런데 아무것도 아니었던 거야? 듣고 있어? 언니, 뭐라고 이야기 좀 해봐…… 서영아, 우리 좀 시간을 가지고 이 고비를…… 그 여자는 말했다. 고작 이것뿐인가 싶었지만 달리 말이 생각나지 않았다. 기억 상실증에라도 걸렸으면 좋겠어. 집으로 돌아오면서 나 다 지워버리고 싶다고 생각했어. 남편하고 만날 때부터 지금까지를 내 인생에서 다 박박 지우고 새로 시작하고 싶다고. 그런데 언니, 생각해보니까 지워야 할 건 그것뿐이 아니었던 거야. 엄마도 싫고 성 다른 언니도 싫고 내가 학년이 올라가서 새로 가정환경조사서 내고 새 담임선생님과 마주앉아 내가 왜 언니와 성이 다른지 매년 같은 이야기를 할 때마다 나는 생각했어. 고아였음 좋겠다, 차라리 고아였음 좋겠다, 아니면 태어나지 말든가. 개수대에 국그릇과 밥그릇을 놓아둔 여자는 한 손으로는 수화기를 들고 한 손으로는 김치그릇을 든 채 발로 냉장고 문을 열다 말고 멈추어섰다. 그래 언니, 나 그랬어. 내내 그 생각 했어. 다시 태어나고 싶다고, 이 모든 걸 하나도 기억하지 않은 채 다시 태어나고 싶다고. 동생의 전화는 그렇게 끊겼다. 그 여자는 들고 있던 김치그릇을 냉장고에 넣고 문을 닫았다. 동생은 울지 않았다. 만일 그런 일이 내게 일어난다면, 그 여자는 잠시 눈을 감았다가 떴다, 나도 그렇게 생각했을지 모르겠다. 차라리 태어나지 않았더라면 좋았다고. 에미가 죄가 많아서 그렇다. 여고생이었던 동생이 가출한 어느날이었던가, 거래처에 가져다줄 한복감을 상자에 싸다가 어머니는 말했다. 내 피가 뜨거웠구나, 널 데리고 그냥 혼자 살고 저건 만들지 말아야 했는데, 내 피가 뜨거웠구나.

현관 쪽에서 울음소리가 들렸다. 둘째의 울음소리였다. 멍해 있던 그 여자는 울며 들어오는 둘째를 안았다. 왜 그래? 놀이터에서 누가 때렸니? 아이는 고개를 저었다. 그러면? 어떤 형아가, 형아가…… 그 여자는 우선 욕실로 아이를 데려가 흙투성이인 아이의 손발을 씻겼다. 손가락으로 머리를 대충 빗기며 그 여자는 다시 물었다. 왜 그래? 형아가 어떻게 했어? 내 바지를 벗겼어. 순간 그 여자의 가슴이 덜컥 내려앉았다. 사내아이만 둘이라서 별로 깊이 생각을 해본 적은 없지만 놀이터에서 어린 여자아이들에 대한 성추행은 심심치 않게 일어나고 있었다. 세상이 아무리 하 수상하지만 설마, 그 여자는 조심스레 아이를 붙들고 다시 물었다. 그러고는 어떻게 했어? 아이는 갓 세수를 끝낸 말간 얼굴을 찌푸리더니 다시 울음을 터뜨리며 말했다. 내 곰돌이 팬티를 보고 웃었어! 그 여자의 입에서도 웃음이 나왔다. 그 여자는 둘째를 무릎에 앉혔다. 그래서 넌 그때 뭘 했니? 나 가만히 있었어. 왜 가만히 있었어. 도망치든지 아니면 그 형아 팔을 잡아서 물어뜯든지. 그 여자는 웃을 때가 아니라는 생각을 하고 차근차근 말했다. 늘 맞고 들어오는 둘째가 진심으로 걱정되기 시작했던 것이다. 엄마한테 이르는 거말구? 그럼 엄마한테 말하는 건 이미 니가 다 아프고 다 챙피하고 그런 다음이잖아. 니가 먼저 남을 때려서는 안되지만 누가 널 해코지하면 물어라도 뜯어. 둘째는 멀뚱한 표정으로 그 여자를 바라보고만 있었다. 이렇게 말야, 이렇게. 그 여자는 아이의 통통한 팔을 들어 입으로 물어뜯는 시늉을 해 보였다. 둘째는 말했다. 그런데 엄마, 내가 물어뜯으면 그러면 개가 아플 거 아냐? 그 여자는 둘째를 바라보다 그냥 웃었다. 어쨌든 다음부턴 울고 들어오지 말아. 지금은 엄마가 있지만 이담에 엄마도 없으면 그땐 어떻게 할래?…… 아이의 얼굴은 금세 시무룩해졌다. 집에서 혼자 놀아, 놀이터엔 그만 가구. 알았어. 나 핑구 볼래. 아이는 제 방에서 비디오테이프를 가지고 나와 재생기에 넣었다. TV 화면으로 펭귄 가족들이 나타나기 시작했다. 아이는 아주 어릴 때부터 저 핑구라는 펭귄을 좋아했다. 하긴 그 핑구와 아이는 닮은 데가 있었다. 다리가 짧고 키가 작고 그리고 뒤뚱거리며 걷는 것. 제비새끼처럼 재재거리며 아파트 광장을 뛰어다니는 저 또래 아이들과는 분명 달랐다. 남과 다르다는 것이 얼마나 괴로운지를 저 아이가 알게 되면 어쩌나. 아침에 널어놓은 빨래를 개면서 그 여자는 잠시 겁이 났다.

시간은 벌써 오후 네시로 달려가고 있었다. 길어진 햇빛이 베란다 밖에서 주황빛으로 길게 스며들었다. 그 여자는 냉장고에서 콩나물을 꺼내 신문지를 펴놓고 그걸 다듬었다. 또 콩나물국이야? 어느새 학교에서 돌아온 첫째가 냉장고 문을 열고 찬물을 벌컥벌컥 마시며 물었다. 콩나물국이 어때서? 아빠 월급 삼십퍼센트 깎였어. 너희들 공부하려면 콩나물국이라도 감사하게 먹어야 해. 아니야, 나 콩나물국 좋아하잖아. 첫째는 엄마 비위를 건드려 좋을 게 없겠군 하는 표정으로 말했다. 그런데 엄마, 나 내일 자연시간에 납땜해가는 거 숙제야. 문방구 가서 사오게 돈 좀 줘. 그 여자는 콩나물을 다듬다 말고 자리에서 일어나 지갑을 꺼냈다. 지갑에는 달랑 만원짜리 한장이 남아 있었다. 얼마쯤 한대니? 몰라 한 팔천원쯤 할걸. 그렇게나 비싸? 큰아이는 입만 삐죽할 뿐 아무 말도 하지 않았다. 그 여자는 한장뿐인 만원짜리를 내밀었다. 거스름돈 챙겨오는 거 잊지 말구. 엄마 나오는 길에 PC 잡지 한권만 빌리면 안될까? 안돼. 다른 집 애들은 다 사는데. 주말에 아빠한테 말해보자. 아빤 언제나 안된다고 하는걸. 그거야 너 지난번 사회시험 백점 맞으면 사주기로 한 건데 니가 팔십점 맞아왔으니까 그렇지. 알았어. 큰아이는 시험 이야기가 나오자 금세 풀이 죽었다. 차 조심하구. 알았다니까! 큰아이는 롤러브레이드를 신고 문구점으로 달려나갔다. 작은아이는 어느새 비디오를 끄고 일찍 시작하는 TV 만화를 틀고는 주제가를 따라 부르고 있었다. 아이는 애국가를 부를 때처럼 경건했다. 그 여자는 아이들 때문에 이미 외워버린 만화 주제가를 가만히 따라 불렀다. 갑자기 닥쳐오는 범죄의 수상한 검은 그림자. 달빛 가득한 이 도시를 누군가 노리고 있어. 평화를 지키기 위하여 내가 가진 모든 용기를 마음속에 깊이 새기고, 은빛 날개에 희망을 태우고 어두운 밤하늘을 달려나간다. 단 한번 나의 인생이 불타 없어진다 해도. 겟 어웨이. 누구도 날 막을 수는 없어…… 문구점에서 돌아온 큰아이는 방에 들어가 조립을 시작했다. 엄마, 이거 너무 어려워. 엄마가 좀 도와줘. 니 숙젠데 니가 해야지, 엄마가 하면 엄마 숙제잖아…… 그 여자가 말을 자르자 큰아이는 무슨 말인가 할 듯 망설이다가 방으로 돌아가더니 잠시 후 다시 그 여자 앞에 섰다. 엄마, 사실은 망쳤어. 선생님이 이걸로 자연 점수 매긴다고 했는데 어떻게 하지? 뭐라구? 사온 지 얼마나 됐다구 그새 그걸 망쳐? 그 여자는 콩나물 깍지가 묻은 손을 바지 옆선에 비비며 큰아이의 방으로 갔다. 큰아이의 방은 온통 납 연기투성이였다. 그 여자는 코를 감싸쥐고 아이 방의 창문을 열었다. 엄마가 뭐랬어? 뭐든지 늘 찬찬히 조심해서 하라고 그랬잖아…… 고개를 숙이는 큰아이의 관자놀이로 땀이 흘러내렸다. 게다가 문 열고 해야지 납 연기가 사람한테 얼마나 해로운데. 아이의 땀을 보자 그 여자는 큰애가 안쓰러워져서 부드럽게 말했다. 어디 줘봐. 큰아이는 제가 조립하던 걸 내밀었다. 이게 뭔데, 응? 깜빡이. 이렇게 조립하고 이렇게 납땜을 해야 하는데…… 하라는 대로 했는데 안돼. 엄마랑 같이 해보자. 그 여자는 아이가 내미는 설명서를 들여다보았다. 간단하게 몇줄의 설명문만 씌어 있었고, 도면은 지나치게 단순해서 조잡하기까지 했다. 전화벨을 다른 음으로 설정하는 것도 스스로 하지 못하는 여자가 그 도면을 보아도 알 수 없기는 마찬가지였다. 그 여자는 말했다. 설명서가 뭐 이래? 알아서 하라는 식이잖아. 어릴 때 로봇 조립하는 데 선수였던 니가 못하면 이 설명서가 잘못된 거야. 큰아이의 얼굴이 환해졌다. 그렇지? 제대로 설명을 해주지도 않구. 난 이게 처음인데. 그나저나 아이들한테 이렇게 거지 같은 걸 팔천원씩이나 받구 팔아먹다니. 그 여자는 혼자서 중얼거리다가 큰아이의 얼굴을 물끄러미 바라보았다. 아이는 몹시 풀이 죽은 얼굴이었다. 뭘 이거 하나 가지구 사내녀석이 마음 상하구 그래. 살다보면 이런 일이 얼마나 많은데. 그 여자는 도면을 방바닥에 다시 내려놓으면서 말했다. 망쳐가지고 가면 그러면 빵점이니? 몰라, 그렇겠지. 하나 더 사서 엄마랑 만들어볼까? 여자가 말하자 큰아이는 고개를 떨구었다. 우리 돈 없잖아. 아빠 월급 삼십퍼센트 깎였구. 아이의 말에는 반항기는 없었다.

괜찮아, 엄마가 돈, 하다가 그 여자는 아까 지갑이 비어 있던 것을 기억했다. 엄마가 은행 가서 돈 찾아서 사가지고 올게. 어느 문방구에서 사면 되지? 주공문방구.

그 여자는 콩나물 다듬던 것을 밀어두고 집을 나섰다. 봄 저녁이었다. 아파트 광장에는 벚꽃이 팔랑거리며 지고 있었다. 그 여자는 집 앞 상가에 있는 현금자동지급기에 가서 삼만원을 뽑았다. 월급날까지는 아직 열흘이나 남아 있는데 잔액은 달랑거렸다. 다음주에 큰애 영어학원비도 주어야 할 텐데. 전자 깜빡이 조립 세트를 사가지고 돌아오는 길가 꽃지는 벚나무 아래로 젊은 남녀가 손을 잡고 걸어가고 있었다. 놀이터에서 놀던 아이들의 축구공이 광장을 가로질러 날아가고 있고, 상가 한구석 전파사에서는 음악이 흘러나오고 있었다. 감미로운 바이올린 선율. 언제였던가, 아마 큰애 두돌 때쯤이었던가, 시누이 결혼식을 마치고 돌아오는 겨울 밤길에 그 여자는 이 음악을 들은 일이 있었다. 동숭동 대학로 근처에 있는 큰 레코드점 앞길이었을 것이다. 그 여자와 남편은 모처럼 시내에 나온 길이라, 이미 잠든 아이를 업고 까페에 가서 앉았다. 간간이 흩뿌리던 눈발이 제법 거세지고 있어서 그 여자와 남편은 집에 갈 걱정도 잊고 로맨틱한 기분에 젖어들었다. 마침 비어 있는 창가 자리에 앉아서 그들은 오랜만에 맥주를 마셨다. 그런데 그 여자가 무심히 내다본 창밖 거리, 눈 내리는 신호등 앞으로 누군가 걸어가고 있었다. 다리를 절룩이는 키 작은 여자였다. 신호등이 바뀌었지만 길이 미끄러워서 그 여자는 다른 사람들처럼 빨리 건너지 못했다. 그 사이 신호등은 빨간 불로 바뀌어버렸고, 다리를 절룩이는 키 작은 여자 혼자서 차도 한가운데 서 있었다. 갑자기 내리기 시작한 눈 때문에 조급한 차들이 연신 클랙슨을 울려

댔다. 그때 차도 한가운데 혼자 서 있던, 다리를 절룩이는 키 작은 여자에게 저 음악은 어떻게 들렸을까. 다리를 절룩이던 그 여자가 그후에 차도를 건넜는지 어쨌는지는 이제 생각나지 않았다. 다만 가끔 콩나물을 다듬고 아이들과 싸우고 빨래를 비비다가 그 여자는 그날 보았던 다리를 절룩이는 여자 생각을 했다. 혼자서 눈 내리는 차도 한가운데 서 있던 여자. 바이올린 선율은 여전했다. 「브루클린으로 가는 마지막 비상구」라는 영화의 주제였을 것이다. 그 여자는 눈 내리던 날의 기억을 지우면서 벚꽃이 지는 아파트 광장을 검은 비닐 슬리퍼를 끌며 급히 걸었다. 그 여자는 이제 안다. 오늘의 날씨와 바람의 강도 그리고 통장에 남은 잔고가 같은 음악을 얼마나 다르게 들리게 하는가를. 어느새 나트륨등이 노랗게 피어나고 그 아래로 할랑할랑 벚꽃이 지고 있는, 가끔 그 여자로 하여금 맨발로 뛰쳐나가고 싶은 충동을 일으키게 하던 그 광장, 광장 또한 마음의 조명을 받아 어떻게 다른 빛깔로 변해가는가를.

돌아오니 큰아이 방문 앞에서 둘째가 울고 있다. 왜 그래? 형아가 때렸어. 큰애야, 이리 나와봐. 너 왜 동생을 때리고 그러니 응? 큰아이는 입을 삐죽이며 그 여자 앞에 섰다. 왜 때렸어? 쟤가 자꾸만 내 방에 들어와서 납땜해놓은 걸 만지려고 하잖아, 가뜩이나 신경질나 죽겠는데. 그런다고 때리면 어떻게 해, 말로 하지. 이번에는 큰애 눈에 눈물이 글썽인다. 자꾸 만지려고 하잖아. 엄마 나간 담에 어떻게든 내가 다시 만들어보려는데, 그런데 쟤가 자꾸 방해하니까…… 됐다. 둘 다 손 씻어, 밥 먹게. 엄마, 아까 나는 손 씻었는데? 둘째가 말했다. 그럼 너는 됐구, 큰애 너는 손 씻어. 납은 위험한 거니까 비누질 두 번 해서 씻어, 또 대충 씻지 말구, 알았지? 알았어. 그 여자는 멸칫국물 우려놓은 것에 콩나물을 넣고 국을 끓이면서 지난번 사 다놓은 자반고등어를 구웠다. 아이들은 언제 싸웠냐는 듯 나란히 앉 아 만화영화를 보고 있다. 아빠는 또 늦어? 그런가봐. 왜 맨날 늦어? 바쁘시니까 그렇지. 아빠 얼굴 본 지도 오래됐어. 아빠는 왜 맨날 밤 에만 바빠? 작은아이도 끼여들었다. 낮에도 바쁘고 밤에도 바쁘셔, 아빠는. 그래서 일요일에도 나가는 거야? 작은아이가 다시 물었다. 응. 그런데 왜 월급은 깎여? 큰아이가 묻는다. 밥 먹자. 그 여자는 아 이들과 함께 식탁에 앉았다.

소파에는 합체되지 못한 로봇들이 뒹굴고 있었다. 부러진 날개와 홀로 된 다리와 몸에서 떨어져나온 작은 얼굴들. 그 여자는 그것들을 거두어 작은아이의 방에 가져다놓고 거실의 불을 껐다. 작은아이는 아무리 덮어주어도 또 이불을 차 내던지고 큰애는 큰애대로 제 방에 서 창문까지 열어놓고 잠들어 있었다. 그 여자는 아이들의 방문을 닫 아주고 소파에 앉았다. 시간은 열시 반을 넘어가고 있었다. 허리께에 통증이 느껴졌다. 생리날은 아직 멀었는데. 그 여자는 희미한 시야 속에서 달력을 바라보며 두 주먹으로 등허리를 두드렸다. 그러고 보 니 목 한가운데가 따끔따끔하기도 했다. 아마도 몸살이 나는 모양이 었다. 지난번에 지어둔 약이 있을 텐데. 그 여자는 부엌 싱크대 서랍 을 뒤졌다. 저기요, 먹고두 졸리지 않는 약을 좀 지어주세요. 약을 지 으러 갈 때마다 동네 약사는 웃었다. 그런 약은 없어요. 푹 자고 좀 쉬라고 몸이 신호를 보내는데 주무셔야죠. 그때, 어둠속에서 여자의 목소리가 울려퍼진다. 전화왔습니다, 전화받으세요. 그 여자는 수화 기를 들었다. 남편이었다. 남편은 이미 많이 취한 듯했다. 여보야, 사랑하는 여보야, 남편의 목소리에 술기운이 많이 느껴졌다. 당신 술 많이 마셨어? 아니, 쬐끔. 그 여자는 덜컹이는 베란다 창문을 바라보았다. 낮에는 한여름처럼 덥더니 밤이 되자 바람이 많이 불기 시작하는 모양이었다. 창밖에 부는 봄바람 소리가 남편이 들고 있을 PCS폰을 거쳐 그 여자의 귓가를 윙윙거렸다. 당신 지금 어딘데? 회사 앞이야. 직원들하고 한잔 하구 있어. 애들은 자? 응. 나 술 쬐에끔만 더 마시다 들어갈게. 알았어, 너무 많이 마시지는 마. 여보야! 응. 나, 당신, 애들하고 힘든 거 알아. 당신은 글을 써야 하는 사람인데…… 왜 그런 소리 하구 그래? 당신 택시값은 있어? 택시값? 내가 왜 택시를 타? 전철 타야지. 지금 때가 어느 땐데 택시를 타. 남편은 갑자기 큰소리로 말했다. 지금 전철 파업중이야. 그래? 그럼 버스 타야지. 여보야, 기다려, 자지 말고 나 갈 때까지 기다려, 알았지? 알았어. 남편의 전화는 그렇게 끊겼다. 무슨 일이 있는 모양이었다. 남편이 메마른 목소리로 전화를 했을 때말고, 이렇게 사랑하는 여보야를 들먹일 때, 그에게 무슨 일이 일어나고 있다는 걸 그 여자는 경험을 통해 알고 있었다. 십삼년의 결혼생활 동안, 사랑도 식고 싸움도 줄고 잠자리도 시들해지면서 남은 건 그런 거였다. 그가 메마른 소리로 전화를 하면 별일없는 거구나. 그가 집에 들어와 베란다 문을 열고 담배를 피워물면 회사에 무슨 일이 있는 거구나. 아이들이 잠들고 난 후, 그가 부엌을 치우는 그 여자의 등을 가만히 껴안으며 여보, 우리 오랜만에 술 한잔 할까, 물으면 그는 지금 외롭구나, 그런 것. 지난 겨울 남편의 입사 동기가 퇴직을 당했을 때 그는 밤 한시쯤 전화를 걸어 그 여자에게 사랑한다고 말했다. 당신 지금 어디야? 그 여자가 묻자 그는 말했다. 집 앞이야. 집 앞 어디? 몰라, 그냥 집 앞이야. 수화기를 들고 내려다보니 아파트 광장 한켠에서 PCS폰을 든 채로 쭈그리고 앉아 있는 남편의 모습이 보였다. 여보, 우리집 올려다봐. 내 모습 보여? 나 여기 부엌 창에. 그녀가 말하자 쭈그리고 앉아 있던 남편이 고개를 들었다. 그녀는 그를 향해 손을 흔들었다. 어둠속이라 자세히 보이지는 않았지만 남편이 빙그레 웃는 것이 느껴졌다. 어서 들어와. 잠시 동안이었지만 그가 쭈그리고 앉은 채 웃는 것을 보자 그 여자는 목이 메어서 겨우 그렇게 말했다. 그래, 들어가야지. 그런데 여보야, 왜 이렇게 힘이 들지? 여기까지 와놓고 우리집에 가는 길이 왜 이렇게 멀게 느껴지지? 이 밤에도 분명 그의 동료 누군가가 회사를 떠났을 것이다. 그도 아니면 시어머니에게서 전화가 왔을 것이다. 큰아버지 산소의 비석을 새로 세우기로 했다거나, 외삼촌 회갑이라거나 그래서 그가 몰래 가불을 해서 돈을 부쳤을 것이다. 그도 아니면 동생의 남편처럼 그에게도 여자가 생겼는지 모른다. 아니, 그것이 아니면 그도 모처럼 자신의 잃어버린 꿈을 털어놓으려고 만난 옛 여자친구에게 이런 만남은 나쁜 거야 소리를 듣고 황망해졌는지 모르겠다.

그 여자는 수화기를 들고 번호를 꾹꾹 눌렀다. 수화기 저쪽에서 꽉 잠긴 여자의 목소리가 들렸다. 언니야? 너 목소리가 왜 그래? 울고 있었니? 아니. 동생은 낮은 목소리였다. 그럼 술 마셨니? 조금. 애기는? 자. 제부는? 아직…… 괜찮니? ……그냥 그래. ……너한테 꼭 하고 싶은 말이 있었어. 아까 니 전화 끊고 생각했는데, 그래 우리 그렇게 살았어. 너 힘들었던 거 알아. 하지만 엄마도 힘들었다는 생각은 왜 못하니? 이제 너 애 생각해야지. 또 성 다른 동생 만들어줄래? 그녀는 조심스레 물었다. 나보고 결혼을 또 하라구? 니 나이 이제 겨우 서른인데 그럼 혼자 살아? 언니는 소대장 좋다구 군대 또 가우?

동생은 천연스레 대꾸하며 깔깔 웃었다. 지금 웃음이 나오니? 싶었지만 그 여자도 하는 수 없이 웃고 말았다. 동생이 필름을 잃어버리고 속상했을 때처럼, 다 지난 일인데 생각해봤자 내 속만 상하지, 할 것 같아서 조금 마음이 놓이기도 했다. 동생은 낮은 목소리로 입을 열었다. 나 엄마 생각하고 있었거든. 그 여자는 자줏빛 전화기의 번호판 틈새를 손가락으로 쓱쓱 문질렀다. 그냥 앉아 있는데 자꾸 엄마 생각이 나더라구. 왜 있잖아, 엄마 폐암 걸린 거 우리한테도 숨기고 있었던 거. 의사한테 선고받고 나오면서 엄만 무슨 생각 했을까 하고. 아니 그전에 동대문 엄마 한복가게 불났을 때 그때 엄마가 며칠 동안 밥도 못 먹으면서 우리한테는 걱정 없다고 큰소리치던 거, 그런 거 생각하고 있었어. 돌아가시기 전에 엄마 곡기 끊으셨잖아, 자식들한테 지저분한 뒤처리 시키지 않는다고. 그때 언니랑 나랑 식사 좀 하시라고 울고불고 매달렸을 때, 그때 난 울면서도 생각했었지. 이렇게 독한 여자니까, 이렇게 독한 여자라서 끝까지 우리 두 자매를 힘들게 하는구나. 속상했었어. 난 그때 엄마가 어떨까는 하나도 생각 안하고, 병실에서도 엄마한테 신경질 부리고…… 울지 마. 그건 다 지난 일이야. 그 여자의 목소리도 낮아졌다. 앞으로 어떻게 살 것인가, 그것만 생각해라. 나도 가끔 생각하지. 엄마가 살아 계셨더라면 어땠을까, 하고. 남편이랑 살기 싫을 때, 아이들 때문에 울적할 때, 친구한테 전화해서 돈 꾸러 갈 때 원망할 엄마가 살아 있었으면 얼마나 좋을까, 하고. 하지만 너도 서른이 넘었고 제부랑 이혼을 하든 그렇지 않든, 그것이 그 사람의 외도 때문이든 아니든 이젠 너의 문제야…… 넌 이제 열일곱살이 아니구, 그러니 엄마 때문에 속상해서 가출할 수도 없는 거야. 언니 말, 이해하겠니? 멀리, 수화기 멀리서 아이의 울음소리가 들려왔다. 언니, 애가 울어. 깼나봐. 우유 먹이고 내가 다시 전화할게.

그 여자는 어둠속에 앉아 있었다. 아까부터 아픈 허리의 통증이 조금씩 더 강하게 느껴지기 시작했다. 침을 삼킬 때마다 따끔거리던 목의 통증도 조금씩 분명해지기 시작했다. 그 여자는 걸어가 약봉지를 꺼냈다. 멀리 바람 부는 광장이 내려다보였다. 차들이 들어서고 차들이 나가는 아파트 광장. 벚꽃이 지고 나면 이파리 무성해지고 꽃 진 자리에는 작고 빨간 열매가 맺힐 것이다. 그 여자는 광장을 가로질러 맨발로 뛰쳐나가는 여자의 환영을 물끄러미 바라보며 서 있었다. 내일도 특별한 날은 아닐 것이다. 그 여자는 아마 자명종도 없이 일곱시쯤이면 잠이 깰 것이고 오늘 먹던 콩나물국을 데워 내일 아침을 준비할 것이다. 남편과 큰아이와 작은아이가 차례로 일어나 회사로 학교로 유치원으로 떠날 것이다. 남편과 아이들이 보던 TV에는 텔레토비 네 마리가 손을 흔들며 아이 좋아! 아이 좋아! 할 것이고, 그 여자는 또 청소기를 돌릴 것이고, 그리고 내일도 몇통의 전화가 걸려올 것이다. 오늘보다 나은 내일을 위해서가 아니라 오늘만큼 되는 내일을 위해서라도 약을 먹고 따뜻하게 잠들어야 했다. 핸드백 속에 판피린을 가득 넣고 다니던 어머니. 엄마 또 아픈 거야? 어린 그녀가 물으면 어머니는 대답했었다. 아프긴, 너희들 놔두고 엄마는 아프지도 못해. 그 여자는 동생이 두고 간 책을 들고 자리에 누웠다.

나는 아무것도 아니다. 그날 저녁 어느 까페의 테라스에서 나는 한낱 환한 실루엣에 지나지 않았다.

나는 벌써 나의 삶을 다 살았고 이제는 어느 토요일 저녁의 따뜻한 공기 속에서 떠돌고 있는 유령에 불과했다.

약기운 탓일까, 여린 스탠드 불빛에도 눈이 부셨다. 그래서 그 여자는 모디아노 최대의 걸작, 잃어버린 시간을 찾아 기억의 어두운 거리를 헤매는 고독한 영혼의 발걸음을 더는 따라갈 수가 없었다. 아마동생의 전화가 곧 걸려올 텐데. 그 여자는 책을 덮으며 생각했다. 그 애를 위로해주어야 할 텐데, 난 그애에게 남은 유일한 피붙이인데. 그 여자는 피곤한 눈을 감았다. 그도 아니면 택시를 타고 온 남편이 택시비를 가지고 아파트 입구로 내려오라는 그런 전화를 할 수도 있었다. 술에 취한 남편은 곧잘 그러곤 했으니까. 집 앞에 와서 전화를 했는데, 택시비도 없이 택시를 타고 와서 전화를 했는데 아무도 받지 않으면 얼마나 당황스러울까. 그러니 잠들지 말아야지, 아주 잠들지는 말아야지, 그러면서 그녀는 곧 깊은 잠 속으로 빠져들어갔다.

〔21세기문학 1999년 여름호〕

길

언제부터인가 그는 죽은 아들을 향해 중얼거리곤 했다.
산다는 것은 결코 자동사가 아니란다. 그것은 엄정한 타동사지.
삶과 사랑과 네가 꿈꾸던 변혁…… 그것들은 거부할 수 없는 것이고 때로는
폭풍처럼 휘몰아치는 것이라는 걸 나는 알고 있단다. 하지만 그것들은
자기를 부서뜨리는 아픔과 이런 예측 못 한 미끄러짐을 동반하는 것이다.

길

1

여행을 떠나기로 한 날 아침까지도 그들은 끝내 어디로 갈지 결정하지 못한 채 길을 떠났다. 그들은 회덕 분기점에서 방향을 틀어 호남고속도로로 접어들어 광주 쪽으로 달리는 중이었다. 그의 곁에 앉은 아내는 가슴 오른쪽에서부터 왼쪽으로 안전벨트를 매고 있으면서 또 손을 들어 보조 손잡이를 잡고 있었다. 그러면서 아내는 그가 운전을 잘하는지 감시라도 하겠다는 눈빛으로 뚫어져라 앞을 바라보고 있었다. 아침에 집을 출발할 때부터 아내는 내내 그 모습이었다.

"편히 앉으라구. 뭐가 그렇게 불안해?"

"속도를 조금만 줄여요. 고속도로 규정속도는 백 킬로미터예요.

당신은 아까부터 자꾸 그걸 넘고 있어요."

고등학교에서 수학을 사십년 가까이 가르쳐온 아내는 이제는 할 말을 해야겠다는 듯 지진아를 가르치는 것처럼 딱딱한 어조로 말했다.

"그런 걸 지키다간 오히려 위험해. 다른 차들하고 보조를 맞추는 일이 더 중요하다구. 규정속도 따위는 사실 경찰이 단속할 때나 필요한 거야."

"고속도로에서 운전할 때 나는 규정속도를 지켜요."

아내는 규정이라는 말에 힘을 주며 말했다. 그는 뭐라고 말을 하려다가 입을 다물었다. 이런 일로 다툰다는 것은 소용없는 일이었다. 수학공식처럼 머리와 집안을 정돈하는 아내는 어떤 이유에서든 일탈은 허용하지 않았다. 학교에 갈 때는 정장 투피스를 입고 등산을 갈 때는 면바지에 붉은 모자를 썼다. 어쩌다가 그가 찍은 영화가 상영되는 극장에 그녀를 데리고 가면 아내는 묻곤 했다.

— 쟤는 대체 왜 저러는 거예요? 이해가 안돼.

그러면 그는 아내에게 조금만 더 지켜보면 알게 된다,고 조금은 부끄러운 기분으로 말했지만 잠시 후 어김없이 얕게 코고는 소리가 들리곤 했다. 처음 몇번 그런 일을 겪었을 때 사실 그는 불안하기도 했다. 혹시, 이 영화가 대중들에게 이해가 되지 않는 게 아닐까, 저 주인공의 심리를 따라가기 위해 카메라를 인물 쪽으로 좀더 가까이 들이대야 했던 게 아닐까. 영화가 끝나고 불이 켜지기 전에 그는 언제나 아내의 옆구리를 찌르곤 했다. 그러면 아내는 잠에서 깨어나 이렇게 말하곤 했다.

— 인간들이 왜 저렇게 복잡하게 사는 거예요?

그래서 그는 결혼 초기 몇번을 제외하고는 아내를 극장에 데리고
가지 않았다. 아내 쪽에서도 오히려 그걸 고마워하는 것 같았다. 그
는 요즘의 학생들에게 자로 잰 듯 살아가는 아내의 교육이 얼마나
먹힐까 걱정이 되었다. 얼마 전에 그가 촬영을 끝낸 영화의 주인공
은 중학교 삼학년인 십육세 소녀였다. 전라의 정사 씬을 찍는 날 그
도 감독도 말을 꺼내지 못하고 현장이 준비될 때까지 담배만 피우며
침묵을 지키고 있었다. 의미가 있는 영화였고 카메라도 그녀의 육체
의 굴곡에 들이대어질 것은 아니었지만 그래도 그들은 조심스러웠
다. 이 영화가 신인인 그녀에게 장밋빛 미래를 보장해준다고 해도
그 순간만큼은 그녀가 배우가 아니라 소녀로 보일 수밖에 없었던 것
이다. 게다가 여긴 아직 그런 연기에 너그럽지 않은 한국이었다. 육
십명쯤 되는 스탭들 앞에서 옷을 다 벗고 길 위에서 강간당하는 장
면을 보여주어야 한다는 것은 영화판에서 십년을 지내온 여배우도
언제나 막판까지 승강이를 벌이며 긴장하는 일이었다. 그러니 겨우
십육세의 소녀에게, 지금 자라나고 있어서 아직은 연한 그녀의 영혼
에 혹시 상처가 되지는 않을까, 그녀를 강간하는 역을 맡은 배우도
그래서 그날은 무겁게 입을 다물고 있었다. 카메라가 돌아가고 그녀
가 수건으로 몸을 가린 채 나타났다. 그녀의 얼굴은 울 듯했다.
　——괜찮아. 내가 잘 찍어줄게. 절대로 추하거나 그런 게 아니야.
　스탭들 중에서 나이가 가장 많은 그가 왠지 미안해져서 말했다.
이제껏 정사 씬을 많이 찍어온 한국 영화의 나쁜 관행 탓에 불안해
하고 있는 소녀가 안쓰럽게 생각되어졌으니까 말이다. 그러자 체중
이 40킬로그램도 나가지 않는 그 소녀는 울먹이는 목소리로 이렇게
말했다.

──촬영감독님 배 부분은 안돼요…… 저 요즘 배가 나왔거든요.

융통성을 가져야 한다고 그는 아내에게 늘 말하고 싶었다. 예전의 우리에겐 목숨처럼 소중하던 것이 요즘 아이들에게는 팝콘보다 중요하지 않고, 예전의 우리가 억제했던 것들이 요즘 아이들에게는 권장되어 마땅한 것들이 되기도 한다는 것을. 산다는 것은 피타고라스의 정리처럼 목에 칼이 들어와도 그러면 그렇게 되는, 그런 것은 아닐 것이다. 완벽한 삼각형, 완벽한 평행사변형은 어쨌든 수학책에서나 존재하는 것이다. 우리가 그저 그것을 삼각형, 사각형, 혹은 평행사변형이라고 믿을 뿐.

"ABS에 듀얼 에어백도 되어 있는 차라구…… 편히 기대앉아."

그는 여전히 긴장하고 있는 아내에게 신경이 쓰여서 다시 말했다.

"당신이 운전하는 차를 타면 난 이게 편해요."

은백의 머리를 단발로 짧게 자른 아내는 토라진 중국 소녀같이 여전히 같은 자세로 앉아 도무지 당신을 믿지 못하겠다는 얼굴로 그를 힐끗 바라볼 뿐이었다. 그는 휘파람처럼 한숨을 조금 내쉬며 이차선으로 비켜섰다. 왜 이제야 우리 앞을 비켜서냐는 듯한 표정을 지으며 뒤를 바싹 따라오던 날씬한 스포츠카가 휘잉 소리를 내며 스쳐지나갔다. 제비처럼 생긴 새로 나온 검은색 스포츠카였다. 보조석에 탄 여자아이가 창밖으로 곰질곰질 손가락을 내밀어 고맙다는 표현을 해 보였다.

"가만, 쟤들은 아직 고등학교도 졸업 안한 것처럼 보이는데 어떻게 저런 차를 타고…… 쟤 부모들은 대체 뭐하는 사람들이지."

아내가 몸을 반쯤 일으키며 말했다. 이곳이 고속도로가 아니라 길거리였다면 그애들을 불러놓고 주민등록증이라도 검사하고 싶은 말투였다.

"요즘 젊은 애들이란 게, 그래요……"

그는 아내의 지나치게 직업적인 반응이 좀 우습기도 해서 이번에는 자신이 아내의 선생이라도 된 것처럼 말을 했다. 하지만 젊은 애들,이라는 말까지 내뱉었을 때 그의 가슴으로 알 수 없는 둔중한 아픔이 지나가는 것을 느꼈다. 그는 얼른 아내의 반응을 살폈다. 아내는 그가 자신을 살피는 것을 의식하지 못하고 있는 것 같았다. 그는 마치 상대방의 치명적인 상처를 건드리려다가 간신히 그것을 턱끝으로 막아낸 사람처럼 안도의 숨을 내쉬었다. 그는 여느 때처럼 파이프를 물고 담배에 불을 붙였다. 그래도 아내는 여전히 그 자세였다. 무엇을 보는 것일까, 그는 아내를 따라 시선을 앞으로 향한 채 묵묵히 운전을 계속했다.

흐린 가을날이었다. 하늘은 겹겹의 구름들로 축축 늘어져 있었다. 나무들은 색색의 빛깔로 물들어져 있었고 고속도로에는 낙엽들이 뒹굴고 있었다. 먼산들은 단풍이 한창이어서 이발소에 걸린 그림 속을 달리는 것 같기도 했다. 꽉찬 가을이었다. 그는 다시 하늘을 올려다보았다. 만일 고래 뱃속에 들어가 카메라를 뻗치고 조명을 밝힌다면 아마 이런 풍경이 될지도 몰랐다. 그때 고래 뱃속에 든 주인공은 아마도 그 고래의 늑골을 하늘이라고 생각하겠지…… 그는 잠시 이런 생각을 했다. 하면서 얼마 전 젊은 감독이 들고 온 "고래"라는 제목의 시나리오를 생각했다. 글쎄 생각 좀 해보자고 미루어둔 터지만 그는 솔직히 그 영화에 끌렸다. 고래 뱃속을 연상해낸 것은 아마도 그 때문이었을 것이다. 삼십년이 넘는 촬영감독 생활로 그는 많은 상을 탔다. 이즈음 한국에서 화제가 되는 작품 중에서 그가 찍지 않은 작품이 거의 없다고 해도 과언은 아니었다. 해외의 굵직한 영화제에서 촬영상을 탄 것도 그였다. 하지만 그는 요즈음 나날이 초조해지는 자신을 느끼고 있었다. 무언가, 죽기 전에, 힘이 빠져서 카메라를 들 수 없기 전에, 눈이 더 흐려지기 전에 생애 마지막 작품을 남기고 싶었다. 평론가들은 벌써 그의 이름이 한국 영화사에 남을 것을 의심하지 않는다고 말하고 있지만 그 자신으로 말하자면 무언가 결정적인 부분이 채워지지 않은 듯 허전한 기분이었다. 그는 이제 이삼년이 고비라고 생각하고 있다. 그 초조함 때문이었을까, 요즘 촬영현장에서 그는 곧잘 노여움을 타곤 했다. 언젠가 막역하게 지내는 조명감독이 술잔을 건네며 감독님, 이제 늙으셨나봐요, 했을 때 그는 그것을 생각했다. 이삼년, 많아야 서너 작품을 찍을 수 있는 시간이다. 고래…… 한 젊은이의 삶과 죽음을 그린 시나리오였다. 그는 그것을 읽으면서 아들을 생각했다. 죽기 전에 자신이 남기고 싶은 것은, 그럼 아들에 관한 이야기일까. 젊은 감독이 들고 온 시나리오 속에는 그 시대가 많이도 묻어나 있었다. 최루탄을 묻혀오는 그들, 결별하는 그들, 사랑하는 그들, 싸우는 그들…… 재판을 받던 그의 아들.

— 저는 알아요, 아버지 세대와 우리는 결단코 화해할 수 없다는 걸.

언젠가는 그에게 대들며 아들은 집을 나가기도 했다.

— 어머니가 무서워하시잖아요, 밤에 식구들이 집에 아무도 없으면……

아들은 집을 나가기 전에 진돗개 새끼 두 마리를 풀어놓으며 그렇게 말했다. 그게 떠나기 위한 준비라는 것을 아무도 알 수 없었다.

하지만 막상 그가 떠나고 마당에서 오종오종 걸어다니는 진돗개 두 마리를 바라보았을 때 그는 비로소 아들이 이제 어엿한 한 사람의 사내로서, 또 한 사람의 사내인 자신을 비웃었다는 것을 깨달았다. 한 사람의 여인인 제 어머니를 마땅히 지켜주지 못한 한 사내, 촬영에 정신없는 그가 집을 비운 한밤중, 두려운 마음에 그녀가 현관의 불을 오래도록 끄지 못했다는 걸 너는 알고 있느냐, 하는 자신에 대한 비난의 말이 바로 저 오종오종 걸어다니는 귀여운 진돗개였다. 개를 좋아하던 그는 그래서 그 진돗개들을 탐탁치 않게 여겼다. 개들 역시 이상하게 그를 따르지 않았다. 지방 촬영을 끝내고 오랜만에 집으로 돌아올 때면 개들은 그를 향해 맹렬히 짖어대곤 했다. 아무리 집을 오래 떠나 있었다고 해도, 그리고 그것이 개라고 해도 기분이 좋을 리 없었다. 아들은 아비보다는 진돗개를 믿었던 것이다. 그는 집을 나간 아들이 구속되었을 때 한번도 면회가지 않았다. 아마도 촬영 때문에 정신이 없다고 아내는 제 아들에게 말했을 것이다. 실제로 그렇기도 했다. 그러면 아들은 대꾸했을 것이다. 아버진 늘 그러셨잖아요, 하고. 몇년 후 돌아와 제 방에 다시 스탠드를 밝힌 아들과 그는 사실 끝내 화해하지 못했다. 아마도 시간이 많이 남아 있으리라고, 화해할 시간은 얼마든지 있을 것이라고 그는 막연하게 생각했을 것이다. 너도 나이를 먹으면 알게 될 거다, 그는 그렇게 말하고 싶었는지도 모른다. 세상의 모든 아비들이 그렇듯, 아들이 더이상 나이를 먹지 않고 떠나게 될 것이라고는 단 한순간도 상상해본 일이 없었던 것이다. 생각해보면 그 자신 카메라로 촬영하는 것을 직업으로 삼십년 동안 살아왔으면서 그 흔한 비디오카메라로 아들의 모습 하나 남겨두지 않았다.

길은 언덕빼기를 오르고 있었다. 언덕 너머는 하늘이었다. 그는 자신도 모르게 액셀러레이터를 힘주어 밟고 있었다. 언덕을 넘는 순간의 희열은 고속도로에서 운전해본 사람은 안다. 그때 차는 마치 하늘로 투신하는 것처럼 느껴진다. 저 흐리고 흐린 하늘로 풍덩 빠져버리는 듯한 착시를 그 역시 좋아했다. 이런 맛 때문에 장거리 운전을 즐겨 하는지도 몰랐다. 그는 회색 바다 같은 하늘로 투신하는 듯한 착시를 즐기며 언덕을 넘었다. 언젠가 폭풍주의보가 내린 바다에서 촬영을 감행한 일이 있었다. 그 영화는 해녀의 이야기를 다룬 것이었는데 아마도 해녀가 바닷속으로 들어간 장면이었을 것이다. 그는 감독의 지시를 어기고 그때 해녀의 시야 컷으로 수면 위를 촬영했다. 일렁이는 회색의, 하늘 같은 바다. 이 세상에서 가장 낮은 곳으로, 더 낮은 곳으로만 흘러 이루어진 바다를 다시 올려다보아야 하는 해녀의 심정. 불안한 앙각 샷은 그때 절망적인 해녀의 심정과도 잘 맞는 것이었다. 감독과 의논해 컷과 샷을 결정하는 것이 통례였지만 일단 카메라가 돌기 시작하면 모든 것은 그의 손에 달려 있었다. 그때는 현장에 무선 모니터도 없던 터여서 감독은 나중에 필름이 현상된 뒤에야 화면을 볼 수 있었다. 감독이 요구한 것은 물속에서 불안해하는 그녀의 몸뚱이였지만 그는 그때 수면을 보고 그대로 찍어버렸던 것이다. 샷을 연결해놓는다면 나중에 감독도 별 불만이 없을 것 같았다. 그는 그러니까 언제나 직감을 믿는 쪽이었다. 카메라를 들고 삼십년, 제 몸뚱이보다 더 많은 보험료가 들어 있는 카메라는 그와 같이 숨을 쉬는 하나의 생물이었다. 감독과 머릿속으로 의논을 할 때와는 다르게 막상 카메라를 들면 카메라는 그에게 수많은 영감과 상상력을 제공해주었다. 가끔은 촬영을 중단하고 감독과 다시 컷을 의논할 때도 있었지만 상황이 급박할 때 그는 언제나 직감 쪽을 믿었고 삼십년 동안 그 직감은 거의 좋은 쪽으로 들어맞았다. 감독들이 그의 집 문앞에 줄을 서서 그를 찾는 까닭도 그런 그의 직감과 작품 분석력에 대한 신뢰의 표시였다. 그는 카메라를 아꼈다. 촬영현장에서 그의 발을 밟는 사람은 아무 해도 입지 않겠지만 카메라를 건드리는 사람은 그의 입에서 나오는 온갖 욕설을 피하지 못했다. 드물게 과묵하고 점잖은 사람으로 영화판에서 소문이 난 그였지만 카메라에 대해서만은 언제 그랬느냐 싶게 평소와 달라서 감독들조차 그의 카메라를 들여다보지 못했다. 생각해보면 누가 아내의 뺨을 느닷없이 때리고 지나간다 해도 그는 그보다는 너그러울 것이었다.

그는 차창으로 달려드는 하늘을 보면서 그날의 바닷속을 생각했다. 그러자 문득, 만일 우리가 사는 세상도 하나의 바닷속과 같다면 지금 저 하늘 위의 세상에는 폭풍우가 치고 있을까, 하는 생각이 잠깐 들었다. 우리가 하늘이라고 부르고 있는 저것이 만일 다른 세상의 수평선 같은 것이라면…… 거기서도 누군가가 태어나고 죽고 여행을 떠나는 것이라면…… 흔들리는 촛불이 밝혀진 성당에서 장례미사를 치르던 그날은 바람이 많이 불었다. 하필이면 먼바다에 폭풍경보가 내려지고, 거리의 가로수 몇개가 뿌리째 뽑혀나간 날이었다. 장례식 내내 눈물을 흘리는 아내 옆에 서서 그는 신부를 못마땅한 듯 바라보았다. 신부는 이제 그의 아들 베드로가 하늘로 갔다고 말했다. 아들이 죽기 며칠 전에 아내는 신부를 데려다가 의식 불명인 그의 아들에게 영세를 주었다. 이제 그는 부활하신 예수 그리스도의 오른편에 설 것이며…… 신부가 향불이 모락모락 피어오르는 향로

112

를 들고 말했다. 네가 어떻게 알아? 니가 손 붙잡고 그 아이를 하늘까지 데려다주고 오기라도 했어? 누군가 그의 마음속에 무선 마이크를 장치했다면 입술이 비틀려 되뇌는 듯한 그의 목소리를 들을 수 있었을 것이다. 그는 모든 것이 못마땅했다. 아들은 천주교 신자가 아니었다. 아내도 물론 아니었다. 그런데 아들이 죽고 나서 아내는 다급히 신자가 되었고 그것도 모자라 열렬한 신자가 되었다. 그는 아들이 죽어서 아내가 갑자기 천주교 신자가 되고 그래서 이런 장례식을 치르는 것이 아니라 저놈의 뚱뚱한 신부가 장례식을 치르기 위해 아들의 죽음을 기다리고 있었던 것처럼 분했다. 그는 그래서 아들의 장례식 내내 눈물 한방울 흘리지 않았다. 그의 아들이 세상을 떠난 지 벌써 세 해가 흐르고 있었다.

"여보, 또! 또!"

아내의 다급한 목소리가 들렸다. 그는 얼른 제 손가락을 들여다보았다. 필터와 붙어 있던 담뱃재가 아직도 빨간 불씨를 반짝이며 바지 위로 떨어져내렸다. 생각에 골몰하면 그는 담배를 들고 있는 것도 자주 잊곤 했다. 가끔은 다 타버린 담배를 보면서 자신이 언제 담뱃불을 붙였던가 의아해한 적도 있었으니까. 게다가 파이프로 담배를 피우기 시작한 이후로는 이런 일이 더 잦았다. 파이프 때문에 뜨거운 담뱃불이 그 끝을 향해 타들어오는 것을 느끼지 못하는 때가 많았던 것이다. 그래서 동네 세탁소에는 담뱃불 때문에 구멍이 뚫어진 그의 바지가 짜깁기하기 위해 줄줄이 걸려 있곤 했다.

"이러니까 내가 불안한 거예요."

아내는 휴지를 찢어 그의 바짓가랑이에 내려앉은 재를 털며 말했다.

"불이 날 수도 있고 당신이 화상을 입을 수도 있어요. 그렇게 되면 사고로 이어지는 거예요…… 그러니까 제발 차 안에서는 담배를 물지 말아요. 바지 타는 게 문제가 아니라구요…… 뜨거운 기운 때문에 놀라서 사고가 날 수도 있고 불이 나기도 한다니까요…… 꼭 피우고 싶으면 정신을 바짝 차리든가!"

"담뱃재 하나 가지고 멀쩡한 차 안에서 불이 왜 나나?"

그는 이럴 때마다 잔소리를 길게 늘어놓는 아내에게 조금 짜증이 나서 말했다.

"담뱃불도 불이잖아요? 이 차 안에는 탈 수 있는 것들이 얼마든지 있다구요."

아내는 지지 않고 말했다.

"꼭 불이 나기를 바라는 사람 같군."

그는 아내의 손길을 거칠게 뿌리쳤다. 아내는 아무 말도 없이 다시 아까와 같은 자세로 앞만 바라보고 있었다. 이번에는 보조 손잡이는 잡지 않았다.

"게다가 나는 십오년 무사고라구…… 한번도 사고를 낸 적이 없어요. 남아프리카에 갔을 때 시속 이백 킬로미터로 달린 적도 있는걸…… 사고는 당신이 더 많이 냈지. 지난달에도 주차하다가 집 앞의 전봇대가 쓰러질 뻔했잖아. 지난번에 바람이 많이 불 때 그 밑을 지나가는데 얼마나 겁이 났는지 알아? 한전에서 당신한테 손해배상하라고 찾아오지 않은 것만도 다행이라구……"

그는 이 여행을 언쟁으로 시작하고 싶지가 않아서 농담조로 말을 이었다. 아내는 말이 없었다. 그는 이런 언쟁을 지혜롭게 끝낸 자신에게 조금은 흐뭇한 마음이 들어서 느긋하게 핸들을 고쳐잡았다.

"……사고는 한번으로 충분한 거예요! 두 번 세 번 사고가 날 기회조차 우리에게 주지 않는다구요. 그걸 몰라요? 당신이!"

아내는 갑자기 격앙된 목소리로 말하고 흐느끼기 시작했다. 일순 뒤통수를 얻어맞은 것처럼 그는 아무 말도 할 수 없었다. 잠시 무거운 침묵이 하늘처럼 축축 늘어진 채로 그들 사이로 드리워졌다. 그랬다. 아내 역시 아들을 생각하고 있었던 것이다. 삼년이라는 시간이 지났지만 아직 아들 방을 치우지 않은 아내였다. 그가 쓰던 책과 그가 쓰던 컴퓨터와 그가 쓰던 이불까지…… 아내는 그 아들의 방을 매일같이 청소했다. 그로 말하자면 아들이 사용하던 이층에는 아예 얼씬도 않는 편을 택했다.

"점심이나 먹고 가지."

멀리 휴게소의 노란 탑이 보이자 그가 낮은 목소리로 말했다.

아내는 그의 바지에 떨어진 재를 털어주기 위해 뽑아들었던 휴지로 코를 풀고 나서 입을 열었다.

"나는 당신하고 이제 고만 이혼하고 싶어요."

그는 잠시 멈칫했지만, 곧 휴게소로 들어가기 위해 오른쪽 깜빡이를 켰다.

2

그는 줄을 길게 서서 기다리다가 호두과자를 샀다. 뭐 다른 것을 사려 해도 아내가 무엇을 잘 먹을지 알 수 없었다. 어쨌든 아내는 아무거나 잘 먹으니까, 하는 생각이었다. 그러자 문득 그는 아내와 결혼생활 삼십년 동안 단 한번도 이런 여행을 한 적이 없다는 것을 깨달았다. 그는 무심코 생각해보았다. 지난번 여행 때 집사람이 뭘 잘 먹었더라…… 그러자 성묘를 가거나 친척집의 대소사에 참석하거나 그런 거말고 신혼여행 이후, 단둘만의 이런 여행은 처음인 것이다. 맙소사!

그는 호두과자만을 들고 차 안으로 곧바로 돌아갈 수가 없었다. 하는 수 없이 슈퍼로 가서 우유와 생수를 사느라 시간을 좀더 지체했다. 그 시간 동안 그는 곰곰 기억을 더듬어보았다. 역시 그랬다.

그로 말하자면 대한민국의 지도를 머릿속에 꿰고 있는 사람이다. 삼십년간의 촬영감독 생활 동안 전국 곳곳이 그의 카메라에 찍혔다. 지리산 자락의 어느 계곡에서 어느 때쯤 낙엽이 지는지, 선운사 동백꽃이 가장 아름다운 장소는, 입산금지 팻말이 있는 데는 어느 뒷길로 관리인의 눈을 피해 올라가면 되는지. 서해의 갯벌과 동해의 모래사장, 가을에 좋은 들판과 봄에 좋은 들판, 아름다운 이미지의 무덤들과 황량한 이미지의 무덤들……뿐 아니었다. 어떤 병원이 촬영이 까다롭고 어떤 대학이 각도가 다양한 캠퍼스를 가지고 있는지까지. 그는 이미 해외여행이 자유화되기 전에 아프리카의 사파리와 시베리아의 벌목현장까지 다녀온 사람이었다. 만일 그의 카메라가 아직 닿지 않은 곳이 있다면 아마도 북극과 남극 정도라고나 할까? 하지만 그중 단 하나의 곳에도 그는 아내와 가본 일이 없었다. 그는 우유와 생수를 봉지에 주섬주섬 담아 차로 돌아왔다. 그가 식사를 하는 동안 내내 침묵을 지키며 한숟갈도 밥을 들지 않던 아내는 그가 호두과자를 내밀자 순순히 받아들었다. 그는 우유를 따서 빨대를 꽂아 아내에게 내밀었다.

신혼여행 때 생각이 났다. 당시로서는 서로가 만혼이었다. 집안의

116

맏딸로 학교선생 일을 하며 동생들을 공부시키느라 아내는 결혼이 늦었고 그는 그대로 영화판의 촬영조수 생활의 불안정함 때문에 결혼은 엄두도 내지 못하고 있었다. 처음 맞선을 본 것은 아마도 사보이 호텔 커피숍이었을 것이다. 아내는 투박한 질감의 회색 투피스를 입고 그보다 먼저 나와 그를 기다리고 있었다. 왜 수학을 전공하셨어요, 수줍음을 감추느라 그가 딱딱하고 재미없는 어조로 물었다. 아내는 대답했다. 수학에는 틀림없는 답이 있잖아요. 그는 아내가 똑 부러지는 사람이라고 생각했고, 무엇보다 수학을 전공했다는 점이 마음에 들었다. 숫자에 대해서는 그것이 돈이든 나이이든 그는 무심한 사람이었으니 이런 여자라면 어머니의 말대로 자신의 방만하고 대책없는 감상벽을 잘 보완해줄 거라는 생각이 들었던 것이다. 선을 본 지 한달 만에 결혼식을 올리고 그들은 동대문 터미널에서 버스를 타고 온양으로 갔다. 이박삼일의 예정이었지만 아내는 여관비와 음식값을 계산해보고는 하룻밤만 자고 그냥 집으로 돌아가자고 했다. 그들은 그래서 다음날 아침도 먹지 않은 채 다시 서울로 왔다. 오는 길에는 길가의 흰 배꽃들 사이로 비가 내렸다. 온양 터미널까지 걷는 동안 아내의 빨간 양단 치마가 비에 젖을까봐 우산을 아내 쪽으로 많이 기울인 바람에 한 벌뿐인 그의 양복에서 쾨쾨한 냄새가 오랫동안 나던 것이 떠오른다.

그런데 아들은 죽고 이제 아내는 이혼을 하자고 한다. 동갑내기인 그들은 이제 육십이 다 되는데…… 신혼여행을 다녀온 이후의 첫 여행이 그러면 이혼여행이란 말인가. 이혼어행이라니, 이건 젊은 애들이나 하는 짓 같았다. 그는 무심코 담배를 피워물었다. 아내는 잠자코 호두과자를 꺼내서 한알씩 입에 넣고 있었다.

"천천히 먹어…… 이 담배 다 피우고 떠날 테니까."

그는 마치 담배 때문에 이혼당하는 남자처럼 주눅든 목소리로 말했다.

"괜찮아요…… 생각해보니까 이젠 다 상관없어요."

아내는 정말 결심이 선 듯했다. 하지만 그 결심이 하도 굳어 보여서 그는 정말이냐고는 감히 물어볼 수 없었다. 하기는 십년 전에만 아내가 이혼하자는 말을 꺼냈더라도 그는 아마 이렇게까지 주눅들지 않았을 것이다. 아마…… 그때라면, 그런 생각을 해본 일은 없지만 아마 그랬을 것 같다. 재혼을 할 가능성도 있었을지 모른다. 함께 영화를 이야기할 여자, 결코 단순하지 않은 여자, 그래서 복잡한 영화 속의 인물들을 그보다 어쩌면 더 잘 이해해주고 카메라보다 그에게 더 영감을 주는, 일상을 뛰어넘는 예리한 감수성을 가진 그런 여자…… 그렇지만 그들은 이미 삼십년이나 살아온 부부였다. 떨어져 산 세월과 함께 산 세월이 같아서 이제 막 함께 산 세월이 더 많아지려고 하는 찰나에 아내의 입에서 이런 소리가 나오게 될 줄을 누가 알았을까. 그는 조금 억울한 기분이 들어서 담배를 다 끄기 전에 차를 출발시켰다.

물론 아내가 고생을 많이 했다는 것을 그는 알고 있다. 신혼 삼년간 어머니의 중풍 뒷바라지를 해냈고 그의 동생들을 줄줄이 결혼시켜야 했다. 그때 초보 감독이었던 그의 일은 많지 않았고 그나마 엉터리 제작자에게 개런티를 떼이기 일쑤여서 그는 거의 생활을 책임질 수가 없었다. 불안정한 그의 수입으로는 그 많은 식구들을 챙기기는 어림도 없는 일이어서 아내는 아무리 몸이 고달파도 학교를 그만두지 못했다. 아들이 태어났을 때 아내는 집을 보아주는 아이를 시켜서 점심시간마다 아들을 교문 앞으로 데리고 오도록 했고 학교 앞 분식집 아주머니의 양해를 얻어 거기서 젖을 먹였다. 그런 아내가 대견하고 고마웠지만, 대견하고 고마울수록 이상하게도 아내와는 나눌 말이 더 없어져갔다. 가끔씩 그는 그런 아내가 자기와는 다른 세상에서 살고 있는 것같이 느껴졌다. 영화 주인공들의 고뇌와 특이한 경험, 드라마틱한 사랑말고 애기 젖을 먹이고 시어머니의 똥을 치우고, 집 살 때 대출받은 돈을 갚기 위해 월급봉투에서 동전까지 털어내서 제일 먼저 은행이자를 떼어놓는 일들…… 생은 어쩌면 그런 거라는 사실을 아내는 언제나 그에게 인정하라고 하는 것만 같았다. 그는 때로는 어쩔 수 없이 아내의 그런 일상에 끼여들기도 했지만, 당신이 잘 알아서 하구려,라는 말로 대개는 모른 척하는 편이었다. 그로서는 함께 영화를 하는 사람들과 따르꼬프스끼나 빔 벤더스, 베를린과 깐느 이야기를 하는 편이 더 쉬웠다. 아내가 그토록 골치 아파하는 어렵고 복잡한 영화들이 그에게는 더 편한 일이었던 것이다. 하지만 그런 이유 때문에 환갑이 다 된 할머니 선생이 새삼 이혼 소리를 꺼낸다는 것은 이해할 수 없는 일이었다.

"당신…… 우리집 비디오카세트 고장난 거 알아요?"

얼마나 길을 달렸을까, 아내가 물었다. 이혼할 사람이면 이런 소리는 안하겠지 싶은 마음에 반가운 기분이 들었지만 그는 최대한 무관심한 목소리로 그래? 하고 물었다.

"리와인드가 안돼요. 지난번에 당신이 촬영상 받은 그 영화 비디오 말예요, 세탁소에서 맡긴 옷을 가져왔길래 그걸 받고 다시 와보니까 중요한 장면은 이미 지나가버렸지 뭐예요. 리와인드가 되야 비디오를 다시 보든지 말든지 하죠. 그래서 마지막까지 보긴 봤는데 무슨 소린 줄 모르겠더라구요…… 영화를 다 보고 났는데 영화 기억은 하나도 안 나고 저놈의 비디오카세트가 인생 같구나, 하는 생각이 들었어요…… 그 비디오카세트는 물론 제가 가지겠어요."

그는 정읍 톨게이트를 벗어나왔다. 길가에 한결 가까이 다가선 나무들에서 와와 이파리들이 흩어져내렸다. 그는 아무런 말도 하지 않고 다시 담배에 불을 붙여 물었다. 아내는 내 결심이야 이미 굳어졌으니 아무래도 좋다는 듯 내내 그 나무 이파리들에만 시선을 고정하고 있었다. 낙엽비가 흐린 하늘로 쏟아져내리고 있었다. 그는 「고래」라는 시나리오를 다시 생각했다. 가을 장면을 지금 찍어놓으면 좋을 텐데 하는 생각이 들었다. 크랭크인 전이라도 이 장면들은 놓치고 싶지 않았다. 롱샷으로 전체를 담아놓으면 부수적인 이미지는 나중에 만들어 붙여도 될 것 같았다. 어쨌든 모든 것에는 때가 있었다. 그건 어쩔 수 없는 일이었다. 풍경 전체를 담아내는 롱샷은 결코 만들어서 찍을 수가 없다. 돈을 많이 들여 만들어낸다 해도 어딘가 엉성하고 그래서 결국은 편집과정에서 삭제되는 일이 많았다. 그는 그 젊은 감독에게 휴게소에서라도 전화를 넣을걸 그랬나 하는 생각을 했다. 자신의 퍼스트를 시켜서라도 만개해서 스러지고 있는 이 찰나의 가을을 놓치지 말아달라고. 며칠이 지나면 이제 가을의 자취는 세상천지 어디에서도 찾아볼 수 없다는 걸 그는 알고 있었다. 아내의 말대로 인생에나 계절에는 리와인드가 없는 걸까…… 그는 거기까지 생각하자 정신이 번쩍 드는 기분이었다.

나뭇잎들이 흐린 가을 속으로 와사사사 떨어져내리는 고창 쪽 국도로 커브를 틀면서 그는 아내를 힐끗 바라보았다. 마치 새로운 아내와 신혼여행이라도 떠나온 것 같았다. 아내의 입으로 고장난 비디오카세트가 인생 같다는, 이런 이야기를 듣게 될 줄 그는 생각지도 못했다. 이건 자신이 예술을 이야기하면서 해야 하는 소리였다. 그런데 아내는 변한 것일까. 그렇다면 영화관에서 졸던 그 아내, 내 아내는 누구였다는 말인가……

"이야기가 나온 김에 말을 마저 하자면 집은 내가 가지겠어요. 당신은 집보다 비싼 카메라가 있으니까 어디 교통이 편한 곳으로 가세요. 지난번에 산 진천의 과수원은 당신 이름으로 된 거지만 팔아서 우리 둘이 공평하게 나누어요. 내가 당신 이름으로 연금 들어논 것도 있고 보험 들어논 것도 있으니까 내년부터는 일을 쉬어도 생활이 되실 거예요."

여행은 사실 그가 제의한 것이었다. 참으로 희한하게도 영화와 영화 사이에 짬이 났고 그래서 그가 모처럼 제안을 했을 때 아내는 평생 처음 학교를 하루 쉬겠다고 했다. 토요일과 일요일이 끼여 있었고 소풍이 겹쳐 있었다. 올해 담임을 맡지 않은 아내는 그래서 그의 제의에 기꺼이 응낙을 했겠지만 소풍을 따라가지 않은 것은 그가 알기로는 아마도 이번이 처음일 것이었다. 그렇다면 아내는 이 말을 하기 위해 여행을 왔다는 말인가. 그는 갑자기 이 모든 것이, 요즘 아이들 말대로, 장난이 아니다,는 생각이 들었고 그래서 이번에는 신경을 쓰면서 긴 재를 재떨이에 털었다.

"말예요, 나무가 봄에 꽃을 피우고 여름 동안 애쓴 거 말이에요. 그건 꼭 오늘을 위해 그런 거 같다는 생각이 드네요…… 이렇게 이쁘게들 떨어져내리려고……"

아내는 이제 용건은 끝났으니 풍경이나 구경해야겠다는 듯, 느긋하게 말했다. 길거리의 가로수들이 일제히, 오늘 쏟아져내리기로 작정한 것처럼 이파리를 퍼부어댔다. 그는 담배를 입에 문 채로 눈살을 찌푸렸다.

"비가 오긴 올라나봐요. 나는 이렇게 흐린 가을날이 좋아요. 나뭇잎 빛이 알록달록 선명해지거든요."

그는 홀린 듯한 기분으로 아내를 따라 흐린 하늘을 올려다보았다. 하늘은 점점 더 낮게 가라앉고 있었다. 젠장, 그는 낮게 중얼거렸다. 비까지 내려준다면 앞뒤 구성이 콱콱 맞을 터였다. 신혼여행 때 비가 내리고 그 다음 이혼여행 때 다시 비가 온다면, 한번은 흰 배꽃이 보이고 한번은 낙엽이 지는 가을이라면 그는 감독에게 어쩌면 이렇게 말했을지도 모른다.

──너무 작위적인 냄새가 나는 거 아닐까?

하지만 이즈음 들어 나이를 먹어가면서 그는 어쩌면 삶은 생각보다 간단한 것이라는 생각을 했다. 헤어지는 날에는 비가 내리고 처음 갔던 곳에서 다시 이별을 하고 그런 상투적인 일들이 실제 삶에서 훨씬 더 많이 일어난다는 걸. 하지만 사람들의 입맛은 이제 변해 있어서 영화는 진실에서 오히려 멀어지고 있는지도 몰랐다. 삶은 점점 더 앞뒤가 분명하게 드라마틱해지고 영화는 점점 더 알 수 없게 복잡해지고.

"당신이 이처럼 로맨틱한 사람인지 미처 몰랐군."

그가 말했다. 말하면서 자신의 목소리가 너무 무뚝뚝하게, 그러니까 로맨틱한 점이라고는 조금도 없이 들리리란 것을 의식했지만 하는 수 없었다.

"나는 이제 로맨틱하게 살기로 했어요."

아내는 호두과자 하나를 입에 넣고 우물우물 먹으며 대꾸했다. 그 자세는 로맨틱이라는 단어를 뱉기에는 어울리지 않았다. 그러면 그렇지, 이제서야 그는 아내가 아내답다고 느꼈다.

"정신없이 결혼생활 십년 하며 어머니 돌아가시고 당신 동생들 다 분가시키고 애가 크고 나니까 난 마흔이 되어 있었어요. 그때 난 생각했어요. 이혼하고 싶다. 아이만 데리고 단출하게, 밤늦도록 대문 두드리는 소리에 귀기울이지 않고 혼자서, 저 바람소리가 혹시 당신의 발자국 소리가 아닐까 더이상 생각하지 말고 바람소리를 편안하게 들으며 잠들고 싶다, 그렇게요. 그런데 이제 이혼하면 뭐하나, 하는 생각이 들더군요. 마흔이면 너무 늦은 나이가 아닐까…… 그런데 쉰살이 되고 나니까, 마흔살 때 정말 이혼을 하고 내 삶을 찾아야 했다는 생각을 했어요. 마흔이라면 몰라도 쉰살엔 정말 늦은 거라고…… 그런데 이제 낼모레 육십이 된다고 생각하니까 칠십이 되면 나는 또 후회할 것 같아요. 삶은 언제나 지나간 다음에야 생생해지는 거라는 걸 나는 이제 알 것 같아요."

"오래도 살고 싶은 게로군."

그는 잠시 멈칫했지만 아내의 말을 잘랐다. 그렇다면 아내는 이미 이십년 전부터 헤어짐을 생각했단 말인가. 아내는 서운한 표정으로 빈 호두과자 봉지를 구겼다.

"나는 새로 연애를 해볼까 해요…… 로맨틱하고 좋은 남자를 만나서, 샌드위치를 싸가지고 강변에도 가고 교외의 좋은 음식점에 가서 국수도 먹고…… 그 사람과 강변의 경치 좋은 호텔에 묵겠어요."

그는 이번에는 더 참을 수가 없어서 웃음을 터뜨렸다. 이제는 흰 머리카락과 검은 머리카락을 구분할 수도 없는 나이의 아내가 아직도 이런 꿈을 꾸다니, 여자들이란 참 늙으나 젊으나 하는 수 없군, 하는 생각도 들었다. 게다가 아내의 몸매는 살집이 붙은 채로 무너져버려서 가끔 밤에 더듬을 때도 그저 여기가 허리쯤이겠군, 짐작하곤 했다. 그런 아내가 주름살 가득한 얼굴에 소녀 같은 표정을 짓고는 강변에서 꼬장꼬장한 늙은 남자와 샌드위치를 먹는다니, 생각만 해도 우스운 기분이었다.

"하지만 아무리 연애를 열렬히 한다고 해도 우리집은 가르쳐주지 않겠어요. 단출한 오피스텔에 작은 가스레인지 하나 들여놓고 요리는, 나 자신을 위해서, 그것을 하고 싶을 때만 할 거예요. 내가 자고 싶을 때 자고, 내가 일어나고 싶을 때 일어나고, 잠이 안 오는 날에는 책을 든 채로 밤을 꼬박 새우고…… 그리고 새벽녘, 다른 사람들이 출근하기 위해 뛰어가는 걸 유리창 밖으로 내다보면서 목욕물을 받기 시작하겠지요…… 길게 하품을 하면서 말이에요. 그러고도 시간이 남으면 내 지나간 날들을 곰곰 생각하면서 그림일기를 쓸까 해요. 나는 이제 그렇게 살고 싶어요……"

"당신 퇴직하면 오피스텔이야 얼마든지 얻을 수 있잖아."

아내의 계획이 이렇게나 상세하게 짜졌단 말인가, 가슴이 조금 뜨끔했지만 어쨌든 좀 달래려는 기분으로 그가 말했다.

"그러니까 하는 말이에요. 평생을 당신의 어머니와 동생들과 그리고 당신을 위해 살아왔으니 이제 난 나를 위해 좀 살고 싶어요. 일전에 당신이 색깔 좋다고 한 그 스카프, 사실은 퇴직한 권선생이 사준 거예요. 학부형이 선물한 게 아니고 말이에요. 그날 우연히 권선생이 학교에 들러서 회식을 했다고 했지만, 사실 나 그날 권선생 전화받고 데이트하러 나간 거였어요, 단둘이서요."

124

아내는 커다란 비밀이라도 말하는 듯이 이야기했다.

"퇴직한 놈이 무슨 돈이 있어?"

그는 아내가 질투를 유발하려고 하는구나 하는 생각이 들어서 아내의 기분을 맞추어주려고 짐짓 화가 난 듯이 대꾸했다.

"돈이 없는 사람이 그런 선물을 해주었어요. 퇴직금으로 아들네 집 한채 사주고 거기 의탁하고 살고 계신 분인데 말이에요…… 내가 그날 스카프를 받고 하도 좋아하니까, 권선생이 그럽디다, 부군이 이런 선물 안해주셨냐구, 자기는 외국에도 많이 나가시는 분이라 이런 것쯤 아무것도 아닌 줄 알았다구……"

하기는 아내에게 스카프를 골라 선물한 일 같은 것은 없었다. 외국에 나가서도 그는 오직 카메라 생각뿐이었던 것이다. 자칫하면 까다로운 세관에 덜미를 잡히는 일이 일어나서, 귀국하는 비행기에서 새로 장만한 최신형 카메라 가방을 내려다보며 그는 언제나 초조한 기분이었다. 심지어 그가 한때 아내 몰래 열정을 가지고 사랑한 일이 있던 젊은 화가에게도 그건 마찬가지였다. 그러니 선물이 꼭 사랑의 척도는 아니라고 그는 말하고 싶었다. 하지만 하필 바람을 피웠던 그 예를 들어 선물이 꼭 사랑의 척도는 아니었다고 말할 수도 없다. 어찌되었든간에 권선생이라는 작자가 자신의 이야기를 들먹이며 아내에게 스카프를 선물한 일을 생각하자 그는 정말로 화가 나는 기분이었다. 스카프를 주면 그저 줄 일이지 자신의 이야기는 왜 들먹인단 말인가. 그는 갑자기 아내가 헤픈 여자로 보여 화가 치밀었다.

"그래 손도 잡았나?"

하나도 상관할 거 없다는 듯한 말투로 그가 물었다.

"극장에 갔는데 젊은 애들이 하도 밀어서 하는 수 없이 잡았지요."

번호판도 알 수 없을 정도로 먼지에 뒤덮인 트럭이 그들의 차 앞에서 천천히 언덕길을 올라가고 있었다. 젠장할 놈의 것, 그는 욕설을 내뱉으며 중앙선을 넘어 급하게 차를 몰아 트럭을 추월했다.

"당신이 화를 내도 하는 수 없어요. 그 사람 암으로 부인 잃구 싱글인 지 십년이구 그동안 혼자 그림을 배웠다구 합디다. 조그만 아뜰리에도 차렸다구. 나중에 놀러 오라구 했으니까요."

그래서 오피스텔인지 뭔지에서 그림일기를 쓴다고 했군, 그는 겨우 트럭을 따돌리고 나서 정말 화가 난 표정으로 아내를 힐끗 바라보았다. 아내는 이제 보조 손잡이도 잡지 않고 느긋한 표정으로 기대앉아 있었다.

"그리구 제발, 그렇게 무리하게 추월하지 마세요."

"그러지, 당신의 로맨틱한 앞날도 있는데."

그는 그렇게 말하면서 급하게 경적을 울려대었다. 털털털털 경운기를 끌고 가던 농부가 놀란 눈으로 그를 돌아보았다. 그는 어머니의 말이라면 무엇이든 그 반대로만 하는 사춘기 소년처럼 이번에는 그 경운기를 추월했다. 마주 달려오던 자동차가 헤드라이트를 번쩍이며 그들의 차를 아슬아슬하게 비켜갔다

"무리하게 추월하지 말라고 했잖아요!"

"운전은 내가 하는 거야. 난 당신의 학생이 아니라구!"

그도 지지 않고 대꾸했다. 아내는 그와 반대편으로 고개를 돌리고 아무 말도 하지 않았다. 어쨌든 속도를 줄이고 싶지는 않았다.

"그애가 그렇게 되고 난 후에……"

아내는 기어이 말을 꺼냈다. 그러고는 말을 잇기가 힘들다는 듯,

마른침을 꿀꺽 삼켰다.

"그러고 한참 후에 생각했어요…… 오래오래 살겠다고 말이에요…… 그애도 내 결심을 좋아할 거예요."

"죽은 사람의 뜻은 이상하게도 꼭 산 자의 희망대로 이루어지는 법이니까."

그가 비꼬며 툭 내뱉었다.

"나는 당신이 언제나 그 아이의 이야기를 이런 식으로 하는 게 정말이지 가장 참을 수가 없어요. 그 아이는 그저 죽은 사람이 아니라구요!"

그는 다리에 힘이 빠지는 것 같아 액셀러레이터에서 발을 조금 떼었다. 아까 언덕길에서 그들에게 추월당했던 트럭이 내리막길에서 빠앙, 귀를 찢는 경적을 울리며 그들의 차를 다시 추월해갔다. 흰 먼지가 화악 피어올라서 길은 잠시 희고 막막하게 돼버렸다. 그래서 그는 지방도가 갈라지는 곳에서 길을 놓쳐버렸다. 바닷가로 가리라 마음먹고 있었는데 달리다보니 산과 산들이 이어진 깊은 계곡만 있었던 것이다.

3

다음날 아침 일찍, 그들은 선운사 입구의 작은 호텔에서 아침으로 풍천 장어를 먹었다. 바다로 가기에는 길이 너무도 멀었고 날이 일찍 어두워졌다. 어차피 목적이 없는 출발이긴 했지만 그는 조금 당황했다. 그래서 그는 지방도에서 다시 국도를 타고 낯익은 이곳 선운사로 왔던 것이다. 그 호텔은 그가 촬영하러 이쪽 지방으로 내려올 때마다 틀림없이 묵곤 하는 곳이었다. 호텔 종업원들은 그래서 그의 얼굴을 알아보았고 이번에는 스탭들과 함께가 아니라 아내와 함께 나타나자 눈이 휘둥그레졌다. 별 생각없이 들어왔는데 막상 그들의 호기심어린 눈초리를 대하자 아내와 나타난 것이 왠지 쑥스러운 기분이 들었다.

보통 이 호텔에서 촬영이 있는 날 새벽이면, 그는 스탭들 중 제일 먼저 일어나 호텔 뜰을 거닐었다. 그가 한 발자국 떼어놓을 때마다 푸른 담배연기가 그의 뒷짐에서 솔솔, 새벽 안개 속으로 흩어져 날렸다. 커피숍 문이 열리면 그는 제일 먼저 거기 들어가 일행들이 집합할 때까지 커피를 마셨다. 선생님, 그 유명한 영화 찍으신 분이죠, 정말 멋있으세요, 커피를 날라주는 아가씨가 아슬아슬한 짧은 치마를 입은 채 다리를 외로 꼬고 그의 앞에 앉아 말을 붙여오기도 했다. 그런데 그가 뚱뚱한 아내와 나타나자, 아가씨는 실망스러운 표정을 지었다. 뭐랄까, 초등학교 일학년 때 담임선생님이 화장실에 간다는 것을 알게 된 그런 표정 같은 것…… 보기 드문 촬영기자재와 조명 등, 휘하에 거느린 조감독들과 함께가 아니고 아내와 나타나자 그는 관록있는 멋있는 예술가가 아니라, 멀뚱한 얼굴로 내외가 선운사를 다녀가는 그냥 늙은 관광객이 되어버린 기분이었다.

"여기는 말이야, 민물하고 바다가 만나는 곳이라 장어가 유명해. 들어, 이거 아주 먹을 만하거든……"

보통 레스또랑에서라면 햄버거 스테이크가 담겨 나올 검은 철판에서 아직도 지글거리는 장어를 그녀 앞으로 밀어주며 그는 그답지 않게 상냥한 어투로 말했다.

"먹어봤어요."

128

그녀는 젓가락을 들며 담담하게 말했다.

"그래두 여기 것은 다른 데 거하구 달라."

"이 자리에서 이 장어를 먹었다구요."

아내는 그가 말을 이해하지 못하는 것이 이상하다는 듯 말했다. 그는 조금 머쓱한 기분이 되었다. 고창을 지나면서 그가 변산으로 가는 길을 놓쳤어,라고 말했을 때 아내는 뜻밖에도 선선한 표정으로 조금만 더 가면 오른쪽으로 변산으로 빠지는 작은 지방도가 나올 텐데요, 하고 말했었다. 모두 가본 곳이라는 것이었다. 아내와의 여행은 삼십년 만에 처음이었고 전국의 모든 지리, 특히 반도의 서남부를 샅샅이 알고 있던 그는 비경으로 아내를 조금 놀라게 하고 감동시켜줄 작정을 하고 있었던 터라 맥이 빠지는 기분이었다.

"권선생하고 여기 왔었나?"

그가 묻자 아내는 웃었다.

"수학여행으로 말이에요. 훈장질한 거 벌써 사십년이 다 돼가요. 수학여행을 못해도 삼십번쯤 따라간 셈이죠."

그래서 아내를 놀래주려던 그의 작은 계획은 수포로 돌아가버렸다. 아내는 이 호텔에 묵은 일이 있었을 뿐 아니라 호텔의 풍천 장어도, 길가 개울 쪽의 물레방아집 장어도 먹어보았고, 그리고 변산의 바닷가도 이미 가보았다고 했다. 그러니 그들이 만나 함께 사는 동안 그와 그녀는 따로따로 이 남도의 구석진 길들을 헤매고 다녔던 것이다.

호텔 지하의 해수 사우나에서 목욕을 하고 나오자 아내는 커피잔을 앞에 놓고 로비의 커피숍에 앉아 있었다. 찻잔에서는 김이 아직 피어오르고 있었고, 흐린 창이 아내의 뒤로 펼쳐져 있었다. 아내의 얼굴은 어제의 피로가 가신 듯 말갛게 변해 있었다. 아내는 무심한 눈길로 빨갛고 파란 등산모자를 쓴 관광객들과 바쁘게 들고 나는 자동차들을 바라보고 있었다. 어제 저녁을 먹고 커피를 마실 때는 커피숍 아가씨의 눈치 때문에 무안세수를 하느라 느끼지 못했지만 아내에게로 한 발짝씩 다가가면서 그는 문득 가슴 한구석이 아렸다. 어제, 오래오래 살고 싶다,는 아내의 말이 왜 그의 가슴을 때렸는지 알 수 있을 것 같았다. 아들이 죽은 후에도 아내는 학교를 빠지지 않았다. 다만, 수다스러운 입매가 다물어져서 집안은 괴기스레 적적했다. 그는 새삼, 아들이 죽고 난 후, 그가 없는 빈집에서 아내가 죽고 싶어, 죽고 싶어, 베개에 얼굴을 박고 중얼거리며 많은 날들을 보냈을 거라고 생각했다. 죽음을 생각해본 사람이 아니라면, 이 나이에 아들을 잃고 새삼 오래오래 살 거라는 말을 꺼내지는 않을 테니까.

삼십년 만에 떠난 여행이었는데도 불구하고 그는 어젯밤에 아내를 안지 못했다. 이혼을 하자는 아내였고, 아들의 이야기를 꺼낸 아내를 새삼 신혼여행이라도 온 기분으로 안기가 뭣했다. 물론 그들이 서로를 안아본 지는 오래되었다. 그래도 이건 삼십년 만의 여행이었고 멀쩡한 남편이라면 이혼하자며 토라져 있는 아내를 달래기라도 하는 편이 옳다고 그는 생각했다. 그래서 그는 객실 냉장고에도 들어 있는 맥주를 좀 사가지고 오겠다고 잠깐 밖으로 나갔다. 말하자면 아직 여자를 알지 못하는 새신랑처럼 마음을 좀 가다듬을 시간이 필요했던 거였다. 담배를 한대 피우고 호텔 앞 구멍가게에서 산 맥주 두 병을 들고 들어서니 아내는 벌써 잠들어 있었다. 그런데 새삼, 그것이 아내를 더욱 우울하게 만든 것은 아니었을까. 그는 신혼 여행지에서 첫날밤 아내와의 합궁에 성공하지 못한 신랑처럼 무거운 기분이 되었다.

로비에서 차를 한잔씩 마시고 그들은 또 길을 떠났다. 하늘은 이제 가느다란 비를 부슬부슬 뿌리고 있었다.

"기어이 비가 오시네."

그가 말했지만 아내는 입을 꾹 다물고 있었다. 그러고 보니 차라리 토닥토닥 다투기라도 하는 편이 이 침묵보다 더 나을 것 같았다. 그는 아내의 눈치를 살피며 무리하게 트럭 하나를 추월했다. 그래도 아내는 아무 말도 하지 않았다.

"저 산은 말이야, 보기에는 그럴듯해도 악산이야."

월출산을 지날 때, 그는 차 안에 드리워진 무거운 침묵이 서먹해서 말을 꺼냈다.

"알아요. 물이 하나도 없죠. 그때 애들 데리고 올라가다가 고생했어요."

아내가 월출산까지 올라갔다는 것은 그도 미처 모르는 일이었다. 그는 정말 낯선 여자와 신혼여행이라도 떠나고 있는 기분이었다. 그가 알고 있는 아내는 영화관에서 졸아야 했던 것이다. 그도 아니면 오래 입어서 엉덩이 부분이 뭉개진 반들반들한 치마를 입고 눌은밥을 먹고 있어야 했다. 허리가 늘어나는 바람에 지퍼를 삼분의 일쯤 내린 아내, 그 사이로 분홍 내복이 비어져나온 아내여야 했던 것이다. 학교에서 돌아오는 퇴근길에 골목에 나온 어린것들의 코를 닦아주고 선 아내. 그 아이를 데리러 나오는 동네의 젊은 어머니를 향해, 애 병원에 좀 데려가요, 봐, 숨쉬는 소리가 이상한 게 천식기가 있는 거 같애, 하고 말하는 아내. 어느 소아과의 어느 의사가 천식을 잘 보는지 약도를 그려주는 아내. 인사를 하지 않고 지나치는 학생들을 불러서 그들이 싫은 표정을 억지로 참고 있는 것도 모르고 오래오래 훈계하는 아내. 아내에 대한 기억은 그가 이십년째 살고 있는 수유리 집과 그 집 앞 골목길을 맴돌 뿐이었다. 그런데 아내는 지금 영화판에서도 내로라 하게 전국을 누빈 그의 자부심을 여지없이 무너뜨리며 말하고 있지 않은가, 그 길은 나도 모두 가본 길이었다고 말이다.

"수학선생님, 땅끝마을은 가본 적이 있으신가요?"

이정표가 나타나자 그가 말했다. 그들은 이제 거의 반도의 서남쪽 끝에 다다르고 있었다. 곧바로 가면 땅끝이었고 왼쪽으로 틀면 완도였다.

"완도로 가요. 무엇이든 그 끝에는 가고 싶지 않아요."

그는 왼쪽으로 차머리를 틀었다. 끝으로는 가고 싶지 않다는 아내의 말이 그의 가슴을 치고 지나갔다. 고만 잊자구, 산 사람은 살아야 하잖아. 아내가 땅끝으로 가서 함께 죽어버리자고 제의라도 한 것처럼 그는 난데없이 그렇게 소리치고 싶은 기분이기도 했다. 아들은 그녀의 아들일 뿐만 아니라 그의 아들이기도 했던 것이다. 벌써 삼년이나 지난 일이었고 그는 결코, 아무렇지도 않은 것이 아니었다.

하기는 요즘 일본에서는 남편이 퇴직하기를 기다렸다가 정확히 퇴직금의 반을 위자료로 요구하며 이혼을 하는 사례가 많다는 이야기를 그도 들은 적이 있었다. 그런 육십대의 이혼율이 이십대의 이혼율에 이어 2위로 대두해서 사회문제가 되기도 한다는 것이었다. 젖은 낙엽 증후군인가 뭔가 하는 이야기였다. 아이들이 크고 남편이 퇴직하면 아내들은 이혼서류를 내민다고 했다. 퇴직을 한 남편들이 젖은 낙엽처럼 몸에 붙어서 떨어지지 않고 성가시기만 한 데서 나온 말이라고 했다. 남편의 무례함을 참고 참으며 기다렸다가 퇴직금의 반을 손에 쥔 아내들은 보란듯이 새 생활을 시작한다고 했다. 어쩌면 원룸 오피스텔을 얻을지도 모른다. 하지만 하필이면 가장 로맨틱할 수도 있는 비 젖은 낙엽이, 아내 말대로 로맨틱하지 못하게시리 자신과 같은 늙은 사내들의 처량함을 상징할 건 뭐란 말인가. 세상의 모든 남자들이 그런 꼴을 당한다 해도 자신만은 그렇게 되지 않으리라고 그는 생각했다. 아니다, 그는 그런 상상도 하지 않았다. 다른 때 같으면 카메라를 잡고 싶은 충동을 일으켰을 고운 풍경들에 화풀이라도 하듯이 그는 낙엽들을 뭉그러뜨리며 달렸다. 하지만 어쨌든 그에게는 퇴직금도 없다. 그것을 기다리느라 아내가 이제껏 이혼하자는 말을 미루어둔 터는 아닐 것이다. 평생을 놀고먹으며 아내의 등을 친 것도 아니었다. 아내에게 켕기는 여자관계가 아주 없는 것도 아니었지만 살림을 차렸던 것도 아니고 그는 대한민국의 보통 남편 정도는 되는 사람이라고 스스로를 평가하고 있었다. 어쨌든 십 년 전이라면 모를까, 그는 절대로 아내와 이혼해줄 수 없는 기분이었다. 그러자 정말 그놈의 권선생이라는 작자와 아내가 심각한 사이가 아닐까 하는 기분이 들어서 그는 보길도로 가는 배를 기다리며 완도에서 점심식사를 하는 내내 아내와 아무 말도 하지 않았다.

점심을 먹고 나서 그들은 선착장을 향해 차를 몰았다. 비 젖은 낙엽들이 보도에 떨어져서 길은 아름다웠다. 그는 와이퍼를 켰다. 아내는 생각에 잠긴 얼굴이었다. 그와 아내 사이에 놓인 침묵 사이로 와이퍼는 시계처럼 똑,딱,똑,딱,거렸다.

4

길은 험하고 가팔랐다. 그는 윈드재킷에 달린 모자를 머리에 뒤집
어쓰고 있었고 아내는 우산을 들고 있었다. 그가 고집한 언덕길을
오르느라 아내는 숨이 찬 모양이었다. 그는 앞서 가다가 여러번 아
내를 되돌아보며 그녀를 재촉했다. 아내는 우산을 들고 있기도 힘겨
운지 우산을 접어 그에게 건넸다. 그는 아내의 윈드재킷 모자를 머
리에 씌워주었다. 빗줄기가 굵지는 않았지만 바닷가라 바람이 거세
서 아내의 젖은 머리칼이 앞이마에 달라붙었다.

"어때, 비오는 날의 산책 로맨틱하지?"

그는 아내를 기다리느라 잠시 멈추어서서 담배를 피워물면서 놀
리듯 물었다. 아내는 언덕을 올라오느라 차오른 숨을 고르며 아무
말도 하지 않았다. 아내의 속눈썹에 부슬거리는 빗방울이 하나 매달
렸다가 떨어져내렸다. 그는 아내의 눈가로 손을 뻗어 그 빗방울을
닦아주었다. 아내의 얼굴에 아주 오래 전의 기억처럼 수줍은 홍조가
화악 하고 지나갔다. 그는 아내의 손을 잡았다. 아내는 순순히 그에
게 손을 잡힌 채로 언덕을 올랐다. 아내의 손은 따뜻했다. 그토록 오
랜 세월을 그녀와 함께하면서, 심지어는 셀 수도 없는 밤 그녀와 몸
을 섞으면서 그는 이렇게 아내의 손을 잡아본 일이 거의 없다는 것
을 깨달았다. 모퉁이를 돌자 언덕이 나왔다. 아내의 입에서 작은 탄
성이 흘러나왔다. 갑자기 씬이 바뀐 것처럼 바다가 보였던 것이다.
그는 아내를 돌아보며 빙그레 웃었다.

"이 언덕은 당신도 와본 일이 없을걸."

"그렇군요."

그들은 언덕에 있는 넓은 이파리의 상수리나무 밑에서 비를 피하며 그의 윈드재킷을 깔고 앉았다. 아내는 손수건을 꺼내서 이마와 콧등의 빗방울을 닦아냈다. 그는 배낭에서 삶은 달걀과 빵, 그리고 보온병에 든 녹차를 꺼냈다.

"어때, 로맨틱하지? 바다가 보이는 언덕에서 삶은 달걀 먹는 거 말이야. 로맨틱하게 비까지 부슬거리며 내리고 있군."

"당신 이제 그 말은 고만하세요."

아내는 샐쭉 눈을 흘기며 삶은 달걀을 까기 시작했다. 아까 보길 도에 도착해서 선착장 근처 가게에서 산 것이었다. 아내가 달걀껍질을 먼저 까서 그의 손에 쥐여주었다. 그는 자신이 까고 있던 달걀을 어떻게 할까 망설이다가 그것을 마저 까서 아내에게 내밀었다. 아내가 약간 의아한 표정으로 그를 바라보았다.

"살다보니 별일이 다 있군요."

아내가 말했을 때 그는 아내와 살아오는 동안 삶은 달걀을 하나 까서 아내의 입에 넣어주는 수고조차 하지 않았다는 것을 깨달았고 그러자 겸연쩍은 기분이 들었다. 두 사람은 묵묵히 달걀을 먹었다. 비가 상수리 이파리 위로 떨어지는 소리가 보슬보슬 들렸고 그 적막을 뒤엎으며 언덕 너머에서 바다가 왈칵, 파도소리로 덮쳐왔다. 산다는 것은 이런 적막과 이런 철썩임의 반복이 아닐까. 그는 삶은 달걀 때문에 목이 메어왔다. 가녀린 빗방울에도 목이 툭툭 꺾이며 이파리들이 떨어져내리고 있었다. 한때 저 벚나무 화사하게 꽃피었으리라. 한때 저 상수리나무 하늘로 치솟을 듯 푸르고 무성했으리라. 아내가 보온병을 열고 녹차를 그에게 건네주었다.

"당신도 목이 멜 텐데."

"당신 드세요."

그는 잠시 머뭇거리다가 차를 마셨다. 컵으로 쓸 수 있는 뚜껑은 하나뿐이었다. 아내는 언제나 그렇게 살아왔던 것이다. 하나뿐인 것은 그의 차지였다. 어쩌면 둘이었던 것도 모두 그의 차지였는지도 모른다. 그리고 아들이 있었다. 그의 어머니가 있었고 동생들이 있었다. 그들에게는 딸이 없었지만 그는 새삼 여자들의 생애를 생각했다. 아내는 그 당시로서는 꽤 유수한 대학을 나온 여자였다. 그리고 지금껏 아내는 돈을 벌었다. 그래도 여자들의 삶은 같았다. 그는 돌아가신 어머니를 생각했다. 전쟁중에 아버지가 처형당하고 자신 하나만을 보며 살다가 돌아가신 어머니…… 그러자 사람은 사실 누구나 죽는다는 생각이 들었다. 그는 아내를 좀 위로하고 싶은 기분이 들었다.

"그때…… 나, 이 언덕 너머에서 찍고 있었어."

그가 조심스레 말을 꺼냈다. 아내는 삶은 달걀을 먹다가 잠시 멈칫하더니 다시 천천히 그것을 먹었다.

비가 와서 촬영이 지연되고 있었다. 임시로 지은 간이숙소에는 전화도 없어서 전보가 날아왔다. 숙소를 지키고 있던 제작부장이 해쓱해진 얼굴로 그와 눈을 마주치지 못하며 전보를 전했다. 전보를 읽고 그는 젊은 감독에게로 가서 정중히 그리고 될 수 있는 한 천천히 양해를 구한 다음 차를 몰고 목포로 가 거기서 비행기를 탔다. 그가 도착했을 때 아들은 이미 깊은 혼수상태에 빠져 있었다. 아내가 천천히 얼굴을 들었다. 그때 아내가 짓던 표정을 그는 지금도 기억하고 있다. 그때 아내의 표정은 뜻밖에도 이런 말을 하고 있는 듯이 느껴졌던 것이다. 나는 당신을 결코 용서하지 않을 거예요, 하는.

등산을 갔다온 아들이 구토를 한 것은 산에서 내려온 다음날이었다고 했다. 그때 아들은 뒤늦게 복학이 된 대학생이었다. 학교에서 돌아와 여느 때처럼 이층 제 방에 틀어박힌 아들은 구토를 하고 나서 화장실에서 쓰러진 것이었다. 깨어난 아들은 말했다고 했다. 좀 어지러워요. 무슨 일인지 아내는 당황했지만, 어디 먹은 것이라도 체했나 싶은 생각을 했다고 한다. 만일 그날 밤에 병원으로 옮겼다면 어찌 되었을까, 그는 아내에게 자초지종을 들으며, 자신도 없는 집에서 아내가 얼마나 당황했을까 하는 생각 대신 만일 아이가 어떻게 된다면 당신을 용서하지 않겠어 하는 표정을 지었을 것이었다. 아내는 아내대로 그는 그대로 그날 이후 어쩌면 아직까지도 서로에게 그런 표정을 짓고 있었는지도 모른다. 나는 당신을 결코 용서하지 않을 거야, 하고.

──그런데…… 아침에 늘 일찍 일어나던 아이가 기척이 없는 거예요…… 의사 말이 등산 가서 넘어진 머리의 작은 상처에서 끊임없이 피가 흘러나와 응고되었다고……

아들의 죽음을 각오한 일이 그에게도 몇번 있기는 했다. 젊은 학생들의 사망 소식이 줄줄이 이어져오던 무렵 그의 아들 역시 거리에 있었으니까 말이다. 그때 신문에 오르는 사망자의 이름을 보면서 그는 아들을 거리로 보낼 수밖에 없었던 다른 모든 아비들처럼, 만약, 이라고 생각했고 그러다가 설마,라는 생각을 했다. 만일 그때 그가 불길(不吉)을 각오했던 그곳에서 사고가 났다면 어땠을까. 아마 그것도 견디기 힘든 일이었을 것이다. 하지만 친구들과 함께 오른 가벼운 등산길에서 그 작은 상처가 젊은이 하나를 죽일 수도 있다는 것을 그는 믿을 수가 없었다. 최루탄도 아니고 곤봉도 아니고 겨우 작은 돌멩이 하나 때문이라니. 작은 돌무더기들이 익명의 인간의 발길에 채어 절벽 아래로 굴러떨어지는 소리가 환청처럼 그후로도 오랫동안 그를 덮쳤다.

"이 언덕을 넘으면 염소가족이 살고 있어. 아까 우리가 올라오던 길에 염소떼 방목하는 데 있었지? 거기서 도망친 놈들이야."

그는 마른 설거지를 하고 있는 아내의 손을 끌고 언덕 꼭대기로 올라갔다. 회색빛 바위가 주름지듯 가파르게 바다로 떨어지는 절벽에서 커다란 염소 두 마리와 작은 새끼염소 세 마리가 되새김질을 하며 비를 맞고 있는 게 내려다보였다. 험한 바위틈으로 마른풀들이 비에 흔들리고 있는 척박한 땅, 비를 피할 나무 한그루 없는 곳이었다.

"봐, 저놈들 이 언덕을 넘어서 달아난 거야. 거기서 새끼를 낳은 거고…… 지난 여름에 왔을 때 새끼가 다섯 마리더만 세 마리만 살아남았군. 그래도 신통하잖아? 저렇게 풀도 적은 곳에서 겨울에 죽지 않고 살아남다니. 새끼들이 아주 작았었는데 이제 많이 자랐군."

"당신 지난 여름에도 이곳에 왔었어요?"

아내가 물었다. 그랬다. 그는 아들의 기일 무렵이 되면 짬을 내어 이곳에 왔다. 이곳에 와서 가파른 절벽을 넘어 도망친 염소 부부를 바라보곤 했다. 그는 대답하지 않았다.

"재미있지? 저 염소 녀석들 말이야, 주인이 잡으려고 해도 잡을 수가 없어. 저렇게 가파른 절벽길은 염소만이 갈 수 있으니까 말이야. 새끼 낳은 걸 보고 욕심도 나고 화가 난 주인이 위험을 무릅쓰고 잡으러 갔다가 바위에서 미끄러져서 죽을 뻔했다는 거야. 바위를 타는 데 사람이 염소를 당할 수가 있겠어? 저 용감한 염소들은 굶어죽기는 할망정 적어도 도살되어서 탕으로 끓여지지는 않을 거야."

그는 빛나는 승리의 전설을 이야기하는 사람처럼 의기양양하게 말했다. 하지만 문득, 그는 자기가 또 죽음을 이야기하고 있다는 것을 깨달았다. 가을이었고 죽음이야 얼마든지 있었으니까. 그들의 등 뒤에서는 낙엽이 떨어져내리고 있고 짙푸른 기세로 달려오는 파도조차 해안으로 몰려나와 거품으로 사라져버리고 있었으니까.

아들의 장례식을 마치자마자 그는 다시 이곳으로 돌아와 남은 촬영을 강행했다. 일정은 많이 늦어 있었다. 그는 아무 일도 없었던 것 같이 담담한 얼굴을 하고 있었지만 촬영현장에는 그로 인해 파생된 무거운 침묵이 계속되었다. 주인공 소녀가 절벽에 위태로이 서 있는 장면을 찍어야 했다. 감독이 무거운 목소리로 레디 고,를 불렀다. 파도소리와 여름 바람소리와 나무들이 사각이는 소리 들이 있었음에도 불구하고 사람들은 그의 카메라가 이상하게 고통스러운 소리를 내며 돌아간다는 생각을 하고 있었다. 하지만 그것조차도 침묵같이 느껴지는 그런 분위기였다. 위태로운 절벽의 한 끝, 소녀가 언덕을 넘어 카메라에 떠오를 무렵 누군가가 커다란 소리로 컷! 하고 외쳤다. 놀란 그가 카메라를 끄지도 못하고 감독을 바라보며 뭐가 잘못됐어요, 물었다. 아닌데요, 좋은데요. 당황한 감독이 황당하다는 눈초리로 주위를 돌아보았다.

"누구야! 컷 한게?"

지금은 유명 감독이 된 조감독이 눈치도 없이 다가와 의기양양하게 말하기 시작했다.

"염소예요, 염소!"

"뭐야! 염소?"

눈치를 살피던 감독이 버럭 소리를 질렀다. 스탭들이 놀란 눈으로 조감독을 바라보았다. 촬영감독과 감독 이외에 감히 '컷'을 불러 촬영을 중단시킬 수 있는 사람은 아무도 없었다. 게다가 가장 중요한 촬영감독이 지금 어떤 상황인가 말이다. 스탭들은 며칠 전 모두 같이 서울에 가서 그를 조문하고 왔다. 그가 아들의 봉분 흙을 삽으로 뜨면서 지옥에 온 것처럼 고통스러운 얼굴을 하고 있는 것을 모두 보았던 것이다. 그가 굳은 얼굴로 천천히 카메라를 끄고 바위 턱에 앉아 파이프담배를 피워물었다. 스탭들의 얼굴 위로 다시 한번 무거운 침묵이 지나갔다. 그런데 그때 정말 염소가 나타난 것이었다. 전 샷과 동일하게 풍경이 걸쳐져야 할 곳에 염소 두 마리가 오만한 자세로 이들을 바라보고 서 있었다.

"촬영감독님, 진짜예요! 염소예요!"

감독이 다가와 그러니 노여워하시지 말라는 뜻으로 소리쳤다. 그는 그래도 움직이지 않았다. 염소가 있는지 없는지 보려고도 하지 않았다. 촬영을 강행하기 위해 스탭들이 그의 심기를 살피며 아무리 쫓아도 염소들은 가지 않았다. 하기는 목숨을 걸고 탈출한 염소들이 기껏 발을 구르고 돌을 던지는 정도의 협박에 넘어갈 리도 없었다. 난데없는 염소의 출현으로 그날 촬영은 중단되었다. 저녁식사 때 조감독이 찾아와 머리를 조아리며 그에게 사죄를 했다. 따지고 보면 조감독의 잘못도 염소의 잘못도 아니었지만 그는 노여움을 풀지 않았다. 감독이 하는 수 없이 조감독에게 무전기를 들려주었다. 촬영감독의 심기를 거스르지 않게 저 산꼭대기에 올라가라고 했다. 최신식 배의 현대식 모터소리 때문에, 배경이 50년대인 이 영화가 방해

140

받지 않도록 감시하라는 뜻이었다. 그런 일이야 원래 스탭의 막내가 하는 일이었다. 하지만 조감독은 풀이 죽은 채로 무전기를 잡아들었고 촬영은 조감독 없이 진행되었다. 영화가 끝날 때까지 그 조감독은 내내 무전기를 들고 산꼭대기와 바닷가 절벽에서 염소처럼 혼자 서 있었다. 염소 때문에 우스운 꼴을 당한 조감독의 이야기가 화제가 된 것은 영화촬영이 끝난 후의 일이었다. 당시에는 아무도 웃을 수 없었던 것이다.

그는 언덕을 물끄러미 바라보다가 그 아래쪽 길로 한 발자국을 떼었다.

"뭐하는 거예요? 당신."

아내가 추위 때문에 파래진 입술로 소리쳤다.

"괜찮아. 걱정 말라구…… 앉아서 차 좀 마셔. 조금만 내려가볼게."

"안돼요. 제발 내 앞에서는 그러지 말아요."

"걱정 말라구…… 지난 촬영 때는 카메라를 메고 이리로 내려갔어. 나는 당신보다 오래 살 거야."

그는 고집을 피우며 언덕 아래, 발 디딜 틈 하나 없이 가파른 절벽을 천천히 내려가고 있었다. 아들이 살아 있을 때 없었다가 아들이 죽자 나타난 염소, 그는 이곳에 올 때마다 그 염소들이 살아 있는 것이 좋았다. 그를 거역하며 거리로 나설 때마다 젊은 아들은 이렇게 가파른 절벽길을 넘어서는 심정이었을까. 아내는 환갑이 다 된 나이에 이런 벼랑을 넘는 심정으로 이혼을 하겠다는 것일까. 이제 그는 그 벼랑을 내려간다. 그러니 우리들은 모두 살면서 이렇게 가파른 벼랑을 한번쯤 넘어서야 하는 것일까.

"여보!"

아내가 다시 그를 불렀다. 이번에는 울먹이는 목소리였다. 그는 무엇에 홀린 듯이 대답도 없이 절벽을 타고 내려갔다. 비에 젖은 바위들이 미끈거렸지만 이 정도쯤이야 문제없었다. 한창 일할 나이에는 무거운 카메라를 메고 얼어버린 설악의 폭포를 올랐던 때도 있었다. 맑은 날도 있었지만 추운 날도 있었고 이렇게 비가 내리는 날도 눈이 내리는 날도 있었다. 그런 거였다. 평평하고 넓은 곳만 길은 아니었다. 이렇게 가파르고 이렇게 험해서 한 뼘 제겨 디딜 수 없는 곳도 길일 것이다. 왜냐하면 그가 가니까. 사람의 기척을 느낀 염소들이 되새김질하는 동작을 멈추고 긴장된 눈빛으로 그를 경계하며 지켜보고 있었다.

"돌아와요, 여보. 제발…… 이러는 당신 때문에 하루도 마음이 편할 날이 없었어요…… 그래서 난 당신하고 고만 헤어지고 싶은 거예요."

아내가 울음이 반나마 섞인 소리로 외쳤다. 헤어지고 싶, 하는 말까지 들렸을 때 새로 내디딘 그의 발 하나가 미끈, 하는 것을 느꼈고 그는 그대로 절벽을 타고 떨어져내렸다. 아내의 비명소리가 멍멍하게 언덕을 뒤흔들었다. 그는 미끄러지면서 간신히 바위틈에 난 관목을 붙들었다. 그제서야 등줄기가 후끈해졌다. 내가 정말 늙었나, 하는 생각과 함께 방금 자신의 등줄기를 할퀴고 지나간 서늘한 것이 죽음이라는 생각이 들었다. 관목에 의지해 매달린 자세로 그는 아내를 올려다보았다. 아내의 얼굴도 방금 죽음의 그림자가 스쳐간 것처럼 딱딱하게 굳어 있었다. 아내는 그가 바다로 사라지지 않고 거기 매달려 자신을 바라보고 있다는 사실이 믿기지 않는 듯했다. 그가 그 와중에 빙그레 웃어 보였다. 그러자 더 참을 수가 없다는 듯 아내는 몸을 돌려 그를 외면했다. 아내에게 내색할 수는 없었지만 미끄러져 내리면서 꺾인 발목에 시큰한 통증이 느껴졌다. 메에에에 염소가 울었다. 그는 이제 아주 가까운 곳에 선 염소를 바라보았다. 비에 젖은 염소의 검은 털에서 엷은 김이 모락모락 피어오르고 있었다. 한때는 표찰을 달고, 도살장 앞에 줄을 서던 굴욕의 시간들이 있었다는 것을 증명하듯 염소의 목에 매달린 방울이 희미하게 흔들리며 딸그랑, 했다. 저 염소는 겨울이 되면 어떻게 살까, 하는 생각이 그의 머리를 스쳐 지나갔다. 바위틈에서 자라는 몇포기 풀은 겨울이면 시들어버릴 텐데…… 염소는 사육장에서 겨울에 먹던 사료의 맛을 기억할 것이다. 그런데 왜 염소는 겨울이 되어도 이 척박한 땅을 떠나지 않는 걸까. 사람인 주인은 이곳으로 올 수 없지만 염소는 이곳을 지나 다시 그곳으로 갈 수도 있는데, 어차피 죽음은, 사육당하는 염소에게도 절벽에 위태롭게 선 염소에게도 똑같이 찾아올 텐데 말이다. 젊은 아들에게나 늙은 그에게나 똑같듯이…… 한때 지독한 영화의 불황을 겪으면서 그에게도 일이 없던 때가 있었다. 사람들이 그에게 권했다. 티브이라도 하시지요. 그는 대답했다. 영화는 영원히 남는 거야. 난 찰나에 사라지는 것은 싫네, 부귀영화가 보장된다 해도 싫어…… 생각해보면 영화의 역사 백년, 아득한 시간 앞에서 백년이라는 세월은 어쩌면 아무것도 아닐지 모른다. 대체 영화인들 영원히 남을 것이 분명하기나 하며 영원하다는 것이 존재하기라도 하단 말인가. 그가 고집하는 영원을 위해 아내는 점심시간이면 학교 앞으로 발을 동동 구르며 달려나와 지금은 죽은 아들에게 젖을 먹였고 아이를 더 낳을 엄두도 내지 못했다. 애비쯤 되어 보이는 염소가 그가 미끄러지는 꼴을 다 보았다는 듯이, 별볼일 없는 놈이군 하는 눈빛으로 이번에는 메에에에에에, 나른하게 울었다. 단 한때라도 사육당한 기억을 가지지 않은 졸망졸망한 염소새끼들이 바다 아닌 것은 생전 처음 본다는 듯 신기한 표정으로 주르르 그를 바라보았다. 그는 아비염소가 왜 겨울이 되어도 사육장으로 돌아가지 않는지 이해할 것 같았다. 아비는 아들에게 굴욕의 표찰을 물려주고 싶지 않았는지도 모른다. 염소를 두고 하는 이 생각이 다만 과대망상이라고 해도 그는 아들을 두고 그런 맹세를 해본 적이 있었던가. 아들은 말했었다. 아버지 세대와는 결코 화해할 수 없다고. 살아 있다면 아들은 지금쯤 아비가 되었을지도 모른다. 누군가는 끊어야 할 사슬이라고 아들은 생각한 것일까. 언제부터인가 그는 죽은 아들을 향해 중얼거리곤 했다. 산다는 것은 결코 자동사가 아니란다. 그것은 엄정한 타동사지. 삶과 사랑과 네가 꿈꾸던 변혁…… 그것들은 거부할 수 없는 것이고 때로는 폭풍처럼 휘몰아치는 것이라는 걸 나는 알고 있단다. 하지만 그것들은 자기를 부서뜨리는 아픔과 이런 예측 못한 미끄러짐을 동반하는 것이다. 그리고 무엇보다 그것들은 각자의 과녁에 닿기까지 시간을 필요로 하는 것이지. 폭풍이 잠드는 시간, 아픔이 잦아드는 시간, 상처가 아물어가는 그런 시간…… 제발이지 성급하지 말아라. 그는 그런 작은 깨달음을 전해줄 기회도 주지 않은 아들을 용서할 수 없었는지도 모른다. 아니, 그런 깨달음을 전해주지 못한 자기 자신을 어쩌면 가장 용서할 수 없었는지도 모른다. 시큰한 발목을 가볍게 가누며 몸을 돌려 그는 다시 언덕을 기어올랐다. 절벽을 올라가는 일은 내려가는 일보다 수월했다. 두 손을 쓸 수가 있기 때문이었다. 하기는 어디에서든 올라가는 일보다 내려가기가 더 어려운 법이다. 등산이 그렇고 명성이 그렇고 삶의 오르막과 죽음의 내리막이 그렇다. 태어나기 위해서 신은 인간에게 적어도 열 달의 준비기간을 주지만 죽음에는 단 한 찰나의 순간밖에 허용하지 않는다.

그는 잠시 후에 아내의 곁에 도착했다. 아내는 붉어진 눈을 멍하게 뜨고 다가오는 그를 바라보고 있었다. 그는 말썽이라도 부린 것처럼 조금 부끄러운 기분이었다. 아내는 그의 시선을 외면한 채로 고개를 돌렸다.

"놀라지 말라고 그랬잖아. 난 당신보다 오래 살 거라니까…… 샌드위치를 싸서 당신하고 강변으로 나갈 거야…… 교외의 유명한 국숫집에도 갈 거고 바다가 보이는 경치 좋은 호텔에도 묵을 거야. 아니, 바다가 아니고 강변의 좋은 호텔이라고 그랬던가."

그는 아무 일도 아닌 듯 말하면서 주머니에서 파이프를 꺼내들었다. 파이프에 담배를 끼우는데 그제서야 손가락들이 후들거리며 떨렸다. 그가 말을 마치자마자 아내는 드디어 두 손으로 얼굴을 가리고 울음을 터뜨리기 시작했다. 아들이 죽었을 때도 아내는 이렇게 큰 소리로 울지는 않았다. 그는 파이프를 도로 주머니에 넣고 울고 있는 아내 가까이로 다가갔다.

"만일 당신이 여기서 죽어버렸다면 난…… 나도 그냥 저기로 뛰어들려고 했어요."

아내는 울다 말고 비에 젖어 있는 그의 옷자락을, 이것이 정녕 헛것은 아닌가 싶었는지 움켜잡아보더니 다시 두 손으로 얼굴을 가리고 싶게 울었다.

"오피스텔에서 오래오래 산다면서 죽기는 왜 죽어! 방정맞게스리!"

그는 버럭 소리를 질렀다. 자기도 모르게 뜨거워지는 눈시울을 어쩌지 못해서였을 것이다. 그는 천천히 아내의 어깨를 끌어당겨 그녀를 안았다. 울음소리 때문에 들먹이는 아내의 젖은 머리칼에서 희미한 로션냄새가 났다. 날카로운 죽음의 손톱을 느끼고 난 후라서일까, 그에게는 삼십년 만에 처음으로 아내의 로션냄새가 생생했다. 한때 그는 삶이 지루하다고 생각했다. 다른 여자와 한번쯤의 낭만적인 연애를 꿈꾸었고, 아주 잠깐 동안이었지만 그렇게 하기도 했다. 배낭하나 달랑 메고 혼자서 이 세상의 사막이라는 사막은 모두 다 헤매다 유성처럼 사라져버리고 싶다는 충동도 느낀 적이 있었다. 하지만 이토록 절절하게 시간이 얼마 남지 않았다는 생각을 해보기는 처음이었다. 그것은 젊은날에는 한번도 그에게 오지 않았던 절박함이었다. 아내의 말대로 삶은 지나가버린 다음에야 생생해지는 것인지도 모른다. 앞으로 이삼년 안에 마음이 흡족한 작품쯤 남기지 않아도 좋다, 고 그는 생각했다. 그것은 꼭 카메라에 찍히지 않아도 좋은 것이다. 아내가 설사 오피스텔을 얻고 권선생이라는 작자와 샌드위치를 먹으며 호텔에 묵는다 해도 좋다,고 그는 다시 생각했다. 아내에게와 마찬가지로 아들에게도 그는 어쩌면 자신의 영상을 강요했는지도 모른다. 나는 영원을 꿈꿀 테니 너희들은 제발 소란 피우지 말고 일상에 머물러줘, 하고. 하지만 벼랑을 넘어서라도 갈 수밖에 없을 때, 그게 누구든 인간은 누구나 저마다 우주와 같은 진실을 가슴에 품고 있는 것이다. 누구도 그것의 경중을 따질 수는 없으리라. 오리온자리의 별들과 전갈자리 별들이 갖는 의미의 경중을 따질 수 없듯이. 하지만 시간이 얼마 남지 않았다. 그렇게 되고 싶었지만 우리는 한번도 별이 아니었다. 아내의 엷은 귓등에서 로션냄새가 생생할 시간, 아내의 손

146

에서 체온이 따뜻할 그런 시간…… 평생 처음으로, 다가오는 시간이 그의 가슴속에서 뜨겁게 달구어지고 있었다. 카메라를 메고 혼신의 힘을 다해도 채워지지 않던 가슴 한구석이 싸한 통증으로 채워지고 있었다. 그는 그제서야 정신없이 뛰던 걸음을 멈추고 물끄러미 뒤돌아보는 기분이었다. 삶이라는 것도 언제나 타동사는 아닐 것이다. 가끔 이렇게 걸음을 멈추고 자동사로 흘러가게도 해주어야 하는 걸 게다. 어쩌면 사랑, 어쩌면 변혁도 그러하겠지. 거리를 두고 잠시 물끄러미 바라보아야만 하는 시간이 필요한 것이다. 삶이든 사랑이든 혹은 변혁이든 한번 시작되어진 것은 가끔 우리를 버려두고 제 길을 홀로 가고 싶어하기도 하니까. 네가 너의 길을 간다는 사실을 나는 왜 그렇게 못 견뎌했을까. 그는 들먹이고 있는 아내의 등을 쓸어내리며 마음속으로 조용히 아들의 이름을 불렀다. 멀리 절벽 아래서, 뭐 별일도 아니군, 하는 목소리로 염소 한마리가 메에에에 길게 울었다.

〔상상 1997년 봄호〕

존재는 눈물을 흘린다

마음의 서랍이, 아까 그를 만난 순간부터 조금씩 열리기 시작하면서
내가 살아오는 동안 한번도 열리지 않던 그 맨 아랫서랍이 삐그덕, 삐그덕
열리고 거기 담겨 있던 나의 내장이, 내 존재를 육체이게 해주던 나의
내장들이 소금에 절여진 듯이 꿈틀꿈틀했다. 둔중한 쓰라림이
나의 등을 뻣뻣하게 스쳐 지나갔다.

존재는 눈물을 흘린다

나는 해고되었다. 한달 전에 이미 통지를 받았고 책상은 지난주에 정리되었다. 모든 것은 예고된 수순이었다. 깊어가는 가을보다 먼저 깊디깊이, 그래프로 떨어져내리는 경기 탓이었다. 회사는 브랜드 네임을 좀더 이국적인 언어로 바꾸고 그에 걸맞은 이미지의 옷들을 생산할 차비를 하고 있었다. 단발머리에 금속 광택이 나는 꽃핀을 꽂은 신세대들이 짧은 치마에 무릎까지 올라오는 부츠를 신고 대거 회사문으로 입장했고 파마를 자주 해서 머리가 푸석해진 우리들은 반대편 문으로 이제 나가야 했다. 반짝이는 아이디어와 신선한 감각을 생명으로 하는 이 바닥에서 사실 서른이면 구세대였고 우리는 이미 촉탁 디자이너라는 이상한 이름을 달고 있었으므로 정확히 말하면 해고가 아닌 촉탁 해지였다. 경리과에 가서 한달에서 조금 모자라는 날짜가 적힌 지불명세서를 냈다. 상고를 갓 졸업한 듯이 보이는 머리가 길다란 소녀가 내게 지불할 지폐를 봉투에 넣고 동전을 세고 있었다. 대학을 졸업하고 바로 입사했으니 나는 십년에서 조금 모자란 날들을 이 회사에서 보낸 셈이었고 그런 지난날들이 그 소녀가 세는 동전 소리로 딸그랑딸그랑 마감되고 있었다. 십년, 그 시간 동안 가을을 알리는 바바리 직물이 울 개버딘에서 실크로, 실크에서 금속 광택이 번쩍이는 천으로 달라졌고, 내가 처음 디자인한 옷에 붙어 있던 '신도'라는 이름은 이제 '끄 뛰베'라는 이국의 말로 바뀌어져 있었다. 나는 동전을 세고 있는 소녀를 될 수 있는 한 담담한 표정으로 바라보았다. 담담한 내 표정을, 거울도 보지 않으면서 내가 의식했던 것은 그때 내 가슴으로 어떤 통증이 지나갔기 때문이었다. 어쩌면 지금 내가 이 소녀를 질투하고 있는지도 모른다는 생각이 스쳤던 것이다. 그건 아직 파마약 한번 묻히지 않은 것 같은 그 소녀의 싱싱한 머리카락 때문이 아니라, 단순한 노동을 하는 그녀의 직업 때문이었다. 처음 입사하던 때의 설렘, 내 힘으로 돈을 번다는 일의 뿌듯함, 패션 디자이너라는 이름이 주는 약간의 오만함 같은 것들은 이제 거의 기억도 나지 않았다. 하지만 저 소녀만한 나이 때, 나는 열렬하게 말하곤 했다. 창의적인 직업을 가지고 싶어요. 그런데 마지막 월급봉투를 기다리고 있는 나는 속빈 껍질 같았다. 내 속에서 나를 나답게 해주던 모든 촉촉함 같은 것들이 창의력이라는 이름으로 소진되어버린 그런 느낌이었다. 아무리 해외출장을 다니고 세계 유수의 패션잡지를 들여다보아도 유행은 앞으로만 달려가고 있었다. 조금 더 속도가 빠르도록 정해져 있는 공을 따라 달려가는 사람처럼 나는 언제나 숨이 찼다. 하지만 그래도 나는 나름대로 최선을 다해 뛰었다. 그런데 어느날, 누군가 내게 다가와서 말했다. 그만 뛰지. 공은 이미 하늘로 올라가버렸어. 이제는 날개가 달린 사람이 필요해. 나는 그 자리에 서서 그만 멍해져버린 기분이었다. 소녀가 동전까지 정확히 센 봉투를 내밀었다. 모든 끈이 떨어져나가고 이 세상에 혼자 남겨진 것 같은 허탈감이 휘익 나의 내부를 훑고 지나갔다. 이혼을 하고 나서도 이토록이나 혼자라는 생각은 하지 않은 나였다. 나는 해고라는 이름으로 달려든 이 소속감 부재의 상태를 느끼면서 봉투를 받아 건성으로 돈을 세었다. 소녀가 언뜻 나를 바라보았다. 나는 이제 안면이 익은 그녀가 만일 가끔 오실 거죠,라거나 이제 어떻게 하실 거예요, 묻는다면 어떻게 하나 하는 부질없는 생각을 잠시 했다. 그러나 그녀는 컴퓨터 프린터에서 뽑아져나온 영수증을 부욱 찢어서 내게 내밀고는 곧바로 기다리고 서 있는 다른 사람의 지불명세를 입력하기 시작했다. 말을 꺼낼 뻔한 것은 나였다. 가끔 올게요, 하고. 하지만 가끔이라도 이제 이곳에 올 일은 없을 것이다. 공은 하늘로 부웅 떠버렸으니까 말이다. 나는 날아가기에는 너무 무거웠다. 등에 업힌 아이가 있고 슬그머니 다가와 내 옷자락에 말년을 의탁하고 있는 친정어머니도 있고 그리고 빈 껍질만 딱딱하게 굳은 서른세살의 나이가 있다. 고마워요. 나는 소녀에게 말했다. 컴퓨터 자판을 두드리던 소녀가 나를 바라보며 언뜻 웃었다. 나는 경리과를 지나 로비로 나왔다. 점심 먹을 시간은 지났고 저녁을 하기에는 아직 이른 오후였다. 동전이 짤랑거리는 봉투가 바바리 주머니에 묵직하게 들어 있었다. 문득 나는 이 바바리가 이년 전 그와 처음 데이트를 한 날 입었던 옷이라는 걸 깨달았다. 만나기로 한 화랑이 문을 닫는 바람에 나는 길거리에 서 있었다. 약속시간보다 조금 늦게 온 그는 나를 한번 휘익 둘러보더니 가볍게 내 허리에 손을 얹고, 이 바바리 참 좋은데, 했다. 내가 디자인한 거야. 이 옷을 사려고 매장마다 여자들이 줄을 선다구. 나는 말했었다. 그 무렵 내가 더이상 디자인을 할 수 없을 거라고 상상이라도 해보았을까.

그가 떠나고 아주 연락이 끊어진 후에도 나는 가끔 그의 회사에 전화를 걸곤 했다. 아주 오래 연락을 끊었던 철없는 후배처럼 한껏 쾌활한 목소리를 과장하면서 나는 묻곤 했다. 그러면 전화기 저쪽 아마도 그가 앉아 있던 자리에서, 그가 나와 통화하던 그 수화기를 들고 있을 남자는 잠시 곤혹스럽다는 듯 침묵을 지킨 후에, 모르시는군요, 그분은 지금 페루 지사에 계신대요, 했다. 가끔 남자는 그쪽 전화번호를 가르쳐드릴까요, 묻기도 했다. 나는 덤덤한 후배처럼 아니에요, 그럴 필요까지는 없어요, 하고 대답했다. 그런 날 오후가 되면 나는 내내 시큰거리는 사랑니와 싸워야 했다. 그래서 페루는 내 치통이었다. 진통제를 두 시간 간격으로 네 알씩 먹고도 나는 그 치통을 이겨내지 못했다.

꽉찬 가을이 유리문 저쪽에서 일렁이고 있었다. 굵다란 은행나무들이 이파리를 떨군 거리는 노란 카펫이 깔린 것처럼 보였다. 이른 오후, 이제 아무 할 일도 없이 나는 서 있었다. 보통 때 같으면 나는 이 자리에 이렇게 무의미하게 서 있는 사람이 아니었다. 나는 길거리나 전철 안에서 사람들의 옷을 관찰했고 그들의 취향이 미묘한 속도로 변해가는 것을 바라보곤 했다. 때로 그들은 유행을 앞서 가기도 했고 우리가 판매전략을 위해 내세운 유행을 힘겹게 따라오기도 했다. 그러므로 계절은 내게 짧아지는 스커트와 함께 왔다가 넓어지는 바지통과 함께 갔다. '흐르는 강물처럼'이 아니라, 쏟아져내리는 폭포처럼 정신없는 나날이었다. 그런데 오늘 나는 은행이파리들이 소복소복 떨어져앉은 길을 천천히 바라보고 있다. 어쩌면 내 생애 처음 맞는 어떤 가을 같다. 은행잎은 이제 계절의 변화를 선도하는 색채가 아니라 그저 은행잎이었던 것이다. 나는 보고 싶지 않은 영화 포스터를 구경할 때처럼 어쩌면 편안한 눈빛이었을 것이다. 그런데 누군가가 아까부터 나를 바라보는 듯한 시선이 느껴졌다. 마치 수억년 전쯤에 깊은 사랑을 나누던 남자와 우연히 눈이 맞은 것처럼 나는 거역할 수 없는 그 힘에 이끌려 시선을 돌렸다. 거리에 줄지어선 비슷비슷한 은행나무 중 유독 한 그루가 눈길을 끌었다. 평범하기 짝이 없는 그 은행나무에서 나는 시선을 떼지 못했다. 십년 만이야, 이제서야 너는 나를 알아보기 시작하는구나, 여기 서서 십년 동안 너를 바라보던 나를, 하는 느낌이 들었다. 그러자 정말 이상하게도 바람도 없는 한길에서 그 은행나무가 갑자기 낙엽을 퍼부어대기 시작했다. 돌연한 일이었다. 나는 그 나무가 떨구는 그 노란빛의 축포를 멍한 시선으로 바라보았다. 포스터의 정물이 갑자기 움직이기 시작한 것 같았다. 정신을 차리고, 그 길가에 서 있던 나무들 중, 정말로 내게 선물이라도 하려는 것처럼 유독 그 나무만이 무수한 이파리를 떨구었다는 걸 안 것은 누군가 유리문 앞에서 툭, 하고 내 어깨를 치고 지나갔고 그가 아, 미안합, 이란 말도 다 삼키지 못하고 잰걸음으로 유리문을 열었을 때였다. 유리창 밖에서 저 혼자 익어가던 가을이 쌀쌀한 바람과 함께 내게 밀려들었을 때 나는 비로소 아무리 해고를 당해 정신이 멍해 있다고 해도 은행나무와 눈이 맞는 일 따위는 일어나지 않는다고 내 자신에게 말해주었다. 가을이었고 가을이어서 잎을 떨어뜨리는 일은 인류가 탄생하기 전부터 은행나무가 한 일이었다. 은행나무는 공룡과 함께 산 적도 있는 수종(樹種)이다. 그때 해고당한 공룡과 눈이 마주친 은행나무가 그를 위로해주기 위해 하는 수 없이, 맨 처음 이파리를 떨구지는 않았을 것이다. 나는 지하 주차장과 연결된 어두운 통로로 들어가 천천히 계단을 내려갔다.

나에게는 삶이 언제나 강파른 비탈길 같았다. 단지 한달을 살아갈 뿐인 돈을 받는 일의 무서움을 내가 알게 된 것은 정확히는 이혼 후였다. 아이는 자라고 있었고 이 자리에서 쫓겨나게 되면 아무 데도 갈 곳이 없었다. 자리는 한정되어 있는데 옷을 갈아입어야 하는 계절은 일년에 네 번뿐이고 사람들은 그저 비슷한 종류의 옷들을 사입을 뿐이었다. 발랄하고 깜찍한 창의력을 가진 새로운 디자이너들은 한 해에 몇만명씩이나 쏟아졌다. 서른이 넘은 이후, 언제나 나는 사람들이 줄을 서 있는 식당에서 밥을 먹는 기분이었다. 그들은 내가 나가기만을 기다렸다. 하지만 그 자리를 박차고 나가면 나는 어디로 가나. 그 무서움이 너무 커서 나는 한번도 내가 해고당할 거라고는 생각하지 않았다. 괜찮아, 모든 게 잘될 거야, 그저 잘될 거라구. 나는 세 개밖에 남지 않은 성냥개비를 들고 선 성냥팔이 소녀처럼 성냥에 하나씩 불을 밝히면서 내 손에 남은 성냥개비 수를 절대로, 세려고 하지 않았던 것이다.

그래서 나는 오래오래 이 회사에 남고 싶었다. 가끔 그만두고 싶다는 말이 목구멍에서 손가락처럼 쑤욱 올라올 때도 있었지만 노후 연금과 붓고 있는 적금을 헤아려보면 그래도 이 회사의 그늘에 있는 게 낫다는 계산이 나왔다. 나는 타협하면서 늙어갈 거야. 재능은 바닥나고 눈은 무디어가니 점점 눈치만 늘게 되겠지. 그래도 버티겠어. 젊은 소비자들의 구미를 맞추고 싶어서 안달이나 하면서. 내 아이의 유치원 등록금과 어머니의 치과 비용을 네가 잠시 대줄 수는 있겠지. 하지만 몇년 가지 않아 너도 결국 생각하게 될 거야. 사랑은 식고, 우리가 서로를 눈곱 낀 눈으로 아무렇지도 않게 바라볼 무렵, 너는 말할지도 몰라. 어디론가 달아나고 싶어, 훌훌 벗어버리고 혼자가 되고 싶어,라고. 나는 언제나 빠르게 그렇게 말했고 우리는 자주 다투곤 했다. 나는 결코 그를 내 생애의 계획에 끼워주지 않았다. 이미 나는 세 식구의 가장이었다. 그 역시 삼년이 넘도록 적금을 부어도 이년마다 돌아오는 전셋값 올려주기 힘든 사람이었으니 내 말이 별로 틀리지는 않았을 것이다. 게다가 그도 고향에서 그의 월급날을 기다리는 노모와 남동생들을 가지고 있었다. 그래서 그가 페루 이야기를 꺼냈을 때 나는 하마터면 웃을 뻔하기도 했다. 페루가 뭐야? 나는 물었다. 그러고는 그가 무슨 마법의 나라로 도망이라도 치자고 한 것처럼 웃음을 터뜨렸다. 잠시의 여행도 아니고 삼년 동안의 지사 근무라니, 그래, 백번을 양보해서 너와 결혼하고 나의 아이까지 달고 마치 우리 세 명이 처음부터 식구였던 것처럼 시치미를 뗀 채로 그곳으로 떠난다고 하자. 너는 너의 일을 하지만 나는 거기서 무엇을 할까. 영어를 배우러 페루의 학원에 다니는 것도 우습고, 나중에 식당이라도 차릴 요량으로 거기서 이딸리아 음식을 배우러 다닐 수도 없잖아. 너의 어머니와 나의 어머니가 교대로 편지를 띄우겠지. 잘들 있는지 자나깨나 걱정이구나,로 시작해서 결국은 돈을 보내달라는 이야기로 끝나는 그런 편지를. 삼년을 쉬고 나면 디자이너로서의 생명은 끝이야. 감각이 완전히 없어져버린다구. 그렇게 남편 따라갔다 돌아와 집에서 머리만 비비는 선배들을 한두 명 본 것도 아니고…… 앞서 실패한 이들을 바라보면서 그걸 반복한다는 건 눈을 뜨고는 차마 하지 못할 일이지. 페루는, 먼곳에 있는 나라야. 그는 그 말만 하고는 내가 담배 한대를 다 피울 때까지 아무 말도 하지 않았다.

나는 빨리 늙어버릴 거야. 연금을 타면 제일 먼저 흔들의자를 사겠어. 그것을 베란다에 내다놓고 하루종일 앉아 있을 거야. 시간이 얼마나 느리게 흐르는지를 느끼면서 내내 거기 앉아 있을 거야…… 아마 생각하겠지, 이렇게 허망해질 것을 왜 그렇게 볼이 빨개지도록 뛰어다녔을까. 나는 거기 앉아서 내 젊은날의 욕망을 비웃을 거야. 하지만 내게 그런 시간이 남아 있을 거라는 꿈이 있기 때문에 나는 이 욕망을 지금은 소중히 여기겠어. 적어도 실장 자리에는 오를 거고, 적어도 내 이름으로 된 브랜드 하나쯤은 차리고 싶다구.

생은 우리에게 많은 것을 허락하지는 않는다고 그가 말했다. 젊음과 시간, 그리고 아마 사랑까지도. 기회는 결코 여러번 오는 법이 아닌데, 그걸 놓치는 건 어리석은 일이야. 우리는 좀더 눈을 크게 뜨고 그것들을 천천히 하나씩 곱게 땋아내려야 해. 그게 사는 거야. 아주 작은 행복 하나를 부여잡기 위해 사람들이 얼마나 많은 눈물을 흘리면서 사는지 너는 아니? 진짜 허망한 건 제가 어디로 가는지도 모르고 휩쓸려가는 거라구. 너는 늙어서 흔들의자를 내다놓고 앉아 그걸 생각하며 울게 될 거야. 나는 잠시 멈칫했지만 이내 창밖을 보며 딴전을 피웠다. 나는 무능한 아버지의 둘째딸이었고 그것이 주는 삶의 강파름을 이미 겪을 대로 겪은 뒤였으니까. 그는 총각이고 나는 두살배기 애가 딸린 이혼녀여서가 아니라, 그것이 가로막을 우리의 사회적 결합 때문에 겁이 나서가 결코 아니라, 그냥 그가 태평하게 먼 나라로 가자는 이야기를 꺼내는 것이 미웠다. 마치 내가 남편과 결혼할 때 그랬던 것처럼, 열정 하나로, 다만 사랑의 이름으로, 그러니까 우리는 아직 젊고 그래서 노력하면 안될 것 없다는 그런 순진한 얼굴을 하고 달려드는 그가 어쩌면 나는 무서웠는지도 모른다. 생애는 많은 상처들로 이루어져 있으며 그리하여 스웨덴에서 자란 아이들이 모두 행복하지 않듯이 상처의 빛깔 같은 것은 돈의 액수로 결정되지 않는다는 것, 지니고 있는 상처는 사람의 얼굴 모양새만큼 다르다는 것을 나는 알고 있었지만, 나는 언제나 그에게 그런 태도를 취했다. 니가 돈만 아는 그런 얼굴을 하는 게 나는 싫어. 그가 말했다. 돈만 아는 것은 물론 싫은 일이다. 이 세상에는 돈보다 중요한 것이 있으니까. 그러나 기가 막힐 일은 돈보다 중요한 것들이 분명 있기는 했지만, 그건 너무 적다는 것이었다. 나는 일찍이 그런 것들을 깨달으며 자랐고 생은 내가 혹시라도 그것을 잊어버리기라도 할까봐 여러번 그 사실을 일깨워주었다. 남편과 나의 결혼생활도 결국 돈계산으로 마감을 하고 말았으니까. 전셋집을 얻을 수 있는 위자료라는 이름의 돈과 양육비를 놓고 우리는 치열하게 싸웠다. 그 싸움은 우리가 아이를 놓고 과연 이혼을 하느냐 마느냐보다 더 노골적이었고 더 심각했다. 나는 남편이 그토록 돈을 소중하게 여기는 줄을 처음 알았다. 이혼을 하지 않았으면 나는 어쩌면 남들에게 이렇게 말하고 다녔을 것이다. 우리 남편은 돈에 대해선 원래 무심한 사람이야. 그러므로 산다는 것이 세월과 사랑과 희망 들을 곱게 땋아내리는 거라고 하는 마음뿐인 남자와 페루로 가는 일은 내게는 돈을 벌고 또 벌고 또 벌어서 흔들의자에 앉아 있을 은백의 나이에나 있을까 말까 한 일이었다. 감상으로 혹은 연민으로 일을 저지르기에 나는 이미 많은 나이를 먹어버렸다. 그가 대학 졸업 무렵의 깊은 실연의 상처 때문에 오년을 해외 지사에서 자신의 젊은 시간들을 곱씹으며 보냈다는 말들을, 신발을 벗고 들어가 앉는 낡은 술집에서 오래오래 수줍고 서글프게 고백했을 때, 나는 사실 하품이 하고 싶었다. 그 여자하고 결혼했더라면 너는 아마도 그 상처를 씻기 위해서가 아니라 그 여자에게서 벗어나고 싶어서 오년을 떠돌았겠지. 사랑이라든가 결혼이라든가, 그건 그런 거야. 영원은, 맹세하는 찰나에만 완성될 뿐이지. 나는 혼자 키득키득 웃다가 지금 입고 있는 이 바바리에 술을 쏟을 뻔하기도 했다. 그리하여 그를 보내고 나서 나는 기특하게도 한참 동안 담담했다. 모든 존재는 저마다 슬픈 거야. 그 부피만큼의 눈물을 쏟아내고 나서 비로소 이 세상을 다시 보는 거라구. 너만 슬픈 게 아니라…… 아무도 상대방의 눈에서 흐르는 눈물을 멈추게 하진 못하겠지만 적어도 우리는 서로 마주보며 그것을 닦아내줄 수는 있어. 우리 생에서 필요한 것은 다만 그 눈물을 서로 닦아줄 사람일 뿐이니까. 네가 나에게, 그리고 내가 너에게 그런 사람이 되었으면 해. 마지막으로 우리가 만나던 날 그는 내 차에 앉아 그렇게 말했다. 니 눈물을 닦아주기에 나는 너무 해야 할 일이 많아, 하고 나는 말해버렸다. 나는 울지 않았다. 겁이 났던 것일까. 때로는 나도 내가 한때 가졌던 그 헛된 유혹에 빠지기도 했다. 그와 함께라면, 아마 행복 같은 걸 잡을 수 있을지도 모른다는 생각을 안해본 것도 아니었다. 약속한 까페 입구로 들어서다가 문득 신문을 꼼꼼이 보고 앉아 있는 그의 옆모습을 보았을 때, 그 열중해 있는 자세의 신중함이 보기 좋다는 생각에 가슴이 얼얼해졌을 때, 그때 나는 잠깐 생각하기도 했다. 그를 닮은 아이를 낳고 싶다는 생각을. 그런 때 나는 다시 그 까페를 나와 먼길을 돌아다니곤 했다. 그러고는 뺨이 찬 바람에 얼얼해질 때쯤 약속된 시간보다 아주 늦게 그의 앞에 나타나 말했다. 아주 바쁜 일이 있었어. 시간이 벌써 이렇게 흐른 줄도 몰랐다니까.

나는 계단을 내려서는 동안 어둠에 익어버린 눈으로 차가 있는 쪽으로 향했다. 문득 아이를 보고 있을 어머니에게 전화를 걸어야겠다는 생각이 들었다. 오늘은 아주 밤늦게야 집으로 돌아가겠다고. 동대문이나 광장 시장에 나가서 부자재(副資材)로 쓰일 단추나 특이한 모양의 지퍼나 레이스를 고르기 위해서가 아니라 백화점에 나가서 우리 브랜드의 어떤 옷들이 어떤 계층에게 어떤 선호도로 팔리는지를 알아보기 위해서가 아니라, 오늘 하루는 직장을 위해서도 아니고 아이를 위해서도 아니고 어머니를 위해서도 아니고 그저 나를 위해 쓰고 싶다고 어머니에게 말하고 싶었다. 그러면 아이는 나를 기다리다가 잠이 들 것이다. 잠들기 전에 애초부터 없던 레고 기차바퀴 하나가 없어졌다고 할머니에게 떼를 쓸 것이고 인내심을 가지고 달래는 할머니에게 결국은 엉덩이를 한대 얻어맞을 것이고, 엄마가 올 때까지 절대로 자지 않겠다고 골목이 보이는 싸늘한 베란다에 나와 고집스럽게 서 있을 것이다. 그러고 나서는 내리덮이는 눈꺼풀을 비비며 내가 없는 빈 침대로 기어들 것이다. 그리하여 아이도 점차로 알게 될 것이다. 누군가가 떠난 빈자리도 삶의 일부라는 것을, 기다리는 것이 언제나 제 시간에 오지는 않는다는 것을, 가고 싶은 어미의 마음과 보고 싶은 아이의 마음이 아무리 허공에서 만난다 해도 이 세상에는 기필코 이루어지지 않는 일이 있다는 것을. 나는 핸드폰을 꺼내들었다. 해고 때문일까, 그것이 예정된 것이었음에도 불구하고 아마 나는 당황하고 있었던 것 같다. 그렇지 않다면 이 지하에서 핸드폰을 꺼내들지는 않았을 것이다. 핸드폰은 붉은빛을 반짝이며 "노 서비스 에어리어"라는 글씨를 반짝이고 있었다. 당연한 일이었다. 이 지하, 이 땅 깊숙한 곳에서는 누구와도 수신할 수 없다. 긴 끈으로 지상의 전화선들과 끼리끼리 육체로 연결된 공중전화라면 몰라도 눈에 보이지 않아 만질 수도 없고 느낄 수도 없는 이런 허황한 전파에 의지하는 송신 따위는 불가능한 일인 것이다. 하기는 이 지구상 어디에 간다 해도 이제 내 삶은 "노 서비스 에어리어"였다. 도망칠 곳이 없었다. 그러자 뜻밖에도 제일 먼저 나를 스쳐간 생각은, 만일 빠른 시간 내에 다른 곳에 일자리를 알아보거나 아니면 남대문 시장에 점포라도 열어서 내 브랜드를 창업하거나 그도 아니면 돈이 있는 남자를 만나 결혼해버리지 않는다면 이 핸드폰을 제일 먼저 팔게 되겠지 하는 것이었다. 그러자 나의 차가 보였고 그 다음은 저 차의 순서라는 것이 떠올랐다. 그러고 나면 화장대 서랍 깊숙이 넣어둔 아이의 돌팔찌와 돌반지의 차례가 올 것이다. 방 두칸인 집을 아마도 방 한칸인 집으로 옮기게 될 것이고, 그도 아니면 늙은 어머니의 눈처럼 침침한 반지하 깊숙이 처박히게 될 것이다. 그가 아는 것은 나의 핸드폰 번호뿐이므로 핸드폰을 먼저 팔든 반지하로 가는 것이 먼저이든 아마도 그와 내가 이 지상에서 만날 수 있는 마지막 통신부호는 사라져버리게 될 것이다. 그와 나를 연결해주려고 한때 애썼던 인생은 그로부터 언제까지나 '노 서비스'라는 붉은빛을 찬란하게 띠게 될 것이다. 그러고 나서도 희망이 없을 때는 아마도 나,를 팔게, 되,겠,지라고 생각히는 순간, 하지만 이제껏 나는 나를 팔아 살아오지 않았나 하는 생각이 들었다. 새로운 것, 좀더 눈에 띄는 것, 보다 소비자들의 기호를 만족시켜주는 것, 그런 옷들을 만들어

내기 위해 나는 세상에 태어나 안 가지가지의 빛깔들과 가지가지의 도형들을 생각해내야 했다. 처음에 나 자신이 행복해지기 위해 디자이너가 되고 싶었지만, 다음엔 디자이너라는 이름을 유지하기 위해 나는 나를 바쳤다. 좋은 영화를 볼 때도 의상이 제일 먼저 눈에 들어왔다. 그 여자 블라우스 심플해서 좋던데,가 어느덧 내 영화평이 되어 있었던 것이다. TV 가요프로그램에서도 나는 가수들의 노래가 아니라 그들의 옷차림새를 듣고 있었다. 혹시라도 유행을 앞서가는 모양을 놓치지 말고 감지해내야 했다. 나는 살아가기 위해 디자이너가 되었는데, 이제 디자이너의 자리를 놓치지 않기 위해 살고 있었다. 새로운 것, 보다 새로운 것,이라는 말은 하도 들어서 나에게는 그처럼 낡은 말이 없을 정도였다. 하지만 나는 노력했고 몇년 동안은 내 옷이 제일 먼저 매진되어 결코 할인매장으로 나가지 않아 회사의 표창을 받기도 했다. 하지만 누군가가 다가와서 이봐, 뛰는 것을 멈추지, 공은 이미 하늘로 날아가버렸어, 요즘 공들은 날개가 돋기도 하거든, 했을 때 모든 것은 그걸로 끝이었다.

나는 주머니에서 열쇠를 꺼내들었다. 그때 어떤 반짝이는 빛이 나의 차를 향해 미끄러져 들어가기 시작했고 이어서 퍽, 하는 파찰음이 들렸다. 아주 짧은 시간 동안이기는 했지만 처음에 나는 어떤 상황인지 도무지 알 수가 없었다. 그저 빛이 다가왔고 이어 퍽, 하는 소리가 들린 것뿐이니까. 검은 중형차에서 어떤 남자가 내려서는 것이 보였다. 그제서야 나는 그의 차가 미끄러져 내 차와 충돌한 거라는 걸 알아차렸다. 이제 중고시장에 저 차를 내다놓아도 한달 생활비도 제대로 쳐서 받지 못하겠구나 하는 생각이 제일 먼저 머리를 스쳤고 이어, 좋은 일은 한가지씩 오지만 나쁜 일은 언제나 무리를 지어 다닌다는 격언이 생각났다. 나는 천천히 차 곁으로 다가갔다. 차의 앞부분이 찌그러진 것을 보고 처음으로 그에게 얼굴을 돌렸을 때 내 얼굴은 뜻밖에도 웃음을 터뜨리고 있었다. 그가 마치 해고당한 공룡 때문에 처음으로 나뭇잎을 떨어뜨리려고 하는 은행나무 같은 얼굴을 하고 있었기 때문이었다.

별거 아니에요. 조금 찌그러졌군요.

나는 이 세상에서 가장 관대한 여인의 얼굴을 하고 그가 상처낸 내 차의 문을 열며 말했다.

괜찮다니까요. 문도 열리잖아요.

바닥이 미끄러웠어요.

그는 나의 반응이 믿을 수 없다는 듯 조금 더듬으며 말했다.

미끄러워요…… 이놈의 바닥이 미끄러워서 저도 지금 미끄러졌거든요.

나는 하이힐을 신은 발로 바닥을 몇번 두드리며 말했다. 알 수 없는 해방감이라고 할까, 지금 이 시간, 왠지 나는 한없이 너그럽고 싶다. 아무것도 아니에요, 그게 무슨 대수겠어요, 그런다고 누가 죽는 것도 아니잖아요, 괜찮다구요 괜찮아. 아무도 묻지 않았지만 그렇게 소리치고 싶은 이상한 기분이기도 했다.

바쁘시지 않다면 지금 처리를 할까요. 다행히 요 앞에 제가 아는 카센터가 있습니다만……

그는 어떻게 이 미안함을 다 표현할 수 있겠습니까, 하는 말투로 말했다.

바쁘지 않아요.

그가 잠시 생각과 시간이 정지된 표정으로 나를 바라보았다. 그 순간 이상한 느낌이 나를 스치고 지나갔다. 이런 일이 언젠가 벌어진 것 같은…… 생각을 더듬기도 전에 그가 말했다.

잘됐군요. 절 따라오세요.

나이는 서른이 좀 넘었을까, 나는 그의 차를 따라 지하 주차장을 나왔다. 그가 오른쪽 깜빡이를 켜면 나도 오른쪽 깜빡이를 켜고 그가 브레이크를 밟으면 나도 브레이크를 밟고 그가 다시 왼쪽 깜빡이를 켜면 나도 왼쪽 깜빡이를 켜면서 따라갔다. 나의 차는 여기저기 긁힌 자국이 있었고 찌그러진 문짝을 달고 있었다. 내가 운전을 시작한 이후 다녔던 길이 가지가지였듯이 이제 내 차에 있는 상처자국도 가지가지였다. 처음 매끈한 새 차의 범퍼를 누군가 긁어놓은 것을 집 앞 골목길에서 발견했을 때, 나는 밤잠을 자지 못할 정도로 화가 났다. 그리고 두번째로 지하 주차장에서 내 차의 문짝 하나를 누군가 심하게 박아놓고 쪽지 하나 없이 사라져버린 것을 보았을 때는, 카센터에 차를 가져가서 돈이 많이 들어도 좋으니 새 차처럼 만들어달라고 울 듯한 얼굴로 말했다. 그리고 연이어 다시 차가 찌그러졌다. 나는 이번에는 카센터에 가지 않았다. 그저, 내 차를 박아놓고 사라진 인간이 누구인지 모르지만 교통사고나 팍, 나서 차가 찌그러져버려라, 혼자서 악담만 퍼붓고 말았던 것이다. 하지만 날이 지나고 상처는 깊어지고 많아져서 이제는 그것이 언제 어디서 긁힌 것인지 분간할 수조차 없다. 나는 이제 화도 안 내고 악담도 하지 않는다. 그리고 그렇게 여러 날이 흐르는 동안 나도 아마 어딘가에서 남의 차를 박아놓고 무심히 와버렸는지도 모른다. 그 차의 주인도 밤잠을 못 이루고 분해하면서 나를 향해 화를 내고 악담을 퍼부을지 모른다. 그러니 사실, 그가 갑자기 속도를 높여 뒤따라오는 나를 따돌리거나 그도 아니면 노란 불에서 빨간 불로 바뀌는 아슬아슬한 사이, 붉은 신호등 앞에 어쩔 수 없이 멈추어선 나를 두고 쌩 하니 혼자 도망쳐버린다고 해도 크게 억울할 일은 못 되었다. 광화문의 그 넓은 차도에서 차선 하나를 바꿀 때마다 행여라도 나를 놓칠까봐, 그가 열심히 깜빡이를 켜대는 것을 조금은 느긋한 기분으로 바라보면서 나는 그를 따라갔다. 흐린 가을날이었다. 하늘은 회색빛으로 축축 내려앉고 있어서 노란 은행잎들이 선명해 보였다. 아까 나와 눈이 마주친 나무를 찾아보았다. 그 나무 밑에만 은행잎이 유독 수북해서 금방 찾아낼 수가 있었다. 다시 한번, 호기심으로 그 은행나무와 눈 맞추어보고 싶었지만 나무는 이제 내게 눈길을 주지 않았다. 그것은 이 생에서 단 한번 주어진 기회였을 뿐이야,라고 쌀쌀하게 말하는 듯했다. 나는 공연히 무안한 기분이 들어서 그 은행나무가 떨어뜨린 노란 잔해들을 바퀴로 뭉그러뜨리며 달려갔다. 가을은, 그리고 봄은 움직이는 계절이라고 그가 말했었다. 한번은 완전한 소멸을 향하여 그리고 또 한번은 충만한 푸르름을 위해서. 그래서 봄이 되면 처녀들이 가을이 되면 남자들의 마음이 흔들리는 거라고. 이제 가을이니, 그의 마음도 흔들리고 있을까. 엄혹한 불모의 계절이 곧 다가온다고 그는 페루에서도 생각할까. 덕수궁 앞에는 신부들이 비슷비슷한 하얀 웨딩드레스를 입고 서 있었다. 그 곁에는 비슷비슷한 턱시도를 입은 신랑들이 서 있었다. 왈츠가 흘러나온다면 무도회를 열어도 될 것 같았다. 그리고 그 곁에는 소풍을 나온 유치원 아이들이 노란 모자를 쓰고 초록과 노랑이 섞인 풍뎅이 같은 배낭을 멘 채로, 어린 선생님의 얼굴을 바라보며 일렬로 앉아 있었다. 그리고 또 그 뒤에는 연한 갈색 돌담의 어깨 위로 아름답게 물든 고궁의 나무들이 갸웃 고개를 내밀고 있었지만, 나는 또 보고 말았다. 그 뒤로 겹게 드리워진 무거운 회색빛 하늘……

그의 차는 덕수궁 옆 골목으로 들어서 옛 법원 자리를 지나 작은 카센터 앞에 멈추어섰다. 나도 따라 멈추어섰다.

차가 수리되는 동안 차 한잔이라도…… 괜찮으시겠습니까?

그가 물었다. 보통 이런 경우 사고를 낸 측은 돈을 지불하고 가는 것이 상례인 터라 조금 의아한 기분이 들었다.

글쎄요……

기분 나쁘게 생각지 마십시오. 저 때문에 지체하시게 되었는데 저 혼자 그냥 가버리기가 어쩐지 죄송해서요.

어차피 제 할 일은 제가 알아서 하고, 제 갈 길은 제가 간다는 기분으로 살고 있던 나는 의아한 표정을 거두고 그를 따라 걸었다. 차가 고쳐지는 동안 딱히 할 일도 없었다. 다만 저런 식으로 산다면 그도 곧 해고될지 모르겠구나 하는 생각이 들었다. 아니다. 그는 어쩌면 벌써 해고되었는지도 모른다. 저렇게 날마다 미안한 표정을 짓는다면, 자신이 저지른 아주 작은 실수에 더없이 뻔뻔하게 그것은 사실은 내 탓이 아니었다는 표정을 짓지 못한다면 말이다. 이번 일만 하더라도 탓할 것이야 얼마든지 있다. 미끄러운 바닥과 하필이면 통로에 주차해놓은 내 차의 엉거주춤한 위치와 그리고 침침한 지하 주차장의 등불들. 광화문 쪽으로 조금 걸어가자 골목이 나왔고 거기 "존재는 눈물을 흘린다"라는 길다란 이름을 가진 까페가 보였다. 자리에 앉은 그는 눈이 나쁜 모양인지 조금 눈살을 찌푸려 메뉴판을 들여다보고 나서는 마추픽추라는 이름을 댔다. 아마도 칵테일인 모양이었다. 하지만 마추픽추라는 말을 들었을 때 나는 잠깐 가슴 아래께에 약간의 통증을 느꼈다. 그저 같은 걸로,라고 내가 말했다. 둘만이 마주앉게 되자 그는 어색한 표정으로 두 손을 마주대고 비볐다. 내가 담배를 꺼내 물자 그는 이제서야 어색함을 좀 벗어나겠다는 듯이 주머니에서 얼른 라이터를 꺼냈다. 펑 하는 고운 소리가 들렸다.

뒤퐁인가요.

라이터를 보며 내가 물었다. 그가 어깨를 조금 으쓱해 보이더니,

아시는군요. 이 소리 좋지요? 담배를 피지 못하는데 이 소리가 좋아서 가지고 다닙니다.

그는 담배를 피우지 못하는 것이 부끄럽다는 듯이 말했다.

그의 서른세번째 생일날 나는 그 라이터를 선물한 일이 있다. 눈이 쏟아져서 서울 시내의 교통이 거의 다 마비된 날이었다. 저녁을 먹으러 강변으로 나가려던 계획을 취소하고 우리는 겨우 차를 몰아 그의 아파트로 갔다. 그의 머리에도 내 머리에도 눈이 쌓여 있었다. 우리가 긴 입맞춤을 끝냈을 무렵 나는 그의 품에 안긴 채로 그의 머리칼 위의 흰눈이 작은 이슬방울로 변하는 것을 보고 있었다. 그 머리 위에 다시 흰눈이 내려앉도록 그와 함께하고 싶다는 희망이, 오래된 상처의 기억처럼 나를 스치고 지나갔었다.

나는 그가 내민 라이터불에 담배를 붙였다. 라이터를 닫고 딱히 할 일도 없으므로, 하는 표정으로 그는 내가 담배 피우는 모습을 바라보았다. 그도 담배를 피우지 못했다. 그는 내가 담배를 피울 때마다 그 라이터로 불 붙여주는 것을 좋아했다.

마추픽추에 가본 일이 있으세요?

밀림의 여름 같은 진초록색과 자주라고밖에 말할 수 없는 붉은빛

이 켜켜이 쌓여진 화려한 칵테일이 날라져오자 그가 물었다. 나는 천천히 고개를 가로 저었다.

　저는 며칠 전에 거기서 이리로 왔어요.

　그가 나를 따라 잔을 들며 말했다. 나는 차 수리가 끝나지 않는다 해도 이 잔을 비우면 자리를 떠야겠다는 생각을 했다. 해고를 당한 이 가을날 오후에 핸드폰과 찌그러진 차와 아이의 돌반지까지 팔 생각을 하면서 이 낯선 남자와 마주앉아 마추픽추가 있는 페루 이야기를 한다는 것은 내키지 않는 일이었다. 하필이면 왜 페루이고 왜 마추픽추인가 말이다. 단 한번 부쳐져온 그의 엽서에는 시루떡처럼 생긴 마추픽추의 그림이 들어 있었다. 잠시 시간이 나서 마추픽추에 들렀다. 수도 리마에서 한 시간 남동쪽으로 날아왔지. 거기서 100킬로미터쯤 북서쪽으로 떨어져 있는 우루밤바의 험준한 산악지대 속에 '늙은 봉우리' 마추픽추와 '젊은 봉우리' 와이나픽추가 있다. 이 두 산을 이은 곳에는 하늘로 날아올라 보아야만 그 전모를 파악할 수 있는 '잃어버린 도시'가 있지. 인구 일만쯤을 수용할 수 있는 잉카의 도시였으나 언제 어떻게 건설되었는지 언제 사람들이 떠났는지 알 길이 없다. 모든 것은 이제 전설 속에 묻혔을 뿐…… 나는 그가 보낸 엽서를 세 번쯤 찢어서 쓰레기통에 버렸다. 그가 왜 마추픽추에 갔는지 알고 싶지 않았다. 젊은 봉우리와 늙은 봉우리, 그리고 새처럼 날아오르지 않으면 그 모습이 파악되지 않는, 이제는 사람이 살고 있지 않는 잃어버린 도시…… 그들은 다 어디로 갔을까. 그들은 왜 그 도시를 그토록 힘들여 지었을까. 그는 아마도 그런 것을 생각하고 있을 것이다. 아니, 어쩌면 그곳에서 그는, 소꿉처럼 작은 토산품을 들고 다니며 외국인 관광객에게 파는 어린 소녀의 그 작고 조잡한 물건을 모두 사서 제 가

방에 넣고는 그 소녀를 무릎에 앉힌 채 소녀의 검은 머리를 땋아주고 있을지도 모른다. 그는 그런 사람이었다. 언젠가 월남 지사 근무를 할 때도 그는 통킹 베이에서 만난 소녀의 물건을 모두 사주었다고 했다. 그의 집 진열장에는 쓸모없는 그런 물건들이 주르르 서 있었다. 다 합쳐봐야 몇푼 되지 않는 물건을 팔기 위해 그렇게 작은 아이가 애쓰고 있는 게 안쓰러웠다고. 나는 쓰레기통에서 다시 엽서를 꺼내서 형체도 알아볼 수 없을 때까지 잘게 찢어버렸던 것 같다. 마주칠 힘이 없으면 돌아가라, 피할 수 있는 데까지 피하라. 그것이 서른 몇살을 사는 동안 살아가기 위해 내가 얻은 유일한 진실이었다.

저, 결혼하셨습니까.

그가 딱히 할말도 없다는 듯 말했다.

네…… 그리고 이젠 혼자예요.

아마도 곧 이 자리를 떠나리라는 결심 때문이었을 것이다, 하지 않아도 될 말을 덧붙인 것은. 그는 잠시 머릿속이 혼란한 듯이 고개를 갸웃하더니 머리가 한참 모자라는 사람처럼 아아, 하고 웃었다.

괜한 질문을 드렸군요.

그는 정말 미안하다는 듯이 말했다. 나는 창밖을 바라보았다. 골목길로 난 창에는 가을 바람만 휑하니 불어가고 있을 뿐 아무도 없었다. 은행나무 몇그루가 천천히 이파리를 떨구고 있었다. 나는 그 은행나무를 바라보았으나 그 은행나무는 나와 눈을 맞추지 않았다. 대체 은행나무와 눈맞추기를 바라는 것 자체가 애초부터 글러먹은 생각이었다. 곁을 주지 않는 쌀쌀한 사람에게 말을 붙이려고 했다가 무안만 당한 것처럼 나는 얼른 시선을 돌리고 그저 까페를 둘러보았다. 손님은 우리뿐이었다. 주인은 우리에게 칵테일을 날라놓고 어디론가 사라져서 통유리창만 큰 까페는 어항 속처럼 적막했다.

그런데 왜 이혼하셨어요? 아, 죄송합니다. 이런 질문…… 그렇지만 전 아직 결혼 전이거든요.

나는 피우고 있던 담배를 비벼끄고 그를 바라보았다. 뭐 이런 질문이야 한두 번 겪는 일도 아니었다.

글쎄요. 내가 곁에 없으면 그 사람, 죽을 것만 같아서 결혼했었는데…… 살다보니까 그 사람이 곁에 있으면 내가 죽을 것 같아서요.

말을 마치면서 나는 아주 조금 웃었다. 그는 웃지 않았다. 대신 잔을 들어 그것을 한모금 마시고 나서 아주 굳은 표정을 지었다.

이상한 일이군요. 언젠가 어떤 여자가 제게 그런 말을 했었어요. 일년 전쯤 제가 페루로 떠나면서 헤어진 사람인데……

그는 말을 마치며 피식 웃었다. 나는 웃지 않았다. 그도 이렇게 지금 지구의 반대편, 페루의 까페 한구석에서 어떤 여자와 이런 말을 나누고 있을지 모른다는 생각이 들었던 것이다. 그러자 문득 가슴 한구석에 다시 통증이 느껴졌고 이어 페루에서 온 이 남자가, 그가 거기서 어떤 여자와 다정하게 마주앉아 내 이야기를 하고 있는 것을 봤다고 우기기라도 한 것처럼 화가 치밀었다. 나는 갑자기, 이 남자와 어서 친밀해지고 싶은 기분이 들었다.

힘들었습니다.

그 남자는 칵테일의 둥근 잔을 손으로 빙빙 돌리며 담담한 표정으로 말했다.

힘드셨겠군요.

나는 될 수 있는 대로 친밀하게 그의 말을 받았다.

정말 그렇게 생각하십니까. 하지만 내가 정말로 힘들었던 건 그 여자는 혹시 조금도 힘들지 않은 건 아닐까, 그 여자에게는 그저 모든 것이 끝나버린 듯한 게 아닐까 하는 그런 마음이 드는 때였어요.

말을 마친 남자의 입술이 참았던 슬픔으로 인해 일그러지는 게 보였다.

글쎄요. 실연을 당한 친구가 찾아와서 그런 말을 한 적이 있었어요. 비가 내리는 날이었지요. 내가 위로의 말을 건네자 그 친구는 한참 내리는 비를 바라보더니 말했어요. 그래도 같은 하늘 아래서 살고 있어. 내가 보는 이 비를 그가 바라보고 있다는 생각을 하면 조금은 위로가 돼.

알겠냐는 듯 나는 그를 바라보았다. 그는 둥그런 눈망울을 멀뚱히 뜨고 알 수 없다는 듯한 얼굴로 나를 바라보고 있었다. 그날 내게 찾아와 실연을 하소연하던 친구처럼, 조금만 더, 조금만 더 상투적인 말로라도 나를 위로해주겠니? 하는 얼굴이었다. 하는 수 없이 내가 다시 입을 열었다.

페루로 떠났다면 그건 막막하잖아요. 막막한 거 말이에요. 내리는 이 비를 그가 보는지 어떤지 그 여자는 모를 테니까요. 여기서 비가 내리는 날 페루의 한 도시에선 건조한 모래바람이 불지도 모르고, 여기서 눈이 내리는 날 페루에선 사람들이 해수욕을 떠나고, 여기가 화창한 어느날 페루에서는 폭풍우에 시달린 새들이 떼죽음을 당하고 있을지도 모르니까요. 일본도 아니고 미국도 아니고 뭐 프랑스, 독일도 아니고 신문의 세계 주요도시의 일기예보에도 나오지 않는 페룬데……아시겠어요? 내가 먹는 우동을 그도 지금쯤 저기서 먹고 있겠지, 하는 생각도 못하고 내가 듣는 이 노래를 어디선가 그도 듣고 있겠지, 그런 생각도 못하고 우리가 자주 걷던 길을 걸으면서 한번쯤 내 생각을 할까, 내가 그런 것처럼, 하는 생각도 못하고…… 힘들었겠지요. 언제나 보내는 사람이 힘겨운 거니까요. 가는 사람은 몸만 가져가고 보내는 사람은 그가 빠져나간 곳에 있는 모든 사물에서 날마다 그의 머리칼 한올을 찾아내는 기분으로 살 테니까요. 그가 앉던 차 의자와 그가 옷을 걸던 빈 옷걸이와 그가 스쳐간 모든 사물들이, 제발 그만 해, 하고 외친다 해도 끈질기게 그 사람의 부재를 증언할 테니까요. 같은 풍경, 같은 장소 거기에 그만 빠져버리니 그 사람에 대한 기억만 텅 비어서 꽉차겠죠. 그 여자가 어떻게 힘들지 않을 수 있을까요.

그는 작게 고개를 끄덕였다. 하지만 별로 위로받지 못한 얼굴이었다. 문득 괜히 혼자 열을 냈나 하는 기분이 들었다.

담배 피우는 여자를 보면 그 여자 생각이 나요. 담배 피우는 여자는 이 세상에 그렇게도 많은데.

그의 고개가 내 담배연기 속으로 숙여졌다. 잠시 고개를 숙이고 바바리 자락을 만지작거리더니 그는 혼자 생각에 잠겼다.

그런 거예요, 산다는 게…… 담배를 보고 생각하고 남산을 보고 생각하고, 하지만 그건 담배 탓도 남산 탓도 아닌 걸요.

고개를 숙이고 있던 그가 무슨 소리냐는 듯, 눈을 깜박였다. 나는 피식, 하고 웃었다. 이 남자는 모를 것이다. 그의 작은 아파트가 남산 아래에 있었고 그의 집에 처음 갔을 때 커튼을 열자 불쑥 다가오던 남산의 탑. 밤이 되면 페르시아 왕자의 보석모자처럼 어둠속에서 황홀히 빛나던 그 탑. 그가 나의 잠옷으로 정해준 그의 낡은 면 티셔츠, 휴일이나 토요일 오후 나는 그의 커다란 티셔츠를 원피스처럼 입고 엎드려서 앙상한 다리를 함부로 덜렁거리며 그의 집에서 영화를 보고 또 커피를 마셨다. 그는 그 티셔츠를 페루로 가져갔을까. 그 티셔츠는 내게서 사라진 지 오래지만 여러번 빨아서 실크처럼 너덜거리는, 소매끝이 약간 바랜 그 면 티셔츠의 빛바랜 초록색은, 아이를 재우고 잠옷으로 갈아입을 때마다 내 팔이 먼저 기억해냈다. 그 빛바랜 티셔츠가 있던 그의 집은 아직도 남산 아래에 있지만, 그래서 지금은 다른 사람이 거기서 라면도 끓여먹고 살고 있겠지만, 그 사람들도 가끔 창을 열고 남산 탑을 바라보겠지만, 그래도 퇴근길에 그를 만나기 위해 찾아가던 그 비탈길과 택시에서 내린 우리가 서둘러 입맞추던 어두운 골목길과 우리가 자주 가던 홍합탕을 끓이는 집은 아직 거기 있다. 담배 피우는 여자를 어디서나 볼 수 있듯이 남산은 서울 어디서나 보인다. 심지어 고속도로를 타고 서울로 진입하기 전에도 언덕을 넘으면 한강 너머 멀리 남산 탑이 보인다. 서울 토박이였지만, 나는 남산 탑이 그렇게 서울 어디서도 잘 보이는 곳에 있는지 알지 못했다. 기억은 머리로 하는 것이지만 추억은 가슴으로 하는 것이어서 내 가슴의 탑은 날마다 불을 환히 밝혔다. 나는 남산 탑으로부터 버림받은 여자 같았다.

페루로 가서도 그 여자의 회사에 가끔 전화 걸곤 했었어요.

그는 대체 페루하고 남산이 무슨 상관이 있는지 모르겠다는 듯한 표정을 짓더니 제 생각에 취해 말을 이었다.

내 전화만 받으면 냉랭해져버리는 바람에 그 여자가 퇴근하고 회사에 아무도 남아 있지 않은 그런 시간에 전화를 걸었지요. 그 여자가 없는 그 여자의 공간에 전화 걸 때의 기분 이해할 수 있으세요?

쭈뼛쭈뼛하던 그가 말갛게 눈을 뜨고 나를 정면으로 바라보며 물었다. 갑자기 마주쳐버린 눈 때문에 나는 얼른 시선을 돌렸다. 빈 사무실에 울리는 전화벨 소리, 빈 사무실인 줄 알면서 전화 거는 마음…… 나는 빈 골목길을 바라보았다. 바닥에 떨어져내린 은행이파리 때문에 노란빛만 환했다.

　그 여자는 자기와 함께 슬퍼해줄 수 있는 따뜻한 마음을 가진 누군가가 있다는 걸 이제 믿지 않으려고 했어요. 어떤 때 그 여자는 모든 것을 끝장내려고 사는 것 같았어요. 그래도 나는 표를 두 장 준비하고 기다렸어요. 페루는 비자가 없어도 갈 수 있는 나라니까. 공항에 그 여잔 나오지 않았어요. 핸드폰은 죄송합니다, 지금은 연결이 되지 않습니다고 말하더군요. 그리고 오늘 그 여자 회사에 전화를 했는데 오늘 회사를 그만두었다고 하대요. 사실은 아까 그 주차장에 전화를 하기 위해 들어간 거였어요, 그 여자 회사가 그 근처거든요. 내가 페루로 떠난 후에 .여자는 이사를 했나봐요. 바뀐 전화번호도 알 길이 없고 해서……

　그가 떠난 후 회사로 그의 전화가 한번 걸려오기도 했다. 목소리가 너무나 가깝게 들려서 나는 그가 페루에 있다는 사실을 믿을 수가 없었다. 마지막 접선을 시도하는 비운의 첩자처럼 그는 적어,란 말로 통화를 시작하면서 자신의 거처를 알리는 암호 같은 긴 전화번호를 불렀다. 스타일화를 그리고 있던 나는 그의 전화번호가 허공에서 소리로 헛되이, 내가 그린 스커트의 날카로운 선을 따라 스러지는 것을 바라보았다. 결혼은 사랑의 완성이라고 누가 우리에게 가르쳐주었을까. 나는 그때, 이 세상에는 존재하지 않으나 다만 스타일화 속에서만 표준으로 존재하는 십등신 몸매를 가진 여자의 스커트자락 위에 그의 전화번호 대신 '완성'이라는 낱말을 무수히 쓰고 또 갈겨쓰고 있었다.

　회사 동료가 귀띔을 해주더군요. 어떤 여자가 같은 목소리로 가끔 전화를 걸어서 나를 찾는다고 말이지요. 그러고는 페루의 전화번호를 가르쳐주려고 하면 황급히 전화를 끊는다고. 나는 왠지 그게 그녀라는 생각이 들었어요. 어디 속이 불편하신가요? 아니면 제 이야기가 너무 부담스러우셨나요?

아닙니다. 괜찮아요.

괜찮지는 않았다. 나는 명치보다 조금 더 아래께에 통증을 느끼고 있었다. 나는 마취제로서의 알코올의 성분을 생각하며 칵테일을 마셨다. 낮에 마시는 술이기 때문인지 기분이 조금 가벼워지는 것 같았다. 나는 한모금 더 마셨다. 가벼워지고 싶었다. 가벼워지고 가벼워져서 날개가 돋도록. 마추픽추 신전의 모양을 모방해서 만들었을 칵테일의 초록과 자주의 층이 작은 유리잔 속에서 조금씩 무너져내려 이제 거의 형체를 알아볼 수가 없었다.

새들이 페루에 가서 죽는다지요?

몸이 가벼워지자 이 자리를 떠나야겠다는 조급한 마음도 사라지고 있었다. 내가 화제를 바꾸며 물었다. 그가 빙그레 웃으며 면도자국이 남아 있는 턱을 한번 쓸었다.

로맹 가리가 쓴 소설 말이군요. 어디서나 새들은 죽어요. 그리고 어린 새들이 또 태어나겠지요. 페루에 대해 궁금하신가요?

아니요. 전 페루에 대해 아는 게 없어요.

알고 싶지 않으신 거로군요, 죽을까봐.

그가 웃었다. 나는 웃지 않고 그저 담배를 물었다. 그가 은빛 라이터를 꺼내 담배에 불을 붙여주었다. 그의 유리잔 속의 마추픽추도 거의 형체를 알아볼 수 없이 허물어지고 있었다. 하지만 내가 마신 마추픽추는 위 속으로 들어가 다시금 진초록과 진자주로, 켜켜도 선명하게 다시 쌓이고 있는 듯했다. 까페엔 손님이 없었다. 낮은 소리의 음악도 끝나버렸지만 주인이 나타나지 않아서 까페는 무덤 속처럼 고요했다. 나는 시계를 들여다보았다. 카센터 주인이 말한 시간이 얼추 다 되어가고 있었다.

한때 저를 매혹시켰던 책의 첫구절은 이렇게 시작되지요. 이 세상에서 변하지 않는 단 하나의 진실은 모든 것은 변한다는 사실뿐이다. 그러고 보니 아까 하신 말씀이 생각납니다. 맞아요, 처음에 나는 그 진실이 없으면 죽을 것만 같았는데 이제 그것을 간직하면 여기서 내가 죽을 것만 같더군요. 그 책은 진리를 말하고 있었던 거예요. 모든 것은 변한다. 저는 그 구절만 빼놓고 그 책에 있는 모든 것들을 믿었지요. 그 책이 나에게 주었던 진실이 진실인 것만은 변하지 않을 거라고 어리석게도 생각했던 거예요. 세상에, 이 세상에 변하지 않고 언제나 거기 있어주는 것이 한가지쯤 있었으면 했지요. 그게 사랑이든 사람이든 진실이든, 혹은 나 자신이든…… 나는 기대어 서 있고 싶었나봐요. 존재란 건 원래 머무르고 싶어하니까요. 그래서 저는 페루로 갔습니다.

차가, 차가 다 고쳐졌을 것 같군요.

내가 그의 말을 막았다. 그가 잠시 실망스러운 표정을 지었다.

난데없는 제 말이 부담스러우신가보군요. 곧 가겠습니다. 저도 가야 하는 시간이니까요. 머물고 싶지만 그럴 수가 없으니까. 그래도 한마디만 괜찮다면……

그가 애타는 눈길로 나를 바라보았다. 이상한 사람이군, 나는 시계를 들여다보고 나서 이야기가 조금만이라도 더 길어지면 지체없이 일어나겠다는 표정을 지었다.

176

죄송합니다. 하지만 댁을 보는 순간 왠지 이 말을 꼭 드리고 싶었어요. 사랑은 완성되어져야 할 그런 것이 아니라고 말이지요. 혁명이 그렇고 삶이 그렇듯이. 하지만 우리는 끝을 보고 싶어했어요. 손으로 만질 수 있고 눈으로 볼 수 있는 그런 것이 아니면 모든 것은 처음부터 없었던 것과 같은 거라고. 그 중간이 존재하고 그 과정도 존재하며 사실은 삶이란 게 바로 그런 과정들일 뿐인데 말이지요. 삶조차 완성될 수는 없는 건데요. 나는 조급히 끝을 만지고 싶어하는 그 여자를 사랑한 만큼 증오했나봐요. 끝이 보이지 않던 내 희망을 사랑하고 증오했듯이. 아마 그래서 그 여자 없이도 페루로 갈 수 있었던 것 같아요.

　나는 자리에서 일어났다. 그는 잠시 침묵하더니 나를 존중한다는 듯 따라 일어나 돈을 지불했다. 그가 돈 내는 것을 보고 있기도 뭐해서 고개를 돌리는데 갑자기 남보랏빛 물체가 눈을 가로막았다. 벽 위에 형체가 무너져가는 한 사람이 서 있었다. 그러니까 남자인지 여자인지 알 수도 없는 한 존재, 지금 여기를 바라보는 건지 아니면 등을 돌려 떠나가는 참인지 알 수 없는 그런 존재. 존재는 땅 위에 발을 붙이지 못한 채로 서 있었다. 왜냐하면 남보랏빛과 검은빛이 섞인 땅은 소용돌이에 휩싸인 듯이 보였기 때문이었다. 왜였을까, 나는 문득 머릿속을 스치는 '죽음'이라는 단어를 생각했다. 하지만 그 그림 밑에 씌어진 제목은 이랬다. 존재는 눈물을 흘린다. 순간 아랫배가 출렁, 하는 느낌이 들었다. 켜켜이 줄을 지어선 마음의 서랍이, 아까 그를 만난 순간부터 위쪽에서부터 아래쪽까지 조금씩 열리기 시작하면서 내가 살아오는 동안 한번도 열리지 않던 그 맨 아랫서랍이 삐그덕, 삐그덕 열리고 거기 담겨 있던 나의 내장이, 내 존재를 육체이게 해주던 나의 내장들이 소금에 절여진 듯이 꿈틀꿈틀했다. 둔중한 쓰라림이 나의 등을 뻣뻣하게 스쳐 지나갔다.

여기서 헤어져야겠군요.

까페 앞 골목으로 나서자 그가 말했다. 나는 그가 밟고 선 노란 은행잎들을 바라보았다. 한때는 반짝였으나 이제는 먼지가 얇게 앉아 있는 그의 낡은 구두와 한때는 서슬 푸르게 꼿꼿했을 그의 낡은 바짓단…… 단정한 감색 바바리가 무릎까지 내려와 있었다. 그 위에 목을 얹은 그의 얼굴은 뜻밖에도 영원한 고요 속으로 침잠하려는 것처럼 아주 슬퍼 보였다. 그렇게 살지 말아요. 그렇게 살면, 힘들어요. 왜였을까, 나는 마치 가까운 후배에게라도 하듯 말하고 싶었다. 그가 다가와 바바리를 입은 내 허리를 가볍게 쓸어내렸다. 나는 남자를 알지 못하는 처녀처럼 당황하며 한 발짝 물러나 얼른 가벼운 목례를 보내고 돌아섰다. 그러자 손가락들이 말하기 시작했다. 아까부터, 마음의 맨 아랫서랍이 열리는 것을 느꼈을 때부터 아우성치는 내 손가락들의 유혹을 한번쯤 들어주고 싶다는 생각이 들었다. 내 차에 상처를 낸 그에게 관대했듯이 그렇게, 손가락에게도 관대해보자고. 나는 핸드폰을 꺼내들었다. 그리고 오래 전부터 나 때문에 힘겨웠던 내 입술에게도 한번쯤 기회를 주고 싶었다. 입술은 나의 허락을 믿지 못하겠다는 듯 작게 떨렸다.

그의 페루 전화번호를 알고 싶습니다.

어떻게 하지요. 저, 그분 실종되었어요. 일주일째 아무 연락이 없습니다. 잠시 여행을 갔다 오겠다고 가벼운 차림으로 나섰다는데, 아파트도 비어 있고 완벽하게 사라졌어요. 절대로 그러실 분이 아닌데. 거긴 폭풍이 굉장했대요. 폭풍이 지나고 산에서 바다에서 살아

178

난 사람들은 다들 빠져나왔는데 그분은 오시지 않았어요. 현지 경찰
과 대사관이 조사를 시작했지만 아직 찾지 못했습니다.

사내는 더듬거리며 말했다. 마치 그가 사라진 것이 자신의 잘못이
라도 된다는 듯 말했다. 전화를 끊지도 못하고 나는 문득 그가 사라
진 골목 저쪽을 바라보았다. 외줄기로 길게 뻗은 골목길엔 아무도
없었다. 나는 갑자기 다급한 마음이 들어 그가 간 쪽의 골목길을 따
라 걷다가 큰길로 뛰어나왔다. 그는 어디에도 없었다. 사라진 것이
다. 차들이 와왕거리며 지나가고 소풍을 마친 유치원 아이들이 삐약
삐약 떠들어대며 차에 타고 있었다. 사진촬영을 끝낸 신랑이, 긴 드
레스가 버거운 신부를 데리고 싱글거리며 내 앞을 스쳐 지나갔다.
지금은 희망으로 빛나는 이 길을 당신들도 언젠가 절망으로 기억할
날이 있을 것이다. 희망으로 빛나지 않는 길은 결코 절망에도 이르
지 못한다. 그것은 결코 길의 탓은 아니지만, 경계하라! 그 변덕스러
운 삶의 갈피를. 언젠가 음악이 멈추고 무도회가 끝난 것처럼, 귓속
으로 먹먹한 정적이 스며들어올지도 모른다. 그러니 다시금 경계하
라! 불행조차도 고여 있지 않는다는 진실을. 그를 처음 만난 곳도
우리 회사의 지하 주차장이었다. 그때 그는, 멀쩡하던 내 차의 옆구
리를 박으며 내 삶에 끼어들었다. 내 차에 흠집을 냈던 다른 모든 사
람처럼 그냥 도망쳐버려도 되는데, 그는 차 곁에서 우두커니 서 있
었다. 비상등을 켜두셨길래 금방 오실 줄 알았어요. 그때도 나는 생
각했다. 나한테는 고마운 일이지만, 이렇게 살다가는 이 사람 오래
버티지 못하겠군. 이년 전 가을의 일이었다. 그때도 나는 이 바바리
를 입고 있었다. 그때 이후 얼마 동안 지하 주차장의 어두운 등불들
별처럼 빛나고 내가 걸친 이 바바리의 섶들은 유월의 풀처럼 꼿꼿했

다. 하지만 지금 이 길가에는 너덜거리는 낡은 바바리를 입은 여자가 고막을 터뜨릴 듯 내리누르는 침묵을 견디고 서 있을 뿐이다. 그는 사라져버린 것이다. 그는 대체 어디로 갔을까. 아까 까페에서 나와 단정한 그의 감색 바바리 자락이 문득 나의 옷깃을 스쳤을 때, 내 허리에 얹힌 그의 손에 대한 기억이 뒤늦게, 그러나 정수리를 쪼개듯 선명하게 머리를 스치고 지나갔다. 내가 당황하며 한 발자국 물러선 것은 그의 친근한 표현이 두려워서가 아니라, 그 손길의 낯익음 때문이었다. 몸은 그의 손길을 기억하고 있었던 것일까. 그는 드디어 가벼워져서 여기까지 날아온 것일까. 나는 나도 모르게 아니야, 하고 말했다. 하지만 내가 그 말을 정말 입밖에 낸 것일까. 아니, 이 모든 일이 정말 실제로 일어나기나 한 것일까. 내 귀에는 아무 소리도 들리지 않고 그저 고막을 찢을 듯한 무거운 침묵뿐이었다. 그러자 바로 그때 푸딩처럼 엉긴 무거운 침묵을 바수어뜨리고 내 귓가에서 무수한 새들이 푸드덕푸드덕 날갯짓을 하며 날아오르는 소리가 들렸다. 무심히 열린 내 서랍 속에 오래 갇혀 있던 새들은 날아올라 대열을 정비하고 오래 전부터 꿈꾸어온 일이라는 듯 일제히 한 방향으로 날기 시작했다. 나는 그 새들이 망망한 대양을 건너서, 하늘에서만 볼 수 있는, 잃어버린 도시를 지나, 늙은 봉우리 마추픽추에 머리를 부딪쳐 죽는 환상을 이어서 언뜻 본 것 같기도 했다. 무수히 죽어 나자빠진 새떼의 육체들을.

죽기 전에 새들은 날개가 처음 돋았던 시절을 기억했을까. 처음 비상을 할 때, 하늘을 우러르는 빛으로 솟아오르던 그 푸른 눈동자들을. 그리고 시간이 지나간 후, 날개가 꺾여 파르르 떨리는 순간이 왔을 것이다. 하지만 그 순간들이 있는 한, 죽음 역시 삶의 과정으로 존재하게 되는 것,이라는 그의 말대로 나는 생각해도 되나. 태어난 새들은 어디서나 죽고 그러고 나면 다시 어린 새들이 태어나겠지. 흐린 이 가을날, 먼곳 들판 한켠에 엎드린 곤충들이 바싹바싹 말라 가며 죽어가고, 그 곁에 말갛게 씻은 참깨 같은 알들이 소복이 쌓여 있듯이. 먼 나라 페루에서 한 남자가 사라질 수도 있으리라. 표창을 받은 경력을 가지고도 해고당하고, 서른세살에 갑자기 구세대가 되어버리고, 천년을 맹세한 도시를 지어놓고 살던 만명의 사람들이 자취도 없이 사라져버리는 일이 일어날 수도 있듯이. 하지만 대체 어디로, 대체 어떻게, 차마, 사라질 수가 있을까마는.

　나는 그와 처음 본 연극의 제목을 생각해냈다. 「어떤 사람도 사라지지 않는다」라는 연극이었다. 그렇다면 그는 사라지기 위해서 내게 그 연극을 보자고 했던 것일까. 이렇게 사라져버리고는 겨우, 어떤 사람도 끝내 사라지지 않는다,는 그 말을 훗날의 내게 남기고 싶어서? 이제는 그리워하지 않을 테니 제발 있어달라고, 지구 한 모퉁이, 세계 주요도시 일기예보에도 나오지 않는 페루든 어디든 제발이지 그저 살아 있어달라고, 나는 이제 다시는 기도도 할 수 없는 것일까? 나는 흐린 가을의 오후 속에 혼자 서 있었다. 아직도 핸드폰을 들고 선 나의 손은 축축했다. 나는 핸드폰을 백 속에 넣고 바바리 자락에 젖은 손을 문질렀다. 새떼들이 죽어 나자빠지고 은행나무의 기억 속에서 공룡이 걸어온다고 해도 어쨌든 나는 이제 다시는 페루로 가고 싶지 않을 것이다. 마음속에서 날마다 페루를 향해 은밀한 비상을 꿈꾸던 새들은 모두 떠나버렸으니까. 그렇지만, 그래도, 다시 어린 새들이 태어나면 어떻게 하나. 서랍 안에 갇혀서 먼곳만을 보도록 운명지어진 눈을 말갛게 뜬 채로.

어서 집으로 돌아가야겠다는 생각이 들었다. 흔들의자를 베란다에 내다놓고 아이를 무릎에 앉힌 채, 천천히 아이의 머리를 땋아주며 나는 생각을 좀 해보고 싶었다. 이 세상에서 변하지 않는 단 한가지의 진실은 모든 것은 변한다는 것이다,라고 내가 희망을 걸었던 책의 첫구절에 써 있었지요. 나는 그 구절만 빼고 그 책에 씌어진 모든 것들을 다 믿었어요. 그 책이 내게 가르쳐준 그 진실만은 변하지 않을 거라고 믿었지요. 세상에, 이 세상에 단 한가지쯤은 변하지 않고 언제나 거기 있어주는 것이 있었으면 했어요. 그게 사랑이든 사람이든 진실이든 혹은 나 자신이든…… 나는 기대어 서 있고 싶었고 존재는 머무르고 싶어하니까요. 그러자 늙은 봉우리, 마추픽추한 언덕빼기, 이제 영원히 그곳에 머물게 될 새들의 주검 속에서 마지막까지 버티며 날개를 퍼덕이던 새 한마리가 움직임을 멈추었고, 생을 맹세하고 망망한 대양 위를 날아가 잃어버린 도시를 찾아낸 그의 푸른 눈빛이 멍해지면서 눈물이 한방울 떨어져내렸다. 이미 늦은 거야, 하는 생각 때문에 한 발짝도 움직일 수 없는 기분이었지만, 미안해, 정말, 미,안,해. 나는 적어도 시간만은 우리 앞에 오래 지속될 거라고 믿었어…… 천천히, 떨리는 손을 내밀어, 나는 그의 눈물을 닦아주었다.

노란 은행잎이 천천히 떨어져내리는 길이 이어져 있었다. 이제 막 어둠 내리는 적막한 긴 길, 그러니 언젠가 다음 세상 혹시 열리거든 다시 한번 환한 연두색 이파리 돋을 무수한 계절이 반복되는 무덤 속처럼 컴컴한 긴 길이었다.

〔창작과비평 1997년 봄호〕

182

조용한 나날

빨간 불로 바뀌어 차가 멈추어 있는 짧은 시간에도
휴대폰으로 사랑한다고 말할 수 있을 것이다. 왜냐하면
모든 사랑은 사실 허망하므로 이 순간만이 전부라는 걸
나는 이제 알고 있는 까닭이다. 그러므로 예전의 나는
사랑을 믿지 않았지만 이제 나는 사랑하는 나 자신을 믿지 않는다.

조용한 나날

전화가 걸려온 것은 이른 아침이었다. 내가 전화를 받았다. 전화를 건 사람은 나의 오랜 친구였다. 나는 전화를 끊고 담배를 피워물었다.

내 곁에 누워 있던 남편이 어렴풋 잠에서 깨어 나를 안는다. 막막한 그의 가슴에서 그의 냄새가 난다. 아침 햇살이 우리의 창문을 비추고 물방울 무늬 커튼이 살랑거리는 좋은 아침, 그는 나를 사랑한다고 말한다. 나도 사랑한다고 말한다. 우리는 가볍게 키스를 하고 나는 자리에서 일어나 맛보다는 향기가 진한 커피를 끓인다. 헤이즐넛과 블루마운틴 콩을 반씩 넣어 드르륵 소리를 내며 가는 것이다. 나를 따라 일어난 남편이 아침에 어울리는 음악을 틀면, 피아노 소리는 나의 거실 구석까지 물방울처럼 퍼져나간다. 그가 나를 위해

준비한 음악은 미켈란젤리가 연주하는 쇼팽의 마주르카이다. 미켈란젤리의 손가락이 커피포트를 두드리듯, 나른한 잠에 빠져 있는 나의 뇌세포에 풀내음을 뿌려주는, 쾌적하고 향기로운 그런 아침이다.

우리는 출근하며 다시 포옹한다. 어떤 때, 나는 어린아이처럼, 그와 잠깐이라도 헤어지는 것이 아쉬워 눈물까지 글썽인다. 그는 내 뺨을 어루만지고 우리는 가끔 십분도 넘게 그러고 서 있다. 그는 그의 차를 타고 나는 나의 차를 타고 각자의 일터로 간다. 그는 남으로 나는 북으로. 나는 운전하는 내내 그가 보여준 사랑의 눈빛을 앞유리창에 달고 간다. 다시 휴대폰이 울린다. 만일 저 전화를 건 손가락이 신이라면 나는 가벼운 마음으로 요즘 고맙다,고 말해줄 수도 있으리라. 전화의 주인공은 아침에 나의 잠을 깨운 그 친구였다. 나는 알았다고 대답하고 오늘 해야 할 일을 생각한다. 오늘은 세 명의 아이가 떠날 것이다.

다시 전화벨이 울린다. 나는 우회전을 하느라 바쁜 손으로 겨우 전화기를 든다. 남편이었다. 주유소에 들른 길이라고, 햇살이 맑은 좋은 봄날이라고, 그리고 사랑한다고 한다. 나도 사랑한다고 말하고 전화를 끊는다. 하지만 그 순간 내 가슴은 서늘해진다. 이 사랑, 이 가슴이 저밀 것 같던 사랑도 그것이 그의 것이든 나의 것이든, 허망함에 뿌리를 두고 있다고 생각한 것이다. 그러면 나는 내 사랑에 대해 자유로워진다. 유리창에 어리던 그의 눈빛이 지워지고 아주 다는 아니지만 적어도 얼마간은 나는 홀가분해진다. 그러면 신기하게도 나는 그를 더 사랑할 수 있다. 주유소에 도착한 후가 아니라 신호등이 빨간 불로 바뀌어 차가 멈추어 있는 짧은 시간에도 휴대폰으로 전화를 걸어 사랑한다고 말할 수 있을 것이다. 얼마든지 말할 수 있다. 낯가림과 수줍음 그리고 얼마간의 계산을 통해 절대로 하지 않으려 했던, 투명한 표현을 할 수 있는 것이다. 왜냐하면 모든 사랑은 사실 허망하므로 이 순간만이 전부라는 걸 나는 이제 알고 있는 까닭이다. 그러므로 예전의 나는 사랑을 믿지 않았지만 이제 나는 사랑하는 나 자신을 믿지 않는다.

몇년 전, 처음으로 함께 맥주를 마시며 그는 내게 물었다. 사랑해도 되는 거지요, 제가 이렇게 마음을 다 줘도 되는 거지요. 그는 수줍었고, 조금 떨고 있는 듯 보였다. 나는 그 순간의 내 마음을 기억한다. 싸늘히 식어내리던 마음, 그가 왜 그런 말을 하는지, 어떤 상처 때문에 그러는지 알고 있었지만, 아니, 아는 정도가 아니라 깊숙하게 느끼고 이해하고 있었지만, 나는 대답했다. 그건 제가 대답할 성질의 질문이 아니군요. 내가 당신을 사랑하든 그렇지 않든 당신의 사랑은 당신의 것이어야만 해요. 당신만이 그 사랑을 시작할 수 있고, 지킬 수 있고, 그리고 부수어버릴 수 있어요, 내가 아니라.

그는 서운한 표정을 지었다. 나는 서운한 그에게 더욱더 냉정한 표정을 지어 보였다. 그러고 나서 나는 나 자신에게 다짐했다. 나 역시 그러리라고. 그가 나를 사랑하든 그렇지 않든, 나 자신의 사랑을 온전히 나 자신의 것으로 가지겠노라고. 그를 위해서가 아니라 나를 위해서 사랑하겠다고. 그러니 나를 위해서라면 사랑 따위도 버리겠노라고.

어떤 때 나란히 누워서 나는 그의 얼굴을 물끄러미 바라본다. 8할은 상처로 이루어졌을 그의 몸뚱이를 손가락 끝으로 가만히 만져본다. 상처 때문에 오만해진 그의 자존심과, 상처 때문에 주름진 그의 눈가를. 내가 사랑해줄 거야, 당신 얼굴이 환해질 때까지 내가 사랑해줄 거야, 생각하다가 나는 소스라친다. 나는 더이상 내가 누군가를 변화시킬 수 있다는 따위의 생각 같은 건, 더구나 사랑이라는 걸로 누군가를 감동시킬 수 있으리라는 생각 같은 건 안하기로 하지 않았나, 하고. 나는 그러지 않으리라 생각한다. 이 순간이 지나고 일분 후 혹은 삼십초 후, 서로를 애틋하게 어루만지던 그 손가락으로 우리는 서로를 가장 치명적으로 상처입힐 수 있는 것이다. 확률은 반반이다. 그 확률은 어떤 이성적 예지도 필요로 하지 않는다. 이유는 오직 하나, 사랑하고 있으니까 상처입히는 것이다. 사랑한다는 것은 상대방에 대해 알게 되는 것이므로, 무엇이 그에게 가장 상처입힐 수 있는지 알게 되는 것이고, 그래서 그런 순간에 언제나 더 사랑한 사람이, 더 많이 드러낸 사람이 더 상처입는다. 나는 다시는 그런 끔찍함 속으로 나 자신을 빠져들게 하고 싶지 않았다. 그런 일이 닥친다면 나는 다시는 회복할 수 없을 것이다. 몇번 그런 순간들을 지나왔기 때문에 더더욱, 나는 이제 할 수 없는 것이다. 그래서 잠자리에 누웠을 때 내 가슴 언저리를 쓰다듬는 그의 손가락을 나는 냉정히 떼어낸다. 하지만 내가 냉정하기만 한 것은 아니다. 생(生)에 지불해야 할 수업료를 톡톡히 치르고 나는 이제 어느정도 자신의 감정을 조절할 줄 알게 되었다. 더 많이 사랑하지 않는다고 해서 사랑하지 않는 것은 아니라는 것을 알게 된 것이다.

대체 누가 나에게 그렇게 상처입혔을까,라고 가끔 나의 친구는 묻는다. 대체 누가. 처음에는 엄마가 그리고 아버지가, 그리고 언니와 오빠. 아기였을 무렵에 나는 이 세상에 내던져진 3.4킬로그램의, 이 세상의 어떤 성분보다도 보드라운 연한 살덩이였을 뿐이니, 어떻게 상처입지 않을 수 있었을까. 많이 삶고 많이 빨아서 부드르르해진 기저귀까지도 내 연한 엉덩이를 짓무르게 했을 텐데. 그러나 그 이후에는 상처가 상처를 입혔다. 나 자신이 나에게 상처입힌 것이다. 누구도 나에게 상처입히지 않았다. 다만 내가 나를 못살게 굴고 내가 나를 찌르고 할퀴었을 뿐. 행복도 불행도 그래, 모두 나의 것이었다. 하지만 이 말은 그 이전에, 마치 태초에 말씀이 있었듯이 원인자들이 존재했다는 것을 의미하는 한에서 그렇다. 나는 지금 그 원인자들에 대해서가 아니라 나 자신에 대해 말하고 있으므로 내가 스스로에게 상처입혔다는 말은 그에 한해서만 유효하다. 나는 천주교 신자였고, 한때 미사시간 가슴을 치며 내 탓이오,라고 말하며 가슴이 메어온 적도 있었지만, 적어도 모두가 내 탓이라고 생각하지는 않는다. 왜냐하면 내 탓이라고 말해야 할 그들은 절대로 내 탓이라고 말하지 않기 때문이다. 물론 그렇다고 해서 거기에 내 탓이 없는 것은 아니다.

이제는 오래된 어떤 풍경이 있다. 바닷가 여관, 나는 남자와 단둘이 방바닥에 동그마니 놓인 캔맥주를 마시며 앉아 있다. 나는 남자와 손 한번 잡아보지 않은, 거짓말 같은 스물여섯이었다. 그때 그 여관방, 아마 방바닥에는 캔맥주가 있고, 봉지째로 놓인 새우깡도 있었을 것이다. 가난한 시골 출신으로 어렵게 대학을 졸업한 남자는 벽에 등을 기댄 채로 물끄러미 나를 바라보고 나는 새우깡을 집어 오도독오도독 씹고 있다. 아니, 내가 왜 지금 이런 이야기를 꺼내는 것일까. 그때 나와 마주앉아 있던 그에 대해 지금은 많은 것을 잊었다. 그래서 가끔 그때의 그에게 전화가 걸려오면 어떻게 지내시냐고 제법 상냥스럽게 묻기도 한다. 설사 그가 오늘 죽었다는 소식을 듣는다 해도 조금의 동요나 표정의 변화는 없을 것이다. 그런데 나는 지금 하필이면 그 이야기를 꺼내는 것이다.

내게 처음으로 사랑과 증오를 가르쳐준 건 그때의 그였다. 사랑이 증오로 변할 때 사랑이 미움보다 강하다는 건 새빨간 거짓말이라는 걸 깨닫게 해준 것도 그때의 그였다. 그 여관방에서 그때의 그가 내게 물었다. 사랑하느냐고, 한달을 만나고 삼년을 옥바라지했던 당신을 떠난 처음의 그보다 더 나를 사랑하고 있느냐고. 그리고 그 순간 이후, 나는 그날 밤 창밖에서 울부짖던 그 바다처럼 이제까지 고요할 수 없었다. 벌써 십년도 더 지난 일인데. 그런데 말이다, 그날 이후로 내 인생의 폭풍우는 십년 동안 멎지 않았다. 그랬던 것 같다는 생각이 든다.

어쩌면 그 모든 것이 운명이었을까. 만일 그렇다면 이 모든 생이 너무 쉬운 일이었는지도 모른다. 하지만 그 모든 것이 전적으로 운명이었다고 한들, 간단한 일은 아니었다. 이 모든 것을 알고, 다시 한번 그 시절을 산대도 그렇다. 스물세살 때 데이트라는 걸 처음 시작해본 이후, 나는 두 남자를 사랑했더랬는데 그 둘은 모두 자신을 떠난 한 여자를 가지고 있었다. 처음의 그도 그랬고 그때의 그 역시 그랬다. 그후로 나는 가끔 지난번에 만나던 남자와 지금 만나는 남자를 비교하기도 했지만 그때의 나는 매번 그때의 그가 처음이었다. 나는 그때의 그와 첫키스를 했고 그때의 그와 첫포옹을 해보았다. 그런 그를 따라서 바닷가로 여행을 가는 일은 스물여섯 해 내내 순결교육을 받아온 내게는 인생의 한 노트에 기록해도 될 만큼 의미가 있었다. 나는 그때 아주 순진했고, 별탈 없는 부모 밑에서 별탈 없이 자랐으므로 이 세상에 대해 무지했고 그래서 양순했다. 그때의 그는 물었다. 나를 사랑하느냐고. 나는 발그스레한 얼굴로 그렇다고 대답했다. 어떻게든 그때의 그에게 잘 보이고 싶어서 아마도 연하게 미소를 지었을 것이다. 마음을 순하게 표현해버린 게 부끄러워서 새우깡을 오도독오도독 씹고 있었는지도 모른다.

가끔 말은, 말 자체의 덫에 걸린다. 대개는 개념어보다 감정어가, 명사보다는 형용사가 그렇다. 형용사나 감정어에는 각기 다른 개인의 역사가 담겨 있기 때문이다. 그것들은 이런저런 기억에 의해 대개는 왜곡되고 과장된다. 서로 미묘하게 차이나는 나름의 내용을 간직하게 되는 것이다. 남자들은 여자가 예쁘게 보이는 날 멋있다고 말하고 여자들은 남자가 좋아 보이는 날, 예쁘다고 표현한다. 각기 제 생각들을 하는 것이다. 그래서 그 말뜻은 본래의 의도로 투명하게 전달되지 않는다. 속세의 삶에서는, 산이 산이고 물이 그저 물일 수 없는 것이다.

그날 그가 물었다. 한달을 만나고 삼년을 옥바라지한 그보다 지금의 자신을 더 사랑하느냐고. 나는 소설이나 영화를 보면서 내가 꿈

190

꾸어온 사랑이 바야흐로 시작되는구나, 환상에 빠져 부끄러운 줄도 모르고 순진하게 고개를 끄덕였다. 그러자 그때의 그는 난데없이, 그렇다, 나에게는 정말 난데없이, 자신을 떠난 여자 이야기를 했다. 그 여자가 얼마나 사랑스러웠는지, 그 여자랑 처음 자던 날 얼마나 자신의 가슴이 떨렸는지. 이제 와 생각해보면 그도 겁없이 순진했고 제 스스로 말의 덫에 빠져 있었다. 그리고 그는 덧붙였다. 미안하군 요. 나는 그 여자보다 당신을 더 사랑할 수는 없어요. 나는 그 여자와 나누었던 그 느낌을 죽을 때까지 잊을 수 없어요. 그걸 각오해도 좋다면 나와 사귀어도 좋아요. 그 스스로 말의 덫에 걸렸고 그를 붙들고 있던 내 삶도 따라서 그 덫에 갇혀버렸다. 이제 몸부림칠 긴 시간이 남았다.

나는 그 겨울 바다 위에 떠 있던 보름달을 기억한다. 청록색 바다는 벼랑 같은 날을 세우며 참담하게 일렁거렸다. 그로부터 일년 후, 나는 그때의 그와 결혼한다. 내가 그때의 그를 사랑했을까. 아마 그랬을지도 모르겠다. 후에 그때의 그와 이혼했을 때, 누군가는 말했다. 사랑이 아니었던 거지. 그럴 수도 있다고 나는 생각한다. 마음속에 층층이 들어 있는, 나 자신조차도 도무지 모르겠는 켜들을 들추어보면, 아마 이런 켜도 있을지도 모른다. 용서할 수 없었기에 결혼한 것이라는 켜. 하지만 만일 그 말이 일말의 진실을 가진다면, 그때의 그가 내게 입혔다고 생각한 그 상처에 대해 나는 엄중한 생을 걸고 앙갚음을 한 셈이다. 그때의 그와 헤어질 때, 죽음을 생각했던 것은 아마도 나 자신의 무모함에 대한 어처구니없음에서였다. 삶을 우습게 여긴 죄, 죽어 마땅했던 것이다.

하지만 그때의 그는 왜 내게 그런 이야기를 했을까. 여행까지 가
놓고는, 내가 그토록 좋아하는 바다에 날 데려가서, 맛있게 저녁도
먹고 밤바다로부터 10센티미터쯤 떨어진 백사장에서 애틋하게 산책
하고 돌아온 그 허름한 여관방에서, 마음속으로만 혼자 그렇다고 생
각해도 될 이야기를, 그를 따라 순순히 이곳까지 온 것이 그때의 내
게는 얼마나 큰 결심이었는가를 잘 알면서, 한달을 만나고 삼년을
옥바라지한 첫남자에게서 사실은 다른 여자를 사랑하게 되었다는
고백을 들은 기억을 가지고 있던 스물여섯의 내게, 오로지 그만을
마음에 두고 다른 아무것도 바라지 않던 내게, 그때의 그는 하필이
면 왜 꼭 그렇게 이야기해야 했을까.

그후로도 오랫동안 나는 처형당했다. 해가 질 때마다, 피가 나를
부르는 것 같았고 나의 손이 내 모가지를 시퍼런 날로 내리쳤다. 그
이후로 몇명의 남자들을 만났고, 누구도 내게, 지난번 여자보다 당
신을 더 사랑할 수는 없어요,라고 말하지 않았지만 나는 나에게 가
하는 처형을 멈추지 않았다. 나는 나 자신을 처형시키고 있었는데
언제나 나를 사랑한 남자들이 긴 모가지를 늘어뜨리며 피를 흘렸다.
그래도 나는 더이상 가슴 아프지 않았다. 그날 이후, 때로는 온몸에
시퍼런 멍이 들도록 매를 맞기도 했고, 거친 욕설을 듣고 모멸감에
밤을 새우기도 했으며 그때의 그가 벌인 사업이 망해서 빚더미에 올
라앉기도 했고, 그 채무자들이 나를 죽인다고 협박하기도 했지만 가
슴은 아프지 않았던 것과 같이.

없었던 일로 한다. 그리고 그 사실 자체를 잊어버린다. 그리하여 그가 나에게 가한 모든 상처는 없는 일이다. 중학교 일학년 때였던 가, 영세를 받기 위해 저녁을 먹은 다음 성경책을 끼고 교리반에 다니는 모범생이었던 그때, 용서라는 말에 대해 머리 희끗한 마르가리타 수녀님은 설명해주었다. 용서, 그건 내게는 아주 쉬운 일이었다. 나는 잘 토라지지도 않고 한가지 문제에 골몰해서 오래 어떤 사람을 괴롭히지도 않았다. 뭐? 그거? 으응, 난 다 잊어버렸어. 우리 이제 더 친하게 지내자. 나의 여자친구들, 나의 남자친구들은 그런 나를 보고 참 마음이 넓다고 말했다. 쟨 실컷 혼내도 제 방에 들어가서 좀 울다가 나오면 그뿐이야, 형제 중에 제일 뒤끝이 없다니까. 어머니는 나를 두고 다른 이에게 칭찬을 했다. 하지만 언제부터인가 나는 아무것도 잊지 않기 시작했다. 아마도 그날 이후였던가, 아마 그럴지도 모르겠다. 아니, 사실은 나는 처음부터 아무것도 잊지 않고 있었다. 나는 기억력이 뚜렷하게 좋은 편에 속했다. 후에 정신분석을 받을 때 나는 의사 앞에서, 한살 미만, 부모님이 날 가운데 재우고 승강이할 적에 내 턱가를 아른거렸던 풀 먹인 이불의 느낌과 두살 무렵의 상처, 그 정황, 이불의 색깔과 무늬, 그날의 날씨, 바람의 강도까지 기억해냈다. 실제로 나는 중학교 때 같은 반이었던 친구들의 이름을 일번서부터 칠십오번까지 그들의 인상착의와 가정환경까지 덧붙여 외울 수도 있다.

지겨운, 기억의 능력. 문제는 기억의 대부분이, 기억하지 않으면 더 좋을 일로 이루어져 있다는 것이다.

천안 인터체인지. 나는 아직도 그곳을 아무 생각 없이 지나가지 못한다. 대천 바닷가에서 그렇게 썰렁하게 밤을 새우고 우리는 서울로 돌아왔다. 나는 운전을 하면서 울고 있었다. 오른쪽으로 커브를 돌면 이제 인터체인지, 나는 길가에 차를 세우고, 비상등을 켜는 것도 잊은 채 두 손으로 얼굴을 가리고 울었다. 구색을 맞추느라 비까지 내리고 있었다. 그때의 그는 이제 나에 대해서 버럭버럭 짜증이 나는 눈치였다. 나는 그렇게 삼십분쯤 울고 그때의 그는 나를 버려두고 차에서 내려버렸다. 우산도 없이 그는 어떻게 서울로 돌아왔을까. 남자와 떠난 내 첫여행은 그렇게 끝이 났다. 그리고 일년쯤 후, 나는 그와 결혼한다. 그는 여전히 친절하지 않았다. 내가 그때의 그를 사랑했을까. 아마 그랬는지도 모르겠다. 그후로도 오랫동안 나는 자주 울었고, 그후로도 오랫동안 그는 나를 버려두고 혼자 사라져버렸다. 내가 할 수 있는 일이라곤 거칠게 닫히는 문 소리를 들으며 우는 일뿐이었다. 혼자서. 우리는 삼년 동안 내내 그날에서 한 발자국도 벗어나지 않았다. 하지만 지금 와서 생각해보면, 나는 스물여섯이었고, 날마다는 아니더라도, 한번쯤, 한번쯤은 그 마음이 온전히 내게로 왔으면 하는 바람을 가졌더랬다. 그렇게 서걱거리고, 그렇게 멀고, 그렇게 가없는 것 같은 집착. 우리의 결혼이 끝나던 마지막 순간, 그는 그때까지는 날 사랑한 것 같았지만, 그날 이후로는 나의 태도 때문에 더이상 날 사랑할 수 없었다고 고백했다. 그러면 결혼까지 갔던 것은 내가 가진 돈 때문이었느냐고 나는 물었다. 그는 대답하지 않았다. 나는 이해했다.

만일 그 일이 지금 일어난다면, 만일 그 말을 지금 듣는다면, 나는 택하리라. 그와 헤어지거나, 절대로 울지 않고, 사람의 마음이라는 게 원래 마음대로 되는 일이 아니라는 걸 인정하고, 아니면 누구도 누구를 온전히 사랑할 수 없다는 것을 알고, 다는 아니더라도, 그래, 다 잊지는 못하더라도, 얼마쯤은 잊고 덮어두고 살며 가끔씩 상냥하기도 할 것이다. 그도 나도 운이 나빴다. 우리는 너무 일찍, 겁없이 순진한 순간에 만나서 해서는 안될 소꿉장난을 해버린 것이다. 몸만 커버린 반푼이 어른인 채로, 그래서 우리들은 커다란 장롱과 커다란 그릇, 커다란 집, 그리고 돌아오지 않을 소중한 생의 어떤 시기를 박살내버린 것이다. 그리고 몇년이 지난 후, 나는 우연히 뮈쎄의 시를 읽는다. 이 세상에서 내게 남겨진 유일한 진실은 내가 가끔 울었다는 사실뿐이다. 이 사람, 뮈쎄는 알고 있었던 것이다. 대부분의 사람들은 가끔 운다는 것을, 그리고 그것을 삶이라고 부른다는 것을.

나는 지금 서른여섯이다. 돌아보면 행복했던 시간보다는 안 그랬던 시간을 더 많이 가지고 있다. 그러나 뭐 그것 역시 모두 지난날일 뿐, 고통의 기억은 더 오래 느껴지는 법이니까. 나는 적어도 굶지 않고, 등록금이 밀리지도 않고 학교를 마쳤으며 지금의 나는 집과 자동차와 그리고 직업까지 가지고 있다. 나는 바쁜 일과를 시작한다. 두 명의 아이를 공항에 보내는 일은 김실장이 알아서 할 일이고 나는 한 부모를 만난다. 그들은 이미 두 사내아이의 부모였고 이번에는 예쁜 여자아이를 원한다. 남자는 지방대학의 교수였고 여자는 서울에서 유치원을 경영하고 있었다. 둘 다 사십대 초반이었다. 심사는 끝난 뒤였다. 그들은 양부모로서 손색이 없었고, 내가 들어섰을 때 그들은 내게 공손했고, 얼굴에는 기쁨이 가득해 보였다. 이런 어려운 시기에 남의 아이를 데려다 키우겠다는 결정을 하시다니 훌륭하다,고 나는 말한다. 그들은 이 모든 것이 하느님의 은총이라고 한다. 나는 그렇죠, 하느님의 은총이죠,라고 대꾸한다.

아버지는 내가 어렸을 때인 60년대와 70년대, 고아들을 해외로 수출하면서 많은 외화를 벌어들였다. 대통령에게서 표창도 받았고, 이 시설을 설립한 아버지의 재산도 늘어났다. 그때 수출한 아이들이 '수잔 브링크'가 되어 돌아와 TV에서 눈물을 쏟아도 한번 아버지의 수중에 들어온 재산은 조금도 쏟아지지 않고 늘어만 갔다. 그런 아버지의 방계사업인 이 일을 물려받은 지 오년이 지났지만 나는 한번도 이 시설에 수용된 아이들과 눈을 마주치지 않았다. 업무상 아이들이 있는 방에 갈 때도 그랬다. 이번에도 예전처럼 나는 이과장을 불러 그들이 아이를 양도해가는 서류에 싸인을 했고 그들에게 돈을 받았다. 아이도 데려가고 돈도 주면서 그들은 나가기 전에 내게 감사하다,고 말한다. 나는 미스 정을 불러 커피를 주문하고 담배를 피워문다. 물면서 그들이 내놓고 간 수표를 물끄러미 바라본다. 외국으로 보내진 두 아이들의 몫까지 계산한다면 오늘 수입은 미화 6천불에 한화 2백만원. 이 불경기에 나쁜 행진은 아니다.

문득 나는 생각한다. 저 부부는 사랑이 더해져서 아이를 입양하는 것일까, 아니면 둘 사이의 위기를 극복하기 위해 아이를 필요로 하는 것일까. 나는 후자 쪽에 패를 던져보다가 부질없다고 생각한다. 오늘은 조용히 쉬고 싶다고 커피를 날라온 정양에게 나는 말한다. 정양은 여고를 졸업한 후 십년이나 여기서 근무한 베떼랑이다. 내가 처음 이 일을 맡았을 때부터 얼마 전까지, 나는 당신들의 모든 비리를 알고 있어, 하는 표정으로 늘 나에게 불친절했지만 이제는 고분 고분하다. 이게 다 IMF 덕이다. 일자리를 구하는 여자들은 얼마든지 널려 있는 것이다. 이제 나는 그녀에게 네가 비리를 알고 있다 한들 언제든 넌 해고될 수 있어, 하는 표정을 짓고 있을 것이다. 정양은 고분고분 내 방의 팻말을 '부재' 쪽으로 돌려놓고 나간다. 나는 이 제 이 방에 '부재'한다.

스물세살의 여자가 있었다. 부르즈와인 부모가 싫어서 집을 나온 여자는 교도소 근처의 작은 셋방에 살고 있었다. 그해 대학을 졸업 했지만 여자는 새벽이면 일어나 신문배달을 했다. 여자는 저 담장 너머 회색 벽에 갇혀 있는 어떤 선배를 사랑한다고 했다. 그가 그녀 에게 보낸 편지는 담장 밖의 세상에 대한 그리움으로 가득 차 있었 다. 다른 이에게 보내는 편지에는 사상이 가득 차 있었겠지만 그녀 에게 보내는 편지는 그랬다. 아침에 담장 밖 구멍가게의 문이 열리 는 소리, 자전거 소리, 아낙들이 싸우는 소리, 가끔은 소리로만 푸드 덕거리던 비둘기들이 하늘 높이 날아오르기도 했는데 그는 그때 청 각과 시각이 손뼉을 치는 듯한 환희를 느낀다고 썼다. 그러자 그녀 에게는 그 동네 구멍가게의 문이 열리는 소리나 자전거가 삐그덕거 리는 소리, 아낙들이 싸우는 소리가, 그를 사랑하는 자기 대신 애를 쓰며 치르는 위문공연처럼 느껴졌다. 무엇보다 그녀는 비둘기가 고 마웠고 그 비둘기들을 사랑했다. 그녀는 자주 비둘기떼와 섞여 담장 위로 날아오르는 꿈을 꾸었다. 그런데 꿈속에서 분명, 그는 손바닥 만한 창가에 서 있었지만 한번도 그녀를 보고 있지 않았다.
그리고 삼년 후, 칠년형을 언도받은 그가 교도소 밖으로 나왔다.

그는 아주 바빴다. 여자는 여전히 신문배달을 하고 꼬마들을 가르쳐서 그에게 용돈을 쥐어주었다. 어느날 그가 사실은 다른 여자를 사랑하게 되었다고 말했다. 그 여자는 울기만 했다. 너는 모든 것을 가지고 있지만 그 여자에게는 나쁜이야,라고 괴로움 때문에 해쓱해진 얼굴로 그는 말했다. 그녀는, 사랑을 위해서라면 버릴 수 있다고 생각한 것들을 가졌기 때문에 사랑으로부터 버림받았다.

생각해보면 그가 옥바라지를 해달라고 부탁을 한 것도 아니었고 결혼을 약속하고 그녀의 몸을 탐한 것도 아니었다. 좋은 감정으로 한달을 만났지만 80년대의 시국이 그를 가두어버렸고, 감옥에서 나왔을 때, 다만 그와 만나는 장면에서 성장의 스톱화면이 걸려버린 그녀보다는 그가 더 커 있었던 것이다. 그 여자는 가끔 그의 이름을 신문에서 보았다. 그는 아직도 생각을 바꾸지 않고 노동자들을 위해 일하고 있다. 그의 일을 잘 이해하는 부인의 얼굴도 가끔 그의 곁에서 있었다. 그의 판단은 옳았다. 그는 감옥에서 감정의 출구를 찾았던 것이고, 그녀는 그를 위하는 것이 나라를 위하는 길이라고 자신의 사랑이 혹여라도 한가한 사랑놀음이 될까봐 자신의 사랑에 시대적 가치까지 부여하려고 억지를 부린 것이었다. 그가 그때 그녀를 배신하지 않았다면 그후 그녀가 그를 배신했을 것이다. 그녀는 평생을 그렇게 남을 위해서 가난을 견디며 살 수 있는 타입의 여자는 아니었고, 그의 말대로 뼛속까지 부르즈와였다. 그녀는 지난번 홍콩으로 여행을 가서 비둘기 고기를 먹었다. 먹으면서 그녀는 혼자 교도소 문을 들락거리던 기억밖에는 남지 않은, 그렇게 불러도 좋다면, 그녀의 첫사랑의 잔해를 천천히 씹었다.

노크 소리가 들린다. 정양이 들어와 동창이라는 분이 끈질기게 만나자고 한다고 말한다. '부재'하던 나는 다시 옷매무새를 가다듬고 담배를 끈다. 정양의 말꼬리를 따라서 한 여자가 들어선다. 여자는 유행이 지난 밤색 정장을 하고 있었다. 여자는 다짜고짜 울기 시작한다. 살길이 막막하다고, 남편이 납품을 하던 회사가 부도가 나서 남편의 회사도 덩달아 부도가 나고, 남편은 어디론가 나가서, 일년째 소식도 없고 자신은 할 줄 아는 것이 아무것도 없다고 했다. 음식점에서 설거지를 했는데 얼마 전에 해고당했다고, 손이 느려서 해고당했다고, 하지만 자신은 정말 열심히 일했고, 그 자리에는 임금이 더 싼 연변 아주머니가 들어왔다고, 여자는 사실은 나와 동창이 아니었다.

다섯살, 세살, 아이들이 둘 있는데 하나는 계집아이이고 하나는 사내라고, 일년만 맡아준다면 어떻게든 기반을 잡아서 아이들을 꼭 데리러 오겠다고, 하지만 여자의 말꼬리에는 자신이 없다. 여자는 할 줄 아는 일이 없다. 십년만 젊었으면 여자는 술집이라도 나갔을 거라고 했다. 쌀도 떨어지고 설탕물로 이틀을 버틴 후, 함께 약을 먹으려고 했지만 죄없는 아이들을 죽일 수는 없었다고, 채무자들에게 날마다 머리채를 잡히는 에미를 보니 차라리 이게 나을 것 같다고, 만일 그 아이들을 데려가기를 원하는 서양 사람이 나타나거든 그것도 나쁘지는 않을 것 같다고, 여자의 목소리는 떨고 있었다. 너무 많은 빚을 져서, 기적이 일어나지 않는 한 이 상황을 벗어날 수는 없다고, 자신이야 어디 가서 죽든 말든 이제는 문제도 되지 않는다

고, 다만, 다만 두 아이를 헤어지지는 않게 해달라고, 두 아이마저
서로 헤어져서는 안된다고, 다섯살짜리 누이는 어디 가든 제 동생
손을 놓지 않는, 어린 나이에도 참 기특한 아이라고, 여자는 여기까
지 말하고, 두 손으로 얼굴을 감싸고 오래 울었다.

　만일 나였으면 어쨌을까. 매일매일 신문에 오르내리는 이제 흔한
이야기를 들으며 나는 귓불을 만지작거렸다. 나라면, 나였다면 아마
도 한 아이는 걸리고 한 아이는 업혀서 시장에 나가 좌판이라도 벌
였을지 모르겠다. 여기는 내 구역이라고 누군가 시비를 걸면 외투를
벗어던지고 그와 일자무식하게 싸울지도 모른다. 그러나 그것도 알
수 없는 일이다. 어쩌면 나도 아이 둘을 죽이고 목을 맬 계획을 세울
지도 모른다. 그녀는 나와 비슷한 또래. 우리 세대들은 가난의 고통
을 견디는 힘이 약하다고 누군가 말했다. 우리들은 언제나 오늘보다
나은 내일을 맞으며 살아왔다. 자고 나면 새 TV가 들어왔고, 자고
나면 큰 집으로 이사갔다. 나 역시 육체적이고 물질적인 고통은 견
디기 힘들어한다. 드디어 오늘보다 못한 내일이 도래하게 된 것이
다. 나는 안다, 부유한 자의 정신적 고통은 가난의 고통과 비교될 수
없음을. 정신적 고통은 가끔 육체적 고통을 수반하지만 육체적 고통
은 그 자체가 정신적 고통이기 때문이다. 그녀는 나가면서 내게 고
맙다고 말한다. 나는 괜찮다고, 힘내시라고 말한다. 그녀의 말대로
기적이 일어나지 않는 한 그녀는 아이들을 데리러 오지 못할지도 모
른다. 그런데 기적은 웬만해서는 일어나지 않기 때문에 기적인 것이
다. 어쩌면 그녀는 그럭저럭 눈물을 흘리고, 때로는 잊으면서, 혹은
그래도 잊지 못하면서 살아갈 것이다. 죽고 싶다고 다 죽을 수 있는

것은 아니니까. 그러나 어쩌면 그녀는 죽을지도 모른다. 나는 그 아이들을 접수했다.

　김대리와의 오후 약속은 저녁으로 이어질 것 같다. 나는 휴대폰으로 전화를 해서 남편에게 늦을 것 같다고 통보한다. 그는 지금은 골프장에 있는데 역시 마침 저녁 스케줄이 잡혔다고 한다. 우리는 이런 우연까지 잘 맞아떨어지는 금실 좋은 부부이다. 나는 옷매무새를 가다듬고 루주를 좀더 진한 색으로 바른다. 김대리는 승마를 끝내면 아마도 땀도 식힐 겸 양수리 쪽으로 가자고 말할 것이다. 나는 그에게 저번 신탁을 해지하고 이번에 새로 생긴 신탁으로 내 돈을 바꾸어 맡기겠다고 말할 것이다. 몇달 새 금리가 더 오른 것이다. 하지만 나에 대한 은행의 신용이 혹시라도 나의 이런 타산으로 해쳐지기를 원하지 않는다. 김대리는 그런 일에 유능하다. 나는 얼마 전에 아버지가 내 몫으로 남겨준 부동산을 처분했다. 재산세를 내고 토지세를 내는 것보다 지금은 현금이 이롭다는 건 바보가 아니면 다 알 일이었다. 은행이자는 자꾸 이자를 낳아 원금에 보태지고, 몇년이 지나면 나는 손가락 하나 까딱하지 않고 놀면서 살아갈 수도 있다. 물론 나의 남편도 그렇다. 남편과 나는 일찍 은퇴해 세계일주를 할 계획을 가지고 있다. 그런 우리에게 김대리는 훌륭한 금융자문위원인 셈이다. 김대리는 내달 초 결혼을 앞둔 스물아홉이었는데 아주 똘똘하고 그 은행에서 아마도 잘 나가는 사람인 것 같았다. 그는 가끔 자신의 약혼자 이야기를 수줍게 했다. 나는 지난 가을 환율이 크게 오를 것을 귀띔해준 김대리에게 큼직한 결혼선물을 해줄 계획이다.

우리들은 한강변을 달려갔다. 그 병원은 양수리로 가는 길에 있었다. 이혼 직후 나는 저 병원에서 중절수술을 받았다. 그런데 오늘은 하필이면 그때의 그가, 그의 첫사랑이었고 나의 불행의 근원이었던 그녀와, 그들의 사랑의 결실인 딸과 함께 누워 있다. 나는 적어도 저 병원에서만은 죽고 싶지 않다고 생각한다. 봄이다. 모짜르트의 가극 「피가로의 결혼」 중에서 "부드러운 저녁바람" 이중창이 차 안을 나른하게 흘러간다.

이혼을 하고 일년 후쯤 그때의 그에게 전화를 건 적이 있었다. 처음에 그때의 그는 결혼축하 인사를 받느라고 정신이 없어서 나의 목소리를 알아듣지 못했다. 결혼 지참금으로 가져갔던 나의 재산을 다 쏟아붓고도 파산으로 치달은 그의 건설사업이 조금씩 회복되어가는 모양이었다. 어쨌든 그는 부지런한 사람이었고, 사업에 관해서라면 정직하고 정당했다. 빈털터리 이혼녀가 된 나는 그 무렵 아버지의 일을 물려받았다. 한때는 경멸했던 아버지의 그 일이 놀랍게도 내게 힘이 되었다. 돈과 일이 없었다면 내가 먼저 저 병원에서 죽어갔을지도 몰랐다. 그때의 그는 나와 이혼을 했고, 그때의 그가 사랑한 그녀는 그녀의 남편과 이혼을 했다. 참으로 멋진 일이었다. 그들은 서로 못 잊어서 각기 이혼하고 다시 사랑을 찾은 것이다. 소설로 쓰자면 삼류겠지만, 사실은 모든 여자들이 바라는 꿈의 역할을 그는 현실에서 해내었다. 그것이 한때 나의 남편만 아니었다면, 아니, 내가 그때 내 마음을 그렇게 순순히, 그렇게 날것인 채로 그에게 주지만 않았다면 좋은 일이었다. 그러니 나만 빼고, 또 그녀의 남편도 빼고 생각한다면, 축하한다는 내 말은 진심이었다. 생각해보면 그때의 그는 그 바닷가에서 내게 분명 경고했었다. 빨간 불이 켜진 거리를 미친 듯이 달려갔던 것은 나였다. 내가 사랑하는 사람이 나를 사랑하지 않는다고 해서 화를 내다니, 그건 그의 탓이 아니었다. 그저 우린 서로 운이 나빴을 뿐이다. 하지만 죽는다고 모든 것이 다 용서되는 것은 아니다.

다시 휴대폰이 울린다. 아침에 전화를 걸었던 그 친구였다. 마침 그때 김대리가 운전하는 차는 그 병원 옆을 막 통과하고 있었다. 나는 곰곰 생각해봤는데 역시 가지 않는 편이 좋겠다고 이야기했다. 누가 돌아가셨나봐요, 김대리가 통화를 끝내는 나를 보고 묻는다. 나는 오늘 새벽, 사업에 실패한 젊은 남자가 아내와 한살배기 딸과 동반자살을 한 채로 발견되었다는 말을 건네준다. 김대리는 입을 다물고 묵묵하다. 그는 어쩌면 부도를 내고 잠적한 고객의 집에 가서 차압을 결정하고 왔을지도 모른다. 요즘 그런 일 많잖아요, 그는 겨우 말한다. 요즘 그런 일 많지, 나도 대답한다. 돌아가신 분, 전남편이시죠, 김대리가 묻는다. 나는 담배에 불을 붙이고 길게 그 연기를 내뿜는다. 차는 강변의 휘황한 불빛을 오래도록 달린다. 차가 없어서 요즘은 드라이브 맛이 나고 장사가 안되는 강변의 모텔에서 우리는 칙사대접을 받는다. 랍스터도 더 좋고 가격까지 약간 내렸다. 오늘따라 강물도 한적하게 흘러간다. 오른 금리를 생각하면 나쁜 나날은 아니다.

우리의 결혼이 대책없는 파국으로 치달을 즈음 나는 그때의 그에게 소리쳤다. 죽여버리겠어! 언젠가 네가 내 앞에서 천천히 죽어가는 걸 보고 말겠어! 그리고 나는 욕조에 거꾸로 처박혀진다. 내 삶이 영화가 아닌 것이 다행이었다. 필름을 되돌릴 수 있었다면 나는 보게 되리라. 산발을 한 머리칼과 깨어진 병에 찔린 발가락에서 흐르는 피, 졸린 목에 남아 있는 검붉은 손가락 자국, 그리고 증오로 생생하게 번득이던 눈빛을. 그는 사랑하는 그의 부인과 함께 약을 먹고 천천히 죽어갔을까? 오래도록 열망했지만 결국 생의 어떤 부분도 지우개로 지울 수 없다는 것을 나는 깨닫는다. 생보다 진한 지우개는 이 세상에 존재하지 않는 것이다, 죽음조차도. 식사가 끝나자 나는 옷을 벗고, 강물이 베란다 밑에서 찰랑이는 모텔 방에서 김대리와 익숙한 섹스를 했다.

어둠에 잠긴 방은 조용하다. 나는 불도 켜지 않고 어둠속에 앉아 있다. 남편은 아직 돌아오지 않았다. 그가 돌아오면 그는 내게 사랑한다고 말할 것이고 나 역시 그렇다. 그는 음주운전에 걸리지 않을 정도로 약간의 술을 마셨을 것이고 그의 가방에는 언제나처럼 새로 나온 CD가 몇장 들어 있을 것이다. 오늘밤에는 존 서먼의 색소폰을 들어보겠어? 아니면 멘델스존의 「곤돌라의 노래」는 어때? 역시 앙드레 가뇽의 「조용한 나날」이 좋겠지? 올 여름에 베니스를 여행할 때 곤돌라를 함께 탄다면 이 곡이 더 생생하게 들리게 될 거야. 이제 한국 사람들 촌스러운 꼴을 유럽에서 보지 않게 되겠지. 당신 오늘 말은 잘 탔어? 요즘 사람이 없으니 한적해서 좋지? 거품을 빼야 해.

오디오 프리엠프, 늘 켜져 있는 작은 전구가 눈동자처럼 푸른빛으로 물끄러미 나를 보고 있다.

나는 어둠속에 혼자 앉아 있다. 베란다 밖, 노란 나트륨등 빛이 희미하게, 열린 커튼 사이로 스며든다. 조용한 밤, 푸른 전구는 눈동자처럼 여전히 나를 바라본다. 조용히 눈을 뜨고 바라본다. 언젠가 백색 햇살이 내리꽂히던 교정, 목련 그늘 아래서 누군가 노래를 불렀었다. 이 세상에 진실은 없네, 이 세상에 정의는 없네, 이 세상에 영원한 것은 없네, 그대 내 앞에 있고 나 그대 앞에 있을 뿐. 하지만 그대조차 멀어지겠지. 지금, 아름다워서 그대 내 것이지만, 아아 죽음이 온다, 죽음이 온다. 나는 환청으로 웅웅거리는 머리를 견디기 위해 지그시 이를 문다. 소리는 멀어져가고, 아마도 긴 강을 건너며 멀어져가고, 시든 풀잎 위에서 밤이슬 방울들이 스러지고 있다. 나의 길고 긴 생도 밤이슬 방울을 따라 모래알처럼 흘러내린다. 푸른 전구. 나는 눈을 내리깐 채, 수첩을 꺼내 오늘자 일기를 메모한다.

아무 일도 없었다, 오늘도 조용한 하루였다, 라고.

나는 수첩을 덮고 일어나 커튼을 닫았다.

〔실천문학 1998년 여름호〕

진지한 남자

그는 진지하고 열정적인 사람이었다. 그는 술을 마실 때도
진지하게 마셨고 토론을 할 때도 진지하게 했으며 심지어
누군가의 재미없는 농담에 좌중이 어색해질 때도 혼자서 끝까지
진지하고 열정적으로 웃었다. 그래서 사람들은 가끔씩 그가 그리워졌지만
때가 되면 언젠가 나타나겠지 하는 생각들을 했다

진지한 남자

1

그는 화가였다. 내가 이십년 전 처음 그를 보았을 때 그는 그 시대 반항적인 젊은이들의 상징이던 검게 물들인 군복을 입고 있었고, 거기에 어울리는 낡은 군화를 신고 있었으며 당시 장발을 단속하던 경찰의 눈을 용케 피해 야금야금 기른 긴 머리를 하고 있었다. 피부는 흰 편이었고, 늘상 술을 마시고 담배를 입에 달고 살고 있었음에도 불구하고 얼굴은 아주 맑았다. 하지만 그의 매력은 무엇보다 김수영의 초상화에서처럼 빛나는 크고 검은 눈동자에 있었다. 하지만 그 크고 검은 눈동자도 그의 진지한 자세나 삶에 대한 열정을 빼놓고 본다면 한낱 사치에 불과했으리라.

그러니까 벌써 이십년 전, 내가 그를 처음 보았을 때만 해도 그는 유신 말기를 사는 여느 젊은이들처럼 시대와 독재자에 대한 분노에 차 있었고, 시대의 중압감 때문에 가끔씩 술자리에서 늑대처럼 고독하고 갈매기처럼 무력해 보이기도 했다. 하지만 그는 또 그 시대의 여느 젊은이들처럼 은밀하게 민중운동 쪽에 가담하고 있는 듯이 보였다. 화가들의 대량구속을 가져왔던 시내 모처의 과격한 벽화가 거의 그의 작품이라는 소문이 돌기도 했으니까. 그러나 그것도 소문이었을 뿐, 그는 그저 그런 화가 지망생 중의 한 사람이라고만 알려져 있었다. 물론 그 소문이 돈 다음부터 그가 자주 가던 인사동 대구집의 아주머니나 혹은 미술평론가들이 그를 조금씩 주목하고 있다는 것을 그는 당시에는 알지 못했다.

그는 화가들이 모이는 인사동에 자주 얼굴을 나타냈다. 그는 거기서 다른 젊은이들과 함께 이 암울한 시대에 미술이 과연 무엇을 해야 하는 것인가에 대해 목에 핏대를 불끈불끈 세우며 토론을 하기도 했고 그러다가 갑자기 자리에서 일어나 고래고래 노래를 부르기도 했으며 한번은 골목길에서 토하고 토하다가 기진한 채로 나자빠져 몇시간 동안 방치되기도 했다. 그때 그를 발견한 동료에 의하면, 그는 가까운 여인숙으로 옮기려는 동료를 향해 짐승처럼 울부짖었다고 했다. 나를 내버려둬 제발! 어쨌든 그는 괴로운 것 같았다.

아마 그 무렵이었을 것이다. 중첩되어진 음울함과 광기가 자욱이 깔리던 인사동에서 그의 모습이 사라진 것은. 그가 나타나지 않는 것을 두고 동료들은 가끔 그의 소식을 궁금해하기도 했지만, 그가 부천의 어느 작은 공장에서 일하고 있다거나 아니면 머리를 깎고 중이 되었다거나 그도 아니면 묘령의 여성과 동거하고 있다는 확인할 수 없는 소문만 무성할 뿐이었다.

그를 아끼던 사람들은 가끔, 그의 이야기를 나직하게 했다. 그는 좋은 사람이고, 참으로 겸손하고 진지하며 진정으로 이 시대를 괴로워하는 예술가라고 말이다. 그랬다. 그는 진지하고 열정적인 사람이었다. 그는 술을 마실 때도 진지하게 마셨고 토론을 할 때도 진지하게 했으며 심지어 누군가의 재미없는 농담에 좌중이 어색해질 때도 혼자서 끝까지 진지하고 열정적으로 웃었다. 그래서 사람들은 가끔씩 그가 그리워졌지만 때가 되면 언젠가 나타나겠지 하는 생각들을 했다. 그렇게 몇년이 흘렀다.

누군가가 다시 그를 보았다는 말을 했다. 87년 시위 때였는데 그는 여전히 물들인 군복을 입고 땡볕 아래 서 있더라고 했다. 다만 달라진 것은 그가 예의 그 열정적이고 얼마간은 충동적인 자세로 시위대에 합류했던 지난날과는 달리, 그저 박수만 치는 넥타이 부대들 사이에 끼여 있더라는 것이다. 그 무렵 사람들은 인사동 허름한 화랑에서 열리던 "젊은 작가들 초대전"에서 그의 그림을 발견했다. 그의 그림들은 회색으로 가득 찬 유화들이었다. 열 명의 젊은 작가들 중 이미 평론가들에게서 과분한 칭찬을 받고 있던 사람들 몇의 이름이 신문지상에 올랐다. 하지만 그의 이름은 빠져 있었다. 다만 그때 조야하게 인쇄된 도록 속에는 그의 이름이 예의상 언급되어 있었고, 거기에는 "가라앉은 회색빛의 힘"이라는 단어가 씌어 있었다. 그의 그림의 주제는 일하는 노동자들의 하루를 흑백사진 톤으로 그린 것이어서, 사람들은 막연히 그가 부천의 어디쯤 공장에서 일을 했다는 것이 사실인가보다, 생각할 뿐이었다. 그는 여전히 술자리에 모습을 드러내지 않았기 때문이었다. 그러는 동안 지구는 약속을 지키며 스물네 시간 만에 한번씩 자전을 했고 그럭저럭 해가 떠서 머쓱하니

지면서 삼년이 흘렀다.

그동안 쏘비에뜨 연방이 해체되고 동구권이 서방을 향해 문을 열었다. 인사동 술자리에서는 화가든 문인이든 술을 마시러 오기만 하면, 처음에는 곤혹스럽고 슬픈 표정으로 술잔을 들다가 나중에는 상을 엎어버리고 서로들 멱살을 잡는 일이 잦아져서 술집 주인들이 골머리를 앓고 있을 바로 그 무렵이었다. 더러는 짐을 싸가지고 고향으로 낙향하고 더러는 폐병을 얻어 약값을 마련하기 위해 동네 꼬마들을 상대로 학원을 차리던 그 무렵 사람들은 뜻밖에도 그의 개인전 소식을 접하게 되었다. 그는 판화로 장르를 바꾸어 개인전을 열었는데 그 제목은 "일그러진 부처"였다.

그것은 화단에 작은 파문을 일으켰다. 젊은 평론가들은 그의 판화에 나타난, 고통으로 일그러진 부처들의 형상에 대해 미술잡지에 기고하기 시작했다. 미간에 주름이 잡힌 고뇌에 찬 부처의 얼굴이나, 고행으로 말라빠진 부처의 얼굴, 손이 잘린 부처, 발이 잘린 부처, 혹은 화상을 입어 참혹한 얼굴을 한 부처들의 목판화 작품이 미술잡지에 심심찮게 오르내렸다.

파문은 젊은 화가들과 평론가들 사이에서 일었다. 이들은 그 당시 '젊은 화가들'이라는 모임을 구성하고 있었는데 그들은 자신이 내는 무크지를 통해 그의 "일그러진 부처"를 특집으로 기획하고, 기존 평단의 안이한 자세에 대해 일격을 가했다. 이념이 사라지고 지표를 잃은 듯한 우리 화단에 일그러진 부처 판화야말로 80년대와 90년대를 이어주는 동아시아적 가교라는 것이었다. 부처의 얼굴은 곧 민중의 얼굴이며 이제 더이상 우리 미술은, 호사스런 살롱에 폼을 잡고 앉은 수집가에 의해 좌지우지되어서는 안되며 어찌 됐든 대중의 아품을 표현하고 대중의 방으로 들어가야 한다는 것이 그 선언의 요지였다. 그들은 그의 그림들을 내세워 인맥과 친분 그리고 학맥에 의해 좌지우지되는 화단을 준엄하게 질타했다. 그는 주류를 이루지 못하는 한 변두리 대학의 미대 출신이었던 것이다.

그런데 일이 엉뚱한 방향으로 전개되려고 그랬는지 갑자기 그의 판화들이 날개돋친 듯이 팔려나가기 시작했다. 처음에는 화랑에 들렀던 몇몇 사람들이 인사차 판화를 몇점 샀다. 거기까지야 크게 이상한 일이 아니었다. 그의 전시 날짜도 사흘 정도밖에 남지 않았다. 젊은 평론가들은 그를 불러내 용기를 북돋아주는 술을 샀다. 가난한 신진 화가의 첫 개인전은 그렇게 평범하게 끝나는 듯했던 것이다. 거기까지는 모든 것이 좋았다. 그런데 화랑의 아가씨가 전하는 바에 따르면 여주 ○○사 여신도들이 떼를 지어 화랑에 들어선 것이 전시회가 마무리되기 바로 이틀 전의 일이라고 했다. 그들은 강남에 사는 한 보살에게 이야기를 들었다며 일그러진 부처 판화를 겁없이 사들였다는 것이다. 강남에 사는 여신도의 말에 따르면, 일그러진 부처를 부엌에 한점 걸어놓으니 품위와 교양이 갑자기 집안에 가득 찬 기분이었다는 것이다. 게다가 부처의 얼굴은 하도 고통스러워서 눈물이 날 뻔했으며 자주자주 착하게 살아야 한다는 생각을 저절로 하게 되었다고 했다. 하지만 강남에 사는 그 여신도는 고행하는 부처 판화를 통해 아이들과 남편의 반찬투정을 막은 것이 가장 큰 효과였으며, 더 솔직히 이야기하자면 그 부처의 얼굴이 하도 흉측해서 밥맛이 떨어지는 바람에 허리가 1.5인치나 준 일이 돈으로도 살 수 없는 최고의 효과였다고 했다. 여주의 ○○사 여신도회가 다녀간 그날 오후, 막 화랑이 문을 닫으려는데 다른 몇몇 절의 여신도회들이 전

세버스로 도착했다. 전시회장은 갑자기 바자회장처럼 북적거렸고 전세버스의 엉덩이가 하도 커서 인사동 좁은 골목의 교통이 갑자기 막혀버렸다. 화랑에 있던 여직원은 처음에는 아줌마들이 뭔가 번지수를 잘못 찾았나 싶어서 당황했다고 한다. 여신도들 중 한 명이 그들을 대표해 그의 그림이 효험이 있다는 소문이 쫙 퍼졌다고 말했다고 한다. 그 부처님은 무슨 소원이든 들어준다는 것이었다. 그중에는 허리살을 빼고 싶은 소원도 들어 있음은 물론이었다. 나중에 도착한 한 신도는, 그의 그림이라고는 화상을 입은 참혹한 부처의 얼굴 딱 한점밖에 남지 않았다는 말을 듣고는, 저걸 식탁에 붙여놓아도 진짜 품위가 있다고 자신의 집에 오는 외국 바이어들이 생각할까 어쩔까 망설이다가 다른 여신도가 그거라도 달라는 말을 하는 걸 듣고는 이내 마음을 결정해 그 그림을 빼앗듯이 사갔다.

20여장씩 찍어 팔던 그의 판화 50종은 순식간에 동이 났고, 평소에는 늘 바빠서 얼굴도 마주하기 힘들던 화랑 주인은 갑자기 시간이 많아진 듯 점심도 사고 저녁도 사면서 기존의 관습과는 달리 판화를 한 열 장씩만 더 찍으면 어떻겠냐는 제의를 은근히 그에게 했다. 그렇게만 한다면 다음 예약이 잡혀 있는 화가의 전시회를 취소하고 그의 전시회를 더 연장해줄 수도 있다는 것이었다. 화랑 주인은 그가 들어본 일이 있는 유명한 중진 평론가며 모모 화백이며 교수들과 자신의 친분이 얼마나 두터운지를 내비치는 것도 잊지 않았다. 그는 진지하고 겸손한 자세로 그 제의를 거절했다. 그는 상업적 이유로 해서 판화를 더 찍어낸다는 것은 자신의 신념에 맞지 않는다는 말을 진지하게 했고, 더구나 다른 화가에게 피해를 입히면서까지 전시회를 연장한다는 것은 나쁘지 않겠느냐는 요지의 말을 더욱 진지하게 덧붙였다. 화랑 주인은 자신도 충분히 이해한다면서 애매하게 웃었다. 하지만 거의 소동에 가까운 그의 전시회의 성공은 더 이어졌는데 작품이 동이 난 다음에도 작품을 사겠다는 문의가 빗발친 것은 물론 이제는 그의 작품들이 걷히고 분명 다른 화가의 작품이 전시되고 있는 화랑에 와서 그의 작품을 한점이라도 사겠다고 떼쓰는 사람들까지 생겨났다. 동구권이 무너진 후, 이쪽저쪽 눈치만 보느라 미적거린 탓에 제대로 된 기삿거리를 찾지 못해 고심하던 미술기자들이 이를 놓칠 리 없어서 이 일은 대번 화젯거리가 되었다. 이런 그의 놀라운 전시회 상황이 신문에 실리고 처음으로 그의 얼굴이, 대문짝만하게 신문에 박혔다. 단군 이래 인사동 화랑가에서 이발소 그림도 아닌 작품을 평범한 중년 여성들이 떼를 지어 사간 것은 처음이라는 것이었다.

그를 두둔하고 옹호하던 젊은 평론가들은 그의 성공을 놓고 크게 두 부류로 갈라졌다. 첫째 부류는 어쨌든 고생하던 한 화가가 성공했으니 좋다는 심정적 열성파들이었고, 한 부류는 이 상업적 성공이 혹시나 젊은 화가 하나를 망치지나 않을까 걱정하는 비판적 지지파들이었다. 전자는 마치 자신들이 큰 성공이라도 거둔 것처럼 비싼 술을 시켜 마시고, 다른 사람들에게 그 비싼 술을 철철 넘치게 따라주며 고래고래 노래를 불렀으며 후자는 될 수 있는 대로 맛있고 영양가 있는 안주들을 골라 집어먹으며, 너무 술에 취하지 않도록 조심하면서 어쨌든 이 전시회의 성공이 부르즈와 평론가들의 도식성을 공격할 수 있는 좋은 기회라는 계산을 하느라 건성으로 심정적 열성파들의 노래를 듣고 있었다. 하지만 그 두 부류들 모두 마음 깊은 곳에서는, 자신들만이 일찍이 알아본 그의 작품의 훌륭한 점을 하찮은 아줌마들이 모두 좋아라, 했다는 면이 은근히 불쾌하긴 했다.

2

그의 이름은 이제 신문에서 낯선 것이 아니었다. 그는 유명해져버린 것이다. 아직 드문드문이긴 하지만 길거리에서 그를 알아보는 사람들이 하나둘 늘어나기 시작했고 돈도 벌었다. 그를 잘 알던 친구의 말에 따르면 그는 원래 돈에는 별로 관심이 없는 사람이라고 했다. 그는 여전히 물들인 검은 군복을 입고 있었고, 늘 신고 다니던 밑창이 빠져버린 군화를 그대로 신고 있으면서도 가난한 옛친구들에게 선뜻 돈을 빌려주었고, 별로 되돌려받을 생각도 없는 듯했다. 다만, 창작열에 들뜬 그의 눈은 가끔 이상하리만치 빛났고 성취감을 느껴본 입매는 자신감있게 다물어졌다. 그는 그동안 그의 머릿속에 있었으나 한번도 실현되지 못했던 다른 이미지들을 체현해내느라 다른 생각을 할 겨를이 없었다.

하지만 그의 집 전화통은 불이 나기 시작했다. 그는 착하고 진지한 사람이었기 때문에 그 전화들을 받느라 거의 작업을 할 수가 없었다. 여성지와 신문, 방송, 그리고 미술 무크지와 젊은 화가들이 주최하는 바자회까지, 그의 수첩은 그런 스케줄로 늘 빽빽했다.

한번은 인천에 있다는 강원도 출신 군인들의 부인으로 구성된 부녀회에서까지 전화가 왔다. 그의 그림들을 좋아하고 몇점 샀으니 강연을 와달라는 것이었다. 그는 진지한 사람이었으므로 그들의 말을 진지하게 들은 후 진지하게, 자신은 강원도의 군인들과는 아무 상관이 없다고 거절했다. 그러자 그쪽에서는 그러면 강원도에 무슨 연고가 없느냐고 물었다. 그는 강원도라면 설악산에 수학여행 갔던 기억 밖에 없는 사람이었다. 그들은 그가 방위로 서울 변두리 동회에서 근무한 것까지 꼬치꼬치 묻고는, 강원도에 그토록 아무 연고가 없는 그 이야기라도 와서 해달라고 했다. 자신들은 그의 팬이며 이미 그의 그림을 산 소비자들이라고 했다. 그는 강원도에서 복무한 경험이 있는 군인 출신 부인으로 이루어진 부녀회의 대표가 하도 간곡하게 물고늘어지는 바람에 인천으로 갔다. 그는 그림 이야기를 하고 싶었으나 강원도에서 군복무를 한 사람들의 부인으로 이루어진 부녀회 회원들은 그가 왜 강원도에 아무 연고가 없는지를 알고 싶어 질문을 퍼부어댔고 그는 하는 수 없이 왜 강원도에 연고가 없는지에 대해 진지하게 답변했다. 그는 마지막으로 꼭 강원도에 연고를 가지도록 노력하겠다는 말로 강연을 끝마치고 집으로 돌아왔다. 그는 돌아오는 길에 「강원도의 힘」이라는 영화포스터를 보았고 그 말이 맞다고 생각했다.

이어지는 스케줄은 그뿐만 아니었다. 미술기금을 마련하기 위한 바자회에서 그는 가장 열심이었다. 그는 진지했기 때문이었다. 그는 거기서 열심히 표주박이나 목걸이 등을 팔았고, 그래서 물건을 가장 많이 팔았다. 물론 거기에는 참석자들이 이미 신문지상을 통해 유명해진 그의 얼굴을 알아보고 환호한 탓도 있긴 했다. 후에 그중의 몇몇은 그 표주박이나 목걸이도 그의 작품인 줄 알았다면서 그가 사기꾼이 아닌가,라며 크게 분노했다는 후문도 있었다.

그는 낮이면 바자회나 강연회에 나갔다가 저녁이면 집으로 돌아와 놀라운 정열로 판화들을 그렸고 이번에는 슬픈 부처에서부터 기쁨에 찬 부처까지 그 폭이 더욱 넓어진 작품들을 선보였다. 그래서 몇개의 화랑이 경합한 끝에 신의를 지키자는 그의 뜻에 따라 처음 전시회를 열어주었던 화랑에서 두번째 전시회가 열렸다. 이번에는 지난번의 ○○사 여신도회뿐만 아니라 다른 절의 여자 남자 신도회, 게다가 그의 얼굴을 보려고 몰려든 대학생들까지 끼였다. 대학가에 서는 그의 판화를 사기 위한 계가 결성되었다는 것이다. 하지만 그 무렵 얼마간의 성취감과 자기 자신에 대한 확인으로 인해 밝아졌던 그의 얼굴이 다시금 우울해지기 시작했다. 그의 미소는 점점 더 애 매해졌고 그는 자신이 더이상 진지하게 사람들을 대할 수가 없다는 것을 알았다. 그의 신조에 의하면 진지하게 그림을 그리지 않는 것 은 물론, 진지하게 한사람 한사람을 대하지 못하는 것은 죄악이었 다. 게다가 강연 요청은 쏟아져서 그는 그중의 대부분을 거절해야만 했는데, 그런 뒤에는 으레 그가 오만방자해졌다,라는 말이 떠돌아다 니곤 했다.

그때 어떤 미술계간지에 그의 기사가 실렸다. 제목은 "상업적 성 공과 화가의 길"이었는데 필자는 보수적 중진 평론가였다. 『미술이 이념의 시녀가 되어버린 현실을 개탄함』이라는 책을 쓴 보수적 중진 평론가는, 만일 이념이 사라지지만 않았어도 이런 일은 없었을 텐데 애석하게도 이념이 무너진 후 지표를 잃은 젊은 화가들이 대중적 성 공에만 매달리고 있다고 화가들을 준엄하게 질타하면서 그의 전시 회를 예로 들었다. 그의 전시회는 마치 젊은 대중가수의 콘서트장처 럼 북적거렸는데, 이는 진정한 미술감상을 해치는 행위라는 것이었 다. 진정한 미술감상은 한적하고 쾌적한 곳에서 조용히 이루어져야 하므로 화랑을 콘서트처럼 만들어버린 이 화가는 진정한 화가의 길 을 걷기 위해 반성해야 한다는 것이 그 요지였다. 그는 이 글을 읽고 매우 괴로워했다. 그는 여러 날을 고민한 끝에 전화코드를 뽑고 다시 잠적했다. 자신이 미술판을 콘서트판처럼 북새통으로 만든 죄책감이 들었던 것이다. 그는 그 무렵 만나는 사람들에게 그림이고 뭐고 다 때려치우고 평범한 여자와 결혼이나 하고 싶다는 말을 자주 하며 괴로워했다고 한다.

신참내기 여성지 기자가 있었다. 기자는 어떤 경우에도 철저하게 사건의 당사자를 쫓아야 한다는 데스크의 훈계를 들은 다음, 그를 취재하기로 마음먹었다. 하지만 그는 집과 작업실을 먼곳으로 옮긴 후 아주 친한 몇몇 외에는 아무에게도 연락처를 전하지 않았기 때문에 신참내기 여성지 기자가 아무리 애를 써도 그의 집과 작업실을 찾아낼 수는 없었다. 그런데도 다음달 모 여성지에는 그에 대한 기사가 실렸다. "실연의 아픔을 잊기 위해 잠적해"라는 제목이었다. 신문에 난 여성지 광고에서 그 기사의 제목을 읽은 사람들은 그제서야 고개를 끄덕였다. 그가 왜 그림이고 뭐고 다 때려치우고 평범한 여자와 결혼이나 하고 싶다고 말하며 괴로워했는지 알 것 같았기 때문이었다. 하지만 막상 그 잡지를 사서 그 기사를 끝까지 읽어보면 그 내용은 제목과는 전혀 달랐다. 그러니까 그가 깊은 실연을 해서 잠적을 했다는 말을 듣고 취재를 하러 갔는데 그는 집과 작업실을 모두 옮기고 전화번호도 바꾸어버려서 그가 정말 실연을 당했는지 아닌지 알 수 없으니 그가 하루빨리 좋은 작품을 가지고 우리 앞에 나타나기를 빈다는 그런 기사였던 것이다. 하지만 아무도 그 여성지를 산 사람은 없었고, 샀다 해도 이승연이나 최진실의 사생활 이야기가 더 궁금했으므로 소용이 없었다. 다만 술자리에서는 그 기사의 제목을 두고 호사가들의 입방아가 이어졌다.

그때 그를 잘 안다는 대학시절의 동창 하나가 분연히 나서서 그 말은 아마도 사실이 아닐 거라고 했다. 그가 대학시절 같은 과 여학생과 사귄 적이 있는데, 여자 쪽 집안의 반대로 결혼이 성사되지 않아 젊은 한때 몹시 상심했다는 것이었다. 그 동창의 주장에 따르면 그는 그때 다시는 여자를 사랑하지 않겠다고 맹세했으며 그는 한번 맹세를 하면 하늘이 두 쪽이 나도 그것을 지키는 사람이니, 그것은 여성지 기자의 오보라는 것이었다. 그러자 그 다음다음날, 인사동 모처의 술자리에서는 그가 유명해지자 대학 때부터 사귀어온 여자를 부담스러워서 차버렸고, 그래서 그 여자 쪽 집안의 추적을 피하기 위해 잠적했다는 말이, 이건 너만 알고 다른 데서는 절대 말하지 말아야 한다,라는 단서와 함께 왁자해졌다.

소문만 무성하게 남겨놓고 그는 여전히 소식이 없는 가운데 그의 그림들은 무단으로 복제되어 여기저기에 실려나갔고 거리의 리어카나 초등학교 앞의 문구점에서 파는 노트 표지에도 그의 작품들이 복제되어 팔리고 있었다. 그는 그제서야 사람들 앞에 모습을 드러냈다. 저작권이 침해당한 것 같은데 어떻게 하면 좋은지 평소 내심으로 존경하던 미술계 인사 몇명을 만나러 나온 것이었다. 그가 평소 내심으로 존경하던 인사들은 제각기 세 의견으로 분류되었는데, 첫번째 부류는 이것은 화가들의 권익을 위한 것이므로 소송을 해서 작은 권리라도 찾아야 한다는 축이었고, 또 하나는 같은 미술판에서 서로들 다 아는 사이인데 그걸 가지고 송사까지 간다면 젊은 너의 앞날이 걱정스러우니 다 잊고 그저 진지하게 작품에만 몰두하라는 이야기였다. 나머지 한 사람은 두 사람이 다른 의견을 가지고 논쟁을 벌이는 것을 보면서 은근히 이기는 쪽 편을 들리라 마음먹고 신중해 보이도록 표정관리를 하면서 천천히 술만 들었다. 소송을 하자는 쪽과 안된다는 쪽이 격론을 벌이는 동안 그는 묵묵히 앉아 있는, 내심 존경하던 선배의 의견을 진지하게 물었다. 그 선배는 그의 질문을 받고도 입을 열지 않다가 잠시 후 무겁게 입을 열었다.

그건 자네가 신중히 생각해서 처리할 일인 것 같아.

그러자 소송을 해야 한다, 말아야 한다,로 싸우던 두 사람도 돌연 입을 다물고 그 말이 맞다고 했다. 그는 그들에게 정말 고맙다고 인사를 하고는, 그 고마움을 표시하기 위해 그들이 겉으로 소리나게 표시하지는 않았지만 은근히 강권한 룸살롱에 가서 많은 돈을 쓴 다음 녹초가 되어 집으로 돌아왔다. 그는 그 이후로 며칠 동안 내내 신중하게 해야 한다는 그 말을 진지하게 생각하느라 몸살이 나서 몹시 앓았다.

3

그는 몹시 앓는 동안 소송을 할 것인가 말 것인가의 문제보다는 자신이 얼마나 열심히 그림을 그리느냐가 더 중요한 것이 아닐까 하는 생각을 하게 됐다. 진실이 있다면 언젠가는 다 밝혀질 일이었다. 그러자 그는 자리에서 일어날 수 있었고 자신이 예전에 숭배했던 그 진지하고 구도적인 화가들의 사진을 그의 작업실 한 모퉁이에 붙여놓고 다시 조각도를 들었다. 그는 그림 앞에서는 진지해야 하며 어떤 경우에라도 세속적 허명이나 분란에 끼여들지 않겠다고 그 사진들 앞에서 맹세했다. 그가 소송을 하지 않은 관계로 그의 그림의 모

작품들은 이제 이발소에까지 붙어 있는 형편이었다. 하지만 그것이 그의 명성을 없애지는 못했다. 그의 판화집은 전국 각처에서 날개돋친 듯이 팔려나갔다. 그가 새긴 부처의 얼굴들로 달력이 만들어지고 사찰용 그림엽서까지 제작되었다. 출판사들은 그를 찾으려고 아우성쳤으며 화랑들은 그에게 정말 아무 이유도 없이 그저 얼굴이나 보고 싶어서,라는 단서를 달고 술을 사주고 싶어했으며 가난한 옛동창들은 돈을 꾸기 위해 그를 찾아다녔고 그가 예전에 사귀던 여자들은, 헤어지고 나서 분명 다른 여자를 만나지 않겠다고 맹세한 그가 약속을 지키지 않은 이유를 따지려고 그를 찾았다. 신문에는 베스트셀러 1위에 진입한 그의 화집 광고가 날마다 일면에 실렸고 사람들은 따분한 정치기사보다는 일면 하단에 통단으로 실린 그의 광고를 더 먼저 보았다. 그 광고에는 그가 새긴 부처의 일그러진 얼굴과 그의 사진이 나란히 붙어 있었다.

그 무렵 그는 한 신문사의 문화부 망년회에 갔다. 그는 예전보다 더 핼쑥한 얼굴이었고, 어딘가 모르게 불안해 보였으며 될 수 있는 대로 말을 하지 않으려는 기색이 역력했다. 그러자 사람들은 그가 더 그럴듯하게 예술가다워졌다는 느낌을 받았다. 그들은 일차로 식사를 하고 이차로 단란주점에 갔다. 그때 한 무리의 미대생들이 한 켠에서 술을 마시고 있었는데, 그중의 한 미대생이 무대에서 노래를 부르고 있다가 기자들을 따라 들어서는 그를 보고는 분연히, 마치 광야에서 외치는 자의 소리처럼 커다란 제스처를 써가며, 잘생긴 외모를 필아 그림을 더럽히는 일을 당장 중지하라!고 고함을 질렀다.

순간 좌중은 조용해졌다. 주인이 달려와 마이크를 뺏고 다른 미대생들이 광야에서 외치는 자의 소리를 내는 듯한 미대생을 억지로 끌어 앉히는 동안에 기자들은 그의 얼굴을 뜯어보았는데 미대생의 말을 듣고 보니 정말 잘생긴 것도 같았다. 사람들은 그날 술을 먹고 즐거운 한해를 보내고 보람찬 새해를 맞자며 건배를 했지만, 내심으로는 그가 잘생긴 것이 판매에 도움이 꽤 되었을 거라는 생각들을 했고, 작품을 가지고 승부하지 않고 잘생긴 외모를 가지고 아줌마 부대를 끌어들여 성공한 것이 천박하게 생각되었으며 생각하면 할수록 그 말이 옳은 것 같았다. 그가 정말 진정한 화가의 길을 가려고 마음먹었다면 찌푸린 사진을 게재하거나 그도 아니면 뒤통수를 게재하거나 그도 또 아니면 전시회 팜플렛이나 출판사 혹은 신문에 사진을 주지 말았어야 하는 것이 아닌가. 며칠 후 신문 문화면에는 한 시대 미술을 정리하며,라는 기사가 실렸는데 그 한켠에는 그의 판화를 예로 들며 요즘은 비디오 시대라서 남자든 여자든 잘생긴 사람들의 그림이 그 작품의 질과는 상관없이 팔려나간다는 비평이 실린 채로 집집마다 배달되었다.

그 무렵 새로 창간한 여성지가 있었다. 그 잡지사 사주는 원래 참기름을 제조해 팔던 사람이었는데 환갑을 맞아 참기름말고 뭔가 더욱 향기로운 문화사업을 하고 싶다는 취지를 밝힌 바 있었다. 그래서 그 여성지는 여성문화예술 교양지라는 타이틀로 창간을 준비하는 중이었다. 편집회의에서 기자들은 그를 창간호의 표지로 내세워 문화예술 교양지임을 세상에 천명하자는 데 의견을 모았다. 그래야 다른 여성지와 변별력이 생긴다는 것이었다. 더구나 그는 잘생기기까지 했으니 아줌마들이나 여대생들 혹은 오피스레이디들의 관심을 모을 수 있다는 것이었다. 기자 중의 몇몇이 그건 위험한 발상이라고 끝까지 반대를 했지만 자신이 낸 돈으로 만드는 잡지도 아닌데

222

끝까지 반대해봤자 데스크의 미움만 살 것이었으므로 나중에는 좋다고 해서 그것은 참신하고 좋은 의견으로 낙착되었다. 하지만 교섭은 잘되지 않았다. 그는 지난번 '실연' 건으로 이제 여성지라면 끔찍하게 생각하고 있는데다가, 화가가 미술잡지라면 몰라도 여성지의 표지가 된다는 것은 있을 수 없는 일이라고 생각하는 사람이기 때문이었다. 그가 진지한 사람이라는 소문을 듣고 그를 잘 구슬리면 일을 성사시킬 수 있다는 자신감에 사로잡혀 사장에게서 표지모델로 그를 쓰기로 결재까지 맡은 편집장은 일이 난처하게 되었다는 것을 알았다. 편집장은 자신들의 잡지가 분명 그냥 여성지가 아닌 여성문화예술 교양지인데도 불구하고 그가 통화중에 표지모델을 할 수 없다고 고집을 부리면서 여성지, 여성지, 하는 바람에 화가 나서 다른 평기자들이 야근을 하는 동안 가까운 술집으로 나가 술을 마셨는데 거기서 뜻밖에도 이 난관을 벗어날 이야기를 듣게 되었다. 그와 술을 마신 상대는 일간지 기자였는데 일간지 기자는 혹시 그가 기독교 신자라면 참 재미있지 않겠느냐는 농담을 했다. 편집장은 술이 번쩍 깨는 기분이 들어 잡지사로 돌아왔고, 급하게 몇군데 전화를 해보고는 회심의 미소를 지었다.

그 다음달, 창간호를 낸 그 여성지는 주요 신문의 일면에 언제나 실리던 그의 판화집 광고를 이면으로 제쳐버리고 창간 광고를 실었는데 톱뉴스는 바로 그에 대한 기사였다. "실제로는 기독교 신자였던 그 화가의 독점고백, 불교계 신도들 충격에 휩싸여"라는 제목이었다. 사람들은 일면에서 그 광고를 읽고는 정말 충격에 휩싸여야 되나 어쩌나 하면서 이면으로 신문을 넘겼다. 고뇌에 찬 부처의 얼굴이 그의 얼굴과 함께 이면의 통단광고로 실려 있었다. 사람들은 그가 이런 이중성 때문에 이토록 괴로운 부처상을 그려낼 수 있다는 것을 깨달았다. 그들은 주식시세가 실린 기사를 펴놓았다. 그날은 주가가 곤두박질친 날이었다. 사람들은 오늘 내가 잃은 돈이 얼마인가를 계산하느라 정말로 충격에 휩싸여버렸다.

"실제로는 기독교 신자였던 화가 독점고백, 불교계 신도들 충격에 휩싸여"라는 그 잡지의 기사는 주의 깊게 읽어보면 그가 집에 가는 길에 다섯 군데나 되는 교회 앞을 걸어간 것을 보았다는 것이 그 요지였다. 기사 한켠에는 전문가의 의견을 듣습니다,라는 박스가 있었는데, 전문가는 전문가답게, 요즘 신도시의 버스정류장에서 내리면 집까지 보통 대여섯 군데의 교회가 있는데 그 앞을 걸어간 걸 가지고 우리들이 그를 신자라고 할 수는 없고 조금 더 지켜보자고 했다. 불교계의 반응 또한 처음에는 조금 놀랐지만 다같이 신성한 종교이고 사람이 잘살자고 하는 짓인데 뭐 문제될 거 있냐는 것이었다. 다만 불교계는 신도시 버스정류장에서 내려 집까지 걸어가는 동안 다섯 군데쯤 되는 절이 생기도록 노력하겠다는 멘트를 덧붙였다. 기사는 젊은 그의 앞날이 더욱 번창하기를 바란다는 말로 끝났다.

이 기사까지 읽은 그는 점점 소심하게 변해갔다. 버스를 타면 버스 안에서 지하철을 타면 지하철 안에서 술집에 가면 술자리에서 사람들은 노골적으로 그를 보고 수군거리는 것 같았다. 한번은 길을 걸어가는데 어떤 술취한 남자가 갑자기 주먹으로 그를 때려눕혔다. 그는 때마침 개봉된 영화 「똑바로 살아라」 포스터 앞에서 정신을 잃었고 경찰이 그를 구해준 일도 생겨났다. 나중에 밝혀진 일이지만 그 술취한 남자는 그가 유명한 화가인 줄은 전혀 몰랐으며 불경기로 사업이 되지 않는데다가 마누라까지 속을 썩여서 누구든 패고 싶었는데 마침 골목길에 그가 나타난 것뿐이라고 말했다. 그러자 이건 너만 알고 다른 데 가서는 말하지 말아라,라는 단서를 단 말들이 퍼졌는데 그가 똑바로살기운동협회 회원들에게 정식으로 고소를 당해 경찰에서 조사를 받는다는 것이었다.

그는 점점 사람을 기피하는 증상이 심해져서 파주의 한 농가를 개조한 작업실에서 낮에도 문을 잠그고 커튼을 내린 채로 박혀 있었다. 마을 사람들의 증언에 의하면 그는 가끔 벽에 붙여놓은 서양사람들의 조그만 사진을 향해 두 손을 모으고는 중얼중얼한다고 했다.

그 무렵 대학시절부터 그를 아끼던 한 선배가 그를 방문했다. 선배가 보기에 그는 몹시 불안해 보였다. 그는 그를 둘러싼 무성한 소문을 들었을 때는 아니라고 생각했지만 막상 그의 얼굴을 마주 대하고 보니 그가 성공하자 옛 여인을 버렸고, 기독교도로서 부처를 그린 위선자일지도 모른다는 생각을 잠시 했다. 아니면 그가 이토록 불안할 리가 없었다. 자신은 그를 십 몇년 전부터 알고 있긴 했지만 원래 한길 사람 속은 모르는 법이 아니던가. 그래서 선배는 불안한 그의 어깨를 두드리며, 나와서 사람들과 인사를 하고 즐거운 이야기를 나누어라, 화단이라는 것이 좁아서 자주 나오는 사람들에게는 심한 욕을 할 수가 없다, 왜냐하면 내 말을 들은 사람이 내일쯤이면 내가 욕한 그 사람을 만날 수도 있고 그렇게 되면 둘이서 자신의 욕을 할지도 모르니까, 하지만 나타나지 않는 사람의 욕은 얼마든지 할 수 있다는 요지의 충고를 했다.

선배가 돌아간 뒤, 그도 잠시 마음이 흔들렸다. 도대체 자신이 무엇을 잘못했는지 알 수 없었는데 선배의 말을 들으니 이제 자신의 잘못이 분명해졌던 것이다. 그래서 그는 다시 사람들과 어울리기 시작했다. 이제 화단에는 자신이 아는 얼굴보다 모르는 얼굴이 많았지만 그래도 그는 열심히 나가서 진지하게 그들과 어울렸다. 그러자 며칠 후 PC통신의 미술동호인란에는 다음과 같은 논쟁이 벌어졌다.

"그는 매우 정치적인 사람이다. 그가 그의 그림을 왜 그렇게 잘 팔았는지 이제 알겠다. 내가 그를 한번 보았는데 그는 술자리에 들어오자마자 평론가들과 다른 화가에게 열심히 눈을 맞추며 공손한 척 인사를 하더라. 그는 매우 정치적인 사람이다."

그러자 그 다음날 그것을 반박하는 글이 떠올랐다.

"그렇지 않다. 그는 자신이 매우 잘났다고 생각하는 거만한 인물이다. 그의 안하무인에 온 미술계가 치를 떨고 있다. 내가 저번에 그를 만났는데, 그는 좌중을 본 체 만 체 잔을 돌리지도 않고 혼자서 급하게 술을 따라 제 갈증만 채우고 있더라."

4

그 무렵 그는 어떤 술자리에 갔다가 PC통신에 실린 자신에 대한 글 이야기를 듣게 되었다. 그는 그후로 술자리에서 인사를 할 수도 안할 수도 없었고, 술잔을 돌리지도 안 돌리고 혼자서 마시지도 못한 채 불안하게 사람들 눈치만을 살폈다. 사람들은 그가 좀 이상한 사람이라는 것을 대번에 알아차렸고 점점 그를 기피하기 시작했다. 그는 다시 앓아누웠다. 나이 탓인지 이번의 몸살은 꽤 오래 갔다. 그는 자리에 누워 자신이 숭배해 마지않는, 불행했던 화가들의 사진을 보면서 자신을 반성했다. 자신이 그들에게 했던 맹세를 잊고 세속의 일에 신경을 너무 썼던 것이다. 그는 눈물을 흘리며 그들을 향해 자신의 잘못을 뉘우쳤고, 이제 이 병에서 자리를 털고 일어나면 정말로 열심히 그림만 그리겠노라고 스스로에게 맹세했다. 그러다보면 진실은 언젠가 밝혀질 것이었다. 하지만 그런 맹세 뒤에도 그는 몇 달 동안 조각도를 잡지 못했다. 그는 벌써 근 몇년째 작품을 내지 못하고 있었던 것이다. 그러는 동안 눈먼 강물들이 서로의 손을 잡고 더듬거리며 뭐 가다보면 바다가 나오겠지 하며 흘러갔고, 대개는 바다로 갔다.

그해는 마침 미술의 해였다. 문화부 장관은 미술에 대해 별 관심도 없었고 관심이 있을 필요도 없다고 생각하는 사람이었는데 어느 날 골프에서 돌아와 오랜만에 차관의 보고를 받았다. 차관은 자신을 끼워주지 않고 혼자만 골프를 치러 다니는 장관이 괘씸했지만 겉으로는 표정을 바꾸지 않은 채 미술의 해에 배정된 예산이 너무 많이 남아 곤란하다는 이야기를 했다. 장관은 왜 미술 쪽에 예산을 그리 많이 배치했느냐고 불같이 화를 냈다. 그러자 차관은 자신을 끼워주지 않고 혼자서 골프를 치러 갔다 온 것도 얄미운데 화까지 내는 장관이 더욱더 괘씸했지만 올해는 어쨌든 미술의 해이고 예산이 많이 편성된 것이 아니라, 예산을 하도 쓰지를 않아서 그렇다고 이번에는 좀 퉁명스레 대답했다. 문화부 장관은 방금 전 내기에서 진 골프의 필드가 눈에 뱅뱅 돌아서 건방진 차관의 태도에 신경을 쓸 겨를이 없었다. 분명 그가 이기기로 짜고 친 내기골프였다. 그런데 그놈의 신문사 사장이 미음이 변했는지 아차같았던 것이다. 그는 그 신문사 사장의 태도를 보고 장관 경질이 곧 있을지도 모른다는 것을 확신하고 있었으니 예산이 얼마가 남든 상관할 바가 아니었던 것이다. 문화부 장관은 그 정도 일이야 자네가 알아서 하라고 화를 냈고 차관은 돌아와 국장에게 화를 냈으며 국장은 과장에게, 과장은 주사에게, 주사는 막 공무원 시험에 합격한 신참내기에게 화를 내며 그 정도의 일은 자네가 알아서 하라고 소리쳤다. 신참내기는 하는 수 없이 이 예산을 어디에 쓸까 궁리하다가 조카가 글짓기하는 것을 보고 힌트를 얻어 남은 예산 모두를 상금으로 걸고 "미술에 대한 아무 글이나 공모함"이라는 기사를 신문에 냈다.

그래서 전국민을 대상으로 '미술에 대한 아무 글'이 현상공모되었다. 지하철에서 이 광고를 읽은 미술평론을 전공하던 한 여자대학원생은 그 신문을 버리지 않고 집에 가지고 돌아와 밤새 곰곰 생각에 잠겼다. 대학을 졸업하고 대학원에 진학할 때까지만 해도 그녀는 미술평론을 하는 교수가 되고 싶었다. 그녀는 밤잠을 자지 않고 공부에 매달렸다. 하지만 가만히 살펴보니 영 가망이 없었다. 경호원을 뽑는 데도 그토록 남자만 뽑아가는 일은 없지 않을까 싶을 정도로 남자들만 교수자리에 뽑혀나갔다. 여자가 교수가 되기보다는 낙타가 바늘구멍으로 들어가는 것이 쉬울 것이었고 예수가 살아온대도 자신의 비유가 틀리다고는 말 못할 것이었다. 다만 한가지 묘수가 있다고 한다면 튀어야 했다. 언론이나 책을 통해 유명해진 여자들의 경우에는 어떻게 가망이 있을 것도 같았다. 그녀는 몇몇 미술잡지에 글을 기고했지만 그저 그런 반응을 얻었을 뿐이었다. 그녀는 곰곰 생각했지만 유명해질 방법이 잘 생각나지 않았다. 그녀는 예쁘지도 않았고 날씬하지도 않았으며 짧은 다리에 뭉퉁한 얼굴을 가지고 있었다. 그러니 무슨 일이 있더라도, 대학원을 그만두고 미술공부를 작파하더라도 튀어야, 튀어야만 교수가 될 수 있을 것이었다. 그녀는 술자리에서도 튀었고 수업시간에도 튀었고 나중에는 입도 두툼하게 튀어나오도록 표정을 관리했으며 말할 때도 될 수 있는 대로 침을 많이 튀기려고 했다. 지성이면 감천이었는지, 신문을 보고 잠든 바로 그날 밤 그녀는 꿈을 꾸었다. 작고 귀여운 낙타가 검은 눈망울을 또로록또로록 굴리면서 바늘구멍으로 들어갔다 나갔다 하는 꿈이었다. 꿈에서 깨어보니 낙타의 속눈썹 길이가 3.5센티미터였다고 확신할 수 있을 만큼 생생했다. 그녀는 이것이 하늘이 자신에게 사명을 주시려고 내린 길몽이라 확신하고, 좋은 꿈은 정오까지는 발설하면 김이 샌다는 점쟁이의 말에 따라 정오가 지나기 전까지는 애인한테도 이 말을 발설하지 않으리라 다짐했다. 강의도 없고 애인과의 약속도 없었으므로 그녀는 미장원으로 가서 아주 멋진 스타일의 파마를 주문했다. 그때 미장원 여자가 그녀에게 철 지난 여성지를 갖다주었는데 그만 그에 대한 기사가 그녀의 눈에 띈 것이었다. 부처만 그리던 그가 기독교도라는 제목의 바로 그 기사였다. 그렇다. 이미 유명해진 사람을 붙들고 튀면, 뛰어오를 수 있을 것이다!

그녀는 문화부가 예산을 마저 다 쓰기 위해 주최한 '미술에 대한 아무 글' 공모에 당당하게 장원으로 당선되었다. 당선된 논문의 제목은 "튀려고만 애쓰는 이 시대 미술을 슬퍼함"이었는데 '전통의 가면을 쓴 상업주의의 파멸'이라는 부제가 붙어 있었다. 심사평에 의하면 그녀는 힘차고 당찬 신세대 특유의 논조로 그의 그림의 문제점들을 날카롭게 혁파해갔다고 했다.

그녀는 기존 미술계가 그를 옹호하고 있는 것은 상업주의와의 결탁이며 그가 상업주의와 결탁하기 위해 순정한 애인을 버린 것은 물론 자신이 기독교도임을 숨겨온 것은 다 아는 사실이라고 했다. 게

다가 기존의 화랑과 출판사들은 그의 잘생긴 얼굴을 이용하고 있는데, 이는 비단 한 작가의 문제일 뿐만 아니라 이 시대 예술의 도덕적 타락을 보여주는 슬픈 세태라고 했다. 한때 그는 민중미술을 지향한 젊은이였음에도 불구하고 그의 그림을 보면 그가 도대체 인간에는 관심이 없고 오로지 부처에게만 관심이 있으니 이것이 그의 한계이자 이 시대 젊은 예술가들의 한계를 드러내는 것이라고 썼다. 그녀는 하지만 이 화가는 아직 젊고 앞날이 창창하니 좀더 애정을 가지고 지켜보아야 한다,라는 말로 글을 맺었다.

심사위원들은 사실, 그녀의 글이 논리의 비약이 심하고 감정에 치우친 것이라는 것을 알고 있었으나, 문화부의 의도가 원래 대중들에게 문화부가 얼마나 미술을 육성하려고 애쓰는지 알리는 것이 목적이라는 것을 귀에 못이 박이게 들었고, 공모의 제목이 '아무 글'이나 써도 되는 것이니 학위를 주듯 책임질 일도 아니었고, 더구나 당선자가 여자라면 자신들의 진보성도 은근히 드러낼 수 있을 것 같아서, 더더구나 당선작이 나와야 막대한 심사료를 받을 수 있었으므로, 그리고 더더군다나 어차피 관에서 주도하는 일이 그렇고 그런 것이란 의견의 일치를 보고는 대중적으로 유명한 젊은 그를 대상으로 한 그녀의 글을 뽑았던 것이다.

그래서 잡지에 그녀의 기사가, 그의 대문짝만한 얼굴과 함께 실리고 아홉시 뉴스에도 그녀의 얼굴과 그의 얼굴이 나왔으며 신문에도 그녀의 글이 그의 사진과 함께 게재되었다. 그는 어느덧 튀려고만 애쓰는 이 시대 미술의 표본이 되어 전국민의 입에 오르내렸다.

문을 걸어잠그고 커튼을 내리고 조각도만 잡고 있던 그는 날마다 헛소리를 내며 앓았다. 언젠가 그를 찾아왔던 선배가 다시 그를 찾아왔다. 선배는 그의 하소연을 듣고는 남 탓을 하지 말고 자기 자신을 먼저 반성해야 한다고 했다. 사실 네가 전시회를 열면서 은근히 작품이 잘 팔렸으면 하고 바란 것이 아니냐, 가슴에 손을 얹고 그런 점을 반성해야 한다고 말했다. 하지만 그 선배는 그와 만나기 전에 아내와 함께 자신의 빤스와 러닝을 가지고 무당에게 가서는 빤스와 러닝을 찢어 액막이를 하고는, 자신의 이번 개인전이 제발 성황을 이루어 작품을 많이 팔아 집을 사게 해달라고 빌고 왔다는 말은 하지 않았다. 그 선배는 갑자기 자신의 작품세계를 바꾸어 일그러진 예수의 얼굴을 그린 전시회를 열 예정이었는데 그 선배는 그 준비를 위해 지난달부터 아내를 교회의 여신도회에 들도록 했던 것이다.

선배가 돌아간 후 그가 곰곰 생각해보니 선배의 말에는 일리가 있었다. 자신은 화가였고 예술가였다. 전시회를 열면서 작품이 많이 팔리기를 은근히 바란 것도 사실이었다. 그러다가 이 꼴이 된 것이었다. 자신은 죄인이었다. 그는 이제 그림에 대한 열정보다 자신에 대한 소문이 괴로워서 아무 일도 할 수 없는 지경이 된 것이 그에 대한 벌이라 생각하고 한번만 더 예전의 열정이 살아와준다면 일곱 번씩 일흔 번이라도 참회를 할 수 있을 것 같았다. 세상의 평판 따위는 사실 아무 문제도 아니었다. 자신이 참회하느냐 아니냐가 문제인 것이다. 그는 오뚝이처럼 다시 일어섰고 그러던 어느날 드디어 새로운 판화 49점을 가지고 화랑가에 나타났다.

사람들은 처음에 그것이 정말 그인가 의심했다고 한다. 아무렇게나 기른 머리가 어깨까지 내려와 있고 몸은 야윌 대로 야위어 흉측해졌다. 다만 진지하게 빛나는 그의 눈빛만이 그가 그라는 것을 겨우 알아보게 하였다. 그는 자신을 대하는 화랑의 태도가 이전과 같지 않다는 것을 느끼고 있었지만 이번에 조각한 49점의 아기부처의 얼굴은 그 자신이 보아도 마음에 흡족한 것이었으므로 그답지 않게 두 시간 동안 아기부처를 그리게 된 이유를 말할 수 없이 진지하게 설명했다. 화랑 주인은 그가 이야기를 하는 동안 코를 후비고 전화를 받고 싶다는 애인에게 한번만 더 만나자고 애원을 하고 커피를 날라오는 급사에게 신경질을 부리고 하다가 못마땅한 어투로 그림속는 셈 치고 한번 전시회를 열어보자고 했다. 속는 셈 치자고 말한 것은 요즘은 대중들의 변덕이 하도 심해서 자신도 도무지 종잡을 수가 없다는 것이었다. 그는 목판에 물감을 칠하고 표구를 하고 하느라 자주 거리를 오갔다. 자신을 바라보는 사람들의 표정이 예전과는 달라진 것을 눈치챘지만 그는 그림 이외에는 아무것도 신경쓰지 않으리라 다짐했다. 표구점에 있는 아가씨가 그를 보더니 약간 애매한 얼굴로 웃으면서 생각보다 코나 입이 그렇게 튀어나오지는 않으셨네요, 하며 웃었다. 그는 그게 아니라, 하고 설명하려다가 선배의 말을 떠올렸다. 화가는 그림만 잘 그리면 될 일이었다. 게다가 모든 것은 내 탓이었다. 그는 아가씨의 말에 크게 신경을 쓰지 않기로 했다.

그리고 전시회가 열렸다. 거짓말처럼 전시회장에는 아무도 오지 않았다. 불교신도회는 부처를 그려 돈을 번 그가 기독교도인 것이 괘씸해서 오지 않았고, 기독교신도회는 그가 기독교도이면서 부처를 그리는 것이 못마땅해서 오지 않았다. 여자들은 그가 오래도록 사귀어오던 여자를 성공하자 버린 것에 대해 분개해서 오지 않았고 남자들은 그가 잘생긴 것이 기분 나빠 오지 않았다. 이발소 주인들은 그의 그림의 모작들을 얼마든지 구할 수 있으므로 오지 않았고 평론가들은 튀려고만 애쓰는 이 시대 미술의 타락한 표본인 그 화가의 전시회라서 오지 않았다. 화랑 주인은 한물 간 그를 아직도 믿고 있었던 자신의 경영적 무감각에 화가 나 오지 않았고 그는 중병이 나 누워버려서 오지 않았다. 그러던 어느날 딱 한 사람이 거짓말처럼 문을 열고 화랑에 나타났는데 바로 화랑 주인이었다. 화랑 주인은 오랫동안 생각했다는 듯한 얼굴로 뚜벅뚜벅 들어와 에어컨 스위치를 꺼버리고는 곧바로 나가버렸다. 유일하게 화랑에 나오는 사람인 화랑의 급사는 바람 한점 불지 않고 개미 한마리 오지 않는 화랑에 이주일 동안이나 우두커니 앉아 있어야 했다. 이런 그림은 얼마든지 있었다. 이발소에 가도 있고, 미장원에 가도 있고, 까페에 가도 있고, 달력에도 있고 엽서에도 있었다. 흔해빠진 그림을 그리는 이 화가 때문에 비오듯 땀을 흘리며 앉아 있는 자신이 한심해서 급사는 눈물이 다 나왔다. 이게 다 그 화가 탓이었다.

다음다음날, 이건 정말 너만 알고 있어라, 하는 단서를 단 말이 왁자하게 퍼졌는데 그가 중병을 앓고 있어서 곧 죽을 거라는 것이었다.

5

의사도 알 수 없고, 한의사도 알 수 없고, 기공치료를 하는 사람도 알 수 없는 병으로 그는 한달째 송장처럼 말라가고 있었다. 그 무렵 선배가 다른 이들 둘을 데리고 작업실 앞에 모습을 나타냈다. 그들은 모두 검은 양복을 입고 안주머니에 "근조"라고 쓰인 흰 봉투를 하나씩 넣고 그의 작업실을 노크했다. 그는 몹시 아파 겨우 눈을 뜨고 있었다. 그들은 그가 살아 있는 것을 보자 충격에 싸여 한동안 말을 잃었다. 그중의 하나는 미술잡지에 "아깝게 요절한 우리시대 마지막 진정한 화가"라는 제목으로 이미 죽은 그에 대한 회고담을 부치고는 원고료를 선불로 받아가지고 오는 길이었고, 다른 하나는 그가 죽으면 작품값이 배는 뛸 것으로 예상하고 빚을 얻어 그의 작품을 열 점이나 사들이고 오는 길이었으며, 다른 하나는 그의 추모전시회에 오는 젊은 화가들을 상대로 다음번 미협 회장 선거에 당선되기 위한 선거운동을 하려는 심산이었다. 하지만 어쨌든 그는 살아 있었다. 충격에 휩싸인 것도 잠깐, 그들은 난감했고 그가 괘씸했다.

하지만 그들 셋 모두 자신의 속마음을 다른 둘에게 들켜서는 안되므로 애매하게 미소를 지으며 그가 살아 있어서 정말 기쁘다고 이구동성으로 이야기했다. 그러자 더 할말이 없어서 머뭇거리고 있는데 그들 중 하나가 그를 위로해주어야 한다고 했고 다른 두 사람 역시 그 말이 맞다고 했다. 그래서 그를 어떻게 위로할 것이냐는 문제를 두고 세 사람은 제각기 다른 의견으로 갈라졌는데, 한 사람은 그에게 유명해지면 누구나 구설수에 오르는 법이니 크게 상심하지 말고 사내답게 툭툭 털고 일어나라고 말했다. 하지만 다른 이는 달랐다. 그는 이제부터라도 늦지 않았으니 이 일을 거울 삼아 원만한 인간관계를 맺어야 한다고 했다. 그리고 그보다 더 중요한 것은 그렇게 인사도 다니고 예의 바르게 술자리도 참석하고 강연에도 참석하고 바자회에도 참석하고 여성지의 표지모델도 되면서 오직 그림에만 몰두하라는 것이었다. 두 사람은 툭툭 털어야 한다는 쪽과 원만해야 한다는 의견을 두고 소리 높여 싸웠다. 하지만 그 목소리들은 공허했다. 왜냐하면 그가 죽어야만 일이 제대로 될 것이기 때문이었다.

나머지 한 사람은 두 사람이 소리 높여 자신의 의견이 옳다고 싸우는 것을 보고, 그가 죽는 것이 제일 좋겠지만 그의 눈빛이 아직 초롱한 것으로 보아 죽으려면 너무나 많은 세월을 더 기다려야만 할 것 같아서 우선 싸우는 두 사람 중 한 의견이 우세해지면 거기에 동의하리라 생각하고 표정을 관리하며 앉아 있었다. 그러자 누워 있던 그가 진지한 목소리로 깊은 생각에 잠긴 듯 앉아 있는 사람에게 의견을 물었다. 그는 그의 질문을 받고도 한참 동안 진지한 표정으로 앉아 있다가 무겁게 입을 열었다.

──사람은 결국 혼자가 아니겠나.

그러자 툭툭 털어버리라고 주장하던 쪽과 그래도 원만해야 한다는 쪽이 모두 입을 다물면서 그 말이 맞다고 했다. 세 사람은 서둘러 그를 혼자 남겨두고, 안주머니에 든 "근조"라고 쓰인 봉투의 돈으로 단란주점에 가서 노래를 부르고 아가씨들을 껴안고 폭탄주를 마시고 대취해버렸다. 그 바람에 그들은 잡지사나 미협에 그가 아직 살아 있다고 전화를 거는 것을 잊어버렸다. 그래서 그의 추모전시회는 며칠 후 예정대로 진행되었고 일주일 후, 요절한 그의 그림을 추모하는 잡지가 발간되었다. 추도회장에서 마주친 세 사람은 누가 묻지도 않았는데, 그날은 너무 취한 바람에 아침의 일부터 하나도 기억이 나지 않는다는 말을 했고, 다른 한 사람은 어쩌면 선생도 나와 똑같느냐며 반색을 했다. 또다른 한 사람은 둘이 예전과는 다르게 싸우지도 않고 의견이 일치하는 것을 보고는 표정을 관리할 새도 없이 그 말이 맞다고 했다.

이런 사실도 모르는 그는 사람은 결국 혼자가 아니겠느냐는 말을 진지하게 고민하며 그후로도 오랫동안 혼자서 앓아누워 있었다. 진실이란 언제든 밝혀질 것이니 어서 털고 일어나 이번에는 아이들을 조각하고 싶었다. 고통으로 일그러진 아이들의 얼굴, 손과 발, 그리고 몸뚱이.

그것도 모르는 사람들은 가끔씩 술자리에서 그의 이야기를 했다. 그가 천벌을 받은 것 같다는 소문이었다. 불교계에서는 그가 기독교도임을 숨겨서 천벌을 받았다고 하고 기독교계에서는 기독교도이면서 우상인 부처를 그렸으니 천벌을 받았다고 하고 여자들은 그가 순정한 옛 애인을 버려서 천벌을 받았다고 했으며 남자들은 조금 잘생긴 걸 가지고 뽐내다가 천벌을 받았다고 말했으며 그가 예전에 사귀던 애인들은 맹세를 지키지 않아 천벌을 받았다고 말했고 그에게 돈을 꾼 친구들은 그가 돈을 그냥 주지도 않고 빌려준 죄로 천벌을 받았다고 했다. 하지만 그들은 이건 그저 남의 말을 하기 좋아하는 사람들의 말이므로 크게 신경을 쓰지 말아야 한다고 했고, 다른 하나는 우리는 지성인들이니 그 말이 옳다고 했다. 그들은 그가 죽었으니 하는 말이지만, 그는 좋은 사람이었고 참으로 겸손하고 진지했으며 진정으로 이 시대를 괴로워한 예술가였다고 했다. 그래서 그들은 그 좋은 화가의 판화를 놓쳐서는 안되므로 모두 한점 이상씩 그의 작품을 소장했고 그 좋은 화가의 작품값이 점점 오르고 있는 것은 너무나 당연하다는 말도 빼놓지 않았다.

그랬다. 그는 진지하고 열정적인 사람이었다. 그런데 그는 죽었을까?

〔당대비평 1998년 여름호〕

모스끄바에는 아무도 없다

그래, 외로워서 썼어. 다들 어디 있니? 우리 그땐 이렇게 힘찼잖아, 우린 그때 실망하지만도 슬퍼하지만도 않았잖아, 그런데 다들 어디 있니, 그런 말이 하고 싶어서 쓴 거라구. 그런데 쓰고 나서 난 더 외로워졌어. 사실은 내가 외로워서 그런 소설을 쓴 건데, 쓰고 나니까 정말 외로워진 것 같애.

모스끄바에는 아무도 없다

보라, 옳은 것은, 사실 옳았던 것이다
남은 것은 역사 속에
남은 자의 몫일 뿐이다
남은 자의 기억은 옳지 않았다
피비린 기억보다 더 많은 것이 이룩되었다
──김정환의 詩 「스텐카 라진」 중에서

모스끄바에는 택시가 없다

나는 이십층짜리 호텔의 십구층 객실 창가에 서 있었다. 팔월의
태양빛이 쏟아져내리는 호텔 광장 너머로는 푸른 잔디가 깔린 공원,
그 한가운데에는 미사일처럼 생긴 뾰족한 오벨리스끄탑이 서 있었
다. 하필이면 탑의 모양을 으스스한 미사일처럼 만들었기 때문인지
이곳의 여름 풍경은 우리나라의 초가을처럼 메마르고 서늘해 보였
다. 호텔로 들어서는 검은 승용차들의 모습조차 냉전시절의 스파이
영화 첫장면처럼 엄숙하고 기괴하게만 느껴졌다. 하지만 호텔 앞을
지나쳐가는 금발의 여자들과 멀리 서 있는 오벨리스끄탑의 낯섦에
도 불구하고 나는 아직도 내가 꿈꾸던 북국의 한 도시, 모스끄바에
와 있다는 사실은 실감하지 못하고 있었다. 이곳에 도착한 지 이틀

이 지났지만 나는 아직도 호텔 밖으로는 나가보지 못하고 그저 창으로 이 광장만 내다보고 있었던 것이다.

호텔과 광장과 자동차는 도시에서 자란 내게는 낯익은 것이었고 솔직히 그것은 한밤중, 우리나라의 어느 산사에 들어가 언뜻 잠이 들었다가, 대숲을 쓸고 가는 바람소리에 문득 깨어난 새벽 풍경보다 훨씬 친근했다. 바라보기만 하는 도시는 어디나 비슷한 법일 테니까 말이다. 나로서는 아는 사람이 없다는 조건이 같다면 스톡홀름이나 케이프타운 같은 곳에서 길을 잃는 편이 우리나라의 산골에서 길을 잃는 것보다 어쩌면 덜 두려웠다. 나는 도시에서 태어나 도시에서 자랐으므로 도시의 생리에 대해서는 익숙해 있었던 것이다.

아침에 급하게 헌팅을 나간 남편이 벗어놓은 파자마와 널려 있는 수건들을 대충 정리하고 나서 나는 지갑과 방열쇠를 챙겨들었다. 전화를 걸기 위해서였다. 80년 모스끄바올림픽을 위해 지어졌다는 이 특급호텔의 객실 전화는, 받을 수는 있지만 외부로 걸 수는 없게 되어 있었다. 모스끄바의 전화 사정은 아주 나쁘다고 했다. 받는 전화조차 외부에서 서너 번의 시도 끝에 한번 걸릴까 말까 하다고.

복도는 어둡고 길었다. 초승달처럼 반원으로 구부러진 이 호텔에는 각 층마다 거의 80개가 넘는 객실이 있었다. 모두들 관광을 나가버렸을까, 아니면 각자의 방에서 나처럼 창밖을 내다보고 있을까, 복도에는 아무도 없었다. 다만 다른 나라의 호텔에서는 볼 수 없는 관리인 여자가 엘리베이터 앞의 책상에 앉아 무료함을 이기지 못하고 하품을 하고 있었다. 룸서비스가 없는 이 호텔에서 손님들은 필요한 물품을 거기서 구입해야 했다. 하지만 물건을 파는 일이라는 건 그저 그녀가 거기 앉아 있기 위한 명분에 불과한 것인지, 여자는 생수나 담배 보드까를 파는 그런 일에는 영 심드렁한 표정이었다. 아마도 그녀의 주 업무는 밤에 이루어졌기 때문이리라. 어젯밤에도 보드까를 구하러 나왔을 때 호텔 복도에 가득하던 러시아의 젊은 여자들…… 이 관리인 여자와 수입을 나누어가지는 인터걸이라고 부르는 여자들은 복도를 어슬렁거리다가 남자와 흥정을 하고 빈방을 배정받아 몸을 판다고 했다. 짧은 밤이 50불, 긴 밤이 100불. 그 돈이 러시아인의 한달 평균 봉급액수와 맞먹는다고 했던가. 남자 스탭들은 공항에서부터 긴 밤, 짧은 밤 어쩌고 하며 떠들어대고 있었다. 실제로 우리 스탭들 중 나이든 이 하나가, 키가 자신보다 머리 하나는 큰 금발의 여자와 방을 나오다가 나와 마주치기도 했다. 서울에서 보았던 그 사람이 이 사람이 맞을까, 처음에 나는 내 눈을 의심하지 않을 수 없었다. 하지만 그와 함께 방을 나서던 금발의 여자가 하도 당당하게 이 관리인 여인에게 돈을 치르고 열쇠를 반환하는 것을 보고는 내가 먼저 고개를 숙여버렸다. 인사 한마디 나누지 못하는 남자와 여자가, 시시한 수작 한마디 걸지도 못하는 남자와 여자가 한 침대에서 잠자리를 같이한다…… 거기에 비하면 록까페에서 만나 술을 마시다가 하룻밤의 섹스를 위해 여관으로 간다는 우리 신세대의 연애가 차라리 인간적으로 생각되었다. 원한다면 이름을 물어볼 수도 있고 주소를 적어줄 수도 있고 그도 아니면 잘 가라고 인사를 할 수도 있지 않을까. 그것도 어디까지나 원한다면, 이겠지만…… 무심코 문을 연 화장실에서 아직 용변을 마치지 못한 동료를 발견한 때처럼 나는 무안했다. 그러니 그에게 안녕하세요, 라거나 편히 주무십시오, 라는 인사를 할 수도 없었다.

안녕하세요?

하품을 하다 말고 나와 눈이 마주친 관리인 여자에게 내가 말했다. 어차피 이 호텔에는 영어를 할 줄 아는 사람이 없었으므로 어느 나라 말로 인사를 한대도 마찬가지일 것이기 때문이었다. 군복을 연상시키는 연한 갈색 투피스를 입은 뚱뚱한 여자는 내게 미소를 보냈다. 나는 각 층에 설 때마다 아구가 맞지 않아 틈이 벌어지는 엘리베이터를 타고 일층으로 내려왔다. 호텔 로비에는, 이쪽에서 저쪽으로 말을 걸 수 있는 유일한 수단인, 시내로 통하는 단 한대의 전화가 있었다.

진하지도 연하지도 않은 갈색의 머리카락을 귀 뒤로 짧게 빗어넘긴 여자가 핏대를 올리며 전화 저쪽의 사람에게 소리를 지르고 있었다. 분명 영어는 아니었고 프랑스 말도 아니었고 러시아어도 아닌 듯했다. 저건 어느 나라 말일까, 내가 조금이라도 귀동냥을 한 적이 있는 말들을 떠올렸지만 알 수 없었다. 이 세상에 이토록 많은 언어가 있구나 하는 생각이 들자 사람이 화를 내면 언성을 높이고 얼굴을 찡그린다는 공통점이 있다는 것이 오히려 신기하게 여겨졌다. 그때 갑자기 여자가 전화기를 탁, 하고 놓아버렸다. 전화로는 더이상 화를 참을 수 없는 모양이었다. 여자는 낡은 가죽 핸드백을 들고 횡하니 입구 쪽으로 걸어갔다. 뚱뚱한 몸매 아래로 드러난 가는 종아리가 비현실적인 느낌이었다. 나는 주섬주섬 전화기 앞으로 다가가 버튼을 눌렀다. 모스끄바에 도착한 이래 내가 한 일이 있다면 그건 전화를 거는 일이었다.

한때는 내 대학 친구였으나 지금은 시사잡지사의 모스끄바 통신원으로 있는 C에게로였다. 그를 못 만난 지 십년, 시사잡지사에 연락해서 그의 모스끄바 전화번호를 알아내고 사실 나는 기대에 부풀어 있었다. 그를 통하면 뒤늦게 모스끄바에 유학와 있는 B의 이곳 연락처도 알아낼 수 있을 것이라 생각했던 것이다. 또 며칠 전 소설 취재를 위해 이곳으로 떠날 거라던 소설가 K와는 그래, 우리 모스끄바에서 모두 모여보자,라고 약속까지 해둔 터였다. 우리가 함께 대학을 다녔던 신촌이나, 술을 마시던 인사동의 길거리에서와는 다른 만남을 갖고 싶었던 것이 내 희망이었다. 짜여진 일정과 정해진 역할이 분명한 감독인 남편 이하 스탭들과는 달리, 나는 이곳 촬영장에 따라와 거의 고통까지 느끼고 있었다. 그들은 스웨터의 앞단추처럼 쭈르르 했다. 나 혼자 실밥처럼 그 곁에 붙어 있고 싶지는 않았다. 남편의 걱정에도 불구하고 이곳까지 자신있게 따라온 것은 사실 그들이 있었기 때문이라고 해도 과언은 아니었다. C와 B와 그리고 K. 게다가 여기는 모스끄바가 아닌가 말이다. 빠리도 뉴욕도 동경도 아닌 곳, 살아서는 아마도 밟지 못할 거라고 상상했던 땅, 몰래 읽은 혁명사와 레닌 전기 속에서 살아숨쉬던 곳이었다. 우리는 어쩌면 예전처럼 어깨동무를 하고 스뗀까 라진, 스뗀까 라진, 노래를 부르며 모스끄바의 밤거리를 걷게 될지도 몰랐다. 하지만 아직 나는 C와 통화하지 못하고 있었다.

여느 때처럼 신호가 가기 시작했다. 지난 이틀처럼 또 전화를 받지 않으면 어떻게 하나 걱정하고 있는데 딸깍, 하고 그쪽에서 수화기를 들었다. 여자의 목소리였다.

여보세요…… 저, 저는 서울에서 온 G라고 하는데요.

아아, 하는 목소리가 그쪽에서 흘러나왔다.

네 알죠. 오셨군요…… 저 모르시겠어요? 부인이에요.

부인이라고 해놓고 그 단어가 쑥스러웠던지 여자가 조금 웃었다.

물론 나는 그녀를 알고 있었다. 대학 삼학년 때였던가, C가 고향 동생이라고 소개하며 우리에게 선을 보인 그 여자…… 진도에서 상경한, 생머리를 허리까지 늘어뜨렸던 그 아가씨. 그때 그 아가씨의 쑥스러워하던 눈빛이 떠오르자 나는 갑자기 세월이 많이 흘렀다는 생각을 했다. 진도에서 모스끄바까지. 1983년에서 1995년까지.

알죠. 잘 지내세요?…… 저 지금 모스끄바에 와 있어요. 통화가 힘들었어요. C를 만날 수 있을까요?

말씀은 들었는데 지금은 연구소에 있어요. 어떻게 하죠? 이따가 저녁에나 올 텐데요.

연구소라는 건 처음 듣는 이야기였다. 나는 그가 그저 시사잡지의 통신원 일로 모스끄바에 체류하는 걸로 알고 있었던 것이다.

그래요? 연구소 전화번호를 좀……

연구소로 직접 통하는 전화는 없어요. 어제는 늦게까지 소설가 K 언니하고 술을 마시느라 집에 아무도 없었던 거예요. 그러잖아도 언제 오실라나 남편이 궁금해했는데.

그래요? 소설가 K는?

어떻게 하죠. 오늘 아침에 레닌그라드로 떠났어요…… 어제 우리도 이야기를 했어요. 같이 모였으면 좋겠다구요.

C의 부인은 K가 레닌그라드로 떠난 것이 자기 탓이라도 되는 것처럼 안타깝게 말했다.

그럼 유학온 B의 연락처는 알 수 있을까요?

B씨는 서울 갔어요, 일주일 전에요. 방학이잖아요.

그렇군요, 방학이군요.

나는 그녀의 말을 따라 중얼거렸다. 수화기를 들고 있던 손에 맥이 탁 풀렸다.

이따가 애기아빠 들어오면 호텔로 연락을 하라고 할게요. 방 호수를 알려주시겠어요?

나는 방 호수를 그녀에게 알려주고 나서 내가 그를 꼭 보고 싶어 한다는 말을 덧붙이려다가 말았다. 전화를 끊고 나자, 정말로 내가 아는 사람 하나 없는 낯선 도시에 와 있다는 게 실감났고 그러자 어떻게 해야 할지 모르겠는 기분이었다. 나는 천천히 걸어 로비 라운지 한구석 의자에 앉았다. 저희들끼리 잡담을 하고 있던 웨이트리스들 중의 하나가 내게 다가왔다. 남자 스탭들이 우리 배우들보다 예쁘다고 한 그 웨이트리스였다. 나는 우리 남자 스탭들이 그랬던 것처럼 그 아가씨의 종아리를 훔쳐보았다. 명주실처럼 길고 고운 금발을 뒤로 묶어 하나로 총총히 땋아내리고 서양 영화에 나오는 귀족의 하녀처럼 프릴이 많이 달린 흰 앞치마를 두른 여자. 그녀의 종아리는 마론 인형처럼 가늘고 곧았다.

커피, 하고 내가 발음하자 그녀는 고개를 갸우뚱했다. 커피, 커피, 나는 잔을 들고 마시는 시늉을 해 보였다.

아아, 까페!

여자는 그제서야 비로소 나를 보고 웃었다.

커피를 마시게 된 것만으로 안도를 하며 나도 웃었다. 목도 좀 말랐으므로 나는 다시 컵으로 벌컥벌컥 마시는 시늉을 해 보이며 워터, 워터라고 발음했다. 그녀는 가스? 하고 되물었다. 가스? 이건 또 무슨 말일까…… 여자가 가스, 가스 하고 다시 말했다. 그래도 내가 알아듣지 못하는 표정을 짓자 여자는 아름다운 푸른 눈동자로 잠시 나를 경멸스레 바라보았다. 저 여자가 왜 갑자기 경멸스러운 표정을

244

짓는지 알 수 없어서 잠시 당황했지만 아마도 가스란 물을 가리키는 러시아 말인가보다 하는 생각에 나는 오케이, 하고 말했다. 여자가 이제야 의사소통이 되었다는 듯 방긋 웃었다.

잠시 후에 웨이트리스는 간장 종지같이 작은 잔에 담긴 커피와 물을 날라왔다. 물잔을 들어 한모금 마시는데 역한 냄새가 입안 가득 퍼졌다. 대학 사학년 땐가 설악산으로 수학여행 갔을 때 한모금도 삼키지 못했던 오색약수터의 그 비릿한 물맛 같은 것이었다. 뚱딴지같이 웃음이 나왔다. 그러니까 가스라는 것은 영어였던 것이다. 여자는 내게 천연탄산수를 원하냐고 물어본 것이었다. 아까 여자가 짓던 경멸의 표정은 가스라는 영어도 알아듣지 못하는, 얼굴이 노란 여자에 대한 멸시였으리라.

물 마시기를 포기하고 나는 커피잔을 들었다. 서울에서는 엷은 블랙의 원두커피를 즐겨 마시던 터였지만 이건 참을 수 없이 진하고 썼다. 나는 다시 웨이트리스를 불렀다. 밀크, 밀크…… 나는 간장 종지 같은 커피잔에 밀크를 붓는 시늉을 해 보였다. 여자가 다시 고개를 갸우뚱했다. 밀크, 밀, 크…… 여자는 이번에는 대꾸도 없이 그 날씬한 허리를 휘익 돌려 가버리는 것이었다. 하는 수 없다는 생각에 담배를 무는데 여자가 기다란 글라스에 담긴 우유를 날라왔다. 우유를 또 한잔 청해 마시겠다는 이야기가 아니라 곁들여주는 밀크를 원했던 것인데, 여자는 내 탁자에 놓인 청구서에 새로운 금액을 갈겨쓴 후 자신의 자리로 돌아가는 것이었다. 청구서를 들어 보니 알 수 없는 러시아 말로 세 가지 항목이 적혀 있고 토털 십만 삼천 오백 루블이라고 씌어 있었다. 하는 수 없지, 싶은 생각에 나는 여자가 날라온 우유를 커피잔에 조금 부었다. 밀크커피라도 만들어 마실 생각이었던 것이다. 그런데 그것을 한모금 삼키자마자 욕지기가 치밀었다. 그것은 우유가 아니라 발효가 많이 된 거의 치즈맛에 가까운 요구르트였던 것이다.

다시 웨이트리스를 부르려다 말고 나는 간장 종지 같은 커피잔에든 커피를, 겉모양은 우유 같으나 맛은 치즈 같은 밀크잔에 부었다. 미적지근하고 이상한 맛이 목구멍으로 쿨럭쿨럭 넘어갔다. 모두들 헌팅을 떠나고 기재를 점검하러 나간 호텔방에서 텅 빈 광장을 바라보고 있으니, 이런 이상한 맛의 커피도 추억으로 남겨두지 뭐, 나는 나를 달랬다. 이런 기억도, 말이 통하지 않아서 생기는 이런 오해와 이상스러운 기분도, 먼 훗날 친구와 시골방에 누워 밤을 새울 때는 추억이 될지도 모른다.

십년 전쯤인가, C하고 B하고 떠났던 여행이 떠올랐다. 그해 여름이 끝나갈 무렵 우리는 돈 몇푼을 달랑 들고 짐을 싸서 무턱대고 남쪽을 향해 떠났다. 바다로 산으로 떠났던 피서객들이 돌아와 휴가 동안 책상에 쌓인 먼지를 닦아내고 서랍을 정돈할 무렵, 아마도 더운 바람이 낮을, 차가운 바람이 밤을 점령하던, 여름이 가고 있는 자리에 바람만 가득 밀려오던 그런 무렵이었을 거다.

그때 우리 나이 스물세살, 광주행 밤차에 올라 자리를 잡자마자우리는 소주를 마시기 시작했다. 기억 속의 그 열차는 왜 그렇게 휑뎅그렁할까. 천장에 붙은 형광등은, 작은 종이컵에 담긴 소주 속에서 한없이 떨며 깜빡이고 있었다. 우리는 모두 셋이었다. 유학을 준비하고 있는 B, 공식적인 수배를 받는 것은 아니었지만 날마다 집으로 찾아오는 형사를 피하고 싶은 C, 그리고 유학을 갈 계획도 없고 형사도 찾아오지 않는 방에서 혼자 처박혀 있던, 스물세살임에도 불구하고 아무것도 되고 싶지 않은, 생이 길게만 느껴지고, 이제껏 너무나 긴 이십삼년을 살아왔다고 생각하는 겉늙어버린 나였다.

맹숭한 소주에 취하지도 못한 채 우리는 새벽 광주역에 내렸다. 몇군데 아는 곳에 전화를 했지만 단 한명에게도 연락이 되지 않았다. 이상하다, 광주에 아무도 없다, C가 웃었다. 우선은 해장국집에 들어가 요기를 하고 우리는 망월동으로 떠났다. 망월동에 가려는데요, 버스를 어디서 타야 하나요? 우리는 길 가는 사람들을 붙들고 망월동, 달을 바라보는 동네라는 그 아름다운 이름을 서울식으로 발음했다. 그렇지만 우리에게 되돌아온 것은 순간적인 공포와 증오가 뒤섞인 눈빛이었다.

1985년, 망월동의 그 초라한 묘지들을 기억하는 사람이 있을까? 버스도 없고 포장도 안된, 표지판 하나 없던 그 길. 버스는 우리를 망월동 입구라고 씌어진 조야한 간판이 있는 곳에 내려놓고 꽁무니에 흰 먼지를 매단 채 사라져버렸다. 아직도 이곳 남도는 여름이라는 듯 뜨거운 태양은 시련처럼, 지친 우리 머리 위에서 이글거리고 있었다. 우리는 뜨거운 머리를 겨울모자처럼 뒤집어쓰고 햇볕 작열하는 그 길을 걸었다. 작은 관목 밑에 매어진 염소들이 졸다 말고 우리를 향해 메에에에 울던 그 길. 한 삼십여분을 터덜거리며 걷는 동안 스물세살의 우리들 셋은 서로를 쳐다보지도 않았다. 두 친구의 눈은 더위로 달구어진 그들의 뺨보다 더 붉었다. 우리가 기차에서 내리자마자 보았던 새벽 광주의 어둠과, 떨리던 밤열차의 형광등 빛과 스물 몇살에 벌써 지쳐버린 우리들의 삶이 발효된 우윳덩어리처럼 머릿속에서 부글거리며 끓어올랐다.

그리고 모퉁이를 돌자 거기 망월동이 있었다. 망월동의 그 동그랗고 부드러운, 그러나 초라한 무덤들. 누가 먼저랄 것도 없이, 무거운 배낭을 멘 채로 서서 우리는 눈물을 터뜨려버렸다. 그때 왜 우리는, 그 더운 한낮에, 한점의 그늘도 없는 그곳에 서서, 무거운 배낭을 내려놓을 생각도 못한 채 그렇게 울었을까? 한번 얼굴을 본 적도 없고 만난 적도 없지만, 이제 이 광주 한구석에서 죽은 자로 우리를 맞이하는 그들에게 우리는 사가지고 간 소주를 부었다. 작열하는 태양보다 침묵이 더 견디기 힘들었지만 우리는 묵묵히 무덤에 절을 하고 소주를 마셨다.

뜨겁게 머리를 달구는 태양을 이고, 우리는 먼지 풀썩이는 길을 터벅이며 돌아나왔고, 시외버스 터미널로 가서 아무 버스나 타버렸다. 연락이 안되는 사람들에게 연락하고 싶은 마음도 없었다. 우리는 또 소주를 사들고 더운 바람이 땀에 전 얼굴을 따끔거리게 만드는 버스에 앉아 취하지도 않는 소주를 마시다가 그대로 잠에 떨어져버렸다.

깨어보니 눈앞에 이미 바다가 다가와 있었다. 바다 같지 않은 바다, 섬으로 막막히 막혀버린 바다, 바람이 직선으로 불어오지 못하는 다도해의 바다, 하지만 파도가 이는 푸른 색깔의 그러므로 바다…… 그때 C가, 술에서 다 깨어나지 못한 충혈된 눈을 부릅뜨고 바다를 향해 오줌을 갈기며 소리쳤다.

— 개새끼들아아아아!

바다는 대답이 없고 파도만 철썩철썩했다. 그러자 내 곁에 앉아 있던 B가 다시 소리쳤다.

— 썹새끼들아아아아!

그때 우리는 슬펐던가 아니던가. 그때 우리는 쓸쓸했던가 아니던

가. 아니, 그때 우리는 그래도 젊었던가 아니던가…… 그리고 우리는 각자의 삶에 점령당했다. C는 신문사에, 유학을 떠나지 못하고 방황을 거듭하던 B는 대학원에, 나는 생각하지 않았던 길로 달려가고 있는 내 청춘에 대한 멀미에…… 물론, 점령당한 영혼들은 어디로도 가지 못하고 우리가 대학을 다닌 그 거리를 배회했다. 처음에는 가끔씩, 그 다음에는 드문드문, 그리고 그 다음에는 어쩌다가 한 번씩 서로 연락을 취하던 우리들은 같은 하늘 아래서 비슷비슷한 일을 하고, 우리가 자주 가던 술집에 들러 술을 마시면서도 서로의 소식을 그저 풍문으로만 듣고 있었다.

어디선가 웃음소리가 왁자하게 들렸다. 긴 카운터 쪽이었다. 태국인쯤으로 짐작되는 작고 검은 동양인 남자들이 카운터에 주르르 앉아서 그 옆에서 서성이는 젊은 러시아 여성들과 이야기를 나누고 있었다. 아니, 이야기를 나눈다는 말은 어폐가 있으리라. 그들은 그저 손짓으로 서로를 가리키며 웃고 있었을 뿐이었으니까. 짧은 이틀간의 모스끄바 체류, 아니 이 코스모스 호텔 체류로 나는 벌써 알고 있었다. 저 웃음소리가, 서성이는 젊은 러시아 여자들과 동양인 남자들이 함께 웃는다는 것이 무엇을 의미하는지를. 나는 내가 만든 이상한 커피를 꿀꺽 삼켰다.

태국인으로 짐작되는, 아니 말레이시아인이거나 인도네시아인이거나 아니면 홍콩인이라도 상관없을 남자들은 마치 미인대회의 심사위원들처럼 거만한 모습이었다. 저들의 지갑 속에 있는 달러가 저들에게 저런 오만함을 부여했을까. 영어를 할 줄 모르는지 아름다운 러시아 여자들은 도화지에 그려놓은 것 같은 미소만 지은 채였다. 그 여자들의 관심 역시 저 남자들의 안주머니에 든 달러에 가 있으리라. 남자들은 그중 한 여자를 제 옆에 앉혔다. 이제 흥정이 시작되는지 손가락 두 개가 펴졌다. 그런데 아름다운 금발 러시아 여자가 망설이는 동안 그들의 시선과 내 시선을 한꺼번에 환하게 밝히며 누군가가 다가오고 있었다. 같은 여자인 내가 보기에도 눈이 부신 흑발의 러시아 여자들이었다. 키는 한 175센티미터쯤 될까. 검은 미니스커트 아래로 드러난 튼튼한 다리가 길고 탄력적으로 느껴졌다.

카운터에 앉은 동양인들의 시선이 그리로 옮겨졌고 그리고 떠날 줄 몰랐다. 미소를 짓고 있던 금발 여자들의 얼굴에 잠시 화가 난 듯한 표정이 떠올랐으나 그들은 이내 체념한 듯 핸드백을 들고 일어섰다. 동양인 남자들은 새로 나타난 두 명의 여자를 앉히고 다시 손가락을 세워 보였다. 나는 그들을 두고 물러가는 금발의 러시아 여자 두 명을 물끄러미 바라보았다. 그녀들은 로비 라운지 귀퉁이에 앉아 있는 흑인들 쪽으로 마음을 먹은 듯했다.

나는 미지근한 커피를 다시 한잔 마셨다. 들큼하고 시큼하고 미지근한 액체가 쿨럭쿨럭 내 목을 타고 내려갔다. 냉정해지지 않으면 안된다는 생각이 들었다. 나는 내 자신에게 말했다. 이곳이 방콕이었다 해도, 아니 케이프타운이나 서울이었다 해도 분명 나는 이와같은 기분이었을 거라고. 사람이 사람의 성기를 돈 주고 사거나 파는 것은 옳은 일이 아니라고 나는 원래부터 생각하는 사람이라고. 그러니 그곳이 방콕이든 케이프타운이든 서울이든 이런 상황에서 내가 할 수 있는 일은 그저 모른 척하는 일뿐이라고. 이곳이 모스끄바라 해서 달라질 것은 없다고. 다만 나는 시원한 물이 좀 마시고 싶었다. 그도 아니면 그저 서울에서 늘 마시던 엷은 원두커피라도 마시고 싶었다. 동양인 셋이 흑발의 모스끄바 여자 둘을 에스코트하며 일어섰다. 인종에 대한 선입견에 나도 이미 물들어 있었던가, 동양인 남자들의 키는 러시아 여자들의 어깨에도 오지 않아 초라해 보였다. 아마 시소를 태운다면 두 명의 러시아 여자 쪽이 세 명의 동양인 남자 쪽보다 기울어버려서 남자들이 아무리 발을 굴러도 시소는 다시 그들 쪽으로 기울지 않으리라. 하지만 그들은 시소를 타러 갈 리 없는 사람들이고 그들이 짝이 맞지 않는다는 생각 같은 것은 내가 할 필요가 없는 것이다. 이러니 촌스럽다는 소리를 듣지, 나는 혼자 중얼거렸다.

여기서 뭐하세요?

눈을 들어보니 신문기자 김이 서 있었다. 김은 짙은 청록색의 썬글라스를 벗으며 내 앞자리에 앉았다. 공항에서 처음 인사를 나눈 김은 스포츠지의 영화담당 기자로 이곳까지 동행했다. 우리는 같은 81학번이라는 이유만으로 비행기를 타고 오면서도 초면의 어색함 없이 얼마간의 대화를 나누었고 나는 동년배로서의 동질감이랄까 그런 것을 그에게 느끼고 있었다. 김의 곁에는 낡은 갈색 양복을 입은, 얼굴이 검고 키가 작은 사내가 서 있었다. 짙은 쌍꺼풀의 눈이 선량하고 맑아 보이는 사람이었다. 그들은 내 앞에 자리를 잡고 콜라를 시켰다. 아까 내게 커피와 탄산수와 밀크를 가져다주던 웨이트리스는 코크라는 말을 금세 알아듣고 친절한 미소를 보였다. 코카콜라가 있었구나, 코크라고 발음하면 되는 그 간편한 세계 공통어를 나는 왜 몰랐을까.

이쪽은 빅또르 박씨예요. 여기 교포 삼세이시고 지금은 고려일보 기자이시죠.

김이 내게 말했다. 나는 마치 충청도에서 갓 올라온 듯한 느낌의 빅또르 박에게 꾸벅 인사를 해 보였다.

이쪽은 감독님 사모님이시고 한국의 유명한 여배우세요.

김이 사내에게 나를 소개하며 익살을 부렸다. 낯선 나라의 낯선 호텔에선 누구나 쉽게 친근해지는 법일까, 나는 김의 익살이 비위에 거슬리지 않았다. 빅또르 박이라는 사내는, 당신이 배우든 뭐든 별로 상관없다는 표정을 지으며 회색빛 손수건을 꺼내 이마의 땀을 닦았다. 콜라를 마시고 나서 김은 취재수첩을 꺼냈다.

우린 누가 뭐래도 사회주의자다…… 지금 러시아 불만 많다. 우리 할아버지 사회주의, 우리 아버지 사회주의, 나 사회주의 교육받았고, 우리 애들 초등학교까지 사회주의 공부했다. 이제 와서 난데없이 체제 바뀌었어도 우리 사고는 사실 사회주의이다. 할 수 없다. 옐찐…… 우리, 옐찐 불만 많다. 강도가 생기고 도둑도 생기고 물가는 오르고…… 살기가 점점 힘이 든다. 우리 고려인들 이럴 때일수록 뭉쳐야 한다. 삼풍백화점 무너졌을 때 우리 너무 창피했다. 내 친구들 만날 때마다 무너지는 이야기했다. 창피한 거 말도 마…… 나는 한국이 잘되고…… 한국 사람들 많이 와야 한다고 생각한다. 러시아하고 많이많이 왔다갔다……

빅또르 박은 짧은 한국말로, 마치 내가 아까 말이 안 통하던 러시아 웨이트리스에게 그러했듯이 손짓을 많이 섞어가며 말했다. 말을 하면서 점점 더 흥분이 되는지 그는 더 많은 땀을 흘렸고 그때마다 구겨진 회색 손수건으로 땀을 닦았다.

아니, 잠깐.

빅또르 박의 말을 받아적던 김이 말을 끊었다.

아니, 옐찐은…… 당신들이 투표해서 뽑은 대통령이잖아요?

그래도 나는 싫다…… 당신들 노태우, 또 김영삼 투표해서 뽑아 놓고 맨날 데모하고 그러지? 우리도 그렇게 옐찐 싫다.

빅또르 박의 말에 김이 피식하고 웃었다.

빅또르 박은 더 큰 소리로 이야기를 계속했다. 평북 단천에서 태어난 할아버지의 연해주 이주…… 그리고 지금 모스끄바의 고려일보에서 일하는 빅또르 박, 그리고 그의 고려인 아내와 고려인 아이들……

그런데 이거 신문에 언제 나는 거지?

불그레한 얼굴로 설명을 하다 말고 빅또르 박이 물었다.

지면이 나는 대로 곧이죠. 신문에 나면 보내드릴게요.

김은 빅또르 박에게 수첩을 내밀어 그의 모스끄바 주소를 적게 하고 인터뷰를 마쳤다. 이야기가 끝난 듯해서 우리는 자리에서 일어섰다. 아까 내가 마신 세 가지의 음료수와 두 잔의 코카콜라 값까지 해서 이십만 루블의 돈을 잔뜩 꺼내는 동안 빅또르 박이 김에게 중얼거리는 소리가 들려왔다.

진짜, 저 한국 여배우 너무 못생겼다…… 러시아 여자들 정말 예쁜데…… 김선상님도 러시아 여자 잡수시고 가야지…… 여기까지 왔는데 내가 오늘밤에……

빅또르 박이 심각하게 말하자 김이, 등을 돌리고 있는 나를 의식한 듯 뭐라고 만류하는 소리가 들렸다.

오우, 김선상님 목사 같은 사람…… 어젯밤에도 한사코 싫다 해서 난 그냥 인사인 줄로만 알았는데……

빅또르 박은 다른 한국 사람과는 달리 러시아 여자를 '잡수실' 의향이 없는 김이 이상한 모양이었다. 저렇게 눈 맑은 빅또르 박이라는 사람이 '뭉쳐야만 하는' 동족을 만나서 그런 말을 하는 것이 나는 딱해 보였다. 얼마나 많은 한국인들이 이곳에 와서 저런 인식을 심어놓고 갔을까 싶었던 것이다. 그런 빅또르 박의 등을 떠밀듯이 보내놓고 김은 내가 타고 있는 엘리베이터에 올라탔다.

김기자 목사 같은 사람?

내가 빅또르 박의 목소리를 흉내내자 김이 들켰다는 듯한 표정으로 웃었다.

목사 같잖아요. 나는 한국의 야바위꾼 목사, 빅또르 박은 서양말 흉내내는 얼치기 목사……

그거 말 되네요.

김은 손에 들고 있던 썬글라스를 감색 남방 윗도리에 집어넣으며 웃었다.

그런데 영화담당 기자가 빅또르 박 인터뷰는 왜 해요?

김은 잠시 생각하는 얼굴이더니 그냥 웃기만 했다.

더구나 김기자가 일하는 그 스포츠지에 아직도 사회주의를 그리워하는 고려인 삼세가 가당키나 해요? 그런 지면이 정말 나기는 나는 건가요?

가당하지 않죠. 지면이 날 때가 언제인지는 나도 모르겠고……

김은 뜻밖에도 풀이 죽은 목소리로 대답했다.

처음에는 이렇게 될 줄 몰랐어요. 아시죠? 역할분담을 하기 위해 조직의 돈을 댈 누군가가 필요했고 그래서 빵잽이 딱지 없는 내가 돈 많이 주는 데로 취직을 했었는데…… 이제 이게 평생 직업이 되어버렸네요.

엘리베이터에서 내린 김은 긴 복도를 걸으며 뜻밖에도 진지한 목소리로 말했다. 김은 왜 묻지도 않은 말을 할까, 나는 그저 농담을 했을 뿐인데…… 우리 둘의 발소리가 낡은 카펫 위에서 사각사각 울렸다. 나로 말하면 사실 이런 이야기를 꺼내고 싶지 않았다. 나는 다른 이야기를 듣고 싶었다. 기자들은 내게 충고했다. 이제 좀 다른 이야기를 쓰시지요. 팔십년대 한물 갔잖아요. 이젠 뭐랄까, 이런 말 씀드린다고 기분 나쁘게는 생각지 마세요. 후일담, 지겨워요…… 한 평론가는 진지한 얼굴로 내 눈을 들여다보며 옳다 해도 낡은 것은 버리고 옳지 않더라도 새로운 것을 택하시지요, 했다. 그러지요, 옳더라도 낡은 것을 버리고 옳지 않더라도 새로운 것…… 내가 중얼거렸다. 아니요, 옳지 않은 것,이 아니라 맘에 들지 않더라도…… 그는 말을 수정했다. 잠자코 있던 내가 대꾸했다. 맘에 든다구요? 이게 맘에 들고 안 들고의 문제였던가요?

그래서 나는 이제는 소리 지르지 않고 소곤소곤 새로운 이야기를 해야 할 때가 왔다고 생각하고 있다. 화해하고 따뜻하게 안아주는 다른 이야기를 하자고. 그래, 이 세상에 혁명만 있고 저항만 있고 고문과 투옥만 있는 것은 아니니까. 삶이란, 젊은 내가 함부로 생각했듯이 변증법적으로만 전개되는 것은 아니며, 그러니까 삶은 뭐랄까 불가해한 것이니. 작은 상처와 사소한 마음먹음 하나가 생을 뒤바꿔놓을 수 있다는 것을 나도 알고 있으니까. 그래서 장편 하나를 끝낸 뒤 이년 동안 나는 한 글자의 글도 쓰지 않았다. 책상 앞에 앉아 노트북 위에 쌓인 먼지를 닦으며 나는 생각했다. 찾아야 한다고, 옳든 그르든, 맘에 들든 들지 않든, 새로운 불가해한 삶…… 작은 상처와 사소한 마음먹음이 달무리 얼룩진 삶에 미치는 영향…… 그런데 모스끄바까지 와서 나는 김의 말투를 이해하고 있었다. 침묵이,

농담을 하듯 건들건들한 말투의, 멈칫멈칫하는 어떤 사이가 외면할 수 없는 기억들로 채워지고 있었던 것이다. 나는 어서 김과 헤어지고 싶었다. 방문 앞에서 내가 멈추어섰다. 따라서 멈추어서는 김의 얼굴 위로 C의 얼굴이 겹쳐졌다. 붉게 충혈된 눈으로 바다에다 욕을 퍼붓던 스물 몇살의 그의 얼굴. 김도 십년 전쯤 어느날 바다로 가서 욕을 퍼부었을까? 아무 잘못도 없는 그 바다에게?

혼자 방에 들어가 있으려면 심심하겠어요?

서둘러 그와 헤어지려는 기색을 눈치챘는지 김이 다시 농담투로 말했다.

그렇다고 총각방에 혼자 놀러 갈 수도 없잖아요?

총각?

김이 되물었다.

집 나오면 남자들은 모두 다 총각이잖아요. 그럼……

나는 손을 흔들고 그와 헤어졌다. 방으로 들어서자 전화벨이 요란스레 울리고 있었다. 혹시 C가 아닐까. 나는 들고 있던 열쇠를 침대에 팽개치고 달려가 전화를 받았다. 수화기 저쪽의 사람은 C가 아니었다. 이제껏 한번도 들어본 일이 없는 언어로 어떤 남자가 말하고 있었다.

뭐라구요? 왓? 여보세요?

나는 허둥대다가 전화를 끊어버렸다. 갑자기 가슴이 불안스러운 리듬으로 뛰기 시작했다. 나는 커튼을 젖히고 한 손으로 지그시 내 왼쪽 심장께를 누른 채 서 있었다. 아홉시가 넘어야 지는 모스끄바의 엷은 태양이 오벨리스끄탑 위쪽에 걸려 있었다. 미사일같이 생긴 탑은 곧 하늘로 쏘아올려질 듯 날카로워 보였다. 그때 다시 벨이 울렸다. 이번에는 벨이 세 번을 울릴 때까지 기다렸다가 나는 천천히 수화기를 들었다.

그 언어를 어떻게 형용해야 옳을까. 영어도 러시아어도 불어도 독어도 아닌 이상한 나라의 이상한 모음과 자음들…… 남자의 목소리는 그러나 장난 같지는 않았고 내가 아까처럼 전화를 끊어버릴까봐 몹시 겁이 난다는 듯 빠르고 다급하게 이어지고 있었다.

……캔 유 스피크 잉글리시?

내가 물었다.

……뿌베 부 빠흘레 프랑쎄?

잠시 후 그가 말했다. 그랬다. 이번엔 프랑스어였다. 이번엔 그것이 어느 나라 말인지 알 수 있었다. 반가운 마음이 들었다. 그래, 이건 프랑스 말이구나…… 하지만 그것이 프랑스 말이라는 것을 안다는 것과 내가 그것을 말할 수 있다는 것은 다른 이야기였다. 당신은 프랑스 말을 할 수 있냐는 그의 질문을 대충 알아들었지만, 고등학교 삼년간 그리고 대학에서 이년간 제2외국어로 프랑스어를 배웠지만 나는 겨우, 아주 서툴게 알아들을 수 있을 뿐이었다. 혀를 돌돌 꼬부리는 프랑스어는 프랑스어 수업시간 이외에는 발음해본 적이 없었다.

농. 아이 캔트 스피크 프렌치. 데어 이즈 노 퍼슨 유 아 서칭 포.

내가 천천히 힘주어 대답했지만 그는 이번에는 더 빨리 프랑스어로 이야기하고 있었다.

아이 캔트 스피크, 아이 캔트 스피크 프렌치…… 아이 캔트 스피크!

더듬거리며라도 말할 수 있는 유일한 외국어인 영어를 앵무새처럼 되뇌다가, 나는 드디어 그에게 소리를 버럭 지르고는 전화를 끊어버렸다. 나는 전화를 끊은 내 손을 들여다보았다. 그 손은 미세하게 떨리고 있었고, 떨림은 손을 지나 몸으로 번져갔다. 나는 침대에 엎드렸다. 알 수 없는 언어에 내가 이토록 민감하게 반응하는 이유를 나도 알 수 없었다. 그저 잘못 걸려온 전화라고 생각하면 그만일 것이다. 하지만 나는 강한 충격에 사로잡힌 것처럼 나 자신을 제어할 수 없었고 그래서 사이드 테이블에 놓여 있는 생수병을 집어들고 엎드린 채로 그것을 마셨다. 반쯤 남아 있던 생수병마저 다 비워지자 나는 어젯밤 마시다 남겨놓은 보드카를 집어들었다. 이미 오래 전부터 나는 알고 있었다. 낯선 남자에게 소리까지 치며 내뱉은 그 말, 아이 캔트 스피크, 아이 캔트 스피크…… 나는 소주처럼 투명한 보드카 병을 들고 다시 중얼거렸다. 아이 캔트 스피크…… 보드카가 쿨럭이며 목구멍으로 내려갔다. 그 술을 받아들인 내 가슴이 서늘해졌다가 이내 뜨거워지며 그 말을 번역하고 있었다. 내게 그런 말 하지 마. 제발, 내게, 그런 말, 하지 말아.

다시 전화벨이 울린 것은 그로부터 약 한 시간이 지난 후였다. 보드카 덕택이었을까, 나는 아까보다 훨씬 더 진정되어 있었다. 이번에는 뜻밖에도 남편이었다.

여기 아리랑식당이야, 저녁 먹어야지. 스탭들 다 여기서 식사하거든. 듣고 있는 거야?

응.

이리로 와야지……

모스끄바엔 택시가 없잖아.

택시? 그러네……

잠시 침묵이 흘렀다.

길거리에 나가서 손을 들고 있으면 지나가는 차가 선다. 대개는 자가용들이지만 때로는 경찰차일 때도 있고 황당하게 앰뷸런스를 얻어타기도 한다고 우리를 안내하는 유학생 장이 말해주었었다. 아무튼 그 차를 세워 가는 곳을 말하고 값을 흥정한 후 차를 타면 되는 곳이 모스끄바였다. 하지만 나는 언어를 알지 못한다. 값이야 손가락으로 대충 이야기를 한다 해도 행선지를 말할 언어가 내게는 없는 것이다.

걱정 마. 나 혼자 호텔에서 대충 해결할게.

나는 갑자기 차분해져서 남편에게 말했다.

모스끄바에 있다는 친구들은 못 만났어?

없어…… 아무도 없어……

웬일이지?

남편은 딱하다는 듯 혀를 한번 차다가 겨우 그렇게 말했다.

모스끄바에는 새가 없다

연살굿빛, 민소매 파티드레스를 입은 여자는 대리석 조각이 화려한 테라스 난간에 서 있다. 뒷모습으로 선 여자의 어깨 너머로는 북국의 흰 자작나무숲이 펼쳐져 있다. 시선이 닿는 먼 끝도 숲이었다. 숲의 끝은 수평선처럼 넓고 곧았다. 우리나라의 작은 숲에서는 볼 수 없는 어떤 위엄이 넓은 어깨를 쭈욱 펴고 펼쳐져 있는 듯했다. 엷은 태양빛이 자작나무 수피처럼 희고 길쭉한 그 여자의 팔 위로 쏟아져내렸다.

여자는 지금 1989년의 모스끄바에 서 있다. 그때까지는 쏘비에뜨 연방이었던 그 나라의 수도, 뻬레스뜨로이까와 글라스노스찌의 물결이 아직 파도치던 그곳, 넓은 이마에 지도처럼 긴 반점이 박힌 고르바초프 대통령이 있던 나라에서 여자는 몇 안되는 한국의 유학생이었다. 무엇인가 기척을 느낀 듯 여자의 어깨가 조금 굳어지는 것이 보이고 이윽고 망설이는 듯, 여자의 머리가 이쪽을 향해 돌아선다. 목덜미가 파인 여자의 연살굿빛 드레스 앞쪽에 달린 자줏빛 코싸지가 선명하다. 이윽고 여자의 입술이 마치 고통을 참는 듯이 얇게 뒤틀린다. 하지만 진실을 말해주는 것은 그 여자의 커다란 눈 쪽이다. 제정러시아 시절 한 귀족의 별장으로 지어졌고, 이제는 장교들의 휴양지로 쓰이고 있는, 이 오렌지색 웨딩케익 모양의 건물 테라스에서 여자는 사랑을 찾아 모스끄바까지 달려온 운명의 남자를 환희의 시선으로 받아들이고 있는 중이다. 시나리오에 의하면 이 여자는 이제 이 남자의 사랑을 받아들이고 서울로 돌아가 행복하게 살아가게 될 것이다. 그러니까 말하자면 이 장면은 그 여자의 고난이 끝나고 행복이 시작되는 길목이 되는 셈이다. 여자는 지금 행복을 향해서 천천히, 오랫동안 고통받았던 사람이 갑작스런 행복과 마주할 때처럼 정말일까 하는 마음에 겁먹은 채, 그토록 열망했으나 평생 자기 것이 아니라고 생각하며 체념했던 그 행복이 눈앞에 다가오는 것을 보고 있는 중이다. 그러니 여자가 얇게 입술을 뒤틀며 이 환희를 표현하는 것은 너무나 당연한 일인지 모른다.

커엇, 여배우의 연기에 몰두해서였을까, 남편은 여자의 감정을 다치게 하지 않으려는 듯 낮은 소리로 컷을 불렀고, 조용히 돌아가고 있던 아리 플렉스 4 카메라도 소리를 멈추었다. 그와 동시에 여자와 카메라의 뒤쪽에 초승달처럼 진을 치고 있던 스탭들의 입술에서 작은 탄성이 새어나왔다.

오케이, 좋아요. 오전 촬영은 여기까지입니다.

남편의 입술이 둥글게 모아지자 이번에는 둘러선 스탭들 사이에서 더 큰 환성이 퍼져나왔다.

자아, 이제 한국식당으로 갑시다. 이번에는 한국관이에요. 빨리빨리들 정리합시다. 오늘 메뉴는 일인분에 만이천원이나 하는 비싼 김치찌개라구요.

제작부의 말이 떨어지자 촬영부와 조명부 그리고 연출부를 포함한 스탭들의 얼굴에는 벌써 김치찌개의 시원하고 매콤한 향기가 피어오르는 듯했다. 여배우는 피곤하다는 듯 들고 있던 백을 테라스에 놓인 탁자에 휘익 내던졌다. 미용과 의상 담당이 여배우에게로 달려가 그녀가 휘익 던져버린 백을 집어들고는 그녀의 머리와 의상을 매만지기 시작했다. 테라스 한쪽 모서리 끝에서 모자도 없이, 1995년 8월의 땡볕을 받고 서 있던 나는 남편을 바라보았다. 남편은 촬영감독과 말을 나누고 난 후 여배우에게 다가갔다. 가볍게 어깨를 두드리고 있는 것으로 보아 아마도 수고했다는 말을 건네는 것이리라. 그리고 곧 남편의 등이 부산하게 움직이는 스탭들 사이로 지나가기 시작했다. 나는 짐을 나르는 스탭들에게 이리저리 몸을 피해주다가 아까 여배우가 서 있던 테라스 난간 곁으로 갔다. 따뜻한 대리석의 온기가 내 반소매 티셔츠 아래로 전해져왔다.

나는 아까 그 여배우가 하듯이 먼곳으로 시선을 던졌다. 자작나무 숲은 끝이 없었다. 대평원이었다. 이 나라가 사실은 아주 큰 대륙의 일부라는 사실이 갑자기 실감났다. 나는 주머니에서 천천히 담배를 꺼내 물었다. 김포 면세점에서 산 디스도 거의 끝나가고 있었다. 그러고 보니 여기 온 이래 나는 줄창 담배만 피우고 있었다. 이곳에 도착한 후 삼일 동안 거리에서고 촬영장에서고간에 내 손에는 담배가 들려 있었다. 그러지 않았다면 삼일 만에 담배 한 보루를 없앨 리가 없을 테니까 말이다.

한국 담배 하나 피워볼 수 있을까요?

누군가가 내 곁으로 다가섰다. 우리의 통역을 맡아주고 있는 장이었다. 그는 모스끄바에서 문학박사 과정을 이수하는 중이라고 했다. 그는 나의 소설에 관심을 많이 보이고 있었다. 소설을 쓰고 싶다고 수줍은 얼굴로 내게 고백한 적도 있었다. 나는 그에게 몇개비 남지 않은 담배 하나를 내밀었다. 검은 뿔테안경을 버릇처럼 한번 올리고 나서 그는 담배에 불을 붙였다. 흰 연기가 그와 내 입에서 동시에 뿜어져나왔다. 우리는 말없이 서서 출렁거리는 모스끄바의 흰 자작나무숲, 바다 같은 숲을 바라보았다.

C의 전화는 이른 아침에 걸려왔다. 어젯밤 남편이 돌아올 때까지 저녁도 거른 빈속에 보드까를 마셔댄 탓인지 나는 밤새 토했고 아침에는 거의 탈진상태로 누워 있어야 했다.

여기까지 우겨서 쫓아오더니 참 꼴 좋군.

남편이 아침식사를 하지 않겠다는 나를 깨우다 말고 티셔츠를 갈아입으며 말했다.

그런 식으로 이야기하지 말아줄 수 없어?

나는 갑자기 버럭 소리를 질러댔다. 청색 티셔츠에 팔을 끼우다 말고 남편이 놀란 얼굴로 나를 바라다보았다. 그의 얼굴이 너무나 놀란 빛이었기 때문에, 갑자기 나도 어색해져버렸다. 나는 담요를 거칠게 들추며 일어나 앉았다. 굳어진 그의 얼굴 때문에 아니야, 소리를 버럭 지른 건 전혀 내 의도가 아니었어,라고 말투를 고쳐 다시 상냥하게 말할 수도 없었다.

친구들을 만나든지, 빅또르 박한테 부탁해서 따로 관광이나 쇼핑을 하든지 그도 아니면 촬영장에 따라가자.

마른침을 한번 삼키고 나서 남편은 천천히 말했다. 나는 뭐라고 더 말할 수가 없었다. 요즘 와서 이상하게 나는 아주 빠른 속도로 말을 하거나 화를 벌컥 내거나 그도 아니면 가끔 말을 더듬었다.

촬영장에 따라가겠어. 모스끄바에 와서 영어 할 줄 아는 사람도 없는 호텔에만 있다가 갈 수는 없잖아?

영어를 잘하는 사람이 이곳에 있다 해도 사실 내가 얼마나 영어로 말을 잘할 수 있을지는 의문이었다. 어제는 복도에서 한 여자 스탭이 지나가는 나를 붙들고 자기 방 화장대 위에 놓아둔 루블이 없어졌는데 그걸 어디 가서 알아보면 좋겠는지 청소부 여자에게 물어봐달라고 한 일이 있었다. 이 여자의 방 화장대 위에 놓아둔 루블화가 없어졌는데 그걸 어디 가서 알아보면 되느냐는 말을 영어로 어떻게 해야 하는지 사실 한마디도 떠오르지 않았다. 청소부 앞에서 입술만 달싹이고 있는데, 여자 스탭의 얼굴이 실망으로 일그러졌다.

영문과 나오셨잖아요?

그녀가 물었다.

영문과 나왔죠. 영문도 모르고……

여자 스탭은 내 말이 재미있다는 듯이 깔깔 웃다가 대답했다.

하기는 영문과 나온 사람도 모르는 영어를 청소부 여잔들 알겠어요? 제 실수죠, 뭐. 그런데 인터걸들 영어 잘해요. 어젯밤에 내가 남자 스텝 방에 놀러 갔을 때 전화가 걸려왔는데 영어를 그렇게 잘하더래요. 섹스 앤드 마싸지…… 베리 웰…… 오케이? 아이 앰 베리 프리티 걸……

영어를 못하는 우리는 인터걸의 기발한 영어를 들으며 바보처럼 웃었다. 그런데 나는 마치 영어를 잘하는 사람이 나타나기만 하면 얼마든지 재미있을 수 있는 것처럼 남편 앞에서 말하고 있는 것이다.

전화벨이 울린 건 그때였다. 대번에 나는 그것이 C의 음성이라는 것을 알 수 있었다.

C니?

이상한 일이었다. 목소리는 나이를 먹지 않는 것일까. 오랜만에 만난 친구들은 조금씩 나이에 침식당해 있었다. 여자들은 눈가를, 남자들은 머리와 배를…… 하지만 그게 누구든 전화를 걸어오는 목소리는 그대로였다.

너 꽤 섭섭했나보더라. 우리 마누라 말이 이상하게 전화를 끊고 니가 울까봐 겁이 났다고 하더라. 너 다 큰 게 아직도 찡찡 울고 다니고 그러니?

그랬다. 예전의 C였다. 우스갯소리를 잘하고 큰소리도 잘 치고 때로는 악의없는 거짓말로 나를 골탕먹이던 그. 나는 스물 몇살의 명랑한 처녀로 돌아가고 있었다. 그의 죽을 맞추어준 것은 언제나 나였으니까. 우리는 말하자면 손발이 잘 맞는 부질없는 말장난 콤비였다.

그래 하루종일 네 전화 기다리느라고 호텔에서 통곡했어. 모스끄바가 눈물을 믿지 않는다는 것은 알지만……

예전처럼 그가 낄낄거리는 소리가 들렸다. 나이 먹지 않은 예전의 그 웃음소리였다. 목소리처럼 웃음소리도 늙지 않는가보았다.

저녁에 술 한잔 해야지…… 내 말 잘 들어봐. 우선 누구한테 부탁해서 차를 잡아달라고 해. 거기 현지 스탭 있지?

응.

화이쩨베찌바 호텔로 가자면 모르는 운전사가 없을 거야. 거기 커피숍에서 일곱시에 보자.

어서 타세요. 다음 장소로 이동입니다.

담배를 피우고 있는 우리의 뒤쪽에서 스탭 하나가 외쳤다. 우리는 담배를 입에 문 채 대절해놓은 벤츠버스를 향해 걸었다. 버스는 이미 만원이었다. 남편은 촬영감독과 나란히 앉아서 콘티를 펴놓고 이야기를 하다가 나를 보자 다른 자리에 앉으라는 눈짓을 보냈다. 장과 나는 운전석 뒷자리에 앉았다. 운전사가 틀어놓은 알 수 없는 러시아 노래가 나직이 퍼지기 시작했다.

머뭇머뭇, 장은 아까부터 내게 무슨 말인가 꺼내고 싶어하는 것 같았다. 머뭇머뭇거리는 양을 보아서 그것은 제법 심각한 말이겠지, 하는 생각에 나는 아까부터 그를 피하고 있는 중이었다. 나는 사실 장이 무슨 말을 하고 싶은지 혼자 짐작하고 있었다. 비행기 안에서였던가 우리 스탭들 중의 하나가 들려준 이야기였다. 러시아에 유학 온 지 오년, 그는 아이가 하나 있는 연상의 러시아 여자를 알게 되었고 지금은 결혼하지 않은 상태로 함께 살고 있다고 했다. 아들의 유학생활을 살펴보러 한국에서 날아온 부모는 아들의 이상한 동거를 알게 된다. 짐을 풀지도 못하고 넋이 나간 채로 앉은 부모에게 장은 아무 이야기도 하지 못했으리라. 아마도 그는 다만 정직하게, 말없이 이 모든 상황을 대면하게 하고 싶었을 것이다. 순수한 백러시아 혈통을 가진 아홉살 난 제 딸을 데려와 인사시키는 금발의 이혼녀 앞에서 부모는 더듬거리는 목소리로 물었다고 했다.

캔 유 스피크 잉글리시? 캔, 유, 스피크, 잉글리시?

삼십분간의 침묵이 계속되고 나서 그들의 부모는 모든 관광 일정을 취소하고 서울로 돌아갔다고 했다. 캔 유 스피크 잉글리시? 이것이 그의 부모가 러시아에 와서 며느리에게 한 유일한 말이었다. 그러니 그가 만일 진지하게, 집사람과 이러이러하고 부모님과 이러이러한데 어쩌면 좋을까요, 물을까봐, 솔직히 이야기하자면 나는 겁먹고 있었던 것이다. 왜냐하면 내가 할 수 있는 말이란 고작, 사실은 저도 모르겠는데요,가 전부일 테니까 말이다.

저, 저기요……

장이 더듬거리며 입을 열었다. 나는 내키지 않는다는 표정으로 그를 바라보았다.

우리가 방금 촬영을 끝낸 곳의 지명이 뭔지 알아요?

예상과는 다른 뜻밖의 질문이었다.

글쎄요.

아르한겔스끄예요. 천사의 땅이라는 뜻이죠…… 참 어울리는 이름이지요?

아까 테라스에서 바라본 자작나무의 흰 숲이 머리를 스쳐 지나갔다. 흰 자작나무숲과 천사의 날개……

그런데 이 천사의 땅엔 새가 없네요.

그는 입에 가득 물었던 담배의 흰 연기를 내뿜으며 재미있다는 표정으로 나를 바라보았다.

맞아요, 새가 없어요. 그걸 발견하셨군요. 처음에 이곳에 와서 모스끄바 숲을 바라보면서 뭔가 이상하다고 생각했는데 바로 그거였어요.

너무 추워서 그런가요?

글쎄요, 그거야 새들한테 물어봐야죠. 그런데 왜 이즈음엔 소설 안 쓰세요?

두번째 촬영지인 모스끄바 대학 앞에서 촬영이 준비될 즈음 시간은 여섯시를 넘어가고 있었다. 여배우는 이제 육년의 시간을 뛰어넘는다. 한국에 돌아간 후 사랑하던 남편이 죽고 그녀는 남편과의 사랑을 추억하기 위해 다시 이곳에 오는 것이다. 분장팀들은 해사한 그녀의 눈가에 진한 갈색 아이섀도우를 칠하고 분홍빛 입술을 칙칙한 자줏빛으로 누르고 있었다. 저렇게 시간을 뛰어넘을 수 있다면, 마치 영화를 찍듯이 스무살도 되었다가 서른살도 되었다가 할 수 있다면 나는 어떤 나이로 가고 싶을까…… 분장팀의 붓이 움직일 때마다 시간을 뛰어넘어가고 있는 배우를 바라보며 나는 생각했다. 어디로 가고 싶을까? 나는 내 마음속에 있는 사진첩들을 열심히 펼쳐보았다. 유년 시절, 얇은 스타킹 때문에 늘 발이 시렸던 여학생 시절…… 그리고 대학…… 결혼과 출산들…… 대답은 없다,였다. 내 살아온 서른세 해 동안 돌아가고 싶은 그런 시절은 전혀 없었다. 마치 기억상실증에 걸린 사람에게 어떤 나쁜 기억의 섬광이 잠깐 비친 것처럼 나는 순간적으로 아찔해졌다.

나, 가봐야겠어.

가긴 어딜?

콘티를 들여다보고 있던 남편이 촬영장에서 예의 날카로운 목소리로 물었다.

아까 전화하는 거 들었잖아? 일곱시에 화이쩨베찌바 호텔로 간다구.

화이 뭐?

C를 만나기로 했다구. 아침에 전화하고 약속하는 거 당신도 들어놓구선.

남편은 손에 들고 있던 담배를 발치에 버리고 화가 난 것처럼 미간을 찡그렸다.

택시가 없잖아.

그는 그것이 짜증이 나는 이유의 전부라는 듯 잘라말했다. 아침에 내가 소리를 버럭 질렀을 때 그가 그랬던 것처럼 나는 마른침을 한 번 삼키고 나서 천천히 말했다.

지금은 장이 차를 잡아줄 거구, 그 다음엔 C가 차를 잡아줄 거라구.

마피아가 데려가면 어떻게 하려구 그래. 여긴 전화도 없구…… 촬영하는데 여기까지 쫓아와서 계속 날 신경쓰게 만들어야 되겠어?

남편이 큰 소리로 말했다. 촬영을 준비하던 스탭들이 쭈르르 나를 바라보았다.

그러니까 간다는 거야. 당신 신경 안 쓰이게…… 나는 실밥 같은 기분이었단 말이야.

남편이 무슨 소리냐는 듯이 나를 바라다보았다.

아무튼 나는 갈 거야. 예쁜 러시아 여자들 두고 나 같은 아줌마 데려다 양파 까게 할, 눈 나쁜 마피아가 어딨어?

나는 백을 고쳐메고 의기양양하게 걸었다. 감독과 나를 불안한 눈으로 바라보고 있던 장이 나를 따라왔다.

택시 잡아드릴게요. 좀 천천히 걸으세요.

나는 그제서야 내가 급하게 걷고 있다는 것을 알았고, 장의 말대로 보폭을 늦추었다. 오분쯤 걸어나왔을까, 일행과 멀어지고 난 후, 내가 장에게 말했다.

미안해요.

뭐가요?

장은 순하게 웃으면서 발끝으로 보도블록을 톡톡 두드렸다. 글쎄 무엇이 미안한지 나도 알 수 없었다. 촬영장에 따라와서 방해를 한 것이 미안한 것 같기도 했고, 촬영 도중 택시를 잡겠다고 한 것이 미안한 것 같기도 했고, 또 나도 모르게 빨리 걷고 있는 것이 미안한 것 같기도 했다.

부부싸움 어느 나라 말로 해요?

내가 말을 돌리자 장은 웃는 얼굴을 천천히 거두었다.

부부싸움…… 안해봤어요. 우리 집사람 가여워서…… 싸움 못해요. 내가 방에서 큰 소리로 혼자 한국 노래 부르고 있으면 우리 집사람 내가 화난 줄 알죠……

나는 갑자기, 장이 가여워하는 그의 아내처럼, 장이 가여워졌다. 화가 났는데, 캔 유 스피크 잉글리시도 알아듣지 못하는 아내가 가여워서, 화가 났는데도 한국 노래를 부르고 있는 그의 모습…… 문밖에서 이해할 수 없는 남편의 나라 노래를 들으며 가스레인지에 러시아식 스튜를 데우는 그의 아내……

지난 봄, 존경하는 노작가의 집으로 찾아갔던 생각이 났다. 하루종일 이야기를 나누고 어둑어둑한 그의 현관을 나섰을 때, 그녀가 밥을 주어 먹인다는 들고양이들이 막 산에서 내려오는 참이었다. 낯선 방문객을 발견한 고양이들은 등을 곧추세우고 뒷걸음질치기 시작했다. 이쁜아…… 이쁜아 이리 오렴! 괜찮아! 노작가가 고양이들에게 소리쳤지만 고양이들은 더 다가오지 않았다. 멀리서 그중 한 고양이와 내 눈이 마주쳤다. 고양이의 눈은 날카로웠다. 나는 너희들에게 아무 적의가 없단다, 이리 와서 선생님이 주시는 저녁을 먹으렴, 하고 말하고 싶었지만 말할 수 없었다. 내게는 그들을 부를 이름이 없었다. 내가 설사 이쁜아, 이리 오렴, 하고 부른다 해도 그것은 노작가가 부르는 그 이름과는 다를 테니까.

신호등이 바뀌고 차들이 우리 쪽을 향해 질주하기 시작했다. 장이 손을 들었고 낡은 일제 토요따 차가 우리 앞에 멈추어섰다. 장이 흥정을 했고 내가 알록달록한 러시아 루블을 지불했다.

하지만, 나는 그날 저녁에도 결국 C를 만나지 못했다. 운전사는 장의 말을 잘못 알아들었고 나는 화이쩨베찌바 호텔이 아닌 곳에서 밤늦도록 C를 기다리고 말았던 것이다.

모스끄바에는 산이 없다…… 하지만 하나의 언덕이 있다

싸움은 결국 엉뚱한 곳에서 터지고 말았다.

오늘 촬영할 콘티를 챙기면서 남편은 어제 한국식당에서 회식을 마치고 밤늦게 돌아왔을 때 내가 울고 있더라고 말했다. 서울로 가겠다고 했다고, 가서 우리말로 실컷 이야기할 거라고 했다고, 남편은 웃으면서, 그러나 조심스러운 기색을 감추지 않으면서 천천히 말을 꺼냈다. 화장대 앞에 앉아서 부석한 얼굴을 바라다보며 곰곰이 생각해보았지만 거짓말처럼 생각이 나지 않았다.

당신 요즘 조금 이상해진 거 알지?

남편은 트렁크에서 양말을 꺼내 신으며 아침 먹었어, 하는 것처럼 아무렇지도 않은 투로 말했다. 나는 대답없이 머리만 빗었다. 가느다란 머리칼들이 크림색 티셔츠 위로 우수수 떨어져내렸다.

당신 글쓰고 있을 때도 이 정도는 아니었잖아.

지금은 어떤 정도인데?

그러지 않으려고 했지만 내가 듣기에도 내 목소리는 떨리고 있었다. 갑자기 가슴속으로 뜨거운 어떤 것이 치받쳐올랐다. 이건 좋지 않은 징조였다. 하지만 아니야,라고 생각하면서도 나는 언덕 꼭대기에서 저 아래로, 브레이크가 고장난 자전거처럼 내달리고 있었다.

거울을 보면 알 거 아냐, 지금 어떤 정도인지.

남편은 여전히 나를 바라보지 않은 채 말했다.

……당신은 나를 몰라.

나는 복받쳐오는 감정을 꿀꺽 삼키며 천천히 말했다. 나를 바라보지 않고 있던 남편이 뭐라구? 하는 표정으로 나를 바라보았다.

그렇게 함부로 이야기하지 말아. 당신은 나를 모른다구.

어차피 인간은 다 혼자야.

남편은 촬영날 아침부터 나와 승강이를 벌이고 싶은 마음은 조금도 없다는 뜻을 분명히하기 위해 말을 잘랐다.

그래, 어차피 혼자지. 누가 아니래? 그러니 운명처럼 다가오는 한 남자, 같은 이야기나 쓸까? 그 남편이 죽어서 다시 모스끄바에 찾아온 여자의 사랑이 어쩌구 하는 거 쓸까? 웃기지 말라구, 그건 정말 웃기지 말라구야.

남편의 입술이 굳어지고 있었다. 그건 그가 아주 화가 났을 때의 버릇이었다. 내 영화에 대해 니가 그따위로 말하는 것은 용서 못해, 하는 표정이었다.

속이지 마, 사람들을 속여먹지 말라구. 안 그래도 속고 속는 사람들이야. 불쌍한 사람들한테 또 거짓 꿈 같은 건 주지 말라구! 노력하고 노력하면 행복을 찾을 수 있고 어느덧 자신을 발견한다는 거짓말은 그만해! 사랑? 이젠 역겨워, 구역질이 나! 사랑하던 남편이 죽었다면서, 파산하고 모든 걸 잃었다면서 그 여자 주인공은 모스끄바에 올 돈이 어디서 그렇게 난 거야? 먹고살기가 얼마나 힘든지 말하지 않는다면, 영화든 소설이든 철학이든 난 안 믿어!

나는 방금 전 먹은 그 맛없고 시큼한 검은 빵과 들큼했던 러시아 수프를 다 토해낼 것처럼 말했다.

가자. 버스를 타야 해. 사람들이 기다리고 있어.

남편은 화를 참기가 몹시 어렵다는 듯이 천천히 말했다.

난 안 가.

나는 아주 큰 소리로 말했다. 그러자 갑자기 모스끄바에는 택시가 없다는 생각이 났다. 길거리에 나가서 손을 들고 아무 자가용이라도 불러세운 다음 통하지도 않는 러시아 말로 목적지를 말하고 값까지 흥정한 후 어디인가로 가야 했다. 그러면 택시는 어제처럼 나를 엉뚱한 곳에 내려놓을지도 모른다. 그것이 삶일까?

가고 싶지 않다면 네 마음대로 해.

남편은 콘티가 복사된 종이를 손으로 돌돌 말며 몸을 돌렸다. 그러고는 문가로 나가기 전 나를 돌아보고 말했다.

그래서, 사람들을 속이지도 않고, 먹고살기가 얼마나 힘든지 말하는, 그렇게 현실적인 소설을 왜 못 쓰는 거니?

잠시 후 문이 닫히는 소리가 들렸다. 나는 그 자리에 천천히 주저앉았다. 뜬딴지같이 우리가 처음 결혼을 하고, 작은 방에 새 책꽂이를 들이고 함께 책을 정리하던 신혼 때 생각이 났다. 그의 책보따리에서는 온통 영화에 대한 책이, 나의 책보따리에서는 철 지난 철학책들이 쏟아져나왔다. 그토록 한가지 철학으로만 점철된 책들. 의자에 올라선 채로 내가 건네는 책을 받아 꽂으면서 남편은 말했었다.

문학책은 없고 맨 이런 책들 뿐이네. 아직도 이런 책들을 싸가지고 다녀? 책장도 좁은데.

다시 전화벨이 울릴 때까지 나는 침대머리에 벗어놓은 속옷처럼 엎어져 있었다. 전화를 건 것은 C였다.

기가 막히는구나. 그놈의 운전사가 그런 데에 너를 내려놓다니…… 너도 그렇지, 호텔 간판을 봤으면……

난 러시아 글씨를 몰라……

그도 그렇구나.

C가 한숨 쉬듯 짧게 말을 끊었다가 다시 입을 열었다.

내가 재미있는 이야기 해줄게. 러시아의 알파벳이 왜 너도 모르게 그렇게 됐는지 말이야. 예전에 로마의 황제가 유럽 각국의 미개인들을 불러서 알파벳을 나누어주었대. 이제 이것을 가지고 가서 글씨도 쓰고 좀 문명인답게 살라고 말이야. 워낙 무식한 애들이니까, 가르쳐주어봤자 잊어버릴 거고 그래서 돌로 알파벳을 조각해서 가지런히 순서대로 상자에 넣어주었다는 거야. 프랑스 사람들은 배를 타고 건너갔고, 독일 사람들은 알프스를 넘어가 그 알파벳을 쓰기 시작했지. 그런데 러시아는 멀잖아. 산 넘고 물 건너서 가다 날씨가 추워졌대. 그래서 러시아 사람은 상자를 놓고 보드까를 마시기 시작했지. 처음엔 추워서 찔끔찔끔 마시기 시작한 술이었는데, 술기운이 점점 오르자 기분이 좋아졌어. 그래서 대취를 하고 말았지. 글자고 뭐고 문명이고 뭐고, 마침 눈도 내리는데 경치 한번 좋잖아. 니나노 니나노 노래를 부르며 술에 취해 걷다가 그만 넘어지고 만 거야. 그래서 돌로 만든 글조각들이 뒤집어지고 깨지고 순서도 엉망이 되었대. 하지만 그는 돌아가 자기가 보드까를 마시다가 넘어진 사실은 말하지 않았지. 그러면 혼나잖아. 그래서 러시아 사람들은 지금도 유럽과는 다른 순서로 뒤집어지고 거꾸로 된 알파벳을 쓰는 거래.

나는 뒤집어진 R이나 P 같은 러시아 글자들을 생각하며 웃었다.

정말이야?

이제 기분이 좀 나아졌니?

……그래. 고맙다.

언제 떠나니?

내일……

난 오늘 중요한 세미나가 있어. 밤늦게 끝날 거야. 무리를 좀 하면 일찍 빠져나올 수도 있을 것 같은데 그때라도 볼까?

나는 잠시 망설였다. 십년 만에 이곳으로 찾아온 친구에게, 독한 보드까로 인한 숙취 때문에 목소리가 잠긴 친구에게 우스갯소리를 하는 C의 목소리를 듣자, 나는 꼭 무리하지 않아도 이미 이 모스끄 바에서 그를 만난 것 같은 생각이 들었다.

아니, 나중에 보자. 서울에서…… 넌 언제쯤에나 서울에 오니?

글쎄, 지금 같아선 돌아가고 싶은 생각이 들지 않는구나. 결국엔 돌아가야 하겠지만.

C는 낮은 목소리로 말했다.

나는 전화를 끊고 찬물에 세수를 했다. 웃음은 좋은 것이었다. 옛 친구의 변하지 않은 목소리, 그 목소리에 실린 변하지 않은 우정도 좋은 것 같았다. 마음이 조금 진정이 되었고 그래서 우선 어디론가 가자, 라는 생각이 들었다. 지금 이것도 내 삶의 일부인데, 지쳐 엎어져 있는 자신은 싫었다. 그래, 어디인지 내가 그 이름을 모르면 어떤가, 어디든 택시가 나를 내려놓는 곳에서 천천히 모스끄바를 구경하자. 나는 부석한 얼굴에 파운데이션을 찍어 누르고 퉁퉁 부은 눈에 아이섀도우도 발랐다. 거울 속의 여자는 오래도록 들판을 헤맨 것처럼 정처없어 보였다. 독한 보드까 기운이 그 얼굴 위에 아직도 얹혀 있었다. 나는 프랑스 사람도 떠나고 독일 사람도 돌아간 다음, 혼자서 막막한 벌판을 걸어가는 러시아 사람 같았다. 내 마음속에 들어 있는 알파벳도 그렇게 뒤집어지고 순서가 바뀌었던가. 나는 작은 배낭을 챙겨들고 방을 나섰다. 복도에 앉은 관리인 여자는 여전히 하품을 하고 있었다. 나는 이번에는 굿 모닝 하고 말했다. 그녀는 내가 안녕하세요, 하고 말했을 때처럼 웃었다.

나는 미네랄 워터와 지갑과 여권이 든 작은 배낭을 메고 호텔 일층의 토산품 가게를 기웃거렸다. 배가 볼록볼록한 오뚜기 모양의 러시아 민속인형, 「닥터 지바고」에서 본 적이 있는 발랄라이까라는 악기, 그리고 호박 보석을 만지작거리며 나는 머뭇거렸다. 마치 그 비싼 것들을 다 사기라도 할 것처럼 짐짓 여유로운 표정을 지으며 값을 물어보고 다른 것도 보여달라고 말하면서 나는 내가 사실은 저

문밖으로 나가는 것을 몹시 두려워하고 있음을 깨달았다. 어젯밤 화이쩨베쩨바 호텔이 아닌 다른 호텔에서 이리로 돌아올 때의 막막함이 생각났다. 나는 과장되게 손을 흔들어서 아무 차나 불러세우고 코스모스 호텔, 코스모스 호텔, 하고 소리친 후, 주머니에 있던 러시아 루블을 꺼내 내밀었다. 차를 모는 점잖은 중년 남자는 4만 루블을 제외한 나머지 돈을 내게 다시 돌려주었다. 아마 그는 생각했을지 모른다. 저 동양인 여자에게 무언가 굉장히 큰 일이 일어난 모양이구나.

나는 로비에서 현관으로 통하는 유리창을 바라보며 서성거렸다. 그때 먼 시야에 낯익은 얼굴들이 나타났다. 뜻밖에도 장과 김이었다. 내가 그들을 큰 소리로 부르자 그들은 동시에 나를 돌아보았다.

수완이 좋은 김이 취재를 하기 위해 장을 데리고 다니는 모양이었다. 커피 한잔씩을 하고 우리는 잠시 날씨 이야기를 했다. 날이 흐려져서 오늘 촬영에 지장이 있을 것 같다는 말, 이곳의 여름 날씨는 변덕이 하도 심해서 여름에도 가죽잠바를 서랍 깊숙이 넣어두지는 않는다는 말……

왜 촬영장에 안 가셨어요?

장이 어제 촬영장에서 남편과 나의 가벼운 언쟁을 상기한 듯, 조심스레 물었다. 그의 시선이 내 부은 눈덩이를 스쳐 지나갔다. 내가 그냥 웃기만 하자, 장은 자리에서 일어섰고, 김이 망설이다가 장에게 잘 가라는 인사를 건넸다.

김기자는 왜 촬영장에 안 가세요?

이번에는 내가 김에게 물었다. 김도 아까의 나처럼 그냥 웃기만 했다.

276

저어, 그럼 우리 박물관에 가보지 않을래요? 여기까지 왔는데……

콜라를 한잔씩 더 시켜놓고 마시다가 내가 말을 꺼냈다.

박물관에요?

예. 여행안내 책자를 보니까 여기 뿌쉬낀 박물관이라고 있다는데……

그래요? 그럽시다.

김은 생각보다 순순히 응했다.

그런데 어떻게 하죠? 택시가……

그게 무슨 문제예요, 다 사람이 사는 덴데요 뭐. 갑시다.

나는 러시아어를 나처럼 한마디도 못하는 김의 뒤를 따라 나섰다. 우리 앞에 밴이 한대 와서 멎었다.

뿌쉬낀 뮤지엄, 뿌쉬낀 뮤지엄.

뿌쉬낀은 알아듣고 뮤지엄은 알아듣지 못하는 운전사가 고개를 갸우뚱했다. 김은 나에게 우선 뒷좌석에 타라는 눈짓을 하더니 운전사 옆에 앉아 수첩을 꺼내들었다. 힐끗 살펴보니 그는 수첩에 그림이 든 액자와 미라를 그려 보이고 있었다.

오오, 오케이.

거짓말처럼 운전사는 우리를 뿌쉬낀 미술박물관 앞에 내려놓았다. 제정러시아 시절 귀족의 집이었다는 곳, 사회주의 혁명 이후 이 집은 국가에 몰수당했고 그래서 귀족들이 취미로 사모은 예술품들도 함께 국가에 귀속되어 박물관이 된 것이다. 사회주의 정권이 수립된 이후 인민들은 귀족들만 볼 수 있던 예술품들을 감상할 수 있게 되었다. 입구에서 영어로 된 도록을 사서 읽으며 우리는 넓은 미술관을 오르내렸다. 그리스와 이태리의 조각들, 이집트의 미라, 렘브란트의 그림을 지나 나는 고흐의 그림 앞에 섰다. 내가 좋아하는 고흐는 어느 나라 말을 썼을까, 하는 생각이 들었다. 그건 서울에 있을 때는 한번도 떠오르지 않던 생각이었다. 네덜란드에서 온 이방인 고흐는 빠리도 아닌 시골 아를르에서 어떤 나라의 말로 이야기했을까? 각기 다른 사람이 쓴 고흐의 전기를 두 권이나 읽었지만 고흐가 어느 나라 말로 이야기했다는 구절은 없었다. 언어가 잘 통하지 않아서 괴로웠다는 구절도 없었다. 고흐는 다만 괴로워했다고, 이해받을 수가 없었던 그 자신의 생각을 이해받을 수 있도록 잘 표현할 수가 없어서, 마을 사람들도 몰라주고, 화랑도 몰라주고, 끝내 동료인 고갱도 모르는 어떤 공동체에 대한 생각이 좌절됨으로써 괴로워했다고.

운동을 하고 있는 것일까, 회색빛에 가까운 카키색의 죄수복을 입은 사람들이 둥글게 원을 지어 천천히 걸어가고 있었다. 「죄수들의 원무(圓舞)」라는 그림이었다. 화면 앞으로 다가온 그들 중의 몇이 그림을 그리는 고흐를 바라보고 있었다. 이상한 일이었다. 그 옆에 걸린 「비가 갠 후의 오베르의 풍경」이라든가 「아를르의 붉은 포도밭」 같은 곳에 있는 프랑스 농부들은 그림 그리는 고흐를 바라보지 않는다. 그런데 「죄수들의 원무」라는 그림 속의 죄수는 그를 바라보고 있다. 「자화상」 속의 고흐 자신과 더불어, 고흐는 아무하고나 눈을 마주치고 싶어하지 않았구나. 나는 푸른색을 주조로 한 마띠스의 그림 쪽으로 다가가며 생각했다. 그런데 그 동사변화가 어려운 프랑스 말을 고흐는 빨리 배울 수 있었을까. 어학원에 다니지도 않았고, 개인 레슨을 받지도 않았을 가난한 화가…… 더구나 아를르는 남프랑스의 시골이고 사투리가 있었을지도 모르는데…… 고흐는 그래서 그토록 동생 테오에게 열심히 편지를 쓴 것은 아닐까. 테오만이 고흐의 예술적 재능을 알아보았고, 평생 그림이라고는 단 한점밖에 팔아본 적이 없는 무능한 형에게 돈을 대어주고 있었기 때문이 아니라, 푸르스름하다거나 어둑어둑하다거나 언뜻, 문득, 새록새록…… 이런 네덜란드 말이 하고 싶어서…… 빵을 사러 가거나 물감을 사러 가서 말을 하는 거하고 그런 생각을 표현하는 거하고는 다른 일일 테니까. 만일 프랑스 말을 유창하게 했다면 고흐는 죽지 않았을지도 모른다……라는 생각……이 뚱딴지같이 머리를 스쳤다. 타인에게 다가갈 수 없는 언어가 사람을 죽게까지 할 수도 있을까…… 생각하니 갑자기 두려운 생각이 휘익 등줄기를 스치고 지나갔다.

우리는 박물관을 나와서 아르바뜨 거리로 갔다. 여섯시밖에 되지 않은 하늘이 어둑어둑해진다 싶더니 금세 비가 내리기 시작했다. 우리는 박물관에서 산 도록을 머리에 이고 비를 피해 뛰었다. 언젠가 이런 일이 일어났던 것만 같다,라는 생각이 문득 들었다. 그게 언제였는지, 그때 내가 김과 같은 남자와 함께였는지 알 수 없지만, 이렇게 비 내리는 날, 책을 머리에 이고 우산도 없이 광장을 뛰어갔던 일이, 언젠가, 분명, 일어났던 것 같은 그런 생각.

우리는 일본식당으로 들어가서 우동을 시켜 요기를 했다. 비는 계속해서 내리고 있었다. 창밖에서 비를 맞으며 집시들이 노래를 부르고 있었다. 식당에서 나온 우리는 빗속에서 춤을 추는 그들을 구경했다. 비닐우산이라도 구해보려고 가게를 기웃거리는 김에게 짧은 미니스커트를 입은 러시아 여자가 말을 거는 것이 보였다. 김은 난

처한 표정으로 고개를 저었다. 그래도 여자는 집요하게 김을 따라붙고 있었다. 나는 고개를 돌렸다. 한 소녀가 비에 젖은 파란 운동화를 신은 채로 내게 다가왔다. 어깨까지 기른 숱 없는 갈색 머리가 비에 젖어 소녀는 아주 추워 보였다. 소녀는 세계 공통의 제스처로 내게 돈을 구걸하고 있었다. 러시아 동전이 없던 터라 망설이고 있는데 갑자기 고함소리가 들려왔다. 길거리의 처마 밑에서 물건을 팔던 노파였다. 소녀는 노파의 고함소리에 금세 풀이 죽더니 길 저쪽으로 달아났다. 나는 노파를 돌아보았다. 무슨 의미인지 알 수 없었지만 신기하게도 나는 그 노파의 고함을 이해했다. 뭐랄까, 너 자존심도 없이 그게 무슨 짓이냐, 우리 러시아 사람은 거지가 아니야, 뭐 이런 말 같았다. 나는 노파에게 다가가 물건들을 구경했다. 뺨이 붉고 뚱뚱한 노파는 물건을 구경하는 내게 자신의 물건을 하나씩 집어 설명을 하기 시작했다. 그녀의 마디 굵은 손에, 손으로 직접 짠 숄과 전화받침, 컵받침, 그리고 수제 레이스 식탁보 등이 하나씩 들렸다. 나는 노파가 설명하는 말을 알아듣지 못한 채 미소만 지었다. 노파도 나를 향해 미소를 지었다. 미소에게 이런 수식을 붙여도 좋다면 뚱뚱하고 둥근 미소였다. 나는 손으로 짠 레이스 탁자보를 골라들었다. 노파는 여전히 미소를 띤 채 지갑을 꺼내려는 내게 입을 열었다.

달러, 달러.

루블이 아니라 달러로 달라는 말이었다. 나는 가이드의 충고를 무시한 채, 값을 깎지도 않고 10달러를 내밀었다. 뜨개질을 해본 경험이 있는 나로서는 이만한 탁자보를 가는 레이스실로 짜기 위해 얼만큼의 시간과 눈의 피로를 지불해야 하는지 알고 있었기 때문이었다. 노파는 내가 내민 10달러짜리 지폐를 받아 하늘에 대고 한번 비추어보았다. 가짜 달러인지 진짜 달러인지 이곳 사람들은 누구나 그렇게 식별한다고 누군가 한 말이 생각났다. 노파는 돈이 진짜라는 걸 확인했는지 다시 나를 향해 미소를 지었다. 왜일까, 한때 몰래 읽은 혁명사에서 꿈꾸던 러시아 사람 하나를 언뜻 본 것 같은 느낌이었다.

없어요, 비닐우산 같은 건 없대.

우산을 구하러 갔다가 허탕을 치고 돌아온 김이 내 곁으로 다가오며 말했다.

하기는 물건을 사도 쇼핑백은커녕 비닐봉지조차 없으니.

나는 노파가 누런 종이에 둘둘 말아준 레이스 탁자보를 들고 김과 함께 걸었다. 비 탓인지 토요일 저녁이었지만 인적이 드물었다. 우리는 스파게티를 파는 이태리 식당에 들어가 감자튀김을 시켜놓고 맥주를 마셨다. 비 때문이었을까, 조금 일찍 취기가 오른 나를 바라보다가 김이 말했다.

어제는 취재를 나갔다가 레닌 언덕에 올랐지. 산이 없는 모스끄바의 유일한 언덕…… 러시아놈들 말이야, 그 하나밖에 없는 귀한 언덕에다 딱 두 가지를 세워놓았더군. 모스끄바대학과 모스필름이라고 불리는 영화사야. 멋있지? 그 귀한 장소에 대학과 영화사를 세우다니……

그러네.

나는 감자튀김을 우적우적 먹으며 건성으로 대꾸했다.

그런데 내가 정말 화가 난 건 그토록 교육과 예술을 사랑하는 나라가 왜 이 모양 이 꼴일까 하는 거야. 다른 나라를 여러 군데 돌아다녀보았지만 이렇게 시인의 동상이 많이 서 있는 나라는 처음이야. 시인이 많다는 프랑스도 이렇지는 않았지…… 그런데 왜 이들은 패배하고 말았을까. 택시도 없고, 비닐우산도 없고, 전화걸기도 힘들고…… 문학을 하는 그쪽에는 미안한 말이지만 시인만 훌륭하면 뭐 하겠어.

나는 감자튀김의 기름이 묻은 손을 비볐다. 이곳엔 휴지가 없기 때문이었다.

그래서 문득 생각했어. 모스끄바의 명당인 그 레닌 언덕에 사관학교하고 정보부를 세워놓았으면 어땠을까 하고 말이야. 서울 한복판의 남산에다가 안기부와 텔레비전 송신탑을 세워놓았듯이…… 그랬더라면 이 나라가 어떻게 되었을까, 사회주의는 어떻게 되었을까 하고 말이야……

김하고 단둘이 남으면 우리는 왜 자꾸 이런 무거운 이야기들을 하게 되는 것인지…… 빗방울들이 돌돌돌돌, 모스끄바에 있는 이태리 레스또랑의 커다란 유리창으로 흘러내렸다. 사방은 어두웠고 마주 보이는 보석상의 불빛이 노랗게 거리로 흘러나오고 있었다.

아까 왜 촬영장에 가지 않느냐고 물었지? 어제 이 영화의 엑스트라들로 모스끄바대학 학생들 왔었잖아. 그 여학생들 중의 하나가 어제 내 옆방에서 나오더라구. 물어보니까 그저 인터걸 하나를 불러달라고 했는데 그 엑스트라가 온 거야. 그녀를 부른 남자 스탭도 깜짝 놀랐다는 거야. 모르겠어. 갑자기 이 나라가 싫어지데. 모스끄바대학이라면 내가 알기로는 러시아 내에서 좋은 학교야. 우리의 서울대와 비견된다고 할까…… 왜 내가 그렇게 비참해지던지…… 젊은 인텔리들에게 몸까지 팔게 만드는 이 나라에 정이 떨어져. 게다가 어제 우리가 갔던 한국식당 주인이 하는 말, 그쪽도 들었지?

나는 고개를 끄덕였다. 어제 한국식당에서 주인이 자랑스레 그 웨이트리스들을 소개했던 것이다.

우리 식당은 아주 수준이 높아요. 여기 이분은 대학병원 외과의사이고 저기 쟁반 들고 가는 저 여자는 국립연구소 화학박사예요. 낮에는 그런 직업이고 밤에는 여기에 오죠. 그래도 밤에 우리 식당에서 버는 게 거기 월급의 더블이나 된답니다. 그렇다고 여러분들 딴맘 먹으시면 안돼요. 이분들 엄청 이쁘지만 모두 애가 둘셋씩 있는 엄연한 유부녀니까. 짧은 밤, 긴 밤 이렇게 물어봤다가는 고소당해요. 여기 여자들 생긴 건 이렇게 가냘파도 얼마나 기가 센지 덩치 큰 러시아 남자들도 꼼짝을 못한다니까요. 게다가 요즘 스타킹 하나로 러시아 여자들을 살 수 있다는 소문이 한국에 퍼져서 얼마나 골치를 앓는지 몰라요. 그건 벌써 옛날 이야기예요. 요즘은 스타킹 한켤레 가지고는 안돼요. 적어도 라디오 한대는 줘야 돼요.

남자들이 와와, 웃었다. 한국식당 주인 옆에서 서 있던, 대학병원의 외과의사라는 아름다운 러시아 여자는 아무것도 모르고 따라 웃었다. 그들의 웃음소리 때문이었을까, 나는 갑자기 그 식당에 느끼한 무엇이, 오래된 기름냄새가 번져가는 것같이 느껴졌다. 나는 아무것도 모르고 따라 웃는, 낮에는 대학병원의 외과의사이고 밤에는 이곳 한국식당의 웨이트리스인 그 여자 앞에서, 내가 한국 사람이라는 것이, 부끄러웠다.

내일이면 돌아갈 텐데 뭐.

내가 말을 자르자 김은 잠시 입술을 달싹이다가 맥주잔을 들었다. 우리 둘 사이의 침묵 속으로 빗소리가 다시 돌돌돌돌 밀려들었다. 모든 것이 수족관 속의 풍경처럼 고즈넉해 보였다. 모든 소리가 사라진 듯했고 이 모든 것이 다 비현실적으로 느껴지기 시작했다.

나, 정말 총각이야.

나의 침묵을 의식했을까, 감자튀김을 우적우적 썹던 김이 불쑥 말했다. 모스끄바와 창녀와 외과여의사에 대해 이야기하지 않는 김이 고마워서 나는 얼른 그의 말에 맞장구를 쳤다.

서른네살이나 먹었으면서?

그래……

그는 작은 병에 담긴 러시아 맥주를 병째 마시며 입을 쓰윽 닦았다.

옛날엔 사랑도 하고 그랬지. 자신도 있었고…… 정말 열심히 살았어. 가려는 길이 다르다는 이유 때문에 한 여자에게서 실연을 당하기도 했지. 그때 슬펐지만 더럽게 슬펐지만, 생각해보면 그 슬픔에 압도당할 만큼 슬프지는 않았던 거 같애. 말하자면 내 속에 뭔가가 또 있었던 거야. 그게 뭔지 모르지만 뭐랄까, 어떤 여지, 희망 같은 거, 확신 같은 거, 역사를 생각하면 받는 위로 같은 거……

김은 담배를 물었다. 나는 그의 담배에 불을 붙여주었다. 그는 취기가 오르는지 어깨를 으쓱하며 몸을 작게 떨었다.

그런데 이젠 잘 안돼…… 모스끄바에 오기 조금 전인데, 그때 그렇게 가는 길이 다르다고 나를 차버린 그 여자가 전화를 했어…… 이혼했대…… 이상하게 그 여자가 나보고 헤어지자고 한 그 순간보다 이혼했다는 전화를 받고 있는 그때가 더 참담하게 느껴졌어. 슬프지도 않았는데, 안됐구나, 잘살지 뭐하러 이혼하니, 그냥 그런 생각이 담담하게 들었는데…… 한편으론 왜 그렇게 참담했을까. 그래서 그땐 아무 말 못했는데 이곳에 와서 나는 그녀한테 줄 대답을 찾아냈어…… 이젠 우리가 가려는 길이 같겠지만, 이제 우리가 다시 만나면 다시는 가는 길이 다르다고 헤어질 그런 염려는 없겠지만, 미안하다, 내가 너무 오래 살았구나……

나는 김의 담뱃갑에서 담배를 꺼내 물었다. 김이 불을 붙여주었다. 서른네살에, 헤어진 옛애인의 전화를 받고, 아직도 총각인 그가, 너무 오래 살았다고 말한 것이 무슨 의미인지 나는 알 수 있었다. 예전에 그 여자와 헤어졌던 젊은 어느날, 더럽게 슬픈 그 와중에, 어떤 여지가 있었는지, 희망 같은 거, 확신 같은 거, 역사에서 받는 위로 같은 거, 그게 어떻게 사랑에 상처입은 젊은이를 위로해주었는지도 이해할 수 있었다. 그래서 나는 그런 우리의 대화가 싫었다. 김 역시 나와 함께가 아니라면 이런 말을 꺼내지 않았을 것이다. 그는 영화 담당 기자였고, 감독이나 촬영스탭들과는 다른 이야기를 했다. 깐느와 스크린 쿼터와 러시아 여자들의 늘씬한 각선미와……

그나저나 놀라워. 이 모스끄바 한복판에서 그쪽과 내가 둘이 앉아 있다니……

김은 무슨 생각이 떠오른 듯 풀풀 웃다가 나를 빤히 바라보며 말했다.

내가 그쪽을 대학 때부터 알고 있었던 거 알어?

대학 때부터?

나랑 친한 놈 중에 H라고…… 일학년 땐가 미팅했었다며?

H, H, 전혀 기억이 나지 않았다. 내가 미팅에 나간 적이 있던가 하는 생각까지 들었으니 그랬다.

그놈이 니네 학교 신문에 네 시가 실리면 가져와서 우리한테 보여주고 그랬어. 그러다가 술만 먹으면 네 시를 욕했지. 전형적인 부르즈와 여대생의 투정이라고…… 그런 너와 내가 이렇게 모스끄바에

서 말이야, 다른 곳도 아닌 모스끄바에서 이렇게 데이트를 하리라고
는 그놈이나 나나 혹은 그쪽이나 상상이나 했을까.

그런 일이 있었어?

그랬지.

우리들은 오랜만에 고향의 사진관 이야기를 나누는 오누이처럼
풀풀 웃었다.

그러니까 조심해. 우린 어쩜 이 다음에 남극에서 만나게 될지도
몰라.

내가 빈 맥주병을 치우고 새 맥주병을 따며 말했다.

남극?

그래. 지난 십년같이 이렇게 세상이 획획 변한다면 우리는 아마
십년 후쯤에는 남극의 빙하를 타고 표류하다가 마주치게 될지도 모
른다구…… 그래도 우리는 하나도 이상하지 않을 거야. 웃으며 말
하게 될지도 몰라. 우린 너무 오래 살았다구.

김과 나는 이번에는 러시아의 작은 맥주병을 잡고 낄낄 웃었다.

술집을 나섰을 때는 이미 어두워져 있었다. 러시아에 도착해서 처
음 보는 이른 시각의 어둠이었다. 비는 이제 그쳐가고 있었지만 아
르바뜨 거리엔 군데군데 물웅덩이가 있었고 키가 큰 러시아의 젊은
이들이 비에 젖은 금발을 쓰윽 매만지며 물웅덩이 위를 첨벙첨벙 걸
어가고 있었다. 습기찬 바람이 휘익 하고 불었다. 살갗에 오소소 소
름이 돋았다. 나는 반팔 아래로 드러난 팔을 쓰윽쓰윽 문질렀다.

내가 그쪽 소설 싫어하는 거 알어?

택시를 타기 위해 큰길 쪽으로 걸으며 김이 다시 말했다.

우리들을 말야…… 우리들을 그렇게 힘없이 회상해서는 안돼. 우리들은 영원히 외로운 세대야…… 왜 그랬는지, 그땐 왜 그러다가 지금 요렇게 되었는지 영원히 이해받지 못할 거라구. 우리가 달려가던 광장과 우리가 묻어준 친구들의 죽음을 그렇게……

김은 감정이 복받치는 듯 말을 끊었다. 술 탓인 듯했다. 그는 설명하기가 힘들다는 듯 말을 멈추었다가 다시 말했다.

그러니까 그렇게 맥없이 항복하고 들어가는 건 싫었어……

……맥없이 항복하기 위해서 그렇게 소설을 쓴 건 아니야.

심각해지고 싶지 않았지만, 이 모스끄바의 황량한 거리에서 비를 맞으며 우리 세대에 대해, 내 소설에 대해 이야기하고 싶지 않았지만 나는 하는 수 없이 대꾸했다.

맥없이 항복해 들어가려고 쓴 게 아니라 외로워서 쓴 거야.

외로워서 썼다구?

김이 걸음을 멈추었다. 나는 모른 척 그냥 앞으로 걸어갔다. 물웅덩이에 발이 닿을 때마다 샌들 사이로 찬물이 스며들었다. 발가락을 지나 발목을 거쳐 스타킹 위쪽으로 습습한 기운이 배어들면서 종아리가 시려오기 시작했다.

그래, 외로워서 썼어. 다들 어디 있니? 우리 그땐 이렇게 힘찼잖아, 우린 그때 실망하지만도 슬퍼하지만도 않았잖아, 그런데 다들 어디 있니, 그런 말이 하고 싶어서 쓴 거라구. 그런데 쓰고 나서 난 더 외로워졌어. 사실은 내가 외로워서 그런 소설을 쓴 건데, 쓰고 나니까 정말 외로워진 것 같애. 가만, 내가 하는 소리가 지금 말이 되고 있는 거야?

나는 혼자서 소리를 내어 웃었다. 시큼한 맥주가 목으로 울컥 넘

어왔다. 만일 이곳이 빠리였다면 뉴욕이나 토오꾜오였다면, 그랬다
해도 나는 김과 이런 이야기를 나누었을까. 몇발 뒤처졌던 김이 다
급하게 나를 따라잡았다.

내 말에 마음 상했다면 미안해.

이제 그만 하자, 우리.

우리는 묵묵히 걸었다. 추위 때문인지 온몸이 뜨거워지고 있었다.
몸살 같았다. 나는 반팔 아래로 드러난 팔뚝을 다시 쓸어내렸다. 종
아리가 시렸다. 나는 어서 호텔로 돌아가고 싶었다. 그리고 어서 내
일이 와서 어서 서울로 가고 싶었다.

그래도 그쪽이랑 내가 보자마자 금방 친해진 것은 남들에게 말로
다 설명할 수 없는 걸 우리들은 말하지 않아도 알고 있기 때문에 그
랬던 거야…… 사실은, 그래서 우리 학번들 만나기도 싫어. 그쪽도
내가 이런 이야기 꺼내는 거 싫어하잖아……

김이 머뭇거리다가 다시 말했다.

내가?

우린 그런 것까지 닮아버린 거야…… 우린 이십세기의 몇 안되는
마지막 유랑아들이 될지도 모르잖아…… 아닌가?

그는 취한 듯했다. 아닌가? 하고 물었던 입을 천천히 다물고 그는
턱을 약간 들어 먼곳을 보고 있었다. 빙하를 타고 있는 것처럼 그의
얼굴은 외로워 보였다. 나도 그처럼 턱을 약간 들어 먼곳을 바라보
았다. 빙하를 타고 표류하는 것처럼 내 얼굴도 굳어지고 있었다. 우
리들의 시선 끝에 멀리, 맥도널드의 M자가 노란빛으로, 크고, 선명
하게, 혼자서 반짝이고 있었다.

그리고 그날 저녁, 우리가 헤어지고 난 지 한 시간이나 두 시간 후쯤, 김과 나는 다시 호텔 복도에서 마주쳤다. 그의 곁에는 밤색 머리칼을 가진 러시아 여자가 서 있었다. 여자는 관리인에게 다가가 돈과 열쇠를 내밀었고, 나는 내 손에 들린 미네랄 워터만 바라보고 있었다. 러시아 여자가 하루의 일과를 마치고 엘리베이터에 올라탔다. 김이 몇 발자국 먼저, 내가 몇 발자국 뒤에서 복도를 걸어갔다. 우리들의 발소리가 긴 복도를 사각사각 울렸던가 아니던가……

모스끄바에는 아무도 없다

다음날 빅또르 박이 아침에 우리들을 인솔해, 붉은광장으로 데리고 갔다. 붉은 벽돌로 지어진 끄렘린궁으로 빙 둘러쌓인 광장은 이상하리만치 고요했다. 한때 이곳에 기름때 묻은 얼굴로 모여든 노동자들이 있었으리라. 그들의 함성은 오벨리스끄탑보다 높고 날카로웠으며 붉은 깃발은 자작나무숲보다 빽빽했으리라. 이십세기의 역사는 하는 수 없이 그 한켠에 붉은 페이지를 할애해야 했고, 지구 반대편의 노동자들, 그날 이후 술집에 모여 어깨를 으쓱였으리라. 지구 저편 자본가들, 혁명을 막기 위해 하는 수 없이 노동자들의 복지 조항을 사규에 조금씩 끼워넣어 자본주의도 이렇게 좋을 수 있다는 걸 보여주려고 할 때, 전 세계 지성인들이 보내온 축하와 격려의 메시지가 이곳에 도착해 울려퍼졌으리라. 혁명은 러시아 노동자들의 삶만 바꾸어놓은 것은 아니었으니까. 그러니 이제 결과가 마음에 들지 않는다고 그 동기조차 경멸하는 것은, 목적을 위해 수단과 방법을 가리지 않는 것과 다른가 같은가?

성 바씰리 성당과 끄렘린궁을 돌아보고 나서 빅또르 박은 이제 우리가 레닌의 묘를 볼 것이라고 이야기했다. 우리는 마치 저승으로 통하는 것처럼 깊고 어두운 침묵이 깔린 계단으로 줄을 서서 내려갔다. 어두운 지하세계로 내려가자 핀 조명이 밝혀진 곳에 밀랍인형 같은 병정이 서 있었다. 검지손가락을 들어 입술에다 세로로 대고 조용히 하라는 신호를 하지 않았다면 그것은 정말 잘생긴 인형처럼 보였을지도 모르겠다. 발밑을 분간하기 힘든 계단을 몇바퀴 돌아 우리는 레닌 묘에 다다랐다. 어렸을 때 우리집 서랍장 위에 놓여 있던, 한복을 입고 장구를 치는 예쁜이 인형처럼, 레닌은 투명한 유리상자 속에 누워 있었다. 연극무대처럼 조명이 밝혀진 곳에 혼자 누워 있는 그는 참 작았다. 키가 158센티미터의 단구라고 했던가. 그가 죽었을 때 그를 해부한 의사들은 말했다고 했다. 이렇게 뇌가 졸아들 때까지 살아 있을 수 있는 사람은 아무도 없습니다. 아니, 그들은 뇌가 작아졌다고 했던가, 아니면 내 기억대로 졸아들었다고 했던가, 오래전 읽은 책의 구절들이 가물거렸다. 아무튼 뇌가 졸아들 때까지 버티며 레닌이 바랐던 것은 무엇일까. 이미 스딸린에게 권력을 장악당한 혁명 쏘비에뜨연방의 한복판, 혁명이 그 처음의 신성함을 서서히 잃어가고 있을 때, 뇌가 졸아들도록 그를 버티게 했던 것은…… 지하의 무덤 속에서 긴 침묵이 흘렀다. 언뜻 김과 나의 눈이 레닌의 유리관을 사이에 두고 마주쳤다. 모스끄바에는 새가 없대, 모스끄바에는 산도 없고, 모스끄바에는 아파트뿐, 단독주택이 단 한채도 없지…… 택시도 없고, 영어를 알아듣는 종업원들도 없는 호텔, 창녀는 없지만 인터걸이 있고 산은 없지만 언덕이 하나 있고, 이제 여기 죽은 레닌이 있다…… 김이 나의 시선을 피해 고개를 떨구었다. 빅또르 박이 천천히 대열을 인솔하고 있었다. 살아 있는 우리는 죽은 레닌을 거기 남겨둔 채 지하의 어두운 묘지를 빠져나왔다.

공항면세점에서 나는 마지막 남은 러시아 동전을 바꿔 공중전화 코인을 샀다. C에게 전화를 걸기 위해서였다. 디리릭, 디리릭……여러번 신호가 갔지만 아무도 전화를 받지 않았다. C도 없고 C의 부인도 없는 모양이었다. 나는 공중전화를 걸 수 있는 러시아 코인을 지갑 속에 넣고 서울로 전화를 넣었다. 모스끄바에 도착한 이래 처음이었다.

전화를 받은 것은 어머니였다. 간단한 안부를 묻고 어머니는 언제나 그런 것처럼 전화를 아이에게 바꾸어주었다.

아가야, 엄마야. 엄마, 해봐.

내가 말했다.

엄마, 그래봐. 엄마 빨리 오세요, 그래봐.

아이의 목소리 대신 어머니의 목소리가 들렸다.

아가야, 엄마, 해봐.

내가 다시 말했다.

아, 아.

아이가 말했다.

엄마가 금방 데리러 갈게, 할머니 말씀 잘 듣고 있어.

아.

이제 막 돌이 지난 나의 아이가 대답했다.

전화를 다시 받은 어머니와 몇마디 나누고 나는 전화를 끊었다. 이제 막 말을 배우는 아이의 얼굴이 못 견디게 보고 싶었다. 나는 핸

드백 속에 늘 가지고 다니는 아이의 사진을 꺼내들었다. 아이가 육
개월 무렵일 때 찍은 사진이었다. 지금 아이는 많이 변했으리라. 서
울을 떠날 때 본 아이의 마지막 모습도 이것과는 달랐으니까. 하지
만 기억은 사진 속에서만 선명할 뿐, 모스끄바에 오기 며칠 전 바이
바이를 하고 온 아이의 얼굴이 떠오르지 않았다. C의 얼굴도 B의 얼
굴도…… 함께 떠났던 그 여름의 여행에서 우리는 사진을 찍지 않
았다. 그때 우리는 무슨 말을 했던가…… 이 개새끼들아아아,라고
막막한 바다를 향해 말했던 것이 정말 C였던가…… 그 말을 한 것
은 혹시 내가 아니었을까…… 바다를 배경으로 서 있던 C의 모습이
지워지고 그 곁에서 언제나 음울한 표정으로 서 있던 B의 모습도 지
워지고 이윽고 내 모습도 지워지고 막막한 바다만 남았다…… 그
말을 했던 건 그러면 바다였던가…… 아무 잘못도 없는 바다, 섬으
로 막막히 막혀버린 바다. 바람이 직선으로 불어오지 못하는 다도해
의 바다. 하지만 파도가 이는 푸른 색깔의 그러므로 바다……

서울에 도착하면 제일 먼저 아이를 보러 가게 되리라. 아이에게
엄마라는 말을 가르치기 위해 하루종일 씨름을 하게 될지도 모른다.
엄마라는 말과 아빠라는 말, 맘마라는 말과 산이라는 말…… 그리
고 별과 새와 나무와 강, 자동차와 우산이라는 말…… 아이가 좀더
크면 푸르스름하다거나 어둑어둑하다거나 언뜻, 문득, 새록새록, 이
런 말을 가르치게 되리라. 그러면 나는 집 베란다에 작은 의자를 내
다놓고 디스 담배를 피우고 있겠지. 택시를 타면 모국어로 행선지를
말하게 되리라. 버스를 타면 늘 지겹게 켜 있던, 남자 코미디언과 여
자 코미디언이 수다를 떠는 방송을 듣게 되리라. 가끔은 운전사의
뒷자리에 앉아서 나는 그들의 우스개를 이해하고, 아이 유치해, 속

으로 흙을 보면서도 어쩌면 웃음을 터뜨릴지도 모른다. 그리고 어느 날인가는 결국 잠들지 못하고 일어나 앉아, 작은 스탠드를 켜고, 먼지 않은 노트북을 닦다가, 내가 아는 모국어로, 나의 말을 이해할 벗들을 생각하며 두서없이 중얼거릴지도 모른다. 이념 때문에, 이념을 위해서, 권력을 위해서, 그래서 시작한 것이 아닌 것처럼, 그렇게 맥없이 항복하고 들어가기 위해서가 아니었던 것처럼…… 그러니 처음 시작처럼, 모욕당하고 포박당하면서도 결코 패배이지 않았던 처음 그 시작처럼, 그렇게……

나는 천천히 면세구역을 향해 걸었고 이어 서울로 향하는 비행기에 자리를 잡았다.

비행기가 속력을 내기 시작했다. 승객 237명을 태운 보잉기는 안간힘을 쓰며 바람을 가르고 있다. 안전벨트를 맨 사람들은 움직임이 없고 복도에는 스튜어디스도 없다. 비행기는 필사적으로 달려가다가 마침내 숫구쳐오르기 시작했다. 그것은 이 우주를 지배하는 중력과의 싸움이었다. 새도 아니면서 날아오르려고 하는 쇳덩이의 몸부림. 귀와 목구멍과 가슴과 배에 이상한 통증이 느껴진다고 생각하는 순간 비행기는 하늘을 향해 비상했다. 창밖으로 내다보이는 모스끄바의 어두운 불빛들이 기우뚱하며 멀어져가기 시작했다. 언젠가 읽었던 소설의 한 구절처럼, 나는 모스끄바를 떠나고 있는 것이다.

〔창작과비평 1995년 겨울호〕

헤어짐과 해후(邂逅), 문학의 두 갈림길

이 병 훈

1

봄비가 내리는 오월 어느날, 인사동 뒷골목에 있는 조그마한 찻집에서 나는 오랜만에 공지영을 마주 대하고 있었다. 봄비치고는 제법 굵은 빗줄기가 싱그러운 봄날의 오후를 고즈넉하게 만들었다. 어디선가 비 사이로 라일락 향기가 퍼져와 가볍게 코끝을 간질이고는 아스팔트 위에 떨어진 꽃잎들을 어루만지고 있었다. 참 무심한 풍경이었다. 폭풍우가 지나고 맑게 갠 하늘에서 비구름의 스산한 그림자와 외마디 천둥소리를 기억하는 것은 낙오자들의 변(辯)처럼 들렸다. 새로운 변화에 잘 적응한 사람들은 '좌절한 자의 순수성과 아름다움'을 잊은 지 이미 오랬다. 그래서 세월보다도 그 세월을 사는 인간들의 마음 씀씀이가 문제라는 생각이 들었다. 그러는 사이 더욱 거

세진 빗줄기는 창가를 두드리며 조용한 울림을 남겼다.

밝고 차분하게 내부장식을 한 찻집 안에는 고요한 정적이 감돌았다. 공지영은 지난 몇년간 살아온 이야기를 담담하게 털어놓았다. 평탄치 않았던 개인사와 주변 이야기하며 요즘의 문단 분위기와 예전에 가깝게 지냈던 문우(文友)들의 동정 등등. 6년간의 모스끄바 유학생활을 끝내고 귀국한 지 석달도 채 되지 않아 아직 서울살이가 낯선 나에게 공지영은 짐짓 의식화 교육을 시키고 있었던 것이다. 이렇듯 그녀는 내게 항상 선배(?) 노릇을 자처했다.

그녀가 이렇게 나에게 진한 동료의식을 느끼는 이유는 따로 있다. 우리는 동갑내기에다 같은 서울생이고, 그녀는 신촌에서 나는 안암동에서 격동의 대학시절을 보냈다. 어쩌면 우리는 명동인가 종로통에서 같이 스크럼을 짜고, 같은 데모 대열 안에서 훌라송을 부르며 목청껏 구호를 외쳤을지도 모른다. 그녀의 표현대로라면 우리의 대학생활은 더이상 반복될 수 없는 '아름다운 방황'이면서 동시에 '아름다운 시작'이었다.(여기서 '아름다운'이라는 표현은 일종의 아이러니임에 틀림없다!)

나는 그날 공지영의 새로운 모습을 발견하고는 내심 놀랐다. 예전과는 달리 그녀는 '여성'이 아니라 '어미'와 '아내'의 시각에서 팍팍한 세상살이를 비꼬고 있었다. 사실 나는 항상 그녀가 안쓰러웠다. 나로서는 감당하기 어려웠을 사랑의 상처를 그녀가 꿋꿋하게 받아들이는 것이 왠지 억지스럽고 힘겨워 보였기 때문이었다. 나는 그날의 만남으로 그녀가 삶에 대한 새로운 '철학'을 준비하고 있다는 사실을 깨달았다. 그녀는 변하고 있는 중이었다.

비는 계속해서 내리고 있었다. 떨어진 꽃잎들의 잔해는 이미 찾아볼 수 없었다. 우리는 못할 얘기를 나눈 사이처럼 멍하니 창문을 내다보았다. 그리고 밖으로 나와 헤어졌다. 그녀의 돌아서는 모습이 예전처럼 날렵하게 느껴지지 않았다. 나는 발길이 가볍지 않았다. 왜냐하면 공지영의 모습이 나에게는 매우 '고독'하게 보였기 때문이었다. 그러나 그녀의 고독은 이제까지 그랬던 것처럼 전적으로 그녀 자신이 감당해야 할 것이었다.

2

공지영의 첫번째 소설집인 『인간에 대한 예의』(1994)가 '격동의 시기'였던 80년대에 대한 '예의'였다면, 이번 소설집은 '혼돈의 시기'인 90년대를 향한 '고독한' 해후의 몸짓이라고 할 수 있다. 시기적으로도 첫번째 소설집은 1988년의 등단작부터 1993년까지 발표된 작품들을 모은 것이고, 이번 소설들은 1994년부터 1999년까지 발표된 것들이다.

이번 소설집에서 작가는 '혼돈의 시기'를 사는 인간들의 고독한 내면 풍경을 그리고 있다. 「길」이라는 단편을 제외하면 이 소설집에 나오는 주인공들은 대개가 순수한 열정으로 인해 상처받은 젊은 영혼들이다. 그들은 사랑하던 사람에게서 버림받기도 하고 자신들의 이념에 의해 고독해지기도 한다. 그래서 현실을 '있는 그대로' 받아들이지 못하고 '비딱하게' 대하는 데 길들여져 있는 주인공들은 이 시기를 사는 한 세대(이른바 '386세대')의 자화상이라고 할 수 있다. 이런 점에서 「존재는 눈물을 흘린다」에 나오는 한 여성의 모습은 애처롭기까지 하다.

모든 존재는 저마다 슬픈 거야. 그 부피만큼의 눈물을 쏟아내고 나서 비로소 이 세상을 다시 보는 거라구. 너만 슬픈 게 아니라…… 아무도 상대방의 눈에서 흐르는 눈물을 멈추게 하진 못하겠지만 적어도 우리는 서로 마주보며 그것을 닦아내줄 수는 있어. 우리 생에서 필요한 것은 다만 그 눈물을 서로 닦아줄 사람일 뿐이니까. 네가 나에게, 그리고 내가 너에게 그런 사람이 되었으면 해. 마지막으로 우리가 만나던 날 그는 내 차에 앉아 그렇게 말했다. **니 눈물을 닦아주기에 나는 너무 해야 할 일이 많아, 하고 나는 말해버렸다.** (159면, 강조는 인용자)

공지영 소설에서 중요한 화두는 헤어짐이다. 그의 소설에 자주 등장하는 이혼이나 이별 그리고 해고 등은 모두 헤어짐의 형식이고 변주이다. 소설의 주인공들은 대부분 이미 이혼했거나 앞으로 이혼할 의사가 '충분히' 있는 인물들이다. 심지어 그들에게 헤어짐은 자연스럽고 필연적인 것처럼 보인다. "내가 당신을 사랑하든 그렇지 않든 당신의 사랑은 **당신의 것**이어야만 해요"(186면, 강조는 인용자)라고 말하는 「조용한 나날」의 여주인공은 심지어 사랑이 '인간적인 관계'라는 사실조차 인정하려 들지 않는다.

작가는 왜 '혼돈의 시기'를 다루면서 헤어짐이라는 화두를 붙잡고 있는 걸까? 혹시 이 속에 90년대를 바라보는 작가의 독특한 시각이 있는 것은 아닐까? 공지영 소설을 축조하는 헤어짐이라는 화두는 고립된 자아의 좌절과 고독함을 그리기 위한 장치라고 볼 수 있다. 주인공의 대부분은 자기가 속한 시대와 사회, 조직으로부터 '해고당한' 상태에 있다. 작가의 생각에 의하면 이것은 '소속감 부재의 상태'(「존재는 눈물을 흘린다」)이며 우리 시대를 사는 인간들의 적나라한 모습이다. 「조용한 나날」의 마지막 장면은 이런 점에서 매우 상징적이다.

나는 어둠속에 혼자 앉아 있다. 베란다 밖, 노란 나트륨등 빛이 희미하게, 열린 커튼 사이로 스며든다. 조용한 밤, 푸른 전구는 눈동자처럼 여전히 나를 바라본다. 조용히 눈을 뜨고 바라본다. 언젠가 백색 햇살이 내리꽂히던 교정, 목련 그늘 아래서 누군가 노래를 불렀었다. 이 세상에 진실은 없네, 이 세상에 정의는 없네, 이 세상에 영원한 것은 없네, 그대 내 앞에 있고 나 그대 앞에 있을 뿐. 하지만 그대조차 멀어지겠지. 지금, 아름다워서 그대 내 것이지만, 아아 죽음이 온다, 죽음이 온다. 나는 환청으로 웅웅거리는 머리를 견디기 위해 지그시 이를 문다. 소리는 멀어져가고, 아마도 긴 강을 건너며 멀어져가고, 시든 풀잎 위에서 밤이슬 방울들이 스러지고 있다. 나의 길고 긴 생도 밤이슬 방울을 따라 모래알처럼 흘러내린다. 푸른 전구. 나는 눈을 내리깐 채, 수첩을 꺼내 오늘자 일기를 메모한다.

아무 일도 없었다, 오늘도 조용한 하루였다,라고.

나는 수첩을 덮고 일어나 커튼을 닫았다. (205면)

이 대목을 읽으면 마음이 섬뜩해진다. 이 작품의 여주인공은 모든 사랑이 "허망함에 뿌리를 두고 있다고 생각"한다. 그녀가 이렇게 자신의 삶을 싸늘하게 대하는 이유는 무엇일까? "시든 풀잎 위에서 밤이슬 방울들이 스러지고 있다"는 시적 표현에서 우리가 만나게 되는 허무주의의 실체는 무엇인가? 작가는 이러한 질문을 의식한 듯 애초에 우리에게 상처입힌 '원인자들'의 존재를 인정한다는 전제 아래 "나 자신이 나에게 상처입힌 것"이라고 적고 있다. 결국, 소설의 주인공은 자신에 의해 망가진 것이다. "나는 더이상 내가 누군가를 변화시킬 수 있다는 **따위의** 생각 같은 건, 더구나 사랑이라는 걸로 누군가를 감동시킬 수 있으리라는 생각 같은 건 안하기로 하지 않았나."(187면, 강조는 인용자) 우리는 여기서 작가의 의도된 시선이 삶에 대한 냉소주의와 극단적인 이기주의를 겨냥하고 있다는 것을 알 수 있다.

「진지한 남자」에서도 작가는 삶에 대한 주인공의 태도를 문제삼고 있다. 이 작품은 우리 사회의 속물주의뿐만 아니라 주인공인 화가의 줏대없음과 사회적 무기력도 비판하고 있다. 그러나 이 작품은 그리 성공적이라고 할 수 없다. 모든 사회적 관계로부터 고립되어 있는 주인공이 극히 추상적인 인물로 그려지고 있기 때문이다. 애초에 작가의 의도는 화가를 비판하기보다는 속물적인 사회를 폭로하고 싶었는지도 모른다. 그러나 속물적인 사회에 대항하지 못하는 한 개인의 무기력을 '진지한' 그의 성격 탓으로만 돌리는 것은 작가가 주인공의 비사회성을 관념적으로 파악하고 있다는 것을 드러내는 것이다.

우리는 이러한 예를 「광기의 역사」에서도 찾아볼 수 있다. 작가는 이 작품에서 시종일관 우리 교육현실을 부정적으로 묘사하고 있다.

예컨대 다음과 같은 대목을 읽으면서 우리가 비감한 심정을 떨칠 수 없는 이유는 작가의 생각을 십분 이해할 수 있기 때문이다. "만일 누가 내게 한 십년이나 이십년쯤 젊어지고 싶지 않으냐고 묻는다면, 그것처럼 솔깃한 말은 없겠지만 아마도 나는 고개를 저을 것이다. 왜냐하면 그 젊은 나이에 나는 또 학교를 다녀야 하기 때문이다. 학교라면 내 청춘 열 번을 다시 돌려준다 해도 싫었다."(66면) 물론 작가가 묘사하고 있는 것이 대부분 사실이고 그래서 거기에 공감하는 바가 적지 않지만 '경멸하고 싶은' 교육현실을 잘못된 선생 탓으로만 돌리고 있는 작가의 시선은 우리 교육의 현실을 제대로 드러내는 것과는 거리가 있다. 이미 졸업을 한 소설의 주인공은 이제 끔찍한 선생들을 '외면'할 수도 있겠지만, 다시 딸아이를 학교에 보내는 부모의 입장이 되어서는 "미친 바람이 그애를 휩쓸어가기라도 할 것처럼 아프도록 두 눈을 부릅뜨고 서" 있어야만 하기 때문이다. 이 작품이 교육현장의 문제점을 솜씨있게 에피소드화하고 있음에도 불구하고 학창시절에 대한 서글픈 '기록'에 머무는 이유는 바로 여기에 있다.

3

중편 「모스끄바에는 아무도 없다」에서 작가 공지영은 문학적 행로의 갈림길 위에 서 있는 것처럼 보인다. 여행기의 형식을 취하고 있는 이 작품에서 주인공은 한 시대를 풍미했던 '이데올로기의 고향'을 찾아가지만 결국 그곳에도 우리가 기대했던 것은 아무것도 없다는 사실을 깨닫고 다시 고국으로 돌아온다. 낯선 곳으로의 여행도 낯익은 곳을 떠나온다는 점에서 일종의 헤어짐이라고 할 수 있다. 그런데 작가가 다시 낯익은 곳(고국)으로의 회귀를 열망하고 있다는 것은 헤어짐이라는 화두에 어떤 변화가 일고 있다는 것을 의미하는 것일 게다.

주인공은 '낯선 곳'에서 '옛친구들'과 조우하리라고 기대한다. 그러나 그녀의 기대는 산산조각이 난다. 그녀는 약속장소였던 화이쩨베찌바 호텔로 가지 못하고 모스끄바에서 또다시 '낯선 곳'을 헤매다 돌아온다. 작가는 이 디테일을 매우 섬세하게 처리하고 있다. 이 소설에 나오는 화이쩨베찌바 호텔은 작가가 지어낸 것이다. 화이쩨베찌바 호텔이라는 장소는 애초부터 존재하지 않는다. 그것은 가상의 장소이다. 실제로 모스끄바에는 화이쩨베찌바라는 호텔이 존재하지 않으며, 화이쩨베찌바라는 말도 러시아어가 아닌 작가가 지어낸 '러시아 말 같은 것'이다. 이렇게 작가는 모스끄바에 아무도 없다는 사실을 가상의 낯선 장소를 설정함으로써 간접적으로 드러내고 있다. 결국, 주인공에게 화이쩨베찌바 호텔은 '낯선 곳의 낯선 곳'이었던 셈이다.

주인공인 작가의 이런 심정은 또한 자신의 글쓰기에 대한 고독한 항변으로 이어진다. 그리고 우리는 이 대목에서 작가 공지영이 소설을 쓰는 한 동기를 읽게 된다. "그래, 외로워서 썼어. 다들 어디 있니? 우리 그땐 이렇게 힘찼잖아, 우린 그때 실망하지만도 슬퍼하지만도 않았잖아, 그런데 다들 어디 있니, 그런 말이 하고 싶어서 쓴 거라구. 그런데 쓰고 나서 난 더 외로워졌어. **사실은 내가 외로워서 그런 소설을 쓴 건데, 쓰고 나니까 정말 외로워진 것 같애.**"(287면, 강조는 인용자) 결국, 소설의 주인공은 모스끄바를 떠나는 비행기 안에서

묘한 감정을 느끼게 되는데 그것은 어떻게 보면 자신의 존재를 확인하는 일종의 안도감이기도 하다. 모스끄바에는 아무도 '없지만' 고국에는 적어도 사랑하는 아이와 모국어가 '있기' 때문이다.

그리고 우리는 이 작품에서 문학에 대한 작가의 새로운 생각을 만날 수 있다. 예컨대 다음과 같은 대사는 공지영의 문학에 새로운 초점이 잡히고 있다는 것을 암시하고 있다.

> 속이지 마, 사람들을 속여먹지 말라구. 안 그래도 속고 속는 사람들이야. 불쌍한 사람들한테 또 거짓 꿈 같은 건 주지 말라구! 노력하고 노력하면 행복을 찾을 수 있고 어느덧 자신을 발견한다는 거짓말은 그만해! 사랑? 이젠 역겨워, 구역질이 나! 사랑하던 남편이 죽었다면서, 파산하고 모든 걸 잃었다면서 그 여자 주인공은 모스끄바에 올 돈이 어디서 그렇게 난 거야? **먹고살기가 얼마나 힘든지 말하지 않는다면, 영화든 소설이든 철학이든 난 안 믿어!**
> (272면, 강조는 인용자)

작가는 여기서 소설이 제아무리 거창하고 고상한 주장을 하더라도 그것은 결국 인간이 사는 이야기라는 점을 강조하고 있는 듯하다. 이 지적은 자신의 소설에 대한 일종의 반성이라고 볼 수 있는데, 그렇다면 작가는 인간의 구체적인 삶을 다루는("먹고살기가 얼마나 힘든지" 말하는) 소설을 쓰겠다는 다짐을 한 셈이다.

공지영 소설의 변화를 우리는 「길」이나 「존재는 눈물을 흘린다」에서 좀더 분명하게 확인할 수 있다. 「존재는 눈물을 흘린다」는 해고당한 이혼녀가 헤어진 남자친구의 환영을 만나는 환상적인 이야기이다. 이 작품에서 낯선 곳으로 떠난 남자친구의 환영을 만나는 장면은 주인공이 고립된 세계에서 벗어나고 있다는 것을 암시하는 것이다. 물론 그것은 아직 현실과의 해후가 아니라 단지 '환영'과의 해후일 뿐이다. 이렇게 보면 이 작품의 제목인 "존재는 눈물을 흘린다"에서 '눈물'은 새로운 해후를 준비하는 '인간적인 감정의 표현'으로 읽을 수도 있다. 현실세계에 존재하지 않는 환영은 엄연한 현실적 존재인 주인공에게 삶을 새롭게 사랑하고 증오하는 방법을 일깨워준다.

죄송합니다. 하지만 댁을 보는 순간 왠지 이 말을 꼭 드리고 싶었어요. 사랑은 완성되어져야 할 그런 것이 아니라고 말이지요. 혁명이 그렇고 삶이 그렇듯이. 하지만 우리는 끝을 보고 싶어했어요. 손으로 만질 수 있고 눈으로 볼 수 있는 그런 것이 아니면 모든 것은 처음부터 없었던 것과 같은 거라고. 그 중간이 존재하고 그 과정도 존재하며 사실은 삶이란 게 바로 그런 과정들일 뿐인데 말이지요. 삶조차 완성될 수는 없는 건데요. 나는 조급히 끝을 만지고 싶어하는 그 여자를 사랑한 만큼 증오했나봐요. 끝이 보이지 않던 내 희망을 사랑하고 증오했듯이. (177면)

여기서 "그 중간이 존재하고 그 과정도 존재하며 **사실은 삶**이란 게 바로 그런 과정들일 뿐인데 말이지요"(강조는 인용자)라는 고백은 비록 우리의 삶이 기억하기도 싫을 만큼 끔찍한 것이라 해도 그것과 해후해야만 진실도 깨닫고, 혁명도 할 수 있다는 것으로 들린다. 작가가 "이 세상에서 **변하지 않는** 단 한가지의 진실은 모든 것은 **변한**

다는 것이다"(182면, 강조는 인용자)라는 변증법적 유물론의 기본명제를 인용하고 있는 것도 이러한 맥락에서 이해할 수 있다. 결국, 이 소설에서 보듯이 공지영 소설의 주인공들은 이제 서서히 자신의 변화를 꿈꾸고 있다. 그들은 이제 다시 '현실 속으로' 고독하고 기나긴 여행을 떠나고 있는 것이다.

단편 「길」은 여행중 뜻밖의 사건을 통해서 "정신없이 뛰던 걸음을 멈추고 물끄러미" 자신들의 삶과 사랑을 되돌아볼 수 있게 된 노부부의 이야기이다. 여기서 작가는, 남편의 무심한 감정이 결정적으로 변하는 미묘한 계기를 아내의 엷은 귓등에서 삼십년 만에 처음으로 맡아보는 '생생한' 로션냄새와 아내의 손에서 전해오는 따뜻한 체온으로 묘사하는 섬세한 감각을 뽐내고 있다. 그리고 작가는 '소속감 부재의 상태'를 넘어서 삶과의 '새로운 해후의 가능성'을 다음과 같이 우회적으로 표현한다. "삶이라는 것도 언제나 타동사는 아닐 것이다. 가끔 이렇게 걸음을 멈추고 자동사로 흘러가게도 해주어야 하는 걸 게다. 어쩌면 사랑, 어쩌면 변혁도 그러하겠지. **거리를 두고 잠시 물끄러미 바라보아야만 하는 시간이 필요한 것이다.**"(147면, 강조는 인용자) 이렇게 삶과의 새로운 만남과 소통은 일정하게 거리를 두고 그것을 바라볼 수 있는 관조의 시점을 요구하는지도 모른다. 이런 점에서 "거리를 두고 잠시 물끄러미 바라보아야만 하는"이라는 진술은 공지영 소설에서 매우 중요한 의미를 지닌다. 공지영 소설의 주인공들은 대부분 주관적인 요소들이 강한데, 그것은 작가가 주인공과 일정한 거리를 유지하지 않고 있다는 것을 반증하는 것이다. 그래서 그의 인물들은 섬세하면서도 극단적이고, 사회성이 강하면서 동시에 주관적이다. 왜냐하면 그들은 사회적 관계 속에서 창조된 인물이 아니라 작가의 과잉된 주관에 의해 만들어진 인물이기 때문이다. 가령 독자들은 「길」을 읽는 동안에 육십이 다 된 남편의 내적 독백에서 뜻밖에도 삼십대 여성의 세련된 감성을 만나게 된다.

> 그는 차창으로 달려드는 하늘을 보면서 그날의 바닷속을 생각했다. 그러자 문득, 만일 우리가 사는 세상도 하나의 바닷속과 같다면 지금 저 하늘 위의 세상에는 폭풍우가 치고 있을까, 하는 생각이 잠깐 들었다. 우리가 하늘이라고 부르고 있는 저것이 만일 다른 세상의 수평선 같은 것이라면…… 거기서도 누군가가 태어나고 죽고 여행을 떠나는 것이라면…… (112면)

그렇다. 위의 묘사는 노년기에 접어든 남자의 감성과는 거리가 있다. 주인공이 생각하고 느끼는 것이 실제 작가의 그것과 일치한다면, 그 인물은 단지 작가의 자화상일 뿐이지 소설의 주인공은 아니다. 소설의 인물은 무엇보다도 '나'의 객관화이면서 동시에 '타자'의 주관화이어야 한다. 이렇게 보면 "거리를 두고 잠시 물끄러미 바라보아야만 하는"이라는 진술은 공지영 문학이 주관적인 세계에서 객관적인 세계로 이전하고 있다는 것을 의미한다.

공지영의 새로운 변화가 좀더 선명하게 드러난 작품은 「고독」이다. 이 작품은 일상으로부터의 일탈을 꿈꾸는 한 가정주부의 '고독한' 일상을 그리고 있다. 주인공의 일상세계에는 남편과 아이들이 있고, 그녀가 동경하는 일탈의 세계에는 남자친구와의 관계가 있다 그리고 여동생의 이혼소동이 작품의 플롯을 발전시키는 동기가 된다. 그러나 이 작품의 주인공인 '그 여자'는 자신의 문제를 해결하지 못한 채 '깊은 잠'에 빠져든다.("그러니 잠들지 말아야지, 아주 잠들지는 말아야지, 그러면서 그녀는 곧 깊은 잠 속으로 빠져들어갔다.") 여기서 주인공이 빠져드는 '깊은 잠'이란 무엇일까? 일상의 연속일까, 아니면 일상의 일탈을 꿈꾸는 것일까? 우리는 작품 속에 등장하는 여주인공의 환영에서 그 실마리를 찾아볼 수 있다.

A) 그 여자는 무언가에 들린 것처럼 긴 머리 풀어헤치고 맨발로 뛰쳐나가고 싶은 충동을 느끼곤 했다. (중략) 아이들이 잠들고 난 후, 남편이 취해 돌아올 아파트 광장을 내려다보고 있노라면 검은 스커트 자락 휘날리며 저 광장으로 달려나가는 **자신의 환영**이 보이곤 했다. (75면, 강조는 인용자)

B) 그 여자는 광장을 가로질러 맨발로 뛰쳐나가는 **여자의 환영**을 물끄러미 바라보며 서 있었다. (101면, 강조는 인용자)

인용문 A)에서 '그 여자'의 환영은 '자신의 환영' 즉 '그 여자'의 분신으로 묘사되지만, 인용문 B)에서는 그것이 '여자의 환영'으로 바뀌고 있다. 이것은 주인공의 욕망이 이미 자신으로부터 멀어져 있다는 것을 의미하는 것이다. 그리고 "물끄러미 바라보며"에서 확인할 수 있는 것처럼 작가는 주인공에게 자신의 욕망을 관조적으로 대할 수 있는 시점을 부여한다. 즉, 두번째 환영은 욕망이 주인공으로부터 떨어져나와 사라지는 것을 암시한다. 이렇게 보면 '그 여자'가 '깊은 잠'에 빠지는 것은 일탈을 포기하고 다른 세계를 꿈꾸기 위한 것으로 볼 수 있다. 그것은 이제 더이상 현실세계를 떠나는 것이 아니라 현실의 삶을 껴안기 위한 '새로운', 그렇지만 '고독한' 해후의 꿈일 것이다.

그러나 이 작품은 결말에 가서 뭔가 미진한 구석이 있다. 가령 여동생의 이혼문제가 풀리지 않은 상태로 남고, 자신의 일상에 대한 주인공의 태도가 여전히 불확실한 상태로 종료된다. 여기서 소설의 형식적 미완성은 무엇을 의미하는 것일까?「고독」은 공지영 소설의 새로운 변모를 일정하게 암시하고 있지만 그것은 말 그대로 암시일 뿐이다. 우리는 이것을 작가의 예술적 시각이 아직 또렷한 초점을 찾지 못하고 있는 것으로 이해해야 할 것이다. 왜냐하면 소설에서 형식의 미완성은 새로운 내용이 아직 정형화되지 않았다는 것을 의미하기 때문이다.

공지영의 소설이 좀더 현실적인 삶에 가까워지고 있다는 것은 90년대 한국문학의 반성과 관련해서도 많은 시사점을 던져준다. 그것은 현실과의 접점을 도외시한 채 과잉된 주관의 세계로 빠지거나 문체에 집착하고 있는 문학적 경향에 대한 일종의 자성(自省)이라고 할 수 있다. 문학이 인간의 삶을 떠나서는 존재할 수 없듯이 '사회적 존재로서의 인간'은 문학의 영원한 주제이다. 이 소설집에 실린 공지영의 작품들은 바로 이 '영원한' 진리를 새삼 깨닫게 해준다.

공지영은 매우 섬세하고 세련된 문학적 감성을 지니고 있는 작가다. 그의 문학적 감수성은 때로 현실에 대한 아이러니로 나타나기도 하고, 때로 알레고리로 드러날 때도 있다. 이제 문제는 작가의 예리한 감각이 진중(鎭重)한 묘사를 통해 삶의 진실과 어우러져 예술적 진품(眞品)을 만들어내는 일일 것이다. 아직 공지영의 문학이 여기까지 왔다고는 할 수 없지만 그의 문학에 이러한 기대를 거는 것은

결코 무리한 요구가 아니다. 이제 '깊은 잠'에 빠진 공지영 소설의
주인공들이 다시 무슨 꿈을 꾸게 될는지, 어떤 모습으로 그 잠에서
깨어날는지 지켜볼 일이다.

후기

　지난 오년 동안의 글을 묶어놓고 보니, 그 시간들 동안 내게 참으로 많은 일들이 일어났다는 생각이 든다. 하지만 뒤돌아본 시간은 얼마나 간단하게 보이는지. 그래도 그동안 아이들은 자라고 꽃들이 지고 비 내리고 가끔 바람이 불었다. 아마도 이제 더는 내 청춘을 곰국 냄비 속에 끓일 일은 없으리라.

　가끔씩, 먼 나라로 떠나고 싶었다. 그것이 망명이든 이민이든 먼 곳, 나를 아는 이도 없는 어떤 곳으로. 그러나 당연하게도 이 지상에서 내게 허락된 나라는 이곳뿐임을 깨닫고 나서 나는 내 처음을 생각했다. 작가기 되어보려고 밤을 세워 수동티지기를 두드리던 그날들을. 그때 나는 생각했다. 내 이름이 적히고 그 옆의 괄호 속에 작가,라는 단어가 들어서는 그 설렘을. 소설을 쓰기 시작한 것은 그 때문이었다. 밤을 새워가며 내가 꿈꾸었던 것은 그 작가,라는 이름 때문이었다.

　고마운 분들에게 이 자리를 빌려 나의 감사를 전한다.
　신랄한 비판을 해준 여러분들에게도 마찬가지로 고마움을 전한다. 혹여 내가 이 다음에라도 훌륭한 작가가 된다면 그건 전적으로 그분들의 덕이다. 안주하고 싶고, 나태해지고 싶어한 내 자신을 일깨워준 것은 그분들이었으니까.

　얼마 전 좋은 책을 읽었다. 그 글 속에서 노스님은 말씀하셨다.
　"산속에서도 저잣거리에서도 수행자는 홀로 선다. 수행자의 양식은 참을 수 없는 외로움이다."

1999년 6월 18일
공 지 영